法医密档

法医剑哥 著

柳叶刀下的真相

台海出版社

图书在版编目（CIP）数据

法医密档.柳叶刀下的真相 / 法医剑哥著. -- 北京：
台海出版社，2021.11（2024.11重印）
ISBN 978-7-5168-3124-3

Ⅰ.①法… Ⅱ.①法… Ⅲ.①推理小说—中国—当代
Ⅳ.①I247.5

中国版本图书馆CIP数据核字(2021)第183708号

法医密档.柳叶刀下的真相

著　　者：法医剑哥

责任编辑：魏　敏　　　　　　　　封面设计：末末美书

出版发行：台海出版社
地　　址：北京市东城区景山东街 20 号　　邮政编码：100009
电　　话：010-64041652（发行，邮购）
传　　真：010-84045799（总编室）
网　　址：www.taimeng.org.cn/thcbs/default.htm
E－m a i l：thcbs@126.com

经　　销：全国各地新华书店
印　　刷：三河市嘉科万达彩色印刷有限公司
本书如有破损、缺页、装订错误，请与本社联系调换

开　　本：710 毫米 × 1000 毫米　　　1/16
字　　数：285 千字　　　　　　　印　　张：21.5
版　　次：2021 年 11 月第 1 版　　印　　次：2024 年 11 月第 3 次印刷
书　　号：ISBN 978-7-5168-3124-3

定　　价：49.80 元

柳叶刀下的真相

法医，不仅仅是一份职业，更是生命的敬畏者！

一念善，一念恶；一念生，一念死。我们无法预知死亡的发生，但死亡一旦发生，我们就是最接近真相的人，柳叶刀下，层层鉴识，揭开真相，为逝者言，为生者权。

十七年，纵横生死间，唯有以笔言志，愿人间太平。这里，我们只谈案子，其中滋味，任人品味。借此，向所有奋战在刑侦线上的同行战友致敬！

特此声明，本书部分章节根据真实案例改编，案发情节、人名、部分地名均为虚构，如有雷同，纯属巧合。

文中难免有笔误、瑕疵，请您理解并批评指正，谢谢！

2020.8.12　浙江湖州

目 录

01 绿林双尸案：藏匿在身边的隐形杀手

仲夏端午前，平江县街头巷尾，茶余饭后，聚集在一起的人们总是有意无意地说起东郊竹林里那具裸体女尸，人心惶惶。

竹林正处于平江县城东，南环与东环的"丁"字路口，竹林以北紧邻南环路的非机动车道，这里铺建了好几条进入竹林和周边树林的林荫小道，竹林以南则是一条由西往东的河流，河对岸高耸的围墙内是一大片正在兴建的商品房工地。

6月4日清晨7点，一位在这片河域驾船捕鱼的老汉无意中透过岸边的钢丝网看到竹林里躺着一个几乎赤裸、披头散发的女尸，这一幕吓得老汉差点跌落河中。

很快，平江县东郊，乃至整个县城的和谐宁静就被一阵阵呼啸而至的警笛声打破。

竹林面积相当于两个篮球场大小，林内竹子疏密相间，竹竿细长。几天前的一场大雨将灰蒙蒙的竹林冲刷得非常干净，一片翠绿。在湿闷的竹林

1

里，地面被枯枝、草叶覆盖着，踩上去十分松软。

对于这片竹林，平江县公安局的人再熟悉不过了。四年前，有三个小孩跑到竹林里面玩耍，不慎跌入河中全部淹死，此事轰动一时，让人悲悯。发现女子尸体之地正是当年三个孩子的落水之处。这里是竹林里唯一一片较为开阔的地方，只生长着几根歪斜的竹子，河岸边有两棵百年的老桑树，每到夏季桑葚成熟时，小孩们都喜欢跑进竹林，爬到树上摘食桑果，当年那三个小孩就是因为摘食桑果才发生的意外。此后，这里的河岸边便装上了一排钢丝防护网和一块警示牌。

当时负责勘查现场、检验尸体的就是叶剑锋、陈卫国、周国安和周权根，平江县公安局历史上最强的刑事技术四人组。这个小组因为前年整个江川市公安系统人事调整而解散，从市局领导到县区普通科员，很多人的职位和职务都发生了变动。如今，陈卫国已经荣升为平江县公安局刑侦大队教导员，不过只要他还顶着省刑侦专家的头衔，就永远也脱离不了痕迹技术工作。紧随其后的周国安升为技术室主任，周权根升为副主任，也都是顺理成章的事了。

现在四人组中已有三人到达了现场，他们已经在竹林东边开辟了通道，踩着几块铺垫好的通行踏板，像棋子一样按照既定的路线挪动，向中心现场迂回前行。缺席的那位，就是已经调入江川市公安局刑科所担任副所长一职的叶剑锋，此时他正和师父魏东升在绿林县复勘一起双尸案件的现场。

严格来说，绿林县这起双尸案件暂时被定性为"6·2绿林县鸿图小区非正常死亡事件"，之所以这么定性，是因为警方目前只知道这两名死者的身份、死因，但他们是死于意外、自杀，还是他杀？仍无法定性。

死者是一对恋人，男的叫许新武，女的叫吴辰，非本地户籍。6月2日早上10点，同事叫门不应，便拨打了110和120，警察破门后才发现两人已经死亡了。

男子死在出租房客厅的卫生间内，身穿短袖T恤和内裤，内裤已经脱到大腿的位置，侧倒在坐便器与门口之间的地面上；而女子则身穿睡裙、内裤，死在卧室的床上，房门半开。从原始现场不难分析出，男子应该是在上厕所时突然死亡的，女子则是在睡梦中死去的。

房屋的门窗紧闭，卧室里拉着窗帘，床头灯仍然亮着，空调仍在运行，卫生间镜前灯也未熄灭，两名死者体表无损伤，也没有捂口鼻、掐颈导致的机械性窒息损伤的迹象。尸体有轻度腐败，口鼻腔已经发散阵阵尸臭，腹部也出现了尸绿，但尸斑仍然呈现出一种独特的樱桃红，尤其是皮肤白皙的女死者，更加典型。其实在当天下午解剖结束后，大家心里基本上对死亡原因已经有了答案，直到第二天他们的血液中HbCO（碳氧血红蛋白）含量检测出来后，死因才算被真正确定下来。男死者许新武血液中HbCO浓度达46%，女死者吴辰血液中HbCO浓度达41%，两人因一氧化碳中毒致死已经确认无疑。

死者的身份、死因都已经明确了。从6月2日发现尸体到6月4日，经过两天时间的调查走访，两名死者生前的生活工作情况和家庭社会关系也基本查清了。

吴辰两年前大学毕业后离开家乡来到绿林县一家公司上班，后来认识了在同一家公司上班的许新武，一年前两人确定了恋爱关系。半年前，既是同事又是闺密的吴辰和吴娅萍搬进了许新武租住的鸿图小区一幢五层居民楼。鸿图小区位于老城区，楼盘陈旧，户型不大，两室一厅，一厨一卫，房子位居五楼，屋内整洁干净，价格公道，所以是他们的不二之选。按照约定，吴辰和男友许新武住在南侧的主卧，吴娅萍住在北侧的客卧。

5月29日，公司安排许新武、吴辰去上海出差，5月31日下午，两人回到了公司，晚上和同事吃完饭、唱完歌，直到夜里11点多钟两人才打车回到住处。晚上11点17分，许新武打出了生前最后一个电话，11点28分，吴辰发出了生前最后一条短信，此后他们的电话再无应答，直到他们的尸体被发现。结合尸体轻微腐败的现象和胃内容物消化的程度，还有现场的迹象，可以推断出二人几乎是在同一时间死亡的，最合理的死亡时间段是在5月31日的后半夜，也就是6月1日的凌晨。

而和他们同室的吴娅萍，在5月25日就已经辞职离开了公司，并且搬离了出租房。

原本大家并没有太在意这个人，毕竟她在事发前一周就已经离开了。但在后来的调查中，警方逐渐发现吴娅萍的离开极可能与两名死者有关，具体原因是吴辰怀疑吴娅萍与自己的男友有染，两人从闺密逐渐变成了"情敌"，为此在公司还发生过几次争吵。最为可疑的是，吴娅萍最后一次出现恰巧就在5月31日，也就是许新武和吴辰死亡的前一天上午10点左右，她去公司结算最后一笔薪水，之后就不知去向，原先的手机号码也停用了，直到昨天才查到她新换了个号码，但一直联系不上她本人。

经过进一步调查，警方才摸清了吴娅萍的大致行踪轨迹。5月31日上午10点，她从南京到的绿林县，晚上10点多离开，去了平江县，手机最后一次关机是在6月3日晚上11点27分。而且据分析，可能有个男子与她同行。这个在不恰当的时间和地点出现的人，也让看似一场意外的死亡变得更加蹊跷。

对于叶剑锋和整个专案组来说，最大的困扰还不是吴娅萍这个人，而是中毒途径，两名死者是如何吸入大量一氧化碳的？

再一次来到现场，大家就是想搞清楚这个问题。否则，不仅无法向死者交代，更无法向死者家属交代，也无法平息社会舆论！因为这件事，各种谣言已经在周边大肆扩散了，搞得人心惶惶。

没有外人暴力侵入的迹象，没有损伤，没有其他的死因，这都不是问题。

"但奇怪的是，这些一氧化碳到底是从哪里来的？"绿林县公安局技术室主任沈海冰反反复复检查过厨房和卫生间后，显得更加急躁了。

厨房根本就没有煤气罐，也没有安装煤气管道，只有一个电磁炉，还是放在橱柜的最底层，布满灰尘的灶台上放着一个洗漱盆，而盆里干涸的水垢污迹，更加说明这间厨房很长时间没开过伙了。卫生间的塑料盆和洗衣机里有两名死者换下的内衣，可以确定两名死者生前洗过澡，但他们用的也是电热水器，不会产生一氧化碳。此外，家中也没有燃烧过任何东西的痕迹。

"看来这屋子里的确没有一氧化碳的源头！"魏东升也满腹狐疑，他心里已经肯定了煤气是外来的，但煤气是如何进入屋内的，实在让人费解。

闷热的六月，屋内所有门窗都是紧闭的，这比较反常，但是经过几天的勘验调查也已经发现了合理原因，一是因为死者刚出差回来，门窗关着合情合理；二是他们回来当天正是风雨交加的大雨天气，不可能开窗，也比较正常。

沈海冰深叹一口气说："妖气！"

"就算是妖气，也得捉住这只妖。"叶剑锋很镇定地说，其实他心里已经没办法了。

绿林县公安局刑侦副局长张仲一直在琢磨魏东升的那句话，他苦恼地嘀咕道："看来外人投毒的可能性比较大了。"

张仲所指的外人投毒，之前大家私下里讨论过，那是在案发初期、调查粗浅的时候做出的各种假设之一，现在看来说不定是真的了。

"不能排除。"魏东升说得很干脆，"采用一氧化碳投毒比较罕见，但不是没有。比如拿根塑胶管从外输入，又或者趁死者熟睡时偷偷在屋里烧炭，然后再拿走，理论上都是有可能的。但目前还没有任何依据证实。"

如果真是被投毒，那么目前嫌疑最大的就是吴娅萍，这个女人很关键，叶剑锋忍不住问了一句："张局，那个吴娅萍的事有眉目了吗？"

"正在查！"

张仲话音刚落，魏东升的手机即刻响起。电话的内容很简短，今天早上平江县东郊竹林里发现了一具裸体女尸，初步勘查可能是他杀。

真是一波未平，一波又起。

"天呐！死神来了吗？"得到消息的叶剑锋表示很无语。

此时，平江县公安局的刑事技术人员正在竹林中穿梭，举步维艰地勘查现场。

女子僵硬地躺在闷湿的竹林里，身上除了内裤，再无其他遮体衣物。尸体离河岸铁丝网很近，只有一步之遥，头东脚西，仰面朝天，左侧颈部有两处伤口，因为大量出血看上去有些模糊不清，周围皮肤沾染的血迹已经有些干结，竹叶上洒满厚厚的血迹，有些血液已经渗入泥土里。枯竹叶沉积的地面，让人几乎无法辨认出足迹，只有那些掉落的枝叶上深陷的凹痕才能看出有人为踩踏的痕迹，但是整个现场并不凌乱。

距离尸体东北面 9 米的位置，稀疏的竹子间堆积着一些女性衣物，衣物旁散落着一双粘有泥迹的高跟鞋，这显然是属于死者的。但死者除了左手腕上有一圈红绳以外，再没其他饰物和随身物品。更没有发现可疑的致伤工具，比如带血的利器。

眼前的一切让人闪现出的第一感觉是，这极可能是一起抢劫强奸杀人案。此前，老百姓们也正是这么传播的。

端午节前，龙舟大赛举办地，发生这样一起骇人听闻的杀人案，其社会影响就变得异乎寻常了。

案发后，平江县公安局刑侦副局长宋志国带着十几名侦查员围绕现场和死者展开了一系列的调查工作。可等到刑侦支队长崔耀军率队到达平江时，死者的身份仍旧不明。

"那个路口的监控怎么回事？"刚一下车，崔耀军就指着竹林东面路口斥问刑侦大队长宋益达。

"这条路刚扩建不久,高清摄像头还没来得及装。"宋益达显得有些委屈,"不过,对面的那个翠林小区西大门有个监控,西面最近的路口也有一个,我已经派人去拷贝了。"

宋益达说的是实情,新增一个高清视频监控点,要经过规划、预算、审批、布线、安装、调试等程序,是需要些时间的,不是动动嘴皮子就能解决的。

崔耀军也没了责怪之意,继续问道:"那死亡时间有个初步估计吗?"

"根据初步走访情况,结合法医的推断,我们综合判断死者在昨天晚上9~12点之间死亡的可能性较大。"

"这样,益达,监控时间段还是要放宽点。"宋志国说,"但重点先看晚上9~12点的。"

"这个已经安排下去了。"

"这个时间范围还是有点大,再细细研究下,看看能不能缩小范围。"崔耀军仍有些许的不满。

说话间,几位领导已经靠近了竹林,但是一块写有"正在勘验,严禁入内"的警示牌,挡住了他们的去路。

按照目前的勘查进度,非刑事技术人员还不能贸然进入中心现场,崔耀军深知这一规定,但还是急于想尽快进去,以便尽快部署下一步侦查工作。他环绕竹林外围一圈后,对身边的市局刑科所所长杜自健说:"自健,你和卫国他们几个商量下,想办法尽快开辟一条通道,有些没必要的竹子可以先砍掉,你们根据现场痕迹自行决定吧。还有,剑锋大概什么时候到?"

杜自健抬起左腕看了眼手表说:"刚出发不久,估计还有40多分钟。"

接到指令后,为了驰援平江县的命案,绿林县局派了一辆车先送叶剑锋赶赴平江。疾驰的警车里,叶剑锋不停地接打着电话,等他到了现场,对基本情况也有了大概的了解。

一下车，他就直奔这片熟悉的竹林。

除了越来越多围观的路人、过往车辆，先前到达的几位市局领导，已经回到案发辖区的东林派出所四楼的会议室。竹林外警戒范围被进一步扩大，警戒线以内临时支起了一顶防雨帐篷，帐篷里面除了一些物证箱、勘查器材，还有刚刚砍下的几段竹子。

这几段竹子是无关紧要的，这是为了方便勘验、搬运尸体、开辟通道而砍下的，叶剑锋沿着通行踏板往竹林深处走了十来步，就看到几个熟悉的身影，还有那具女尸。

弯腰勘验现场的陈卫国一抬头就看见了正缓缓靠近的叶剑锋，没有见到魏东升，他就明白了绿林县那边的事还没有搞定。

"大法师，辛苦啊。"陈卫国起身问候。

"同苦同苦。"叶剑锋应声苦笑，和这些老熟人一一打过招呼后，问道，"怎么没见权根和小曹？"

"殡葬车师傅忘带裹尸袋了，权根去局里拿了。"技术室主任周国安说，"小曹昨天值班，后半夜去了一个溺死现场，估计刚睡醒，待会儿就来。"

"真是不消停啊！"

现场一个接一个，这是极其痛苦的，但又怎么办呢？眼前的一切，才是当务之急，因为真相就藏在它们中间。

周国安带着其他几个技术员继续勘验现场，叶剑锋则跟着陈卫国，时前时后，时左时右，时而站立，时而蹲下，时而注目不语，时而轻声交谈，但多数时间是陈卫国在说，叶剑锋在听。

陈卫国首先就向叶剑锋点明了现场的进入口在竹林西北面，靠近公路一侧，中心现场除了死者高跟鞋留下的足迹，还有几处非死者的足迹，只是地面盖的杂物有些厚，看不清足迹的鞋底纹路，很难区分是哪种鞋印，但从几处鞋子的踩踏痕轮廓弧度上仍可以区别鞋子的大小不同。凌乱的踩踏痕迹，集中在尸体和那堆衣物周围，还伴有一些散乱的血迹，经初步勘验，衣物上没有明显血迹。

还有两处血泊，一处量少些，在尸体头颈部位置，一处量多些，在尸体西北侧 3 米的位置。两处血泊间明显有一条大量的滴落血迹。叶剑锋对这条血迹格外关注，看了很长时间后，他做出了第一个判断："这具尸体是被抬过去的。"

这个想法与陈卫国的分析几乎是一致的，只是陈卫国可能没有叶剑锋那么果断地下结论，不是他水平不高，而是他要兼顾整个现场，可能还没时间把每个细节想清楚，水平越高，有时候反而越谨慎。

"大法师也这么看？"陈卫国非要多问一句。

叶剑锋边比画边说："没有拖痕是肯定的，散落的血迹，大小不一，形态不一，方向也不一样，有些显然是滴落上去的，但有些又像是抛甩上去的，尤其是竹叶上还有一些血迹是断断续续呈细条状的，这是带血的头发轻轻擦过而沾染上去的。"

短短三个多小时初步勘验的结果，已经提示死者是被他人谋害，而且作案人不止一人，这对后期的命案现场分析十分重要。

"嘟——嘟——嘟"，几声高频长鸣警报声勉强将围观的人墙冲开一条通道，两辆崭新的警车慢慢挤进了人群包围圈内，停在路边。

车门几乎同时打开，下来的三个人分别是市局刑侦副局长余世春和法医魏东升，还有一位很多人都不太认识，但陈卫国认识，叶剑锋更熟，这人正是绿林县局的副局长张仲。只是对于张局长的到来，叶剑锋心里直犯嘀咕，莫非这起案件还和绿林县有关？

想到这里，叶剑锋心里一惊，死者不会就是吴娅萍吧？市县两级负责刑侦的头儿都来了，看到这阵容，他预感错不了。

吴娅萍的手机一直处于关机状态，经过大量的侦查工作，吴娅萍最后的行踪被锁定在翠林小区一带。

魏东升、张仲这种刑侦老手有着特别的职业敏锐性，他们立即联想到平江县竹林里的无名女尸。

刚跨进现场没几步，张仲就接到绿林县那边打过来的一个电话，他应答了两声就匆匆挂断，转而对身边的几位领导说："刚得知一个情况，吴娅萍左手腕经常戴着一圈红绳，乳沟处有一颗痣，还有就是后背脖子下面有一个蓝色的蝴蝶文身。"

"哦？还有文身！"余世春先是一惊又是一喜，瞬时的惊喜之后他急忙说，"赶紧叫法医看看！如果有，拿手机拍个照发到那边辨认一下。"

站在不远处的叶剑锋，隐隐约约听到了什么红绳、乳沟、文身几个关键词，但不知道具体细节，等他靠过来弄明原委后，立即回到尸体旁。

肛温仪还插在尸体上，如果要看到死者背后是否有文身并且拍下来，必然要翻动尸体，动作不会小，这可能会影响尸温的准确性。尸温需要一个小时记录一次读数，而周权根去了30多分钟了还没回来，叶剑锋只能打电话给他，问问上一次的记录时间。

周权根其实早在10分钟前就该来了，这小子昨天晚上不值班，和同学一起喝酒喝大了，很晚才回去，回到家倒头就睡了。谁知一大早突发命案，他不得不早早起床，蓬头垢面地赶到现场后，还有些晕乎乎，要命的是，身上还散发着昨夜的酒精味，说话都带着酒味，被宋志国批了一通，话也不敢说了，所以他趁着回去拿裹尸袋的机会，顺便洗了个澡，换了套衣服，为了等刚睡醒的法医小曹，又耽搁了十来分钟。接到叶剑锋的电话时，他和小曹正在赶来的路上。

"锋哥，哦，不对，叶所长。不好意思，局里有事耽误了，我们已经在路上了，估计还有七八分钟就到了。"周权根心里感觉过意不去。

叶剑锋没时间和他贫嘴，直接问："尸温仪几点插进去的，当时温度多少？"

"哦。"周权根翻开放在车里的尸体检验记录说，"第一次是9点15分测的，尸温31.1摄氏度，环境温度24摄氏度。"

叶剑锋挂完电话，看了下时间，还差5分钟就到一个小时了，也不急于这几分钟。他拿出手机先拍下了死者手腕上的红绳，然后戴上手套，让照相人员拍好死者胸部原始状态后，轻轻擦拭了一下死者胸前的血迹，果然有一颗芝麻大小的黑痣。

两个特征完全吻合，八九不离十了。

5分钟过后，叶剑锋看了下尸温仪上的读数，一手扶着尸体的肩部，一手扶着尸体的臀部，慢慢翻开死者的肩背，拭去上面的血迹和杂物，背上一只蓝色蝴蝶栩栩如生。

很快，经绿林县那边确认，这就是吴娅萍身上的文身。

确认死者身份是能否破获此案的第一步，接下来的侦查方向和部署会更加明确。同时，根据吴娅萍手机关机时间，再结合所测尸温推算，吴娅萍的死亡时间被大致锁定在23点30分至0点30分左右，又进一步缩小了监控视频的侦查范围。

但她的死让绿林县警方有些措手不及。一个永远无法开口的人，不知道带走了怎样的秘密，这一切来得太突然，真相似乎更难以接近了。

周权根来得不早也不晚，时间掐得很准，就在准备清场、搬运尸体的时候，他带着裹尸袋和小曹赶到了，在做好尸体保护工作后，直接装车奔向了殡仪馆解剖室。

临近晌午的殡仪馆，刚刚送走了最后一波丧葬队伍，除了留守值班的工作人员，其他人都已经下班了。没有了哭喊、没有了喧嚣的殡仪馆，又重新沉寂在郊外的绵绵青山下。

各地殡仪馆都一样，都会隔离出一块偏僻的区域，建盖一座尸体解剖检验中心。这片毫不起眼之地，平时人迹罕至，连殡仪馆的员工都不会轻易造访，但对于法医来说却再熟悉不过了。

平江县法医尸体检验中心，叶剑锋也不记得自己曾经在这里送走过多少个枉死的冤魂。再次踏进解剖室的大门，一切陈设并无两样，只是味道似乎不大对，有股淡淡的尸臭味。这是后半夜法医小曹检验的那具水中腐败的尸体遗留下来的。

等不及这味道完全散去，吴娅萍的尸体又被推了进来。小曹参加工作还不满两年，很少参与这样重大的命案，对他来说，这是一次难得的实战和学习机会。再一次站在解剖台前，他的交感神经变得异常兴奋起来，刚刚还有些困乏，现在却已精神满满，在叶剑锋的指导下操作得有条不紊，只是略显紧张。

他怎么会不紧张，旁边还一直站着江川市泰斗级的法医魏东升，这位老专家进来后，目光就没离开过解剖台。

给僵硬的尸体脱去一件件衣服可不是件容易的事，好在吴娅萍只穿着一条内裤，倒是省去了这个烦琐的环节，但这并不意味着麻烦会减少。里里外外、前前后后检查了几遍，他们丝毫没发现吴娅萍被暴力性侵过的迹象。这就是问题所在。

"性侵未遂？"

周权根说出所有人的第一反应，但静下心来想想可能并非这么简单。叶剑锋很快联想到现场那堆衣物，他双手撑在解剖台上，双目凝视着这条蓝色蕾丝内裤，总感觉哪里不对劲，但一时也说不出个所以来，所以他回了一句："那倒也不一定。"

说完这话，叶剑锋习惯性地看了师父一眼。

师父一如既往地保持沉默，这是他多年的习惯，似乎也是很多老专家的态度，不到关键时刻，不轻易发表看法，常常给人一种深不可测的感觉，这就是高人的气场。魏东升的思维，一般人很难跟得上，他早已想到另外一种可能性，不过还需要很多客观依据来支撑。

吴娅萍全身的血迹污渍已经被擦拭干净，只是颈部两处创口还在断断续续地往外冒血，要看清创口边缘的细微特征，还得不停地擦去流出的血迹。不止这里，就在两处创口下方的锁窝处还有一处创口，也在时不时地往外冒血。这三处就是致命伤所在，除此之外，还在两个部位发现了损伤，左前臂一处，左腹部一处，不过只是皮外伤而已。

五处损伤，共同的特征是，都符合锋利的锐器所造成的伤口形态。

叶剑锋拿出一把没上刀片的刀柄，分别探查了尸体颈部和锁窝的创腔，说："这三处伤都是刺入的，接近单刃刺器，偏钝的创角挫伤比较明显，皮肤上还有些不连续的点状擦挫痕。创道有些深，估计颈部和锁骨下血管都被刺破了，锁窝这一刀，应该是从上向下刺的，估计力道还不小。锁骨和第一肋骨有骨裂，颈部两刀刺入时也偏向右下。"

将这三处创口合拢后，他又说道："看上去，刀刃不窄，估计有 3 厘米左右的宽度，刃背厚度 2 毫米左右，八成是把刀背有锯齿的单刃匕首，很锋利。"

魏东升点了下头，说："把死者背部翻过来看看。"

周权根和小曹合力将尸体翻过身后，背部又有两处伤呈现在眼前，虽然很浅很细微，但在一个已经失血过多、肌肤苍白的女人身上并不难发现。一处是浅表的划伤，位于左背部，一处是浅表的创口，位于左腰部。

孤立的损伤不在于轻重，往往更有价值，当然，这要综合来分析。

"剑锋，给国安打个电话，问问那堆衣服检查完了没有。"魏东升说。

接到叶剑锋的电话时，周国安已经把衣物摊开了，正在逐一检查，他检查得非常仔细，描述得也非常仔细，两人来了一场隔空互动，十分默契。

一挂断电话，叶剑锋便对师父说："死者的长袖T恤衫左腰处有一处破损，应该和腰部损伤对应，外裤的右裤管上有一处疑似鞋印，还有她的文胸后面的背带像是被割断后扯下来的，右高跟鞋鞋跟也有些裂痕。"

小曹激动地说："这样看来，死者右大腿那处皮肤微微发红，是被踢的。"

"不仅如此，左腰的这处损伤有威逼的可能。"周权根说。

"应该是威逼伤，但这一脚也不会踹得无缘无故。"叶剑锋说完，心生疑问，"案犯不止一人，手里又有刀，何必多此一举？"

魏东升这时脱下了手套，活动了一下腰板，说："这里面大有文章，等会儿慢慢讨论，尸表检查完了就准备解剖吧，时间也不早了。"

时间的确不早了，这一解剖又是两个多小时。

下午两点，案发前曾经出现在现场的一辆可疑宝马车的车主被带到了东林派出所询问室。

车主是一个叫秦昊的男子，41岁，在平江县开了两家装饰公司，是吴娅萍现在公司的老板。刚得知吴娅萍死在城东的竹林里时，他整个人都蒙了，缓过神来后，他第一句话问的是："她怎么死的？"

"怎么死的，还没结论。你把昨天晚上的事说清楚，仔细说！"宋益达死死地盯着他。

事情不说清楚，肯定是出不去的，秦昊只能一五一十地坦白。

秦昊的妻子叫王丹，在秦昊坦白后被带进所里，知道被传唤来此的缘由后，这位平时倔强、彪悍的女人一时不知所措，只是一个劲儿地哭。侦查员问一句，她就答一句，足足问了两个多小时，才把事情大概说清楚。

秦昊与吴娅萍在两个月前的一次饭局中相识。那时候，情绪低沉的吴娅萍，受到了秦昊的格外关心，这让她颇受感动。此后，一来二往，两人顺理成章地发生了不正当关系。说来也巧，王丹在一次帮秦昊处理交通违章的时候，意外发现了一张高清抓拍图片，半夜 12 点，秦昊车里的副驾驶座上坐着一个年轻貌美的女人。回家后，王丹逼问秦昊车里的女人是谁，秦昊只说是客户，但是疑心的女人怎么可能就这样被打发呢？

6 月 3 日晚上 11 点多，王丹在翠林小区一个棋牌室里和小姐妹打完麻将准备回家，正好看到秦昊的车开到竹林西侧一个黑灯瞎火的地方停下了。王丹感觉不对劲，一路小跑跟了上去，拿手机一照，果然见自己老公和副驾室座上的一个女人抱在一起。见到光，车里两人吓坏了，秦昊准备开车"跑路"，结果王丹死死抓住了副驾驶门把手。双方僵持了十来分钟，秦昊只好打开车门，王丹拉开车门狠狠踹了坐在副驾驶座上的女人两脚，这人正是吴娅萍。秦昊立马下车抱住了王丹，吴娅萍才得以逃离。

为了一个"小三"在大马路上吵架实在是太丢人，王丹一通脾气发完后，被秦昊软磨硬泡拉上了车。上车后，她愤怒地将座位旁的一个女式皮包扔到了窗外，然后哭哭啼啼地被秦昊带回了家。

这个皮包正是吴娅萍没来得及拿走而落下的。

夫妻两人的陈述基本一致，也都一口咬定吴娅萍的死和他们无关，不是警察找上门都还不知道吴娅萍的死讯。秦昊后来还交代了 5 月 29 日带吴娅萍去南京，5 月 31 日赶到绿林县后又回到平江县这一事实，同时他也极力证明自己对绿林县许新武和吴辰的死毫不知情。

他们的话有多少可信度，还有待印证，平江县和绿林县两地警方开始顺着他们说的每一个细节进行点对点的调查。

绿林县刑侦人员的工作并不复杂，无非就是调查当日秦昊和吴娅萍的行踪轨迹有无疑点。而对于平江县的刑侦人员来说，除了杀人动机不明确以外，时间、地点、作案人数，还有不知下落的财物，一切都太巧合了，无法轻易排除他们夫妻二人的嫌疑，还有人根本不相信这是巧合，这让警方更加头疼。

巧合就是最大的疑点，太多巧合更显出最大的嫌疑，谁都不会轻易相信他们的话，但不能因为巧合就想当然地推定谁有罪，有些冤假错案往往就是这么来的。

是抓，是放？全凭证据！

除了吃喝拉撒，专案组的各路人马一刻也停不下来。跟着这急促的节奏，解剖结束后，法医工作也没有停下来，他们兵分两路，周权根和小曹跟着周国安一组对秦昊夫妇进行人身检查和车辆勘验，叶剑锋跟着魏东升重返现场。

老天爷阴沉了一天，临近天黑，还是不给面子，下起了蒙蒙细雨，不过身处竹林中，这点雨完全可以忽略不计。竹林已被河道对面工地吊塔上高耸的探照灯光笼罩，光线从浓密的竹叶间透射进来，疏影横斜，林中并没有想象中那么黑暗。湿漉漉的马路边灯火昏黄，除了偶尔过往的车辆，罕见人影。阴暗的竹林深处有些光影在晃动，时不时还传出说话声，让个别的过路人心里发怵，只好绕道而行。

陈卫国手持已经调试好的多波段光源，戴着特殊的有色眼镜，看到竹林地面多处都显现着荧光。精斑、唾液、尿液等都会发出荧光，在这种开放的野外环境下很难甄别，于是他问了一句："政委，尸检能排除死者被性侵吗？"

"嗯，至少可以排除暴力性侵。"

"我也觉得可以排除。"叶剑锋说，"最起码在竹林这种环境下没有发生，死者内裤位置正常，没有破损，内裤内层和臀部、会阴部体表干净，没有杂草污迹。这足以说明死者没有被强奸的迹象。"

"有没有可能是强奸未遂，然后激情杀人？"陈卫国说。

"不一定就是'谋性'，可能是谋财，也就是说可能是抢劫。"魏东升说。

"谋财？"陈卫国迟疑了一会儿，说道："那得先有财物可抢，可根据秦昊夫妇所说，死者逃走时把包落在了车里，后来被王丹扔掉了。除非是抢她的首饰，但据调查，死者当时也没戴什么值钱的项链、戒指啥的，而且国安下午搜过死者的出租房，死者平时戴的一条金项链和一枚戒指都在出租房里，还有两张银行卡也在。"

见魏东升一时没说话，陈卫国接着说："还有，如果为了谋财抢劫，又何必脱了死者的衣服？"

"脱衣的目的不是为了'谋性'，而是有目的性地控制死者。"魏东升突如其来的一句话让人费解。

"控制？"宋志国很诧异。

叶剑锋也是一惊，然后很快就顿悟了："师父的意思是，案犯逼迫死者脱去衣物，目的是为了控制死者，不让死者轻易逃跑，死者毕竟是女性。"

"那何必这么麻烦，案犯有刀，又不止一人，完全可以控制住死者。"宋志国还是想不通。

"是有些难以置信，但完全有这种可能。"魏东升说，"我看过现场衣物的状态，裤子和上衣很像是自己脱下来的，但文胸又是在被刀挑断背带的情况下扯掉的，说明死者是在被威逼恐吓之下脱的衣服。还有，脱下的衣物离死者死亡的位置距离较远，可以说是人衣分离。至于为何采取这种方式，那就是案犯的心态问题了，我估计，一是过于自信，二是带有戏耍的性质。"

宋志国又陷入了沉思，魏东升是法医专家，既然这样说必定有自己的道理，他也不必追问下去，毕竟这本身也只是一种推理分析。

魏东升突然问陈卫国："卫国，刚才你提到可能是激情杀人？"

"对！死者被杀后，案犯将尸体抬到铁丝网边上，我们也勘验到铁丝网有明显被破坏的新鲜痕迹，上面也有接触状的血迹，这说明他想破坏铁丝网把尸体抛到河中，但没有成功，这也说明案犯最初没有杀人抛尸的准备，否则不会选这个地方，再结合你刚才说的这种控制行为，如果成立的话，更加说明案犯没有充分的准备。"

魏东升借着手电光，看到锈迹斑斑的铁丝网已经明显变形，与钢柱的焊接点有些新鲜断裂痕，看罢后，他说："这个铁丝网估计不仅被踹过，应该也被手扳过，所以保不齐案犯的手会受伤，也说不定铁丝网上会留下些东西，我觉得你们还得检查得再仔细些。"

"放心吧，政委，所有案犯可能接触的东西，我们都检查了，包括竹竿上的可疑痕迹，地面上的一些可疑的卫生纸、垃圾袋等乱七八糟的玩意儿，也都提取了。"

叶剑锋思索了一会儿，说："两位刚才说到激情杀人，我认为严格来说，应该是案犯因某种原因临时起意而杀人，但我也不觉得是强奸未遂而杀人。从死者的损伤部位和特征，尤其是三处致命伤被刺的方式和方向，再结合她身体上的血迹分布情况来看，死者并不是在遭到性侵后的反抗过程中被刺的，更像是在她蹲着的时候，几乎无防备和反抗的情况下被连续刺了三刀，她只是用手本能地去抵抗了一下，并且死之前她也本能地捂住了受伤的脖子。还有一点，我甚至怀疑，案犯作案很可能也只是临时起意，至于那把刀嘛，可能是平时随身携带的也不一定。"

"你也是倾向于抢劫了？"宋志国问道。

"是这个意思。"

宋志国又问："刚才政委提到威逼脱衣有戏耍的意思，那换个角度看，是否也有故意羞辱她的意思呢？"

戏耍和羞辱，词义不同，性质有别。如是羞辱，意味着案犯对死者可能有仇视的心理，为了泄愤，为了报复，显然，照此逻辑推论下去，作案人的指向不言而喻。

魏东升说："深夜，在如此隐蔽的地方，又如此大费周折地威逼死者脱衣，而保护隐私部位的内裤却没脱，几乎达不到羞辱的效果。"对这个问题，他也只是点到为止。

明白人都听得出他俩这一问一答的话外之音。

魏东升话锋一转："其实我在想，在多人拿刀已经控制住死者的情况下，完全可以劫得财物，又为何要采取这种方式防止她逃跑？又为何要将她杀死？"

"是啊。"宋志国一筹莫展，"不否认劫财的可能，但还不知道死者到底有哪些财物损失，那个包现在还下落不明，如果真被扔了，也不知道被谁捡走了。"

提到被扔掉的包，陈卫国想到了正在勘查车辆的周国安，他立即打电话询问最新进展。周国安脱下PE手套，拿起电话说："差不多看完了，车还没清洗，没发现什么可疑的血迹、物品。"

"人身检查做完了吗？如何？"

"做了，也没什么异常。"

如此看来，秦昊夫妇的嫌疑被进一步排除了，现在必须把侦查重点从这夫妻二人身上转移开。来不及回到专案组，宋志国走到一旁，用手机和崔耀军商议下一步的重点工作。很快，崔耀军传达了市局领导的意思，同意他的意见，暂时放了王丹，秦昊还得留下，看看从他嘴里能不能挖出更多有价值的线索，毕竟他是吴娅萍生前接触最频繁的人。

雨哗啦啦地下了起来，风也呼呼地吹了起来，四个人赶紧撤出了竹林。

雨天路滑，警车向东林派出所缓缓驶去。车快到派出所门口的时候，宋志国接到一个电话，这个电话让他惊喜不已，挂断电话后，他来不及向魏东升三个人说明情况，急忙对司机说："小乔，不去所里了，直接去局里，顺便在老平江饭店门口停一下。"

车子一掉头，宋志国这才道明原委，秦昊几天前送给吴娅萍一张南江省的招商银行卡，这张卡的持有人不是吴娅萍，是他自己。昨天晚上 11 点 57 分，在老平江饭店附近的一个 ATM 机上有过插卡记录，但无交易记录。

"无交易记录？卡里没钱吗？"叶剑锋问。

"秦昊说里面有 2 万。"说到这里，宋志国有些恼火，"这家伙真是个坑货，一开始不说，害得我们到一家家银行去查吴娅萍名下的卡，一直没什么结果。浪费我们多少时间！"

"你们也够厉害的，深更半夜，这么快就查到了。"

"肯定是领导亲自和银行沟通的，特事特办嘛。这个年头，破案没这些银行、电信、移动、网络平台积极配合，还真不好办。"

惊喜来得如此突然，确实让人觉得兴奋，但叶剑锋转而一想，说："是个好消息，但还不能期望太高，这卡说不定也是取款人捡来的。"

宋志国并不这样认为，他说："不会是捡来的，捡来的卡不知道密码去 ATM 机也没用啊。"

"说不定这人捡到了，想去 ATM 机上乱试密码呢？什么 666、888，反正不费吹灰之力。"说完，叶剑锋对自己这个异想天开的想法都感到好笑。

平江饭店早已经关门打烊了，街上只有寥寥几个路人，虽然下着大雨，但行人还是忍不住停了下来，远远地望着 ATM 自动取款机前几个警察忙碌的身影。

老百姓并不知道这里和竹林凶杀案有关联，但看到越来越多的警车到来，他们猜想可能又发生什么大事了，兴致盎然的议论声此起彼伏。

杜自健亲自带着两个技术员在查验取款机，开放式的公共取款机也许不会留下什么有价值的线索，但万一留下线索，那就太珍贵了。

宋志国下车后，只是短暂停留了一会儿，然后又坐上车在周围兜了一大圈，接着拿起手机，在电话里指派了几个人搜索、拷贝周边能利用的一切监控。

陈卫国提醒了一下他："从竹林到这里估计有两三里路程，案犯说不定有交通工具，比如摩托车之类的。"

"嗯，很有可能。"

叶剑锋好奇地问道："宋局，你们之前不是查过翠林小区门口的监控吗？除了秦昊的宝马车，没发现其他可疑车辆？"

"查过，竹林南环路西面 400 多米第一个路口的监控也查了，有十几辆可疑车辆基本被排除。但监控都有死角，尤其是小区门口的监控范围更加有限，像摩托车这种小车极可能漏过去了。现在，就指望取款机上的监控，还有附近的街边监控了。"

破案，有时候是要靠点运气的，这和考试一样，准备越充分的人获得运气的概率就越大，所以都说机遇是给有准备的人。

县局刑侦大队视频作战室已经人满为患了，30 多平方米的办公室里，十几双眼睛盯着几台电脑，为的就是一睹 23 点 57 分出现在 ATM 机监控中的可疑身影。

在监控有限的范围内，他们只看到一个戴着头盔的人，昏暗的光线无法让人看得再清楚些，这不是大家想要的结果。原本大家都满怀着期待，可喜悦之情刚刚涌上心头，便又低落到谷底。

只有视频作战室主任章安浜镇定自若，他习惯性地拿起桌上的滴眼液，打开瓶盖，仰起头，朝着双眼轻轻挤出两滴，然后紧闭双目说道："小杨、小王，你俩带几个人分工，把其他几个监控仔细看看，注意这个戴着黑色头盔、穿着深色上衣的骑摩托车或电瓶车的人。"

"好嘞！"两人异口同声答道。

"还有，要注意，可能不止一个人。"章安浜特意叮嘱了一声。

夜越来越深，人也越来越困，该休息的已经休息，不能休息的仍在坚守。章安浜和他的手下今晚注定要在办公室里度过了。

叶剑锋沾了师父的光。考虑到魏东升毕竟年事已高，血压也高，这几天又一直在绿林和平江两地忙活，领导让叶剑锋陪他师父先行去宾馆休息。两个人都是呼噜大王，尤其是在十分疲劳的状态下入睡，呼噜都是震天响，打起呼来似乎谁都不服谁，一个比一个响，所以他们师徒二人一起出差办案，如果有条件的话，都会各自选一个单人间住下，互不干扰。此外还有个原因，叶剑锋习惯开着电视睡觉，尤其是新闻台，从早到晚反反复复重播的那些新闻是他最好的催眠剂，而魏东升没这习惯。

午夜后，在一档接着一档的《新闻快播间》中，叶剑锋的呼噜声很快就响起，在一个接着一个的梦境中，他又迷迷糊糊地醒来，这次醒来后他再也无法入睡，《早间新闻》里重复播报的一则新闻，让他一个激灵，挺身坐起，新闻的标题是"无良饭店改烟道，下水道里冒油烟"。大致的内容就是，某小区街面的一家饭店私改排烟管道，将油烟排入小区下水道，造成多个居民家中味道呛鼻。

这让叶剑锋不由地想到绿林县那对死于非命的情侣。

绿林县双尸案时至今日，犹如一个死结，这个死结让办案人员的心纠结不已，让死者亲友痛苦不堪，质疑、怨愤、绝望，他们快对警方不抱任何希望了。元凶不明，任何解释在他们眼里都显得苍白无力。

有毒的气体有没有可能是从下水管道进入死者屋内的？完全有可能，可是这气体又来自哪里呢？叶剑锋靠在床头，仿佛又置身现场，努力搜索脑海里构建的现场概貌，反复琢磨，他觉得最大的可能就是东南面不远处的那家洗浴中心的锅炉房。

那间锅炉房的排烟管道是否也被改过？

叶剑锋思来想去，觉得这虽然是突发奇想，但不能排除这种可能性，他决定暂时先不打扰师父，而是第一时间与绿林县刑事技术室主任沈海冰分享了这个想法。

　　沈海冰听后，一开始也是觉得匪夷所思，但他静下心来一想，并不是没有可能，有多大可能性，还取决于实地勘验。叶剑锋也正有这个意思，等勘验过后再决定是否向师父汇报。

　　魏东升并没有比叶剑锋多睡一会儿，7点不到，他就接到了宋志国的电话。

　　"政委，我联想到你之前说过案犯采用脱衣的手段，目的是控制吴娅萍。你看是不是有这种可能，一个案犯在竹林里一边控制着死者套取银行卡密码，一边通过手机向在ATM机前的另一个案犯传递密码？"宋志国打电话给魏东升就是为了探讨他的这个推论。

　　魏东升在睡梦中被突然吵醒，脑袋还有些昏昏沉沉，他让宋志国又复述了一遍后才彻底清醒过来，稍作调整后，他才说："你分析得很有道理，那看来这个人疑点很大了，这样吧，等一下见面再详谈。"

　　这师徒二人还真是有默契，两人下楼吃早餐时正好在电梯口遇到。因为来得太早，一楼自助餐食材刚刚才摆上餐台，食物都是满满的，位子却是空空的。

　　宋志国的那个电话显然如一剂兴奋剂，让魏东升心情大好，胃口大开，两个鸡蛋、一大碟炒面、一盘水果、一杯橙汁很快就进肚了。叶剑锋看到这一幕，正诧异地寻思着师父今天这是怎么了？

　　魏东升却主动和他说起来昨天监控视频的情况，这让叶剑峰欢喜不已，说明他们先前的推测基本上是正确的，接下来的重点工作就是侦查上的事了。视频追踪、技侦研判、布控、抓捕，都和法医无关，至少他不用操这份心了，所以他也把今天早上关于绿林县案子的想法毫无保留地告诉了师父。

魏东升听到徒弟的汇报，毫不吝啬地夸奖了他一句："真是长江后浪推前浪啊。"

叶剑锋心中一阵窃喜，但还是一本正经地说道："师父，今天这边没什么事的话，我想去趟绿林。"

"肯定要去！等下我们去局里把这边的事交代好，一起去。"

连续的阴雨天终于过去了，乌云慢慢地散去了，久违的太阳光芒万丈，温暖心窝，这注定是美好的一天。

视频作战室，章安浜和他的手下正靠在椅背上打盹，忽然被开门声惊醒，他顺势瞄了眼墙上的挂针，这才早上 7 点 40 分，心想谁这么讨厌，一大早就来骚扰他。不过一看推门进来的是宋志国，他也不好埋怨了。

看着睡眼惺忪的几个人，宋志国也是于心不忍，他只站在门口交代了几句："安浜，8 点半来四楼会议室，把昨天晚上的视频情况做个汇报，然后你们几个去休息会儿，我叫其他几个人过来接手。"

想到终于可以休息了，章安浜和小伙伴们又强打起精神着手准备。

虽然戴头盔的人还不知所踪，但连夜的奋战已经有了很大的突破，现在专案组大部分人都坚信，ATM 机前的这个人一直在和另一个人通话，这个人也许就是竹林里那个人的同伙。他以为戴着头盔别人无法看清他的真面目，但聪明反被聪明误，在这个季节其实很少有人骑车戴着封闭式的头盔，这反倒成为视频追踪的一个甄别依据。此人离开 ATM 机半个小时后，一辆摩托车出现在了 ATM 机西面 100 多米的一家宾馆门口的监控视频里，车速不慢，但在宾馆门前路灯的照射下，仍可以看出这是一辆白色的无牌踏板车。骑车的人戴着黑色头盔，穿着深色长袖衫，后面坐着一个穿着深色裤子、黑色上衣的人。后座的人没有戴头盔，但是脸紧紧地贴在骑车人的后背上，看不清长相，可后脑扬起的头发暴露了她的性别。

"你们分析过没有，后面这个能确定是女性吗？"崔耀军突然问。

章安浜说："从发型、体型和坐姿上分析，我觉得还是很有把握的。"

从他指明的几个特征看上去，的确符合女性特征，模糊的影像经过大脑神经网的过滤变得清晰起来，下一步的侦查工作也更加明朗了。

案件的脉络渐渐厘清，会议室的气氛也轻松了不少，魏东升趁着空当向余世春和崔耀东请示去绿林县的事，两位领导听后心情更加畅快，毫不犹豫地答应下来。临了，余世春还补充了一句："叫自健也一起去吧，这里的现场交接给卫国负责，有情况电话联系。"

绿林县那边的确发现了新情况。沈海冰带着技术室的兄弟们，在鸿图小区东南面那间锅炉房后面发现了异常。

洗浴中心紧邻小区东南面十几米，小区东面一段下水道距离浴室也就几米的距离，就这几米的地面上，有一小段不起眼的用水泥铺盖的通道。撬开裸露在地面上的水泥层，下面的管道明显有烟熏痕迹，从锅炉房往小区，颜色由深变浅，继续深挖，令人震惊，浴室锅炉排烟管直通下水道，确凿无疑。

针对这家洗浴中心的调查全面展开，不费吹灰之力，就迅速查明这家洗浴中心一个月前因为涉嫌卖淫嫖娼被处罚，同时又涉及燃煤排污问题，所以早已经被责令关闭整改。但老板利欲熏心，还是想着法子在晚上偷偷摸摸地营业。

叶剑锋到现场后也颇为震惊，他心里不免有些小骄傲，但是转而一想，他又觉得哪里不对劲。

"不对啊，暂且不说这烟的一氧化碳浓度有多少，它进入死者屋内又有多少？有个问题很奇怪，为什么其他房子里的人没有中毒，也没有察觉异常呢？"

叶剑锋这一问，一时也没人回答得上来。

杜自健也在考虑这个问题，他指了指近在咫尺的楼房问张仲："张局，除了五楼死者家，其他几个住户什么情况？"

张仲说："一楼、二楼四家都是租户，做生意和打工的。三楼、四楼都是几个老人家住的。五楼死者屋子对面是一家三口。"

"这几家的生活规律摸清了没？"

张仲不知道杜自健为何有此一问，但他知道必有原因，连忙说："除了二楼两家租户有时候上夜班，其他几家基本上晚上都有人在家的，两名死者是最后住进来的。"

"哦，对了！"说到这儿，张仲突然想起来一件事，"一楼的住户说案发前几天早上，他们闻到家里气味是有些不对，但也没多注意。"

"这么说，那个问题就能解释得通了，这几家平时都有住人，窗户基本上开着，屋内经常通风，不易觉察空气有异味。"魏东升说。

"我看不仅是这样！"杜自健"脑洞"已经大开，毫不犹豫地说，"我记得死者家里长期不开伙的，外加出事前几天又不在家，如果长期没有用水的话，那么厨房洗漱盆下面的沉水弯里不会有积水，早已干了，这样他家的管道就会直接和下水道相通，没有阻断，那么烟雾很容易窜进室内！相反，其他几家经常开火做饭，沉水弯里有水阻隔，烟雾不容易进到室内。再加上刚才政委说的，这一切就可以解释得通了。"

杜自健的话，语惊四座。

"对啊，我咋没想到！"沈海冰一拍脑袋，"我家新房子刚住进去，厨房间下水道就有一股子怪味儿窜进来，就是因为长期不用水，沉水弯里没有阻隔，所以有味道。"

叶剑锋则惊叹道："杜所一席话，胜读十年书啊！不'扶'墙，就服你！"

魏东升也被这一推论折服，他连忙对张仲说："张局，有几个问题得搞清楚，洗浴中心被封后，开了几天？锅炉每天晚上几点烧的？烧的什么煤？每次烧多长时间？"

这些都是急需解决的问题，张仲立即着手安排了下去。

死者楼下是一对退休的老夫妻，事发后这几天暂住在女儿家，通过居委会和他们联系并沟通后，他们非常通情达理，同意了公安局给出的方案：拆除他们家厨房的吊顶，以便查看五楼下水道的沉水弯情况，当然，事后的补偿是必须的。

和预料的一样，沉水弯里早已枯竭，只留下一层干瘪发黑的残渣，通畅无阻。这说明下水道的烟雾可以顺利进入死者家中。

烟雾可以进入死者家中，并不能代表他们一定就因此而死，洗浴中心的老板紧紧抓住这一点，做着最后的狡辩。

解决这个问题，只有一个方法，就是做侦查实验，专案组领导一拍即合，迅速讨论出实验方案。这不仅需要社区群众的配合，也需要环保部门、煤气公司的鼎力支持，不是一个绿林县能力所及的，这得由市局牵头，两级政府部门全力协调才行。

第二天一大清早，天蒙蒙亮，人们还在睡梦里享受着端午节的第一天假期。

在保证楼内居民安全的情况下，实验按照既定的方案开始了。选择这个时间段，是为了不引起太多人的注意，但还是有些拎着菜篮、提着艾草和菖蒲的路人饶有兴致地张望着，大量的警戒人员让人意识到这里又有重要的事发生了。

龙舟大赛也在这天如期举行。

平江县鱼尾漾岸边锣鼓喧天，人声鼎沸，18支参赛队伍整装待发。百姓们尽情地享受着这一年一度的节日盛宴。平江县警方却比平时更加忙碌，一刻没能停歇下来，除了保证大赛安保和值班备勤必有的警力之外，很多刑侦骨干都被抽调进了吴娅萍被杀案专案组中。三天的假期基本是泡汤了，大家虽然心里多少有些不痛快，但还是一直憋着那股不服输的劲儿。邪不压正，就像崔耀军常挂在嘴里的那两句话，"黄沙百战穿金甲，不破楼兰终不还"。

扁担挑水两头沉，平江县的凶杀案，绿林县的双尸案，也一直压得大家喘不过气来，所有人都期盼端午节能带来好运。

舍小家顾大家是没办法的事，可以说是奉献，也可以说是无奈。叶剑锋的理念是小家是后院，大家是前线，该顾都得顾。几天没有回家的他心里早已盘算好，乘着端午这天去平江参加案情碰头会的机会，正好带着妻儿在丈母娘家过个节，顺便还可以带着他们看看龙舟大赛。所以他在端午节前夕连夜赶回了家里，第二天一大早又带着全家赶到了平江。

龙舟大赛的安保民警有不少都认识叶剑锋，见到他也挤在人群里，都调侃道："叶法师，你怎么也来凑这热闹，这不添乱吗？"

叶剑锋呵呵一笑："这不是为了陪老婆孩子嘛。"

这倒是实话，要不是为了陪老婆儿子，他绝不会瞎凑这热闹的。

9 点半，突然鼓声震天，湖上的龙舟劈浪竞渡，呐喊声震耳欲聋，叶剑锋裤兜里的手机响了几遍，他也毫无察觉。

还是站在一旁的儿子提醒了他，这小子的确有着过人的听觉，家里大人有时候隔着房间说的悄悄话，都会被他听见。

叶剑锋一看是绿林县沈海冰的电话，急忙跑到远远的地方，按下了回拨键："沈主任，不好意思，刚才没听见，有结果了吗？"

沈海冰急忙说："对对，叶所，我们按照洗浴中心老板和锅炉房工人所交代的情况进行实验，最终在三个小时后测得死者密闭屋子里的一氧化碳浓度在 3800 ~ 4900 ppm。"

"这么高啊，按常理来说这样的浓度，一般人待个二三十分钟就足以致死。"

ppm是百万分之一，是一氧化碳与空气的体积比，这是测试仪上直接读取的数字，国家标准还要将其换算成mg/m^3（毫克/立方米）单位量，用什么单位对叶剑锋来说不重要，他只需知道这个量足以很快致人死亡就够了。

"没错，总算是水落石出了，家属也认可这个结论，可是麻烦又来了。"沈海冰情绪瞬间又低落下来。

"你说的麻烦是死者家属善后赔偿的问题吧？"叶剑锋一听便明白了。

沈海冰深叹一口气说："是啊，唉！房东也在闹，说这里变成了凶宅，房子卖不掉，也租不出去，得补偿她。外加两条人命，那家小洗浴中心的老板估计砸锅卖铁也赔不起。"

"作孽啊！"

"好了，叶所。不打扰你了，端午安康。"

"你也一样！"

远处是那些丧失亲人的痛苦，近处是一派热闹祥和之景，叶剑锋不由得感慨：活着，真好！

叶剑锋回来时，特意买了一个冰激凌给儿子，这是先前儿子吵着要吃，被他一口拒绝的。老婆看到他一个电话打了这么长时间，回来还买了个冰激凌，以为老公又有要事缠身不能陪她娘俩了，所以阴沉着脸问："不会又有事吧？！"

叶剑锋急忙说："没事没事。除了下午一场会，今天一天都是你们的。"

下午的"6·4竹林命案"碰头会，叶剑锋还以为规模比较大，到会场一看，其实没几个人，主要是市县两级几个刑侦领导。会议开始前，令人振奋的消息已经传来，根据前期的视频追踪和大数据分析研判，最终锁定了案发当晚骑摩托车的一男一女，外号叫"长腿"的夏贝升和他的女友赵琳琳。夏贝升刚刚二十出头，是平江县香山镇南桥村人，有吸毒前科；赵琳琳，19

岁，外地人，居然和死者吴娅萍来自同一个地方——南江省德州县。

可惜的是，这两人已经不见踪迹，在他们的住处虽然没有发现赃物、血衣，但他们留下的那辆无牌踏板车的把手上还残留着些死者吴娅萍的血迹。一切迹象表明，他们就是杀死吴娅萍的重大嫌疑犯。

平江地处南江之北平原水乡地带，而德州地处南江之南崇山峻岭中，有"小四川盆地"之称，这两地相距300多千米。根据现有的情报分析，两人在案发第二天上午就离开了平江，最先到了福建泉州夏贝升的一个朋友那里，今天早上又赶到了赵琳琳老家。据德州警方反馈的信息，两人今天在赵琳琳的哥哥家吃了一顿午饭后就离开了，暂时下落不明。

赶赴德州已经刻不容缓。

专案组主要领导坐镇指挥室，将每个侦查员调动起来，穿针引线般把所有人编织成一张大网，撒向大鱼出没的地方。

原定的碰头会自然就变成了布控抓捕会。这次，侦查人员是绝对的主角，法医、痕迹技术人员暂时可以靠边站了。

叶剑锋心情不错，老丈人情绪更高，不知不觉中，一坛上好的三斤装黄酒被他俩喝了个精光。叶剑锋这点小酒量哪里招架得住，后劲上头，倒头便睡。

热闹的一天又沉寂在夜幕下，享受假期的人们也安然入睡了。此刻，已是凌晨两点，宋益达的追捕小组在德州警方的带领下，正沿着崎岖的山路摸黑潜入偏远的山村。

三小时前，在德州警方的鼎力协助下，他们获取了关键线索，赵琳琳极有可能带着夏贝升躲在深山老林的大姨家。

逃亡的路，非常人可以忍受，对于一个瘾君子和一个弱女子来说更是如此，恐惧无时无刻不在摧残着他们的意志，他俩已经两天没怎么合眼了。

"警察不可能这么快找到这里。"坐在丛林野岭中的赵琳琳精神几近崩溃，哭着对男友说，"我太累了，就在大姨家住一晚吧。"

夏贝升并不比身边的女友好多少，他靠在一块岩壁上，望着漫无边际的重峦叠嶂沉默不语，过了很长时间，才说道："好吧，先住下再说。"

一时的侥幸让他们暂缓了逃亡的脚步。

凌晨 5 点，破门而入的警方终于让他们的噩梦变成了现实。第二天中午，两人被押解到平江。

赵琳琳在父母离异后，就一直跟着母亲，后来母亲改嫁，她才跟着小姐妹来到平江谋生，结识了家境还算不错的瘾君子夏贝升。近墨者黑，从此吸毒成了他们的一切，他们吸光了家产，吸跑了亲友。没有毒资就没有毒品，没有毒品就会生不如死。

夏贝升偶然听说，半个月前的一天晚上 12 点多，他的一个毒友在城东竹林附近抢了一对正在"车震"的男女，有 1500 多元，还没人敢报警，夏贝升觉得这是个生财之道。

6 月 3 日晚上 11 点多，他带着赵琳琳躲在竹林附近守株待兔时，正好看到秦昊夫妇与吴娅萍之间发生的那一幕。

到此为止，两个人的交代还算坦白，但后续的讯问进展就没那么顺利了。两人一口咬定说那辆车走后，看到一个女人跑回来捡起一个皮包，皮包是他们从女人手里抢夺来的，但没有拿刀抢劫，更没有杀她，之所以逃跑是因为听说那个女的死了，一时害怕。

审讯是分开的，辩解倒是一致的，显然是事先商量好的。

"不是持刀抢劫，你们怎么会去 ATM 机打电话套取密码？不是持刀抢劫，你们又为何脱去死者衣物控制她？没杀人，摩托车把手上怎么会有死者的血迹？"

警方的话，让他们无言以对，审讯工作似乎又渐渐回到了正轨。他们基本都交代了是如何看见回来捡包的吴娅萍，又如何持刀劫持她到竹林里，为了控制她套取密码，又如何威逼她脱衣的。只是没想到吴娅萍说出了三个错误密码，他们最后其实也就劫得了1100多元钱。由于愤怒，夏贝升用一把背部带有锯齿的匕首连续刺了吴娅萍几下，将她刺死后，慌乱中又弃尸无果，最后逃离了现场。回到家换好衣服后，趁天没亮，两人在一个垃圾填埋场把自己的衣物和死者的物品全部烧毁，把刀扔进了旁边的河里。

避重就轻，是所有案犯想逃避法律制裁的惯用伎俩。

从杀人动机开始，两人就出现了严重分歧，他们说，原本的确只是为了劫点财，没想要杀死对方。但赵琳琳说，因为吴娅萍说出的三次密码全部错误，他们不仅一分钱没拿到，银行卡也被吞了，夏贝升气急败坏地回来后，恼羞成怒之下就杀死了她。

夏贝升却说，他回来的时候赵琳琳就已经杀死了吴娅萍，原因是死者根据口音，听出了赵琳琳是她的老乡，求赵琳琳看在老乡的份儿上放她一马，但赵琳琳为了灭口还是杀了她。

两名案犯突然闹这么一出，让人始料不及，侦查、技术几个负责人不得不又凑在一起，连夜开了讨论会，讨论来讨论去，关键问题还得从尸体上找答案，难题又摆在了法医面前。

已经回到江川市局，正在单位值夜班的叶剑锋并没有接到上级的指令，但接到了周权根的电话。电话里，周权根把审讯情况说了一遍，叶剑锋明白了大概的意思，他一边浏览着电脑里的尸检照片，一边问道："两名案犯人身检查情况如何？"

"没有什么可疑的损伤，衣物和鞋袜都换过了。"

"那目前你们都有些什么意见？"

周权根翻开笔记簿上的会议记录说："宋大的意思是，夏贝升说的可能靠谱点，他主要的理由是，他们根本不认识死者，死者也没说几句话，而且说的还是普通话，他俩根本就不会知道吴娅萍是德州人，尤其是夏贝升，那只有是吴娅萍听出了赵琳琳的口音，所以知道赵琳琳也是德州人。"

叶剑锋想了一会儿，说："宋大说得有些道理，那你怎么看？"

"宋大说的是有些道理。但你也知道，从死者被刺的几处损伤来看，刺得很深，而且相应部位的锁骨、第一肋骨都被刺裂了，说明刺入时的力道应该是很大的，但赵琳琳是一个体格较弱的女人，估计没这个力量吧，我个人观点还是倾向行凶者是夏贝升。"

"陈主任啥意思？"

"主任态度还不明确，听他的意思也是偏向夏贝升，不过他和宋局长提出一个新想法，问两人有没有都刺过。所以，叫我问问市局专家的想法。"

"专你个头，给你一砖头。"叶剑锋已经习惯了和周权根说话的方式，他吸了口烟，提了提神，说："你刚才分析的没啥问题，这也是当时尸检时大家的意见，不过我重新看了照片后基本确定是夏贝升捅的。"

周权根眼睛一亮，急忙说："洗耳恭听，大师快说！"

叶剑锋说："其一，三处刺创符合一人连续刺入，这没有疑问；其二，就是刺入力道较大；其三，杀人后移尸，一般男子会抬上半身，因为上身重，女子的力气一般也只能抬动双下肢，而死者的双下肢，尤其是小腿踝部没有血迹，恰恰在右腋下和上臂有些接触状血迹。"

"你的意思是，如果是赵琳琳杀的人，她手上会沾上血迹，抬尸的时候应该会沾到死者腿上。"还没等叶剑锋说完，周权根就恍然大悟。

"是这个理儿，但死者腿上并没有，"叶剑锋突然迟疑了，"不过，从杀人动机角度看，你们宋大说得也有道理。"

周权根正在回味刚才的话，又听见叶剑锋在电话一头说："这样吧，你们领导如果再问，就按我刚才的意思说吧。明天我再和政委商量商量。"

这一夜，叶剑锋睡得很沉，直到第二天早上 9 点多才被电话铃声惊醒，电话是住在平江的丈母娘打来的。

"剑锋，听说竹林那个案子破了，那你今天还来不来平江了？来的话把小芳的两条裙子拿回去。"

叶剑锋听丈母娘这么一说，有些诧异，昨天人刚抓回来，还在审讯中，丈母娘怎么都知道了？

"人正在审讯呢，方芳我都没说，您怎么这么快就知道了？"

"我听方芳爸说的，他看到杀人犯在辨认现场，估计现在平江人都知道了。"

"哦，那等等我再回复您，我先睡会儿，昨天夜班睡得晚。"

挂断电话，叶剑锋才发现手机里有条未读的短信，点开一看，是周权根在 6 点半发的，篇幅还不短："锋哥，案犯已交代，人是夏贝升杀的。据夏交代，吴娅萍给的密码全部错误，这让他十分恼火，本来他只是想教训教训吴娅萍，可听赵琳琳说吴娅萍听出了她的德州口音，他怕吴娅萍认出他们，索性就杀了她。"

叶剑锋看完信息，会心一笑，回了两个字"收到"，然后又昏昏沉沉睡去。

最后一天假期，平江县老百姓没想到还能在城东竹林这里看到一场大戏，导演这场戏的就是平江警方，主演这场戏的只有警察和歹徒。正派和反派，正义与邪恶一目了然，当戴着手铐脚镣的案犯被带到现场时，人们欢呼雀跃，翠林小区门口竟然还放起了鞭炮。

工作，生活，一切又恢复到正常状态。

这天，叶剑锋在办公室接到师父的来电："剑锋，平江和绿林两个案子已经尘埃落定，你准备写一份材料，上面的意思是给法医报个嘉奖。"

听到这好事儿，叶剑锋立马嬉皮笑脸起来："我的嘉奖倒是不急，不过，师父，年底您可以考虑下给俺老婆弄个好警嫂啥的，哈哈哈。"

放下电话，叶剑锋耳根突然一阵发热，感觉自己这样邀功有些不妥。但没有家人的支持，哪有他今天的成绩呢？这是事实。

02　村屋男尸案：隐秘角落的蛛丝马迹

江川市第五个公安局局长接访日。

刚刚上任的马局长对这次接访非常重视，命令各部门负责人都要参加接访，对群众有诉求的问题，力求能当场解决的就当场解决，不能当场解决的也要限期解决。参与接访的名单中，叶剑锋赫然在列。

大局长接访特意叫上法医，这是来者不善啊。自接到通知后，叶剑锋心里就一直七上八下的，思前想后，他才想起来，这最有可能与两个星期前自己做的一起案件的重新鉴定有关。

果然不出所料，一大早叶剑锋刚到办公室，屁股还没坐热，就接到通知，让他在接访前把 3 月 11 日洪武县刘新国被打案的鉴定材料准备好。

刘新国今年整 60 岁，祖祖辈辈都靠着开山种林养家糊口，老伴前些年在一次车祸中身亡，撞死他老伴的正是前村支书李红星的儿子，此后刘新国就成了信访部门的常客。

上访的理由是，他怀疑这不是一次交通意外，而是蓄意谋杀，动机可能是因为老伴举报李红星聚众赌博的事。经后来调查，李红星赌博确有此事，但刘新国老伴被撞是因酒后驾车而引发的一场悲剧，无证据表明是蓄意造成的。

最终，李红星的儿子锒铛入狱，他自己也丢了官职，这两家算是结下了梁子，难以化解。两家隔三岔五就会闹腾一番，村里人都习惯了，村委会也见怪不怪了。

2014 年 3 月 11 日，李红星中午喝完酒后，路过刘新国家门口时借着酒劲破口大骂，嗓门越嚷越大，话也越骂越难听，刘新国气不过，就拿了一根扁担冲出家门打向李红星。李红星是当过兵的，反应很敏捷，一个躲闪一把抓住了扁担另一头，然后用力一顶，将刘新国顶翻在地。两人准备再战时，被赶来的邻居拉开了。

过了一晚，刘新国发现自己左胸大肌下面越来越痛，第二天早上去医院检查时，在医生的建议下拍了胸部三维 CT。CT 片上显示，他的左侧第七根肋骨有新鲜骨折线影，但下面的第八根却模糊不清，放射科医生认为他的骨皮质有扭曲，不排除骨折的可能性，但为了防止漏诊，骨科医生还是在诊断书上写下了：左侧第七、第八节前肋骨骨折。

两根肋骨骨折就是轻伤，一根骨折就是轻微伤；轻伤可以追究刑事责任，轻微伤顶多按照治安条例处罚。违法性质完全不同，来不得半点马虎。

案情是调查清楚了，但有两个问题摆在了洪武县警方面前，李红星用扁担顶翻刘新国，到底如何定性？正当防卫太勉强，故意为之没依据，过失行为倒是合适。李红星肯定是一口否认自己是故意的，他说那是自己本能的反抗动作。而刘新国又咬着不放，说李红星肯定是故意的。

最关键的问题是，刘新国到底有几根肋骨骨折？这直接决定了他的损伤程度。

洪武县公安局物证鉴定室的法医受理了该损伤鉴定后，让刘新国重新去江川市中心医院又复查了一次分辨率更高的HRCT，这次CT显示和上一次一样，但医生诊断的是：第七根前肋骨骨折、第八根前肋骨骨折可疑。因无法确认第八根肋骨是否骨折，洪武县法医只能以第七根肋骨骨折，评定刘新国损伤程度达到了轻微伤。

刘新国不服此鉴定结论，依法申请了重新鉴定。

重新鉴定应该由原鉴定机构的上一级鉴定机构做出，理所当然就交到了叶剑锋手里。受理此案后，为了慎重起见，他让刘新国在伤后一到两个月再复查一次CT，刘新国满腹牢骚，但还是勉强答应了。

5月10日，叶剑锋拿到了刘新国的复查CT片后，同样做出了轻微伤的结论。原则上这就是最终结论，这同时意味着，没有足够的依据对李红星进行处罚，但派出所从中做了两次调解工作均以失败告终，村委会出面也没起到任何作用。

折腾来折腾去，双方仍僵持不下。刘新国的意思是，不仅要拘留李红星，而且至少要他赔偿自己两三万元钱。李红星更是直接表示："老子一毛都不会给的，有本事你再去告。"

去哪里告，上访是最便捷的途径，刘新国已经驾轻就熟了。

在接访室里，叶剑锋当着刘新国和市局各级领导的面，正襟危坐，侃侃而谈："第一次CT片只能明确第七根肋骨骨折，虽然诊断书上医生写的是第七根、第八根，但那是医生从临床诊疗角度来看的，有可疑的损伤，即使在没有完全确诊的情况下，作为医生都要考虑进去，所以医生在处理建议里也写了定期复查。但作为法医，从损伤鉴定的角度看，必须是百分之百的确定，这和法律上的'疑罪从无'是一样的道理，可疑的损伤是不能认定的。第二次复查，第八根肋骨仍没有发现明显骨折影，县级法医根据当时现有的病历资料和影像片做出轻微伤的鉴定没有不妥。后来伤者提出重新鉴定，我们出于慎重和对伤者负责的考虑，就建议他伤后一到两个月复查一次。这样做的理由是，考虑到第八根肋骨如果有很轻微或隐匿性的骨裂，即使当时的CT不能确定，那么过了一到两个月因为骨折处骨痂的形成，再次复查CT也许会显示出来，第七根骨折就有这样的变化，这也可以作为骨折的一个依据。因为一般骨折的愈合大致分为四个阶段：两到三周是肉芽修复期；一到两个月是原始骨痂期；两到三个月是成熟骨板期；最后是骨骼塑型期，需要几个月甚至几年。而刘新国的第三次复查是在伤后近两个月，第七根肋骨的骨折处骨痂已经形成，但第八根有些扭曲的部位毫无变化，因此不能认定有骨折，按照损伤标准只能定为轻微伤。"

叶剑锋嘴皮子的确利索，一个接访搞得像"百家讲坛"似的。刘新国不止一次听到这一番长篇大论了，倒也没辩解什么，只是说："反正我一个乡下老头，什么也不懂，还不是你们说是就是吗？"

秀才遇到兵，有理说不清，叶剑锋苦笑道："没要求你必须相信我，但我得把道理讲清楚，其实你可以去问问其他医院的医生是不是这个理？"

马局长是个明白人，前前后后听完刘新国的诉求和案件情况后，他简短地答复道："从目前来看，的确无足够依据对李红星进行行政拘留处罚，关于赔偿问题属于民事纠纷，我们公安机关是无权强制执行的，但我们会再积极从中调解，如果真达不成和解，你可以直接去法院起诉他。你放心，这件事我会亲自过问，一周内给你答复。"

大局长的承诺落地有声，刘新国也没再啰唆了，只扔下一句："那我就等你们答复。"便起身离去了。

让大家始料不及的是，一周后，他们见到的却是刘新国的尸体。

刘新国的尸体是在石坝村自己家一楼卧室里被发现的，发现尸体的人吓得差点昏死过去。此时她正坐在村委会办公室里痛哭流涕，悲伤已经让她无法正常接受警方的询问了。

这天是父亲节，六月的第三个星期日。

叶剑锋一觉睡到自然醒，便开着小车听着小曲，带着老婆儿子赶往平江县。一想到丈母娘家美味的佳肴、清香的杨梅酒，他不禁美滋滋地哼唱起来。

还没哼上两句，他就被一个电话搞得透心凉了。坐在副驾驶的妻子听得出肯定又是哪里出了事。

"又是哪里？非得你去？"方芳满脸不悦。

叶剑锋听得出妻子的不满，但一时无言以对，他紧握方向盘，车子一直往前并没有掉头，只是速度提快了不少。

平复好自己的心情，叶剑锋才解释道："没办法，洪武县一个老上访户死在家中了，这是我们大局长上周亲自接访的人，我师父又到外市会诊去了，洪武县的那个法医又出差去了，我那个徒弟刚参加工作，他肯定搞不定的。"

老婆一肚子怨言也没法子，总有万般无奈，不及警令如山。

叶剑锋忍不住放慢车速，扭头看了一眼后座上熟睡的儿子，不再说话，专心开车。

洪武县地处江川市以西，绿林县以北，是典型的丘陵地带，低矮连绵的山丘像臂弯般将整个县城揽在怀里。石坝村隶属洪桥镇，实则距离县城更近一些，几乎近邻县城东郊，从县公安局上高速驱车 20 多分钟即可到达。这个洪桥镇也处于江川市与洪武县城的交界处，所以洪武县警方到达现场之后半个小时，江川市警方也赶到了现场。

得到消息的死者亲友也陆陆续续聚集到了一起，七八个人被挡在凶案现场屋外，哭天抢地，村干部和民警正在竭力劝导他们去附近的村委会歇息。

现场没有控制好，虽然有客观原因，但还是免不了要被领导责怪。

崔耀军站在门口，对身旁一个白净微胖的人说："这怎么行？警戒线至少拉到整个过道、晒场之外，家属必须马上弄走，围观的群众也要多派些人来疏导！"

"这个我们已经意识到了，所里已经加派人手了，我们沈局刚去了村委会叫村干部帮忙协调。"

说话的，正是洪武县分管刑事技术的丁旭华主任，本职上他只是负责现场勘验，根本无须维持现场秩序，主要还是派出所的前期工作做的不到位。他知道崔耀军对事不对人，但这也是自己县局的工作失误，所以他还得硬着头皮解释一下。

崔耀军也就唠叨了两句，不会真正为难他，转头又对杜自健说："自健，你就留下来现场指挥吧，督促他们赶紧清场，我去村委会和岳明碰个头。"

洪武县公安局刑侦副局长沈岳明正在村书记办公室了解情况，董书记沏好一杯茶，端到沈岳明桌前，说："刘新国老婆三年前出车祸死了，这事估计沈局也知道。他的两个女儿都已经成家了，大女儿住在江川市区，小女儿就住在我们县城。今天第一个发现尸体和报警的，就是他的小女儿。老刘平时一个人住在村里，除了干干农活养养家畜，还承包了一片山林田地，种种苗圃、茶叶，家里条件倒也不算差，没事的时候就会住在女儿家，这不，上个星期刚回来。"

沈岳明一边做着记录一边问："刘新国平时为人处事怎么样？除了李红星一家外，与村里其他人有过矛盾吗？"

"我们这个村一共有四十几户，除了十来户常住的本地人，大部分都是外地人租住的，平时磕磕碰碰总是有的，但没听说有什么很深的矛盾。刘新国这人孤僻得很，脾气也倔，喜欢斤斤计较，听不出好赖话。平时村里人一般都不太愿意和他接触，他也很少与别人接触，估计也就和经常在一起打牌的几个人有来往，但有些不是我们村的。我听说，昨天晚上他还在村北老朱家店里打牌呢。"

沈岳明停下笔，问道："哪个小店？"

董书记抬起手，指着西北方向说："不远，就在村北省道那边，朱阿大农家菜。"

说到村北那条省道，沈岳明心里就有数了，他进村的时候就是从省道转进来的，距离村口不过就 500 米。

"那等等，还要麻烦书记找人带我们去一趟小店。"

"沈局长客气了，我这里一摊子的事儿也走不开，叫小王带你们去吧。"董书记拿起手机，打完电话说："几位再等等，小王马上就来。"

"没事，谢谢！"沈岳明抿了一口茶又问道："哦，对了，李红星最近怎么样？他儿子应该也已经出来了吧？"

这个节骨眼上提到李红星父子，其用意再明白不过了，董书记也毫不避讳地说："李红星一直在经营一家木工板厂。厂子就在我们村委会南面不远，他儿子去年年底出来的，出来后一直在厂子里做事，隔三岔五就能碰到他爷俩，不过平时他们都住在县城里。除了上一次和刘新国闹过后，李红星一心扑在他的厂里，听说这几年效益还不错。"

见沈岳明没反应，董书记又追了一句："我估计这事儿应该和李红星他们没多大关系，犯不着害他。"

沈岳明会心一笑："书记别想太多，死亡性质还没定论呢。"

董书记感觉自己刚才那句话太唐突，连忙说："明白明白，你们别介意，我也是随口一说，你们才是权威。"

一杯茶刚好喝完，村干部小王才匆匆赶来，巧的是崔耀军也正好赶到，人到齐了，沈岳明就让小王带路前往朱阿大农家菜小店，几个人边走边聊，边聊边看，十来分钟就到了小店。

小店实则为一座三层农宅，白墙碧瓦伫立在翠绿的竹海茶园中。门前省道平缓起伏，犹如一条黑丝带。农宅一楼前厅已改为饭店，中厅左右各有两个包厢，二楼则是若干个隔间的棋牌室。

现在是上午 9 点半，小店里冷冷清清的，只有几个在门前宰鸡杀鱼的大妈在说说笑笑。见到几个穿着警服的人走过来，大妈们立即压低嗓门，小声议论起来。

小王带着大家径直穿过大厅，走到后面的楼梯口大叫两声："老板娘，老板娘！"

"哎！来了来了！"二楼传来一个女人清脆的应答声。话音未落，几人便听见哒哒哒的脚步声，一个约莫 30 来岁的女人快步走下楼梯，正在她诧异之时，小王便介绍道："这几位是公安局的，有点儿事要问问你。"

"公安局的？什么事？"一句话抹去了老板娘满脸的笑容。

"哦，你也别紧张。我们来就是想问问刘新国昨天晚上是不是在这里打过牌？"沈岳明语气十分柔和。

"打过打过，不过就是打打小牌，怎么，出什么事了吗？"老板娘满脸狐疑。

看来刘新国死亡的消息还没传到这里，沈岳明不露声色，继续问："他昨晚几点走的？"

老板娘想了想，说："大概 10 点多吧，下来后在店里吃了一碗馄饨就走了。"

"走的时候是一个人吗？"

"嗯，一个人。"

"和他一起打牌的是哪几个人？"

老板娘一一回忆起这几个人，沈岳明也一一记下他们的名字，又问道："我来的时候看到门口东面有一个监控，有用吗？"

"哦，有用有用，一直开着呢，主要是为防止晚上有人偷走停在门口的电瓶车，以前被偷过好几次了。"

说到监控，崔耀军又多问了一句："除了门口，附近哪里还有监控？尤其是从这里到刘新国家这一段路。"

村干部小王见没人回答，便主动介绍："这一段路还真没有监控。要说有，那就比较远了，就是这条省道西面大概十来里的路口有一个，另一个在东面四五里的位置。"

有外人在，崔耀军也没追问得过细，他只是微微点了下头，转而对老板娘说："麻烦你带我们去楼上看看。"

"哦，好好，几位这边请！"老板娘挤出一丝笑脸，一边领着大家上楼，一边介绍，"二楼有六个包厢，都是棋牌室，昨天晚上就开了五间，基本都是附近村里的人来玩，老刘他们是在 202 包厢。三楼嘛，是我们自己家住的房间。"

二楼的棋牌室打扫得干净整齐，三楼房门紧闭。转了两圈后，几个人下楼又来到吧台电脑上查看了一下监控，让人欣喜的是，监控运转正常。沈岳明立即指派人手兵分几路，一路负责查看监控视频，一路调查打牌人员的情况，还有一路着重调查刘新国当晚的活动轨迹，这一轨迹不仅仅是从小店到刘新国家里的简单路径。

根据导航提示的轨迹，叶剑锋正开着车往洪武县方向飞奔，语音提示"前方 200 米请靠右行驶，左拐后请直行"。叶剑锋这才注意到，前方不远处，路牌上写着"石坝村"，箭头指向路口的南面，导航显示距离目的地只有六七百米。

乡下的道路七弯八拐，没有熟人带路有时还真不容易找到目的地，但如果天气晴朗，视野开阔，也不难找，远远看到人最多的地方，基本上就是了，当然这也要视力好。叶剑锋刚拐进狭窄的村道，就看到几百米处聚集的人群和几辆警车，不用问，那里必定是现场了。

刘新国家更好找了，就在北面村口第一家，紧挨着马路西侧，警戒线将围观的人群驱散到周围 50 米开外。这是一户典型的两层独居农宅，大门前是水泥晒场，双扇大门上对联稍稍褪色，门外墙根下摆放着四五个敞开的勘查工具箱。

一个细高挑儿、阳光俊朗的小伙子，正拿着一张足迹静电吸附膜走出门外，看到叶剑锋，他不禁大喜，叫了一声："师父！"

此人正是叶剑锋的徒弟陆林国，一个去年八月刚参加工作的愣头青，毕业于皖南医学院，算起来也是叶剑锋的学弟，不过差了有 14 届。这徒弟虽然有些贪玩要嘴，干起活儿来倒也不含糊。

"你怎么干起痕检的活儿了？尸体看好了吗？"

"他们正在看呢，你看看里面，容得下我这大高个、大长腿吗？"陆林国指向大堂东面第一间房，这里正是案发中心现场。

看上去房间最多 30 平方米，大部分空间已被家具、家电占用，仅留下最多四五个人活动的地方，除去刘新国的尸体，也只够三四个人在里面转悠。

刘新国的尸体就半俯卧在房间水泥地面上，头部朝外，离房门不远，脚朝内，离床很近。左侧大半个脸紧贴地面，口鼻腔内流出的血迹早已在地面上凝聚成一摊血泊，周边已析出淡黄色的血清。右手屈曲在头顶一侧，左手屈曲在腰部一侧，双腿近乎绷直，肩膀上的蓝色汗衫因浸染上血迹而呈现暗紫色，脚上穿着一双皮鞋。

叶剑锋刚跨进大门，一个站在房门外穿着蓝色手术衣、戴着头套口罩的年轻人，就抬头叫了一声："叶老师好！"

叶剑锋认出，这人是刚工作不到三年的洪武县局小法医程建斌。程法医称呼他老师，并不见外，称老资历的同行为老师，这也算是一种行规。叶剑锋本人也是如此，尤其是遇到资历老、职位高的法医，他认为称老师比称官职更加有亲切感，可以拉近彼此的距离。

洪武县公安局在编的法医其实有三个，除了程建斌和他的师父张法医，还有一个法医因为身体原因，基本上不加班、不出现场，请病假的时间比上班时间还多，顶多就在法医门诊上受理一些损伤程度鉴定、做整理档案等工作。基层公安，人少事多、警力不足，是一种弊病，法医更是如此，但因缺少编制，这种问题一直得不到很好的解决。平时如果事少，一两个法医也够用了，可一旦遇到大案、要案、命案，就难以应付了。

因为张法医在外地培训，程建斌今天一个人赶过来，刚到现场时他也有些束手无策，现在见到市局法医后心定了很多。没等叶剑锋开口，他便主动做了介绍："尸体是在早上 8 点 40 分左右被发现的，位置、姿势基本没动过，尸僵强硬，尸斑按压不褪色。初步看了下，致命伤应该在头部，体表有些轻微的擦挫伤，还有血迹，其他部位暂时没有发现异常。"

听着程建斌的介绍，叶剑锋已经将整个房间布局和尸体看过一遍，问道："口袋检查了吗？有没有被翻动的痕迹？"

"看了，没有，口袋里有 35 元纸币、几枚硬币和一包香烟。"程建斌说着便拿起门外收纳箱里的几包塑料物证袋，"东西都在这里，烟已经压瘪了，还有一串放在门边电视桌上的钥匙，但没发现手机。"

手机丢失，是一个很大的疑点。

接过程建斌递来的手套、鞋套、口罩、头套，全部戴好后，叶剑锋一步一步跨到踏板上，蹲下来，双眼聚焦在尸体头部。程建斌紧贴在他身旁，轻声说道："右颞部头皮有一处明显的创口，但没有垂直流下的血迹，说明这处损伤极可能是倒地后形成的，受伤后死者没有坐起来或站起来过。而且在头部附近的墙面、门框上也没有发现打击形成的溅落血迹，现场物品摆设整齐，也没有明显打斗、翻动的迹象。叶老师，你看有没有可能是意外摔跌形成的？"

见叶剑锋没有吭声，还在继续查看尸表，程建斌接着说："四肢部分关节突出部位也有些擦挫伤，看上去也符合摔跌时造成的伤口。"

直到看完死者双脚，叶剑锋才开口问道："你分析是摔跌造成的，那你看是在屋内摔的还是在屋外摔的？"

"我觉得屋内摔倒的可能性大，如果在外面，那血迹多多少少会顺着头部流淌下来或滴落到地面上吧，但他身上、手上都没有血迹，外面也没有。"

程建斌说得虽然有些武断，甚至有些分析可能都站不住脚，但也不是信口开河，一个资历尚浅的年轻法医，敢于进行临场分析，本身就值得称赞，这说明他在思考，有自己独立的思想。叶剑锋并没有做任何评判，而是不动声色地继续查验尸体，肯定或否定，得首先找到足够的依据支撑。

程建斌怕言多必失，没再说话了，他想看看这位叶老师会发现什么更多的信息或线索。

"鞋底你仔细看了没有？"

"粗略看了一下。"这一问，程建斌有些心慌。

"来，你看右脚鞋底跟部有些绿油油的擦痕，而且很新鲜，这肯定不是在室内形成的，极有可能是在室外造成的，大胆点分析，应该是在路边草丛里造成的。"

程建斌问："那你觉得他身上的伤符合摔跌形成的吗？"

"除了头部不好说，其他体表的伤符合摔跌形成的，尤其是右肘后这处擦伤比较严重，一小块皮肤已经缺损，周围伴有梳齿样擦痕和泥污迹。这更加说明，这些伤是在室外形成的，得赶紧扩大室外搜索范围。"

叶剑锋这番话，让在场的人心里咯噔一下，如果真如他所言，那勘验范围必定要扩大。这是刻不容缓的，稍有差池，室外现场就会被破坏，痕迹被灭失，但问题是扩大到什么范围呢？仍不得而知。

杜自健当机立断："这样，我先带小陆和小程去搜索一下，旭华你赶紧想办法多调集些人手过来。"

"好!"丁旭华立即脱下手套,拿起手机开始落实领导分派的任务。

不久之后,崔耀军和沈岳明两人也来到了现场,叶剑锋正拿着一把卷尺测量刘新国左上臂一处损伤到鞋底的距离,崔耀军一进门就问他:"剑锋,死者有没有可能是摔死的?"

支队长这么问,叶剑锋明白他们肯定在来的路上遇到了杜自健,了解了一些现场的情况。崔耀军忙不迭地来到现场,就是要深入了解情况,他肯定不希望这是一起杀人案。

叶剑锋当然知道领导的心思,直言不讳道:"致命伤在头部,目前无法确定是不是摔跌造成的,但体表伤的确符合摔跌伤,而且我怀疑有车祸的可能。"

"哦?有多大把握?"崔耀军有些意外。

叶剑锋没有正面回答,他指了指死者左上臂处的一处损伤说:"这一处损伤和其他部位的擦挫伤不太一样,呈横行条状,没有严重的表皮剥脱,但皮下出血很明显,而且是由重到轻,由后往前,很像是从后向前擦蹭形成的。"

"你怀疑他被车撞过?"崔耀军凑近看了看。

"对,严格来说,我怀疑是被车擦蹭过,导致死者摔倒。"

自从在杜自健口里得知刘新国有摔跌伤后,沈岳明路上就一直在琢磨这事,现在听叶剑锋这么一说,他认为刘新国被撞的可能性极大,便说:"叶法师所言极是,我们刚调查出刘新国昨天晚上打完牌,大概 10 点多钟离开的,而且是走路回家,回家途中要经过一段省道和村北这条小路,尤其是这段小路,只有两条车道,极可能发生刮擦。"他指了指刘新国的左上臂问,"你刚才是不是在测量这处损伤的高度?"

"对,距离足底 120 厘米。"

"120 厘米……120 厘米……"沈岳明嘴里反复念叨，突然说，"像不像汽车的倒车镜弄得？"

叶剑锋伸出大拇指，这意思再明白不过了，这是在为他"点赞"。

沈岳明凭借自己对车辆的熟识，很快就得出判断："如果真是这样的话，这个高度，八成是一辆SUV。"

这个刑侦一线上的全国优秀人民警察，果然了得，进来不到十分钟，就几乎把侦查范围缩小了一大半。所谓艺高人胆大，搞侦查有时候就需要这样的魄力。沈岳明之言，犹如烹饪膳食时加入的一剂猛料，让人好生期待。

"刘新国从小店走出到手机关机有13分钟左右，先假设手机关机时间就是出事时间，那么如果他一直步行的话，按照一般步速，他至少应该走了600多米，那么就可以先划出个大致路段重点勘验。"崔耀军的分析，犹如又添上一了把火。

丁旭华说："那就是说，出事的路段可能不在省道，而是在拐进来的村道上。另外，叶所长刚才还说到，擦伤的方向是从后向前，那说明车也是往南，与死者同向行驶的。"

"对，车与人应该是同方向。"叶剑锋说。

新时代刑侦工作就是这样，在现场就要快速收集信息、研判信息、分析信息。短短几十分钟，案情已开始有些明朗了，这让大家紧张的心稍有舒缓，但很多谜团仍像一块石头一样压在每一个人的心头。

崔耀军看了一眼门口的物证袋问："手机还没找到吗？"

丁旭华遗憾地摇摇头。

"那现场有什么其他发现？"

"目前就在死者房间提取到一些比较新鲜的指纹，地面上还有些足迹，但还需要进一步甄别，麻烦侦查人员务必查清今天早上哪些人进出过现场，然后带到所里采集足迹和指纹。现场，包括一楼二楼的其他房间，都没发现明显的翻动和打斗迹象，更没有发现可疑的致伤工具。到目前为止，有没有其他财物损失，还不清楚。"

崔耀军没有再多问，当即就指示："马上加派人手扩大勘查范围，从死者家一直到省道西北侧小店沿途搜索。岳明，你和交警方面联系下，马上派人管制交通，协助调查。还有昨天和死者接触过的所有人、死者家属，以及周边住户的走访要抓紧落实，通过视频监控——一查找可疑车辆！尽快解剖尸体，一有结果立即汇报。"

临近中午，殡葬车就到了，紧随其后的还有一辆皮卡车，上面装了满满一纸箱盒饭。吃饭的工夫，刘新国的尸体被抬进了殡葬车，几个村里人在村口烧起了冥纸，点燃了爆竹，殡葬车在噼里啪啦的爆竹声中离去。

热带海洋与极地大陆两种气团在这里角逐交替，天气温和适宜，云淡风清，茶芽展叶，春笋成竹，绵绵碧野一片生机盎然。

茶园竹林间，一条窄窄的柏油路贯穿石坝村后又蜿蜒向西南，沿途经过三个村落，最后与另一条省道相交。路是四通八达的，似乎没有终点，但有节点，以进村的省道岔路为起点，那么石坝村算得上是第一个节点，这一段路的重要性已经不言而喻。杜自健正带人在路边展开搜索，三三两两过往的车辆行驶缓慢，车上的人无一例外都会朝外探头张望。

走访、技侦、查监控三驾马车齐头并进。除了原先省道东西两侧的监控外，又在石坝村西南面 6 千米外的一个路口处找到了第三个治安监控点。三个监控点，点点关联，所有进出的车辆都被圈定在一个无形的三角区内，这必定会对整个案件进展产生影响。

派出所会议室内，沈岳明正坐在会议桌前接听一个重要来电："嗯……嗯……嗯……好，那就抓紧时间！"他用最简短的字句结束了通话。

崔耀军站立在墙面上一幅洪桥镇治安网格地图前，沈岳明挂断电话，起身走来说："崔支，死者手机关机前半小时内，有 12 辆SUV进入监控区，其中有 9 辆已经排除嫌疑。"

"那就还剩下 3 辆。"

"对！"沈岳明指向地图说，"这其中有一辆车是从省道东面往西，但没有经过西侧的监控点，分析应该是驶向了石坝村方向；另外一辆从省道西面转进了石坝村方向；还有一辆从村南面过来，开往省道方向，必定要经过石坝村。目前这几辆车都有可能在晚上 10 点 12 分至 10 点 20 分前后经过事发路段。"

崔耀军转身走到桌椅前，端起桌上的一杯温茶，抿了两口说："问题是，事发路段现在还只是个推测。岳明，你给技术上打个电话，让他们抓紧时间，一有发现立即报告。"

事发路段只是一种推理假设，需要现场痕迹来证实，但制定科学的勘验方法，在最短的时间里找到有价值的痕迹，又需要建立在种种假设之上，而推测又要有客观事实为前提。

杜自健根据汽车里程表测量出从小店经过省道再到进村路口是 240 米，从路口到刘新国家是 420 米，反复看过小店门口的监控后，他更坚信了对事发路段的判断。监控并不是很清晰，但人的行为举止还是能看出个大概的。刘新国走出小店后，停顿数秒，在门外点了一根烟，然后不紧不慢地朝前走去，直到走出监控范围。除了步幅步态，刘新国刹那间点燃的香烟，也让杜自健灵光闪现，死者有烟有火，死者口袋里却没有发现打火机，想必一定掉在了某处，而打火机掉落的位置必然与事发地有密切关联，口袋里的硬币、手机等一些杂七杂八的东西可能也会掉落在事发地。

就在沈岳明打来电话前几分钟，杜自健就已经圈定了重点勘验范围，专案组收到确切的消息是在半小时以后。

村道靠西一侧，距离刘新国家仅 30 多米处，路肩柏青树上几根新鲜折断的枝叶散落在路边，茶园下泥土里还夹杂着折落的茶树叶，杂草掩盖了一个红色塑料打火机和一枚一元硬币。现场没有汽车碎片，没有刹车印，路面上只有一处残缺不全的汽车轮辙，部分轮胎纹路还是清晰可鉴的，但有些凌乱的踩踏痕，整体杂乱不堪。事实呈现在眼前，这里就是事发地，打铁还需趁热，接下来就是顺藤摸瓜，对辙查车。水落石出是迟早的事。

解剖室里，尸检工作正在紧张有序地进行着，叶剑锋把颈胸腹的解剖交给了程建斌和陆林国，他自己负责整个头颅的检验工作。

刘新国右颞部头皮虽然只有一处创口，但头皮下却是广泛性血肿，血肿下颅骨粉碎性骨折，碎骨片明显向颅内凹陷，其中一处骨碎片还刺破了紧贴在颅骨内板的硬脑膜，硬脑膜下的脑组织破裂出血。死者后枕部头皮虽然没有破损，但可见一处银圆般大小的擦挫伤，而出血仅限于头皮内，相比右颞部而言，轻微很多。

两处损伤，一左一后，一轻一重，一看就是先后作用力造成的，谁先谁后也不难判断，结合现场尸体的体位和血迹，一眼就能看出枕部在先，右颞部在后。而问题在于，作用方式和致伤物不是看几眼就能解决的。

整个头颅的检验耗时将近一个小时，叶剑锋简单整理了一下头绪后，换了一把新刀片，三下五除二又将刘新国的左小腿剖开，直到暴露出胫腓骨。

这是新发现的一处损伤。

叶剑锋在解剖室里重新查看尸表时，发现刘新国左踝关节有些肿胀青紫，触及关节，明显感觉到骨擦感，这是骨折的征象，剖开后他的猜测果然得到了证实。但叶剑锋的目的不是单纯证实骨折的存在，而是想确认骨折程度和形态，以便进一步分析致伤方式。

骨折处除了周围肌肉筋膜有出血外，皮肤没有一丝损伤，外加骨折线接近于螺旋形，叶剑锋很快得出结论，骨折不是直接外力作用的，而是在摔倒的瞬间身体扭动造成的。

不早也不晚，就在尸检工作接近尾声时，崔耀军打来了电话。

电话里，崔耀军首先告诉了叶剑锋两个重要情况，一是发现了可疑的事发现场；二是找到了可疑的肇事车辆，而驾驶车辆的不是别人，正是李红星。世间竟有如此巧合之事，难以置信，崔耀军急于在第一时间知道尸检结果。

叶剑锋没有过多解释，只做了简短的汇报："头部损伤不符合摔跌形成，而符合钝器打击，至于什么工具，现在还没有结果。"

"钝器打击？多大把握？"崔耀军问。

"八九成把握，这样吧，等尸检全部完成，我当面向你汇报。"

知道此事涉及李红星，崔耀军就已经想到了这可能不是一起简单的交通肇事案。但叶剑锋的话还是让他有些意外，不过，这反倒应验了他的猜想。崔耀军没有再追问下去，就挂断了电话。

"师父，难道不是摔的？"

"是啊，叶老师，死者头部的伤不是摔跌形成的吗？"

同样感到意外的，还有站在一旁的程建斌和陆林国，他们很想知道这位叶大法医凭什么说是钝器打击的？

叶剑锋将头颅稍作复原后说："死者右颞部头皮有一处创口，看上去像是一次摔跌形成的，摔跌确实也可以造成颅骨粉碎性骨折，但你们看，死者粉碎性骨折处的骨板有塌陷，而且其中有两个区域的碎骨片明显塌陷，有一处甚至刺破了硬脑膜，而且纵观整个骨折区边缘，有好几处不同的弧度。单凭这些骨折的形态特征，就说明这里不止受到一次外力，应该有两三次，那就证明不是摔跌了，符合多次打击的伤口特征。"

"如果多次打击，那现场为什么没有打击时形成的碰溅血迹呢？头皮血管丰富，一旦破裂，流血也很多的。"程建斌仍有不解。

叶剑锋说："那你还没搞清楚碰溅血迹是如何形成的，阿国你知道吗？"

陆林国咧嘴傻笑看着师父，支支吾吾也说不上来。

"你们都得回去好好研究下血迹形态，碰溅血迹也属于一种溅落血，一次打击很难形成，一般都是多次打击下形成的，是在前一次打击造成皮肤破损并多量出血的情况下，出血部位形成血源，聚集在一起，当这里再次受到打击时，就会将血液溅落开。很多影视剧中看到的头被打一下或被撞一下就血液四溅都是扯淡。死者头部虽然有创口，但这处创口可能是在最后一次打击下形成的，或者说可能在皮肤破裂后，这里没有受到再一次打击，也可能在远离创口的部位再次受到打击，比如靠近耳郭上缘的部位，仔细看，耳郭皮肤还有些瘀青肿胀。"

两名小法医似懂非懂地点点头，叶剑锋接着说："好了，你们回去后再看看照片，看看书，多研究研究。"

尸检临近尾声，有些问题会迎刃而解，有些问题仍未解。既然已经看出刘新国头部的伤是钝器打击造成的，那致伤工具为何物呢？这个问题，无论是对于案件的侦破还是对于案件的审理、判决都至关重要。

打击刘新国头部的工具应该质地较硬，有一定弧度，接触面光滑，根据这些仅有的特点，叶剑锋心里已经筛选出了几类可能的致伤物，但此刻他的脑袋也"短路"了，无法再提炼出更多更精准的信息。

天阴沉下来，叶剑锋的心也阴沉下来，突然一个电话打来，消除了他心头的疑云。

电话是杜自健打来的，他开口就问："剑锋，据说死者头部是钝器打击的，你看像鹅卵石砸的吗？"

"找到致伤物了？"叶剑锋惊喜地问。

"还没，但我们发现死者房子西墙外弄堂里有几块水泥砖和鹅卵石，从地上留下的凹痕看，可能少了一块鹅卵石，大小和一个手掌差不多，而且拿走时间不会太长。我们怀疑可能是致伤物，所以问问你。"

"当然有可能，至少鹅卵石可以造成头部的损伤，我解剖好马上就来。"叶剑锋已经迫不及待了。

傍晚时分，天色不算晚，但乡下弄堂里光线已经有些阴暗，借着手电的光亮，可以看到这条窄窄的弄堂深处还堆放着一些酒瓶瓦罐，这说明这并不是一条人行通道，只是刘新国和隔壁家的隔断而已。距离弄堂口一米处，靠近刘新国家的墙角，凌乱地摆放着几块鹅卵石和水泥砖，陈年铺垫的碎石子早已嵌入泥地里，紧密坚实，杂草正奋力地向上抽出新芽，墨绿的青苔上还有些新鲜的踩踏痕。

墙角有两处凹痕，这是石块经过雨水长期冲刷浸泡，自然而然留下的印记，一大一小，但石块已经不见了。

"怎么有两个坑？"叶剑锋问。

丁旭华说："小的这个坑，石头已经不见了，而大的这个，石头还在，但被人拿起来过，又丢在了一边，就是我手里这一块。"

叶剑锋接过丁旭华递来的一个透明物证袋，握在手里，轻轻地掂了掂，分量、大小正合适。

根据凹痕的形态特征，参考现场其他的石头，不难看出丢失的这块石头应该也是一块鹅卵石，貌似比叶剑锋手里拿的这块要小一些。

被拿走的鹅卵石是不是致伤物，没人说得准，但这的确是一条十分重要的线索，如果能找到那是最好了。趁着天色还未完全黑下来，大家已经分散开了，开始地毯式搜寻，叶剑锋也在卖力地寻找着，可惜，直到夜幕降临，大家饥肠辘辘，仍然无果。

在审讯室里，对李红星的讯问也没有新的进展。

李红星一直很坦然，对于案发当晚的行踪他说得一清二楚，唯独对于发生的车祸他始终说自己不知道。

他所谓的不知道，是说自己根本就不知道撞倒了人，更不知道撞倒的就是刘新国。他只记得晚上10点多开车回家的路上，在快进村口时对面来了一辆车，因为对方的车一直开着大灯，十分刺眼，以致他根本看不清前方的路和人。在和对方车辆交汇错车的时候，他还骂了一句，自己的车是紧贴着路边开过的，是否擦碰到东西他根本没太在意，因为车里放着音乐，他也没听见人叫喊。总之，他一口咬定对擦碰到刘新国的事毫不知情，而对于刘新国的死，他更是矢口否认。

现在，别说李红星是否是本案的真凶了，就连证明他撞倒刘新国的有力证据都没有。对李红星的调查一下就陷入了僵局。

所有的推测、假设、嫌疑，最终都要靠痕迹物证来肯定或否定。

晚饭吃得快，大家散得也快，摸着黑，顶着风，没有一个人敢停下来。侦查员分布在各个点继续摸排走访，技术员也各自继续勘查检验。

派出所一间车库外，已经设置了警戒线，李红星驾驶的那辆车就停在里面。两边临时架起了氙气灯，在强光的映射下，这辆SUV的线条流畅霸气，只是布满了薄薄的灰尘，显得没那么华美。

叶剑锋和陆林国刚走出羁留室，就看见杜自健和丁旭华正在查验车辆，便走了过来。

陆林国靠近车旁，瞅了两眼说："真是辆好车！好像是新款啊，我就喜欢这款，可惜买不起。"

"你离车远点，小心你的口水喷上去检出你的DNA！"叶剑锋提醒他。

约莫三五分钟后，杜自健摘下口罩问叶剑锋："人身检查怎么样？"

叶剑锋摇摇头以作回答。

杜自健走出警戒线外，递给叶剑锋一支烟，自己也点上一支，说："我估计李红星没有说谎，人是他撞的，但他可能真的不知道。"

"何以见得？"叶剑锋问。

"车上的确没有撞击痕，但左侧反光镜上有些擦痕，夹缝里还有微量的柏青树叶，车也没有洗过。试想，如果他真知道自己蹭倒了一个人，他肯定会把车处理干净吧。"

杜自健说完，看着叶剑锋若有所思的样子，突然问："你看呢，大法师？"

叶剑锋说："照你这样说的话，那李红星杀人的可能性就很小了。不过，能确定他就是撞人的肇事者吗？"

"从监控时间段和痕迹上看，只有他驾驶的这辆车符合，当然最有力的依据，还是要看能不能在左侧反光镜上检出刘新国的DNA。"

叶剑锋点点头，突然问："我今天下午回来经过肇事现场，你们都不在，忘了问，现场啥情况？"

"现场没有血迹，找到一个打火机和一枚硬币，手机没找到，但找到几块手机碎片。死者女儿辨认说很像死者的手机，估计当时掉在路上，因为天黑，死者也没找到，后来被过往的车辆轧碎了。路边的杂草有倒伏，还有一些茶树枝被折断，这些痕迹应该就是死者摔倒造成的。"

"看得出死者在现场长时间逗留的痕迹吗？比如躺在地上或坐在地上。"

听到这话，杜自健夹着烟屁股的手刚抬起来，又放下，他忽然想起来一个细节："你这么一问我倒想起来了，离事发地南面5米多的位置，有一片草丛有倒伏的迹象，看形态还真像是一个人屁股坐在地上形成的。"说到这儿，杜自健突然问，"你怎么会想到的？"

"死者左下肢有骨折，我分析可能是在外面摔倒形成的，但不敢确定，如果真像你这么说的话，可以确定是在事发地摔倒形成的，开始死者可能没感觉到很痛，但走了几米后忍受不住了，于是就坐下来歇歇。"

"骨折？严重吗？"

"应该算是严重吧，腓骨完全骨折。"

"那你觉得这种骨折，他能一个人走回去吗？"

"这个还真不好说。"叶剑锋说，"如果意志力、忍耐力强的人，走个几十米还是可以的，但对一个60岁的老人来说，就有些吃力了。"

杜自健正要说话，手机突然响了，打完电话，他说："8点在派出所四楼会议室开会，让痕迹、法医汇报下情况，法医这边就由你负责了。"

叶剑锋看了下时间，有一个小时准备，还来得及把尸检情况梳理一遍，把现场情况重建一遍，把案发过程简单重现一遍。

晚上8点，按照部署，侦查、现场、法医先后做了客观性的汇报，县局法医程建斌磕磕巴巴地汇报完尸检情况后，叶剑锋又做了详细的补充。

"关于小程提到的死亡时间，是末次餐后两个小时左右，那么根据侦查的夜宵时间，结合手机关机时间，还有死者衣着情况、尸温情况，基本可以确定，死者是在昨天晚上10点半至11点半之间死亡的。死因、方式不用多说了，就是被人用钝器打击头颅致死，一人可以完成。至于致伤物，我认为比较符合鹅卵石打击，而且极可能就是西侧弄堂里缺少的那块石头。如果案犯是拿这块石头作案的，那起码说明三点：一是临时起意杀人，就地取材，无预谋性；二是案犯不仅对此地熟悉，对周边的情况也熟悉，所以他并不是慌乱到随便捡一块石头，而是有选择性的；三是案犯抛弃了一块较大的石块，而又特意选择较小的一块，这说明什么？"

"说明什么？"崔耀军盯着叶剑锋问。

"说明他的手比一般成年男子要小，所以拿起的第一块大的石头很不顺手！"

此言一出，犹如落入水面的石子，激荡起小小的涟漪，在座的人开始窃窃私语起来，叶剑锋明白这里肯定有质疑声，他也曾经质疑过自己这种大胆的设想，但现在他却如此自信。

叶剑锋举起右手，伸出手掌，抬高了嗓门："大家看，我的手掌不算大吧，属于纤细型，可以说比在座很多人的手都小，我在现场试过拿起被抛弃的那块石头，并无特别之处，大小、分量刚刚好，比较顺手。如果案犯和我的手掌一般大小，那他何必将其扔掉，而且是在一个黑夜里，杀人之前，再多此一举，这是什么心理？我想这可能是最合理的解释了！"

坐在叶剑锋身边的杜自健斜目瞄了几眼他的手说："你这手真是精致。"

叶剑锋看了下自己的手，一板一眼地说："这是'上帝之手'。"

两人的玩笑话冷飕飕的，倒让一直紧张、严肃的气氛缓和了一下。沈岳明尴尬地笑了一声，然后神情凝重地说："照叶法医的分析，这个人的手的确不大，那最可能是女人或未成年人，或者是手天生偏小的男人，抑或是手不正常的人。无论是哪种人，都与李红星不符，外加目前从侦查和现场反馈的情况看，李红星的杀人嫌疑暂时可以排除，但对他的调查不能停，还要协同交警深入下去。现在的重点工作，就是全力查找另外一个可能的嫌疑人。现在无论从时间上、地段上，还是嫌疑人的特征上，已经圈定在很小范围了，我想接下来的工作方向、目标应该很明确了。以石坝村为中心，逐户逐人见面，逐个排查，尤其是晚上 10～12 点这个时间段的活动情况。"

沈岳明说罢，崔耀军又强调了几句："如果死者真在野外摔倒，造成了腿部骨折，那他独自步行回家是有些困难的。那么，从出事到回家这几十米的路程，他是否遇到过其他人，或者说是否有其他过路的人遇到过他，一定要仔细排查。如果有人看到或知道他受伤，不排除乘人之危的可能性。"

刑侦大队长熊正兵说："案发时是周末，如果附近厂里不加夜班的话，晚上 10 点多以后，这段路上的车辆和人都很少。今天走访了几家工厂，昨天都没有加夜班的，尤其是住在石坝村的务工人员，不过昨天是星期六，也可能有些人玩得很晚才回来。"

"死者隔壁那家调查清楚了没？"沈岳明突然问。

"查清了，隔壁是一对老夫妻，老头姓周，老太婆姓章，两个儿女都住在县城。这个老周是个有名的酒鬼，一年 365 天估计有 300 天是醉的，昨晚又喝醉了，大概喝到 8 点多，回家就睡了。他是睡一楼的，老太婆睡在二楼，差不多 9 点不到也睡了。据老太婆说，她本身耳朵也不怎么好，昨天又睡了，没听到什么异常的响动。"

"熊大说得没错，平时这老两口基本上就这样。"派出所杨所长也帮忙证实。

沈岳明没再追问了，示意熊大队长继续说。

"我们查到一个叫李艳娥的人，今年 42 岁，家里就三个人，一个老母亲和一个 12 岁的女儿，现在主要以种茶卖茶为生。邻居说，她昨天上午就出去了，白天一直没见到她，晚些时候我们还要再去她家落实一下具体情况。"

提到李艳娥，杨所长心头一紧，眉头紧皱着说："这个李艳娥挺可怜的，家里比较苦难，十几年前嫁到外县，原本有两个小孩，一男一女。但前些年儿子不小心淹死了，老公欠下一屁股赌债又自杀了，去年她父亲又去世了，她才带着女儿又回到村里，和母亲住在一起。听村里人说，刘新国对这对母女还不错，据说有人还想撮合他们俩，但年龄差距大，也没成。"

"年龄差距是太大，但一个鳏夫和一个寡妇，倒可以理解，这两人关系怎么样？"崔耀军问。

"刘新国比较喜欢李艳娥，但李艳娥对刘新国不冷不热的。大家都住在一个村，平时低头不见抬头见，倒没听说有什么不正当关系。"

崔耀军意识到这里可能有名堂，便说："这两人的关系还是要好好查查。

当然，不仅李艳娥，村里老老少少的关系都要重新梳理一遍，现在可以说，这案犯恐怕就在他们中间。既然至今未发现有财物损失，那么杀人动机极可能是矛盾激化引起的，得一鼓作气拿下，晚上大家还要再辛苦一下了，技术上的同志也一样，得尽快找出案犯留下的痕迹线索，还有那块可疑的石头，不能放弃寻找。"

崔耀军的话倒是说得掷地有声，但很多人心里都没底，现在一切还在推理阶段，谁能拍着胸脯保证这个假设一定是事实呢？如果不是如此，还有其他更合理的解释吗？反正，叶剑锋认为在现有已知条件下，他是想不出其他更合乎情理的推论了。

开完会，叶剑锋已经顾及不到案件进展了，他现在得马上赶回平江县，因为半小时前老婆打来电话，说儿子中午开始发烧，一直未退，刚去平江县医院诊断可能是支气管肺炎，他要连夜带老婆儿子赶回市中心医院做进一步的检查和治疗。

这一来二去，折腾到后半夜两三点，才算松了口气，好在儿子病情不重，不必住院，打完点滴吃完药后，叶剑锋才带着儿子回到家中。儿子的事算是虚惊一场，但洪武县的案子现在恐怕仍悬而未决，不然好消息早就传来了。叶剑锋躺在床上思来想去，不一会就沉沉地睡去。

从白天到黑夜，从黑夜到黎明，一批人撤下，另一批顶上，犹如一场攻坚战，前赴后继。

经过仔细甄别，案发现场两处并不清晰的鞋印经比对与李艳娥家中留下的很多鞋印几乎一致，虽然那双鞋子不在家中，但足以说明她的嫌疑最大。下午 4 点，李艳娥回到家中，民警直接将她从家里带到了洪武县公安局洪桥派出所。

坐在木椅上，李艳娥双脚外张，双膝并拢，寡言少语，低头垂发，不停地拨弄着双手的指甲。她穿着粉红的针织衫，灰色的直筒裤，黑色的平底鞋，一身着装简洁合体。

但这样一个看似柔弱、目不识丁的乡下女子，却没有想象中好对付。

"现场有我的鞋印很正常，我前几天去过他家。"一句话，似乎就轻易地推翻了警方的证据。

"几号去的？什么时间？去他家干什么？有人证明吗？"

"不记得几号了，大概四天前，晚上下班的时候，去他家借钱，不知道有没有人看见。"

"借到钱了吗？"

"没有。"

"星期六晚上 10 ~ 11 点你在哪里？"

"这么晚，我已经在家睡觉了。"

李艳娥就这么慢声细语地应对着每一句讯问。审讯的民警也不急不躁地和她周旋着，他们觉得还没到彻底摊牌的时候，火候不够，时机未到。

民警问得越来越多，越来越细，李艳娥回答的漏洞也越来越多，很明显快招架不住了。压倒她的不是最后一根稻草，而是那一块石头，打死刘新国的石头。

晚上 10 点，沈岳明走进讯问室，只说了一句话："你打死刘新国的东西找到了！就在刘新国隔壁家的菜园子里，上面有你的指纹和刘新国的DNA！"

"什么DNA？我不懂，随你们怎么说！"

沈岳明大喝一声："不管你懂不懂，这都是科学，你不说，凶手也是你，这就是铁证，赖是赖不掉的，你以为你说的都毫无破绽吗？你说的每一句话，我们都已经调查核实过了。"

站在一旁的一位老民警倒是温和地劝诚她："我们办案都是靠证据的，

不会无缘无故把你叫到这里来，事已至此，有句话你应该知道吧，叫'坦白从宽，抗拒从严'，你自己主动说，和被动说出来，可是完全两个样。我们知道你也是可怜人，想想你的女儿和老母亲吧！"

沈岳明只是说东西找到了，但没有说是什么，他也不可能告诉嫌疑人，只有嫌疑人主动交代出来，才有价值。

鹅卵石是上午 10 点钟在刘新国隔壁邻居的菜园子里找到的。发现时，技术人员之所以判断这可能就是那块丢失的鹅卵石，一是因为大小符合，二是石块落点的位置形成的泥土坑和破损的菜叶痕迹新鲜，更重要的是，从落点的特征分析，石块就是从菜园南侧被扔过来的。石块经过与弄堂那处凹坑比对，形态吻合。石块被提取完上面的指纹后，火速送到市局DNA室，终于在晚上 10 点从石块上提取到了刘新国的DNA，也比对上了李艳娥的DNA。

叶剑锋虽然人在家里，但洪武县这边每一步动作都牵动着他的神经，也是在晚上10点多，得知了DNA结果后，他心里的那一块石头才真正放下了。

法医工作可以暂且告一段落了，但侦查上，还远没有结束。

抽泣了半个多小时，李艳娥开口第一句话是："这个刘新国是个变态，畜生！"

此言，令人大惊，民警追问下去："说说怎么回事？"

李艳娥开始抽泣，犹豫了半天，她说："我说的你们都能替我保密吗？不能让别人知道。"

民警安抚道："说吧，涉及案件的东西和个人隐私，我们不可能外传的。"

经过一番疏导，李艳娥才逐渐放松下来，一五一十道来，审讯室里少了些威严，多了些柔情，更夹杂了些愤懑。

李艳娥交代的杀人过程并不让人意外，但杀人动机，换句话说，促使她杀死刘新国的原因，让人咋舌。她说刘新国猥亵过她的女儿，而且不止一次！

一个月前，李艳娥给女儿洗澡的时候发现女儿下体有些红肿，李艳娥大吃一惊，连哄带逼，女儿终于说出原委，说是刘新国爷爷弄的，不止一次，这是第三次了。女儿还小，不懂这种龌龊的行为是犯罪，但她知道这是羞人的事，她也没敢告诉妈妈，具体细节女儿也说不太清楚，但有一点她说得很肯定，刘新国是用手摸的。

女儿的话犹如晴天霹雳，怒火中烧的她，原本已经拿起手机准备报警，但因诸多顾虑，一念之间，她决定先去找刘新国对质，讨个说法！

刘新国见东窗事发，皱巴巴的老汉脸，瞬间变成一副老狐狸嘴脸。开始他死活不承认，后来李艳娥说要报警，刘新国便恐吓她："你报啊，别说没证据，我手机里还有你女儿那种照片，传出去看你们俩以后怎么见人！"

一席话，李艳娥显然犹豫了、胆怯了，刘新国见状，又假惺惺地说："再说，我也没做啥，她那么小，我也不可能干那事的，不信你可以带她去检查。"

李艳娥的确带着女儿检查了，就在一个诊所里，经检查除了外阴有些红肿，没有其他损伤和异常。医生原本也是有怀疑的，但李艳娥没有说出实情，坚持说女儿是学自行车弄的，医生也不好追问了。

为了女儿的名誉，也为了整个家庭，李艳娥屈辱地忍受着一切，但她内心起了涟漪。她也懂得从长计议，她也相信恶人终究会有报应，但刘新国声称手机里有女儿照片的这件事儿成了她的梦魇，让她每天都备受煎熬，她在等待一个时机终结此事，必须彻底终结。

案发当晚，李艳娥骑着踏板车给一个老雇主送刚上市的新茶，回来时已经是晚上快 11 点了。刚到村口的时候，她看见刘新国正一瘸一拐拖着双腿往家走，十分缓慢。李艳娥一看就明白这是受伤了啊，机不可失，失不再来，又是风高夜黑之时，她决定做个了结。

看看四下无人，李艳娥把车停在了西侧弄堂口，转身跟着刘新国进了他家。此时的刘新国已无力制止眼前的这个弱女子了，他咬咬牙，最后摇晃了几步，靠在床上，额头早已沁满了汗珠。

　　面对刘新国痛苦的呻吟，李艳娥毫不在乎，甚至有些快感，当然她也无意要伤害他，她只想让刘新国删除手机里女儿的照片或是拿到手机砸烂它，但刘新国说他刚才被车撞了一下，手机可能掉到路上了，天太黑他也没找到，希望李艳娥帮他报个警或者打个电话给他女儿。

　　李艳娥根本不相信刘新国的话，拿不出手机，她就强行动手搜身，争执拉扯之中，刘新国"扑通"一下摔倒在地，这是他第二次摔倒，这次摔到了后脑勺，刘新国"啊呀"一声，只感觉脑袋嗡嗡作响，眼冒金星。

　　他已无力站立起来，但他还是挣扎着叫嚣："赶紧帮我打120，不然我就告你，说你撞的我！"

　　李艳娥没搭理他，挨个摸他的衣兜查找手机，但一无所获，李艳娥"啪啪"扇了他几个耳光，刘新国开始无力地哀求："手机真丢了，你也别找了，上次我怕你真报警，就把照片删了，快帮我打个120吧！"

　　刘新国的话不仅没有平复李艳娥的怨恨，反倒助燃了她心中的怒火，看着神情恍惚、已无缚鸡之力的刘新国，李艳娥决定一了百了。她来到弄堂找了一块称手的鹅卵石，快速回到屋内，一闭眼狠狠地砸了下去，一下、两下、三下，等到刘新国不喘气了，她拿着石头赶紧往家跑，路上她使劲把石头扔到了隔壁的菜园子里。

　　回到家中后，过了好一阵子，李艳娥越想越害怕，这不是她真正想要的结果，但事已至此，逃还是不逃？惶惶不安中迎来了第一声鸡鸣，第一缕曙光。她做这一切都是为了女儿，为了这个家，逃亡又能怎样？怎舍得丢下老母亲和女儿？她说服了自己，决定不逃了，一切听天由命，她像平常一样，早早起来，做好早饭，上山采茶，卖茶。

真凶浮出水面，事情却还没有平息。说刘新国猥亵幼女，只是李艳娥单方面的说辞，死无对证，刘新国一双子女，更是不依不饶地要讨个说法。为了追查背后的真相，查找新的证据，巩固现有的证据，审讯完李艳娥，警方又忙不迭地四处奔波。

洪武县看守所里，李艳娥一个人蜷缩在铺塌的一角，思潮汹涌，夜不能寐，以后老母亲和女儿怎么活？她只剩下悔恨和绝望！

一个月后，提审她的检察官告诉她，不必担心她的母亲和女儿，政府会为她们提供生活保障，也会解决她女儿读书的问题，她能做的就是积极配合调查，争取宽大处理。

李艳娥满含泪水口述了一段话，让检察官带给母亲和女儿，让她们一定要好好活着，让她们不要学她，要相信政府、相信法律、相信正义，让母亲保重好身体，让女儿照顾好外婆、好好学习，如果她能活着出来，让她们一定要等着她。

03　伪装弑妻案：完美的不在场证明

原本今天要值夜班的方芳为了给儿子庆祝 12 岁的生日，特意和同事换了班。她写完最后一份病历，等着何医生来交接班。

叶剑锋刚整理好重新鉴定的卷宗，也开始坐在靠椅上等着下班。5 点半一到，他急忙奔向停车场，开车去接老婆和儿子。

一路拥堵，接完儿子，车再开到市中心医院时刚好 6 点，正是老婆方芳下班的时间。

打了两个电话，等了半个小时还不见方芳下来，再打第三个电话时，终于被接听，但电话内容让叶剑锋大惊失色。电话里，方芳战战兢兢地告诉他，准备来换班的何静医生，被发现死在家里了，可能是被人杀死的！

叶剑锋一边安抚受惊的老婆，一边问明原委。方芳告诉他，何静原本 6 点之前就应该到岗，可是过了点一直没来，打她手机也关机了，最后打通了她家里的座机，是何静老公接的。电话里，她老公惊慌失措地告诉方芳，他刚下班回家就发现何静死了，是被人杀死的，家里还被翻得乱七八糟的。

如果真是如此，那么作为市局法医，叶剑锋势必要参与此案了，接到指令是迟早的事。老婆方芳看来一时半会是走不了了，可能要留在医院。眼下必须把儿子先安顿好，他便掉转车头，把儿子送到了爷爷奶奶那里。

很快，叶剑锋就接到了赶往吴越区碧园小区勘查现场的指令。安排好儿子，又给陆林国打了一个电话，他便开车直奔现场。

何静，叶剑锋是认识的，在中心医院妇产科见过几次，她给人的感觉很孤傲，长相清秀，不苟言笑。叶剑锋对她的了解也只是在和老婆聊天时有个一知半解，老婆说她能力不错，但个性强，脾气不大好。这也许和她的家庭有关，何静的父亲原来是江川市第一人民医院的院长，母亲是中学老师，老公是江川市卫健委的一名科长，两人育有一子，但后来父亲犯了错误被双开，母亲提前退休，据说这事还牵连到了何静老公的仕途升迁。这一系列的变故，让她变得敏感、要强，易焦虑多疑。

正值下班高峰期，拥堵的车流如蜗牛般缓缓移动。走走停停，停停走走，终于到了碧园小区。

案发现场楼下，警戒带根本挡不住人们的好奇心，几十名民警和协辅警才将黑压压的人群隔离开。死者家属坐在地上悲痛欲绝，几次想要冲进楼道，都被民警拦了下来。

叶剑锋从人缝里挤进了 5 幢 2 单元楼下。陆林国把现场勘查证递给他，还忍不住发了一句牢骚："师父，你乌鸦嘴！"

叶剑锋无奈地摇了摇头，也没说话。是啊，有些事就是这么邪门，说啥来啥，下午他叫陆林国整理物证箱时无意中冒出来一句话："物证箱要经常整理整理，看看少哪些东西，补补齐，万一突然来个现场，就麻烦了。"

说来还真来了！

陆林国拎着两个大箱子屁颠屁颠跟着叶剑锋就上楼了，301 室里铺满了通行踏板，除了"咔咔"的相机快门声，没人说话。

除了客厅、厨房、卫生间以外，一个主卧、一个客卧和书房，被翻得乱七八糟，本来洁如镜面的木地板上留下了来来回回的浅尘足迹，有好几种，但在客卧和书房里似乎有一种旅游休闲之类的鞋留下的鞋印。

何静身穿一套浅绿色睡衣，仰面躺在主卧的大床上，裤子的裆部有大片淡黄色的尿渍，齐肩长发稍显散乱，头歪向一侧，嘴角下面的枕头上有一小块淡红色血迹。她双眼微睁，角膜微微浑浊，瞳孔散大，脸上布满紫红的瘀点性出血斑，眼结膜、唇黏膜也是如此。颈部有一圈或深或浅、或宽或窄的勒沟，让人一眼就看出颈部被勒过，死因可能就是机械性窒息，但勒绳不见了。除此之外，何静的双手双脚都被死死地捆绑着，现场的一切都显示，这可能是一起抢劫杀人案。

吴越区公安分局的宋法医小心翼翼地扒下了死者的裤腰，做了初步检查后，将电子尸温仪插入死者的体内，尸温仪的读数迅速从24℃上升到28℃。

叶剑锋掰了掰何静四肢各个大小关节，又按了按尸斑，扭头对陆林国说："记一下，各大小关节尸僵强硬，尸斑指压稍褪色，分布于腰背臀等低下未受压处，呈暗紫色，结合刚才的环境温度和初次测量的尸温，估计死亡12个小时左右。现在是晚上7点多，初步推断死亡时间可能是在早上六七点。"

吴越区技术室的卢主任则不以为然地说："应该是上午10点35分左右死的，房门角有一台摔坏的闹钟，时间正好停在10点35分，这应该是今天的，不会是昨晚的吧。"

叶剑锋扭头看了看这个憨憨壮壮的卢主任，肃然起敬，那摔坏的闹钟指向显然更精准，如同2008年汶川大地震发生时，很多损坏的钟表都指向"14时28分"，但法医推断的时间偏差如此大，不由得让人汗颜。

有时候推断死亡时间，现场信息和现场调查也很关键，这些信息甚至更为准确，很多案件中死者的死亡时间也的确是靠此推断的。

记得前些年一个深秋，一个独居老人死在家里，尸体被发现时已经高度腐败，而且还发生了霉变，从尸体上已经无法准确推断出死亡时间了。但在勘查现场时，师父魏东升发现死者家中洗衣机旁的盆里有四双没有洗的袜子，这引起了他的注意，他让侦查员着重调查死者的生活起居和生活习性，后来真查到死者有个怪癖，就是每天要换一双袜子，从星期一到星期天，积攒七双后再一起洗。知道这个情况后，魏东升就推断死者是在星期五被杀的，一周前的星期五，根据这一时间最后锁定了一名嫌疑人，案件告破。

　　"叶所，听说你认识死者？"宋法医突然问。

　　"是啊。"叶剑锋感慨道，"她是我老婆的同事，本来今天要和我老婆换班的。"

　　看着已经僵硬的何静的尸体，叶剑锋颇为感伤，不忍再说下去了，他觉得只有把案子破了，找出死亡的真相，揪出残忍的凶手，才是他告慰亡灵最好的方式。

　　命案现场以尸体为核心，在没有移动尸体前，一切都是最原始的状态，原始的姿态、位置、衣着、环境、物品等，暗藏其中的信息往往更有价值。等法医进入现场，就意味着尸检已经开始。

　　不能随意翻动尸体，只能先静态查看，先静后动，大家忽近忽远，都各自围着床沿一刻不停地在思考。

　　除了颈部的勒痕，何静的双手双脚是被不同的捆绑物捆绑着，细看不难发现，双脚捆绑物是一条肉色裤袜，位于踝关节上方三四厘米的位置，因为袜裤的弹性，缠绕双腿的部分已经被拉伸得如绳索一般，睡裤的一部分裤脚也被绑在了绳圈下。而她的双手位于胸前，两个手腕交叉后被一条又宽又长、粉红色的丝带捆绑着，缠绕了几圈后打了两个结，与双脚捆绑方式基本上一致。两处捆绑物究竟缠绕了几圈、如何打结还看不很清楚，但有一点几乎可以确定。

"两种捆绑物是就地取材！"宋法医说，"裤袜就不用说了，这丝带应该是睡衣的腰带。"

宋法医只比叶剑锋晚参加工作两年，勤勤恳恳，可以说是一个一心只想干好一件事的人。什么事？就是做好一个基层法医，他做到了。能力强、水平高、为人好，这是叶剑锋的师父魏东升对宋法医的评价。江川市"70后"法医，只有两个人获得过魏东升这样的评价，另一个就是叶剑锋。现在他二人都是副高职称，论资历、论水平都差不多，可唯一不同的是，叶剑锋现在已经是市刑科所副所长，正科级，而宋法医，虽然已经是副主任科员，但只是技术中队的指导员，连一个部门的中层领导都算不上。虽说法医是一个特色技术职业，不应该在乎职位高低，但在一个主管公安工作的政府下设职能部门，至今还没有被提任一官半职，他的心里多少会有些憋屈，这是人的本能。

作为一个从基层提拔上来的法医，叶剑锋还是懂他的，平时酒桌上可以互诉衷肠，胡说海侃，但在现场，他二人都毫不含糊。宋法医把目光锁定在捆绑物上，已经说明了他的睿智。一个人被捆绑，有很多值得研究的信息，甚至可以直接获得破案线索。

叶剑锋刚才一直在研究死者颈部勒沟，听宋法医一说，他才把注意力转移到捆绑物上。

反复看过后，叶剑锋问："现场找到和丝带同类的衣物了没？"

"现场太乱，还没来得及找。"

"那我去找找看。"原本一声不吭的陆林国自告奋勇。

陆林国脑子活，很积极地行动起来，这可是他今天的第一个任务，一定要完成。

叶剑锋伸出手指插入捆绑物之间的缝隙，用力提了提，然后放下，又瞄了几眼后，突然有种不寻常的感觉，但又说不出来，他想再次捕捉这种异样时，思绪却被门外的说话声打断了。

技术员小马刚对之前进入现场的人员的鞋印采完样，除了死者的老公，还有两名120急救人员、一名110出警民警。

江川市早就实行了110、120、119、122四警联动机制，如果110接到报警说哪里发现了伤者或死者，一般情况下都会通知120急救医生到场。也许很多人会问，人都死了还叫120干吗？但殊不知，一般报警人都是普通百姓，有时候他们是不可能对一个人是否已死亡进行专业判断的，有些可能是"假死"，有些可能是昏迷，只有专业的急救医生才有资格和能力确认现场人员是否死亡。即使死者已经出现了尸僵或异味，那也是必须在触摸尸体、仔细查验后才能确定的，不是看几眼就能下结论的。

就在去年夏天，一个旅馆的客人有两天没出房间，老板开门一看，客人躺在床上一动也不动，满屋子臭味，老板吓得连忙报警说旅馆有个客人死了，人都臭了。结果叶剑锋到场一看，吓了一跳，人还有微弱的呼吸和脉搏，臭是因为大小便失禁，屎尿全部排泄在床上了，于是他赶紧叫来了120把人送到医院，人最终被抢救了回来。

有了鞋印样本，现场很快就甄别出最可疑的一组鞋印，基本确定案犯只有一名，应该是一个穿着42码休闲鞋的男子，根据鞋印纹路分析，还是一双旧鞋。这一明显的足迹，当然是让人欣慰的，但仅靠它破案那也犹如大海捞针，除非数据库里有穿过这种鞋的前科人员。

除了鞋印，大家都在极力寻找更有价值的指纹。门框、门把手、衣橱、抽屉、电话……凡是案犯可能触碰到的地方，统统被磁粉刷得黑乎乎一片，已经提取到的指纹被立即送到了技术室进行甄别、比对。

案发一个小时后，支队政委魏东升和刑科所所长杜自健才匆匆赶到，这两位大佬是从省厅的刑事技术例会上直奔到现场的，一同来的还有支队长崔耀军和吴越公安分局副局长李骁。

李骁正在介绍案情，声音很轻，只有靠近身边的人才能听得清。

"死者叫何静，是中心医院的医生，她老公叫胡平旺，是市卫健委医管科科长，尸体是胡平旺下班回家时发现的，报警时间是下午5点55分。他俩是11年前结的婚，当年胡平旺是'倒插门'的，所以他们的儿子随女方家姓何，今年9岁，平日里为了上学接送方便，儿子住在何静父母家，这里平时就他们夫妻两人住。据胡平旺说，何静今天轮休，早上他7点半上班走的时候，何静还没起床。"

魏东升问："胡平旺后来回过家没？"

"没有，他今天都在上班，上午在外面检查私人诊所，下午在单位开会，这个都是有人证实的。"

杜自健开口道："问过没，家里财物少了什么？"

技术室卢主任说："问过了，胡平旺说主要是一些死者戴的金银首饰，床头柜抽屉里有些现金，还有死者包里可能也有些财物，但胡平旺没有仔细清点过。我们也看了，除了包里的皮夹、银行卡外，其他财物都没发现，手机也没见到，基本上被洗劫一空。"

"估计死亡多长时间了？"崔耀军问。

提到死亡时间，叶剑锋有些尴尬了，但又不得不说："我们初步推断是12个小时左右，大概是早上六七点，但现场房间有一个摔坏的闹钟，时间定格在10点35分，偏差还是很大的。"

李骁说："刚查到死者手机是在上午10点50关机的，最后的信号就在小区附近，这倒和10点35分这个时间点吻合啊。"

魏东升略做了解释："法医推断的死亡时间有时候的确有偏差，只能作为参考，如果是这样，那时间还是以现场调查为准。"

"但……"叶剑锋正要说话，魏东升突然打断他："好了，时间不早了，先去看看尸体，弄好了，尽快拉走解剖！"

天色已黑，楼下围观的人群仍没有散去，尸体被抬下来时，人群一阵骚动，很多人高举着手机。一时间，被包裹严实的何静，还有四个抬尸体的民警都聚焦在闪光灯下。何静的父母哭喊着要扑上前，一次又一次被劝阻下来。

撕心裂肺的痛哭声刺破夜幕，一直追奔到殡仪馆解剖室。何静的尸体被规整地摆放在解剖台上，几名亲友代表在民警的引导下，终于见到了她的遗容。

经过20多分钟的疏导，亲友们才极不情愿地离开了解剖室。

临走时，一个认识叶剑锋的死者亲友，紧紧拉着他的手哭道："叶法医，现在我们把人交给你了，你一定好好待她，替她申冤啊！"

悲痛已经让这位亲友有些语无伦次了，叶剑锋只能安慰几句："放心，你们要节哀啊！"

尸体体表衣着少、损伤少，无血迹、无污迹，可以省去不少工夫。这不过是一次常规而又系统的尸检而已，对于一个老法医来说再简单不过了，但对于陆林国这样的新手来说还是有些吃力，他动作慢不说，还有些不协调，尤其是在老专家魏东升的眼皮子底下干活，总是有些不自在。

从戴手套、穿衣服开始，魏东升就说："小伙子，动作麻利点，别磨磨唧唧的，你们这几个人啊，现在干活就是动作太慢。"

叶剑锋急忙给陆林国使了一个眼色，陆林国心领神会，赶紧跟在师父身后听候差遣，这次尸检对他来说又相当于一次教学示范。

在师父的指导下，从提取擦拭物，到剪取十指指甲，陆林国做得有条不紊，开始有点渐入佳境的感觉。

"不错，弄得很好！把阴拭也提一下。"叶剑锋递给他一把夹着纱布的血管钳。

陆林国拿过来却愣了一会儿，脸都红到了耳根，说："师父，我还没结婚呢，不会弄。"

"这和结没结婚有什么关系啊，还害羞？！"叶剑锋又好气又好笑。

宋法医走过来说："来，小金童，我教你！先尽量把尸体的大腿岔开，然后找到位置，把纱布插进去多转几下就行了。"

这不过是最简单的一次操作，"重头戏"还在后头。

何静的损伤在颈部，颈部的检验自然是重中之重，细之又细。从外到内，由浅入深，必须将每一块肌肉层层分离，整个操作流程并不复杂，但要做到干净利落，不伤及血管，却并不容易。

再次将何静的颈部细细检验了几遍，整体照、细目照拍了不下 20 张。大家对勒颈工具、勒颈方式进行了讨论和分析之后，叶剑锋才敢拿起柳叶刀。

慢慢分离出与第一层颈阔肌连接最紧密的皮肤，部分深色的勒沟透过皮下浅薄油黄的脂肪依然清晰，而在暗红宽薄的颈阔肌上，勒沟就没有那么明显了，只有一些因勒压而形成的出血带，很浅。放好比例尺，拍照固定后，叶剑锋就把刀交到了陆林国手中，说："剩下的颈部肌肉就交给你了。"

法医解剖尸体的基本程序要按照规范化操作程序进行，根据检验目的、检验对象和检验要求的不同，具体的解剖方法和步骤也不尽相同。何静为勒颈致死，那切开颈部、胸廓以及腹部皮肤才是第一步，接下来就应该按照胸腔、腹腔、盆腔、颅腔、颈部的先后顺序——剖验。

从胸锁关节处下刀，然后切入第一肋软骨，直到第十肋软骨，刀锋微微倾斜，一把柳叶般薄利的刀片在高人手里，如行云流水般。一般情况下，一刀下去即可切断软骨，但何静第一肋软骨已经钙化，宋法医只好拿来肋骨钳，随着沉闷清脆的"咔咔"声，这才算完全切断了胸廓，然后从下往上贴着胸骨内面切开纵隔、胸膜，最后切断胸骨上连带的肌腱，这才算打开了胸腔。

如预料的一样，何静的心脏、肺脏表面散落着很多出血点，心腔内充满了暗红色不凝血，双肺切面淤血水肿，这都是机械性窒息的典型征象。

"这女人的肺怎么不是粉红色的，还有些发黑，她也抽烟吗？"负责照相的小杨傻傻地问了一句。

"谁说的，现在雾霾这么严重，空气这么差，尤其是在城市里，大家都差不多，不抽烟的也有。再说她是窒息死的，器官呈淤红色也正常。"叶剑锋一边对提取出来的器官进行大体的检验，一边对小杨说，"改日叫你们宋大法师给你上一课，你现在把照片拍好就行了。"

影像学也是一门刑事技术学，照片拍得好不好，对后期分析、会诊、复检、复核工作尤为重要。可惜很多负责拍摄影像的人对这一点没有深刻的认识，所以在尸检的时候，照相有时要在法医的指导下进行，照相和法医必须紧密配合。

魏东升一如既往地没有一直待在解剖室，除了偶尔进来看上几眼，唠叨几句，大部分时间都待在隔壁法医休息室，对着随身携带的那台厚重的笔记本电脑，反复翻看着前期拍的现场照片，时不时还得和专案组互动几句。不知不觉，解剖工作已经进行了一个多小时。

魏东升合上了电脑，又来到解剖室，看到尸体颈部的肌肉已经全部分离出来，他便问："怎么样，有什么新发现？"

叶剑锋说："颈部除了明显的勒痕，还有掐颈的迹象，勒死她的绳索应该和捆绑双手的腰带差不多，是一种软质的布条。勒颈时，绳索交叉着力点就在右前侧颈部，勒的时候死者几乎没有过激的反抗，而且勒颈的过程可能比较长，换句话说就是窒息过程比较长，口鼻部已经出现了粉红色血泡沫液，而且大部分已经沾染在现场的枕头上了。"

"师父，血泡沫估计是轻微腐败造成的吧？毕竟死了 10 多个小时了。"

陆林国问。

叶剑锋摇摇头："不会是腐败造成的，先不说没发现明显腐败，现场枕头上的那处淡红血迹并不潮湿，而且口鼻周有些浅浅的泡沫也干枯了，证明是死后不久就已经有了。"

"我明白了。"陆林国说，"因为窒息时间过程长，肺泡会破裂出血，血液、水肿液与支气管黏液外加空气混合在一起，会形成淡红色泡沫液出现在口鼻部。"

"两位说得在理。"宋法医说，"不过我在想，勒颈后又把勒绳拿走，说明勒绳有可能是案犯随身携带的，而不是现场取材的，但又有点奇怪，捆绑物为何又是就地取材的？"

"那有没有可能就是用捆绑双手或双脚的腰带、丝袜勒的呢？"陆林国的脑袋瓜又开窍了，他还比画了几下，"比如，脚先被捆绑了，案犯拿腰带勒死者，死者反抗，勒晕后，案犯又用腰带把她的双手捆绑住，最后又掐死她。所以就像我师父说的，整个过程比较长。"

听完小年轻人的交谈，魏东升做了一番点评："不错，大家都算说到点子上了，不过这具尸体还有很多地方值得研究！"

点评完，他又忍不住亲自操起刀了。这是他的习惯，只要他在，总会忍不住动上几刀，似乎不动刀就没有了灵感。

只见他拿起刀三下五除二就把死者的舌头、咽喉、气管全部分离切了下来，看罢舌头、咽喉、气管腔，的确发现了一些淡红色泡沫液，还有黏膜上的瘀点性出血斑。他简单摸了舌骨、甲状软骨后，把刀交给了陆林国说："把舌骨剔干净。"

"看到祖师爷的功力了吧！"叶剑锋说。

陆林国拼命点头。

"别贫了，胃内有东西吗？"魏东升说。

"没。"宋法医撑开早已剪开的胃说,"没食物残渣,只剩胃液了。"魏东升正看着,手机突然响起,他走到一边,脱下手套,接通后只听见他一提嗓门:"哦?有对象了?人到案没?"

"有对象了?!"解剖室所有人都听得真切,突如其来的消息让大家一时走了神,都在期待一个惊喜。

师父一挂电话,叶剑锋就迫不及待地问:"师父,情况咋样?"

"找到一个送外卖的,有重大嫌疑,但还不能确定。我先回专案组,你们也抓紧时间。"说完话,魏东升走到隔壁休息室拎起装电脑的公文包,临走时他又叮嘱了一句,"对了,胃内没东西,别忘了把肠内容看看。"

人吃下的食物经过胃的一段时间的蠕动搅磨,会进入又长又细的小肠内慢慢推进消化,最后进入大肠形成粪便排出。从摄入食物开始,经过消化,到最后排出,有一定的过程,要一定的时间。人一旦死后,人体机能停止,那食物也就不会再继续消化了,依据此机理,法医就可以根据胃或肠内的食物形状、消化程度、推进距离,大致推断一个人是在距离最后一餐(即末次餐)多长时间内死亡的。

死者胃内没有食物残渣,这说明她可能是在距离末次餐后大概 6 个小时以上的时间内被杀的。

6 小时以上?只有下限,没有上限,如果要圈定一个比较准确的时间段,那必须知道肠内容物的情况,这必定要将小肠整体切离体外,再全部剪开。

"师父,死亡时间不是明确了吗,还要这么麻烦啊?"陆林国很不解。

"那是现场和侦查上确定的,但推断死亡时间也是法医的任务之一,相互印证嘛,你还不会弄肠内容物吧?"

陆林国头摇得像拨浪鼓,宋法医也调侃道:"我也弄得不多,请叶大师指教啊!"

时间不早了,叶剑锋也懒得啰唆,他一边操作一边现场教学,很快就将

5 米多长的小肠取出，从头到尾按 1 米的长度折叠摆好，然后用特殊的肠剪剖开肠管。整个管腔内糨糊样的内容物完全暴露出来，一股腐臭味随之扑鼻而来。

"我再也不吃大肠了！"拍照的小杨皱着眉头说。

"好，待会儿消夜就点红烧大肠面。"宋法医很自然地回了一句。

"真恶心！"

小杨立马走到门口，透透气。

"别走，来继续拍照！"叶剑锋叫回了他，然后指了指距离小肠一端 2 米的位置说，"把这里拍一下。"

肠管的 2 米处发现了一些颜色变化，再往后又发现了更多的乳糜物。叶剑锋提取了一些，放进不锈钢筛网里，在水中过滤漂净，只剩下了一些辣椒籽、虾皮之类的食物残渣。

"我去，我家厨房里用的就是这种筛网！"小杨眉头都拧在一块儿了，胃里直犯恶心。

大家都在关注肠管，没空再调侃他了。

"不对劲啊！"宋法医说，"这样看来大概是距离最后一餐 8 个多小时死亡的，如果从晚餐算起，那不可能是上午死的吧！"

"除非吃了夜宵，你去打个电话问问，死者昨天最后一餐是几点吃的，吃了什么？"叶剑锋说。

"好嘞。"宋法医脱下手套，来到隔壁休息室，一来为了打电话，二来可以乘机休息一下。

叶剑锋提取完死者膀胱里仅剩的 20 毫升尿液，装进试管里，交给陆林国说："清点好物证，清理器械，准备收工。"

说完，他便穿针引线，准备缝合解剖切口，叶剑锋觉得只有亲自把何静的尸体缝合好，心里才会好受些。最大限度地恢复她的原貌，是他必须要做的一件事，针线密密，他缝得尤为仔细。最后，他还把何静的身子擦得干干净净，将一块最白净的布单整整齐齐地给她盖上，这才走出解剖室。

直到尸检结束，宋法医所问的末次餐的问题也没得到专案组的准确回复，专案组所有人的焦点都集中在一个叫沈家聪的人身上。

沈家聪就是专案组目前锁定的最大嫌疑人，他在不该出现的地方出现过，在不该出现的时间里出现过，更为关键的是，根据调查，他与死者曾经发生过争吵，他俩有矛盾！

沈家聪是碧园小区南门口一家快餐店的伙计，平时也会兼顾着送送外卖。今天上午 10 点一刻，店里还没正式营业，他就接到一个叫外卖的电话，说要一碗牛肉炒面和一份紫菜蛋花汤，送到碧园小区 5 幢 2 单元 301 室，这正是何静家。饭做好后，老板娘就让沈家聪送去 301 室。

"一开始沈家聪是不愿意送的，但我要准备中午的食材，忙得走不开，就让他速去速回，反正也不远。"老板娘说。

"他为什么不愿意送？"侦查员问。

"小沈之前和 301 室的那女的吵过架。"老板娘说，"大概是上个月中午，也是这个 301 室叫了两份外卖，当时店里客人多，太忙，所以外卖做得有些慢，当时也是叫沈家聪送过去的。因为等待的时间有些长了，送去的时候，301 室的这个女的就说了他几句。沈家聪也不知怎么了，就反驳了一句'你爱要不要'，结果就惹毛了那个女的，两个人就吵了几句，后来那女的就拒收。沈家聪气冲冲地把外卖又拎回来了。"

"当时两个人有没有动手？"

"那倒没有，只是发生了口角，知道这事儿以后，我还特意回了电话，给她道歉。这事的确是我们有错在先，我也说了沈家聪几句，后来也就不了了之了。"

"他们家经常叫你家的外卖吗？"侦查员继续询问。

"不经常，尤其是那个女的，后来基本没叫过，叫也是让她家男人叫的，今天就是她家男人叫的。"

沈家聪和何静的这一次争吵，不仅从老板娘口中得到证实，也从何静老公和沈家聪自己口中得到了证实。

"我的确和这家女主人吵过一次，但那是上个月的事儿了，过了这么长时间，早就不当回事了，更不要说为这事儿杀人了！"询问室里，沈家聪如是说。

的确，有动机，未必就要杀人。沈家聪与何静有过节，有仇视的心理，但未必有杀人的行为。事实上，从现场来看，这不是一起仇杀案，而是一起以谋财为目的的抢劫杀人案。

可所有的调查都指向沈家聪，他是唯一一个在案发时间段与何静接触过的人，而他仍辩解说："我大概在上午 10 点 40 分去的她家，按了几遍门铃，都没人答应，也没人开门，所以就回来了。"

"那你在她家门口待了多长时间，有没有其他人看见，还有，你是几点回到店里的？"

"没多长时间，最多三四分钟吧，遇到这种情况，一般来说我们都会当场打电话联系顾客的，但那天我的手机放在店里充电，所以我一回来就和老板说了这事，这个你可以问我们老板。"

"这个就不用你操心了，我们都会一一查证，你只要老老实实说就行了！"侦查员死死盯着沈家聪，"外卖没送出去，你怎么处理的？"

"扔了！直接扔到她家楼下的垃圾桶里了，反正卖不出去了！"沈家聪挪了挪酸麻的屁股，心里有些愤愤不平。

问了两个多小时，毫无进展。

沈家聪说的情况和老板娘说的基本一致，但他单独出去又回来这一段时间没有旁证。还有个关键问题，就是他回来的具体时间不好确定。

这家快餐店有一道后门与小区相通，平时进出小区为了图方便，店内人员基本都走后门。从小店后门到何静家单元楼都没有监控，而老板娘也没注意他回店里的具体时间，只是说感觉沈家聪出去的时间不长。

何静的死让她的家人几乎处于崩溃的边缘。原本要白头相守，如今却阴阳两隔，胡平旺似乎一直在压制着悲恸。他不仅要配合警方询问，同时还要安抚何静的父母，照顾年幼的儿子，是现在唯一需要保持镇定的人。

"今天的外卖是你叫的吗？"侦查员问。

"是的，今天我老婆轮休，早上我走的时候，她还没起床，我问她要吃点什么，她说想再睡会儿，让我10点钟帮她叫份外卖。我问她要吃点什么，她说吃点面就行，所以我就打电话帮她叫了一份。"说到此处，胡平旺泪眼模糊，"没想到，引狼入室，真不该啊，我！"

侦查员安慰道："你别这么想，案子还在查，案犯还没确定。"然后继续问，"对了，你今天下班之前一直没和你老婆联系吗？"

"今天一直在忙着检查市里一些诊所的资质和整改问题，下午开会，没顾上，再说一般平时没事我们也不是天天都打电话。早知道我打个电话就好了！"

说着说着，胡平旺的泪水又在眼眶里打转。

"哦，对了，警察同志，我家里人想问问，现在能不能让我们把丧事先办了？"

"这个我做不了主，得问问领导。"

哀悼死者，人之常情。胡平旺提的要求并不过分，但这毕竟是一起命案，现在能不能办？如何办？谁都不敢轻易决定。

尸检一结束，叶剑锋刚离开解剖室，何静的亲友也问了他同一个问题："法医，我们现在能办丧事吗？"

"应该可以，但这得我们领导决定。"叶剑锋说，"不过，办完丧事后遗体不能火化，必须先冷藏起来，你们可以给她穿好寿衣，但千万不要弄伤遗体，因为这毕竟是命案。"

"那什么时候能火化？"

"一般来说，至少要等到鉴定结论出来，为了慎重，我们还得把取出的器官送去做毒物化验、病理检验，一般要一个月时间。希望你们能理解，还是那句话，这毕竟是命案，非同小可。"

话是这么说，但很多亲友还是不理解怎么要这么长时间。不理解也没办法，叶剑锋该解释的也解释了，他不能在这里耗太多时间。

这时，宋法医走过来撂下一句话："这样吧，你们有什么问题直接找辖区派出所，会有专人答复和负责这事儿的。"

费了半天口舌，大家终于坐上了回单位的车。

专案组会议室里，几位领导愁眉不展，正在窃窃私语。魏东升则坐在一旁，打着瞌睡。

直到叶剑锋他们回到会议室，他才被吵醒。魏东升拿起眼镜，说："辛苦了，先喝杯茶，等会儿我们去隔壁碰个头。"

这是师父的惯例，叶剑锋趁这空当，迅速在自己的工作簿上写下了尸检分析的几个要点，这也是他的习惯。

局长余世春看了看表，说："这样吧，你们法医将尸检报告汇总好，早点回去休息，明天上午9点，全体碰个头。"

"哦，对了，死者最后一餐的情况不知道问了没有？"宋法医心里还一直惦记着这事儿呢。

"她老公说不是很清楚，昨天晚上何静有台手术，弄得很晚才回去。目前还不清楚，你到时候和胡大联系一下。"副局长李骁似乎并不太在意这事儿。

"昨天晚上她有手术？那让我老婆帮忙问问。"

叶剑锋这才想起来，是该给方芳打个电话了，虽然有些晚，但打总比不打好。

何静的突然遭难，让方芳不得不留下来值夜班，一晚上整个科室都处在阴霾中。除了做好本职工作之外，大家都聚集在一起为何静的罹难扼腕，为惨案的发生而惶恐。方芳原本一直在犹豫是否要打电话给叶剑锋一探究竟，没想到他先打来了。

"听说凶手抓到了？"方芳开口就问。

"只是有嫌疑，还没确认，别人怎么说我们管不着，你听听也就罢了，说多了可能会引起误解。"

"知道，知道，我就说不知道就是了。"

"对了，有件事要你帮忙问一下，何静昨天晚上和谁在一起加班？晚上几点吃的饭？吃了些什么？"

不用问为什么，能为案件做点事，方芳觉得是理所应当的。

20 分钟后，叶剑锋接到回电，方芳告诉他，何静昨天晚上 10 点多下手术台后，和同事们一起叫了一盘香辣小龙虾，一盆鸡公煲，吃完大概 11 点就回家了。

再次和方芳确认后，叶剑锋心里犯嘀咕了。根据肠内容物推算，何静不可能是上午 10 点多死亡的，就算晚上因为睡眠肠胃蠕动得慢，那也不会超过 10 个小时，再结合尸温数据，综合分析何静至少在早上 8 点前就已经死亡了。如果真是这样，那送外卖的肯定没有作案时间，相反，何静的老公胡平旺却在嫌疑人之列了。

叶剑锋暂时未动声色，和先前一样，这仅仅是推断的死亡时间，可以参考，但不是绝对。他不能凭此贸然怀疑一个最不该怀疑的人，因为他不仅是死者的老公，还是市卫健委的一个中层领导，更何况还有一个送外卖的情况还不明了。现在是牵一发而动全身，他要从长计议，从头梳理，怀疑一个人也要有足够的证据。

大家来到隔壁办公室，一坐下，叶剑锋便问："师父，那送外卖的咋样了？"

"没有惊喜，不要管他了！说说你们的意见。"

魏东升这样一说，聪明人都听得懂。

宋法医是个聪明人，他说："我觉得有蹊跷，这点我和叶所也讨论了一下，根据肠内容物和尸温推测，死亡时间可能在早上 8 点之前，这个是不是准确，暂且不说。后来我们又仔细研究了一下，认为勒颈的绳索很可能就是捆绑死者的那条腰带，就像之前陆法医说的那样，极可能是勒颈之后，又捆绑了双手。还有一点，我们感觉不对劲的是，勒沟太过固定，没有一点滑动、移位，就是说没看出在勒颈时死者有反抗、挣扎的迹象。"

"背部你们切了没有？"魏东升问。

叶剑锋明白师父这么简单的一问包含了两层意思：一是，如果何静在被侵害时双上肢有激烈的反抗或抵抗，因为肌肉的牵拉作用极可能会造成她背部肩胛处肌层出血；二是，如果何静是在俯卧状态下，案犯跪压在她背部再勒死她，那她的确是无法反抗的，或者说是不会体现出反抗时的损伤的。但从颈部勒沟的损伤痕迹看，勒绳的交叉处或绳结位在偏右侧颈前部，也就是说，当时何静躺在床上的体位可能是朝左半侧卧位或仰卧头偏左侧，不管怎样都不会是俯卧位。

而且何静背部也的确没有损伤和被压迫的痕迹，叶剑锋很肯定地说："切了，没发现损伤。"

魏东升问这个问题的目的，一是想客观上进一步佐证何静被勒颈时的状态和体位，二是看看这些后生们的水平。他点点头又问道："你们考虑过没有，如果是这样的话，这意味什么？"

84

"意味着，案犯可能杀人在前，捆绑在后！"叶剑锋毫不迟疑地说，"不过，我不单单是从勒颈的工具上来分析的，还从捆绑物的情况分析过。第一，从双手双脚的捆绑痕迹上看，捆绑物没有滑动、移位，这说明在捆绑时或捆绑后死者没有挣扎反抗。试想，如果人是活着被勒，而且勒颈时间可能较长，不说反抗了，怎么可能没有挣扎？第二，死者双手没有反绑，这种捆绑方式其实没有太大约束力，被绑者完全可以自己解开腿上的绳索。如果勒颈的绳索就是腰带，那就更不用说了，肯定是先勒后绑。但有个问题不好解释，不管是先勒后绑，还是先掐后绑，死者不可能一点反抗都没有，除非她之前吃了什么药物，处于昏睡状态！"

陆林国一听，有些迷糊了："从现场痕迹及物品看，明明显示是有反抗的，可从尸体状态看，似乎又没有。"

魏东升咧嘴一笑，打开笔记本电脑说："不错，都说到点子上了！你们看，死者小腿的捆绑位置在脚踝，绳圈下还有部分裤脚也连带着一起被捆绑。我不知道你们在现场注意到没有，其实捆绑得并不是非常紧，如果有挣扎的话，这点裤脚是不可能在绳圈下的，就算勒颈前死者在昏睡，在勒颈时她的双脚也会有挣扎蹬腿的动作。"

"这样看来是一起伪装抢劫杀人案了！"叶剑锋脱口而出。

大家都心头一紧，除了何静身边的人，谁会大费周章地如此掩盖事实呢？何静的老公肯定有嫌疑，但在目前毫无证据的情况下，叶剑锋不相信胡平旺会犯下如此滔天罪行。

除了沈家聪，现在谁都不会轻易把杀人嫌疑犯的帽子扣到别人头上，每个人都在静观其变。

晚上的法医碰头会收获颇丰，直逼真相。

大家虽然睡得都很晚，但一大早谁都无法安心地赖在床上，9点不到，就都赶到了专案组会议室里。

原本以为今天上午的这场案情汇总分析会是个突破，谁知开局就没有传来什么让人兴奋的消息。

"根据现场留下的鞋底纹路，我们找到了同类型的一种休闲鞋，但是在死者家里和沈家聪的租房里都没有发现相似的，店里其他人也说没注意过沈家聪有这种鞋。还有，死者家中除了家里人以外，目前也没甄别出外来的可疑指纹和 DNA。"技术室卢主任紧绷着脸，声音低沉。

"说不定鞋被扔掉了。"陆林国在叶剑锋耳旁小声嘀咕。

叶剑锋使了个眼色，轻轻嘘了一声，让他别瞎打岔。

"问过死者家里人没有，包括她父母，死者家里以前有没有这种鞋？"崔耀军问。

"问了，都说没印象，胡平旺说他自己没有这种鞋。"

"捆绑物上的 DNA 做了没？"

"做了，信息太少，不理想。"杜自健解释道。

"那就再做，不行就送省厅做，那么长的捆绑物我想总能检出点东西吧！"崔耀军显得有些急躁。

魏东升不紧不慢，端起从不离身的精致玻璃杯，喝着精致的绿茶，说："我看啊，是该考虑转移侦查方向了。"

有人心知肚明，有人面面相觑。见没人说话，魏东升干脆挑明："这不是什么抢劫杀人，更像一起伪装抢劫的故意杀人。案犯就藏在何静身边，从她老公胡平旺查起。"

"查了，胡平旺不可能有作案时间，那有没有雇凶杀人的可能？"副局长李骁很纠结。

"一切皆有可能啊！"叶剑锋也忍不住说，"对于何静的死亡时间，我持保留态度，从法医角度看，更符合早上 8 点前死亡。还有一点，我觉得不符合雇凶杀人的特点，如果雇凶，那么一般目的明确，被雇者会迅速进入现场完成作案，再迅速撤离，即使他贪心想顺便弄点钱，也不必大费周章伪装成抢劫，还故意留下鞋印，完全没必要。"

李骁又疑惑了："叶法师这样说的话，等于案件又回到起点了。关于时间，我们又侦查到了一个新情况，小区里两个大妈说，昨天早上 8 点半都看到死者出门了，具体几点回来的不知道。"

"那就要问问她当时穿了什么衣服，反正要出小区的话不是有监控吗？可以查啊。"

"在查，但没这么快。"

"有一种记忆叫时迁记忆，意思是有时候随着时间的推移，人的记忆会模糊，会发生错位。这两个人的话得再查查清楚。"魏东升做了一番解析，然后扭头看了一眼身边的崔耀军，说："崔支，还记得吧，2008 年平江县有个男人给老婆灌服农药杀人案，明明是在后半夜作案，但村里有几个人说第二天早上天一亮，六七点钟还看到死者在家门口河边洗衣服。"

"有这事！"崔耀军点点头说，"政委是说这次可能又是这样？"

"保不准又是这样，我建议我们大家眼界放宽点，脑子放活点，查细查深。当然最终还得靠证据说话，侦查上你们说了算，技术上的工作我们全权负责。"

崔耀军把会议的情况向余世春做了详细汇报，余世春说技术上的意见有很大的参考价值。他最后叮嘱崔耀军，查胡平旺要拿出具体方案，先查后审，要绝对保密，一是知情人范围不要扩大，成立一个专门的小组针对胡平旺进行调查工作；二是注意有关案情和进展情况也要保密，不得对任何无关人员透露。

市局刑科所 DNA 室徐主任带着大家已经整整熬了一个通宵了，做完几十个检材后还是没有重大发现，已经有人叫苦不迭了："这样下去非得累死不可。"

徐主任趴在办公桌上，调动着快要休眠的脑细胞思来想去，一个灵光乍现，他立马坐直腰板，给杜自健打了一个电话。

"杜所，那两条捆绑物绳结应该拆开来检查一下，说不定有用。一般来说，案犯作案时可能戴手套，但打结时可能不会，而且打结处检测出 DNA 的意义更大。不管怎么样，我觉得必须一试。"

杜自健没二话："那还犹豫什么，做！我不管你怎么弄，做出来就行！"

说易行难，真要检出绳结上的 DNA 谈何容易，这上面又能附着多少人体脱落的细胞呢？可能少得可怜，少到根本不够检出一个人的基因信息。从提取、扩增、测序到分析，每一步，徐主任都小心翼翼，慎之又慎。

何静的丧事是在案发第二天开始进行的，灵堂就是在江川市殡仪馆 3 号厅。胡平旺一直在忙前忙后，迎来送往一波波来祭拜妻子的亲戚朋友、同事同学。方芳和同事是在下午才去的。

回来后，方芳受何静家人的嘱托，特意打了一个电话问叶剑锋案子怎么样了，是不是破了，何静家里人怎么一点消息都不知道。

叶剑锋也不好多说，只能告诉她没那么快，还在侦查中，有些情况是保密的，他也不清楚。

当然，最为关心案件情况的还是胡平旺，白天他还没时间顾得上，也不敢多想，忙完一天，夜黑沉寂后，他的内心便翻江倒海起来。晚上 10 点多，专案组特意派了辆警车接他去派出所，说是要再详细了解一下何静生前的情况。

一上车，胡平旺就靠在座位上，布满血丝的双眼有些迷离。此时他很困很倦，但根本无法入睡，不知是因为疲劳过度还是伤心过度，又或者是紧张过度，他的心越发跳得厉害，若不是这破警车巨大的发动机声，旁边的人定能听到他"怦怦怦"的心跳声。

派出所内。

专案组把胡平旺带到了一个小型的会客厅里，由派出所钱教导员亲自接待。钱教给他泡了一杯热茶，和他东拉西扯聊了些家常，十来分钟的谈话让胡平旺紧张的心略微缓和了些，一放松下来，他就感到特别疲惫，眼皮忍不住开始耷拉下来。钱教见这状况，就对他说："看你也没休息好，你先在沙发上躺一下吧。"

"算了，我就在这里趴会儿吧，我就希望你们有事快点问，还有我想知道我老婆的案子到底咋样了？"

"那好，你先歇会儿，等专案组的人一回来，我就叫他们过来。"

空洞的房间里，密不透风，寂静的夜让胡平旺有一丝不祥的预感，他感觉自己像是囚笼中的小鸟、温水里的青蛙。靠在椅背上，他的内心一阵阵不安。

终于等到了两名侦查员。

侦查员就案发当日胡平旺的行踪的一些细节进行了询问、核实，尤其是何静手机关机那段时间的情况，这是胡平旺一天中最可疑的一个点，也是外围调查人员发现的。

昨天上午 10 点多，胡平旺在去一个诊所的途中，正好路过他所住的小区，车开到东门附近时，胡平旺说他肚子不舒服，就让司机把车停在了东门对面的一个公共厕所边，在厕所里待了七八分钟后才出来。

这是正常的生理排泄，原本并没让人起疑，但这恰恰是何静手机关机的时间。自从把疑点转向胡平旺后，专案组开始假设，胡平旺如果精心策划了这起谋杀案，那么他摆脱嫌疑的办法就是制造不在场的证据，掩盖死亡时间是最好的办法。那么专案组有理由怀疑，砸坏闹钟，关闭手机，也许是胡平旺有意为之。

现在回头想想，法医推断的死亡时间可能才是真正的案发时间。在没有拿到过硬的证据前，专案组还需要和近在咫尺的犯罪嫌疑人周旋、对峙，但等待得越久越让人坐立不安。

胡平旺也渐渐预感到，一把达摩克利斯之剑已经高悬在自己的头顶上了，这把剑变得越来越真实。

"若要人不知，除非己莫为！"刑侦大队长胡俊桀突然出现在胡平旺面前，与他冷眼相对，"走吧，换个地方聊！"这是宣布对他正式实行拘传。

"有什么好聊的？有证据你就抓我好了！"胡平旺很不爽。

"哼！"胡大队长一声冷笑，"你觉得没有证据，我们会无缘无故把你'请到'这里吗？"

所谓的证据，就是DNA室徐主任花了整整一天的时间，从捆绑何静腿部丝袜的绳结中提取到了胡平旺的DNA信息。徐主任经过反复核对后，第一时间通知了专案组。

这对整个案件来说是一个重大突破，对胡平旺来说可能是致命一击，专案组借此立即拘传了他，准备一击到底。

可胡平旺竟然辩解道："这能说明什么？我们夫妻天天吃在一起、睡在一起，她的衣服有时候都是我洗的，有我的DNA再正常不过了！"

"有你的DNA是正常，但你搞搞清楚，只在绑双腿的丝袜打结处发现了你的DNA，怎么没别人的？"

"那我哪知道！"胡平旺一时也无言以对，但十几秒后他又为自己开脱，"哦，对了，我想起来了，我回家发现老婆被绑后，曾经想解开捆绑她的那条丝袜来着，但一时没解开，我当时心里已经慌了，手忙脚乱的。"

每一个犯罪嫌疑人都会为自己的行为狡辩，但反应如此之快，应对如此自如，倒让专案组有些始料未及。

胡大队长也不是这么好糊弄的，处变不惊，等胡平旺说完，他也不急于反驳，而是直勾勾地盯着他，许久才说道："我们都姓胡，你叫平旺，我叫俊桀，都是一个很俗的名字。"

这句话让胡平旺丈二和尚摸不着头脑。

"不同的是，你说的是鬼话，我说的是人话。我告诉你，何静的死亡时间我们也查出来了，在早上8点之前，还有她生前吃过什么，我们也在查，你以为天衣无缝啊？你不说，以为就能瞒天过海？"

"那你们去查啊！"胡平旺还在死扛。

胡俊桀摇摇头，又是一声冷笑："你以为呢？不查我们怎么会知道一个叫裘依萍的女人呢？"

这是胡平旺第一次从警方口中听到"裘依萍"的名字，这让他愣了一会儿，身体有点僵硬。"你们找她干吗？找她干吗？和她无关！"他有些激动。

"和她有没有关我们还不知道，但和你有关！"胡俊桀穷追猛打。

胡平旺不再作声了，很长时间没有说话。

案发第三天上午一大早，叶剑锋来到办公室，沏好一杯茶，拿上公文包，和陆林国交代了一下今天的主要工作任务，就前往专案组会议室。

宋法医早就在会议室等他了。

宋法医见到叶剑锋就直截了当地问："死者的毒化有结果没？"

叶剑锋失落地摇摇头："我们市局没检出常规的安眠镇静类药物，已经送省厅了，还没结果。"

"那你觉得何静生前有可能吃过什么药吗？"

"私下里说，我个人认为是有可能的，不然何静被勒不会一丁点儿反抗都没有。"

"魏政委什么态度？"

"政委大概也是这个意思，不然也不会急着送省厅了。"

听到叶剑锋这样说，宋法医心里是宽慰的，这也证明了之前他们对专案组做出的分析不是诳语。

南江省公安局理化室，面对江川市送来的检材，他们也是犯难了，在目前一无所知的情况下，找出一些非常规的毒物或药物几乎不可能。省厅理化室一而再再而三，不停地和专案组领导进行沟通询问。幸好当初尸检的时候多备份了一组毒物检材，江川市刑科所也一直没放弃，又对备份的检材进行了检验。

正当所有人一筹莫展的时候，江川市理化室崔主任在死者血液的质谱图上发现了一个略有异常的峰值，经再三确认后，崔主任向省厅做了汇报。

省厅理化室孙主任仔细看过后，觉得这很像一种叫扎来普隆分散片的安眠镇静类药物。他大喜过望，喜的并不是发现了可疑药物，而是他手里正好有此类药物的标样，知道这点那就不只是事半功倍的事了。

果不其然，最后在何静的胃内和血样里发现了扎来普隆分散片的镇静类安眠药。

这又是一个重大发现，不，应该是一个起决定作用的发现。一个吃过安眠药的人，还在家中昏睡的时候被杀，凶手除了他身边的人还有谁呢？

胡平旺已经百口莫辩了，可笑的是，他竟然还说："我老婆这几年有些抑郁，自己在医院配过安眠药，吃过安眠药也正常。"

胡俊桀真是气不打一处来，一声喝道："你说的话你自己相信吗？"

胡平旺一言不发。

"你老婆以前是配过安眠药，但那是去年 10 月份的事了，配的还是安定，恐怕早吃完了吧！而她体内检出来的是扎来普隆分散片，据我所知，江川市一般药房里根本没这种药，在你家里也没发现类似的药和包装。你说的话鬼都不信！"

胡平旺又死扛了大半天，下午两点，他终于坦白了。

他承认是自己杀死了妻子何静，就在早上五六点钟，安眠药是在以前查获一家非法诊所时私自留下来的，正是扎来普隆分散片，无色无味，微溶于水。为了防止被发现，胡平旺把药投入了何静睡前喝的一杯牛奶中。

胡平旺说他心里是不忍的，他是在经过激烈的思想斗争后才下的毒手。抽出睡衣腰带勒住她的脖子，在犹豫、恐惧的心理驱使下，勒紧了又松开，然后又勒得紧紧的。他说估计有五六分钟，自己在确认何静已经死亡后才进行的捆绑，然后调好闹钟再摔坏，接着从自己车库里找到了一双旧鞋伪装外人入侵，伪装入室抢劫翻找财物，最后假装去上班。

胡平旺出门时把何静的手机调成静音，并藏到了附近的厕所里，待到上午10点多，他乘机来到厕所将手机关机，还心血来潮，想嫁祸给小吃店的外卖小哥。机关算尽，画蛇添足！

第一次有罪供述，胡平旺没有完全交代，有些只是泛泛而谈，很多细节，还有动机都没有说清楚。他说，自己太累了，再给他点时间他会说清楚的，但这对专案组来说足以振奋人心了。

相濡以沫十几年，为何闹到非要杀人的地步？尤其是对于这样一个小资家庭，外人无法理解，亲人更无法承受！

胡平旺虽然含糊其词，一直没有说透，但身经百战的警方基本上也能猜出个八九不离十，这一切极可能和那个叫裴依萍的女人有关。

裴依萍是胡平旺的大学学妹，两人相差一届。那时候，裴依萍长得清新脱俗，乖巧可人，在众多追求者中，勤奋进取、英俊内敛的胡平旺悄然无声地就赢得了裴依萍的芳心。自此，食堂、操场、自修室里两人成双成对，羡煞旁人，这一晃就是三年。

三年后，胡平旺开始进入医院进行为期一年的实习生活，裴依萍则忙于学业，两人聚少离多。

四年后，胡平旺毕业了，何去何从？他有些犯难了，裴依萍极力劝他考研，将来可能会有更好的发展。但因为家境贫困，他最终选择了参加各大医院的招聘，他想早日工作，早日为父母承担起养家重任。他放弃考研，还有一个重要的原因，实习时他被另一个女生所爱慕，那个女生对他倍加关爱，一来二去，两人互生情愫。这个女生就是何静，她生得纤纤秀丽，为人落落大方，更重要的是，她的父亲当时正是这家医院的副院长。

一头是远在外地求学的女友，一头是近在咫尺的何静，两难之间，胡平旺纠结了很久，最终选择了何静，从此平步青云。

原本这样的人生，会让多少人羡慕嫉妒恨啊！世事无常，平静和谐了十年，何静家庭突发变故，波及了原本并不牢靠的婚姻根基，裘依萍的出现则让根基更加动摇。

感情是永恒的，但也是脆弱的。

面对已经多次造访的警方，裘依萍最终坦然接受了询问："当年，知道平旺结婚以后，我心如死水。研究生毕业后，我就去了外地工作，也谈过几次恋爱，但都无疾而终，一直也没结婚。三年前，我父亲病逝，不得已，为了照顾母亲我又回到了江川市。"

喝了一口水，她继续说："两年前的一个傍晚，我和他在市体育中心的操场上再次相遇，当时他是陪儿子玩，我是陪我一个高中同学散步。我们在大学时的初次见面就是在操场上，真没想到再一次相逢也是在操场，虽然城市不同，但场景如此相似。百感交集，我们彼此压抑着内心，只是礼节性地寒暄了几句。我恨他，但我发现自己忘不了他。"

说到此处，裘依萍的眼睛有些湿润，声音哽咽："原来，我们彼此还是牵挂着对方。没错，后来我们又渐渐走到了一起，但是这种婚外情让我很不安，又控制不住自己。我不相信他会杀了他妻子，不相信！"

民警小蔡听后也为之动容，但理性告诉他，思路不能乱。他安慰了裘依萍几句，继续问："胡平旺有没有说过他家里的一些情况，比如他和他老婆的关系、感情等问题。"

裘依萍摇摇头："他在我面前很少提到家里的事，尤其是和他的妻子之间的事。他不说，我也不会问，能和他在一起，哪怕名不正言不顺，我也是感到幸福的，平旺也这么说，但我能感觉到他并没有那么快乐，毕竟他是有家室的。"

小蔡突然很激动地说："你这么委屈自己爱着他，有没有想过你们的未来，他有没有想过？他没有给你承诺吗？我看他是一个不负责的男人，根本不值得爱！"

"不是这样的！"裘依萍更加激动，但说完这一句，她突然低头不语。

"当然，我想，就算不为了你，为了你肚子里的孩子，他也不会辜负你的！"

沉寂许久，小蔡这句话让裘依萍一惊："你们……你们连这事也知道？"

小蔡没有说话，眼中满是对前面这个温柔的女人的同情。

小蔡也是在这次询问前两个小时才知道的，但不如裘依萍亲口承认来得更有价值，胡平旺也想隐瞒这件事，但纸终究包不住火。

"现在说什么都晚了！我不过是想给裘依萍一个交代，但没想到是这个下场。"胡平旺颤抖了一下，悔恨、不舍和绝望随着血液流向全身。

"要不是我贪慕虚荣，我是不可能入赘到何静家的，一开始这就是个错误。我心想，既然选择了，我也就认了，但他们一家子太强势了，这一点我是最不能忍受的。尤其是何静，这些年她变得越来越刁蛮任性，还疑神疑鬼的，有时候还会无理取闹。"

"什么叫疑神疑鬼？你不是已经和裘依萍旧情复燃了吗？"

"我和依萍是在两年前偶遇的，真正在一起也就一年多。不管你们信不信，在这之前我和何静已经没有感情了，只有夫妻之名罢了。我们都过得憋屈、压抑，直到遇到依萍，我才重新焕发了青春，燃起了激情，这才是我真正想要的。"

胡平旺说到他和裴依萍的感情，语气竟有些慷慨激昂。

胡俊桀提醒他："那也不至于要人一条命吧！"

"我不想这样的！不想！"胡平旺摇摇头，然后擦了一把湿润的双眼，又仰天长叹，"不应该是这种结局！"

胡平旺说，那天夜里他很晚才回到家，估计快到12点了，家里黑乎乎的，到了房间开灯一看，何静坐在床上狠狠地瞪着他，吓了他一跳，气得他脱口就骂了一句："你脑子有病啊！"

就这样，两人又吵了起来。

已经这样很多次了，日复一日。每次，何静总是从当年说到现在，骂来骂去，都说胡平旺是个软蛋，无耻、龌龊，最关键的是，她说自己打死也不会离婚，她要让胡平旺和裴依萍身败名裂。

胡平旺说，那夜他劝了何静半天，骗她喝下一杯放有扎来普隆分散片的牛奶。药效很明显，何静安静了，睡沉了。

按照他的话说，骗何静喝下药原本就是不想让她再吵闹，但看着毫无意识的何静，他当时脑袋"短路"了，乱成一团浆糊了，接着头脑一时发热，为了一了百了，他先试着掐住她的脖子，听到何静哼哼地抽搐，他又有些害怕，但随即他又拿起了何静睡衣上的腰带，眼睛一闭，狠狠地勒住了她。

胡平旺说，他缓过神来后，为时已晚，何静已经没了呼吸和心跳了，6点45分，他记得这个时间。这时候，他真正地懊悔了、恐惧了、绝望了。他说自己瘫软在床边，想了很久，最终为了后半生的幸福，他想出了自认为完美的方式来逃避这一切。事已至此，那就最后一搏。

他把勒颈的腰带解下，又在衣柜里随手拿了一条裤袜，分别将何静的双手双脚绑上。接着，他又到自己车库的杂物袋里找到了一双很多年前穿过但忘了丢弃的休闲鞋。他穿上这双脏兮兮的鞋子，走进自家屋子里翻箱倒柜，这还不够，他又突发奇想，把闹钟时间往后调到 10 点 35 分，再狠狠地砸到墙上，这自然让人们觉得这就是案发时间，由此也制造了自己不在场的证据，这是他自认为最完美的一个环节。

天亮了，胡平旺按照既定的计划，将何静的手机调成静音后带走放到小区附近的一个公共厕所内，然后故作镇定，和平时一样正常上班。到了上午 10 点多钟，他给小区门口的快餐店打了一个叫餐电话，这是计划之中的，他知道这家快餐店的伙计和何静有过节，他认为这肯定能扰乱警方的侦查视线，更加让自己摆脱嫌疑。最后一步，也是最为关键的一步，他又返回到藏匿手机的厕所，将何静的手机关机后扔到滚滚翻腾的运河里。

一切看似天衣无缝，但尸体是会说话的。

叶剑锋了解到案件的来龙去脉后，和主办案件的侦查员闲聊时说："估计这家伙还没说实话吧？按照他的说法，他是一时兴起而杀死何静的，但看上去还是有预谋的，不然他包里怎么会私自留下查处的安眠镇静类药物呢。"

"药的来源最后我们也查到了，是他一个月前从查处的一家非法诊所里弄来的。不过他死活不承认自己是预谋杀人，他说是平时为了方便晚上和裘依萍幽会，会偷偷把药放在何静喝的牛奶里，何静晚上睡前有喝牛奶的习惯。"

叶剑锋摇头感叹："问世间情为何物，直教人生死相许！"

"大法师，你觉得胡平旺配用这两句吗？"

"呵——"叶剑锋尴尬一笑，不再说话。

04 意外死亡案：是谁杀了谁？死无对证

7月的清晨，太阳早早升起，天刚蒙蒙亮，大爷大妈们便走出家门，相约在一起，喝着早茶，打着太极，唠着家常。

但今天，江川市城东郊区燕兴公园里，往日轻歌曼舞的美好，却被一圈圈的警戒带、一闪一闪的警灯打破了。

"听说里面死了一个人，是个小伙子。"

"头上流了好多血，估计是被人杀死的。"

"太吓人了，胆子太大，敢在这种地方杀人！"

……

一波波聚拢在外围的人们纷纷猜测着，言语间都透露着一种恐慌与不安。

死者是一个年轻男子，早上6点半，在公园里面的一个公厕前，被一个遛狗的大爷发现的。发现时，死者侧面躺在砖石地面上，右侧头皮有两条很明显的挫裂创，耳朵和鼻腔流出的血液已经汇聚在地面上，形成了厚实殷红的血泊，血泊周围析出一层清透的脑脊液。显然，死者受到了严重的颅脑损伤。死者左脚上的人字拖掉落在一旁，右手附近有一个一次性打火机，七分裤右侧裤腰上挂着一串钥匙，除此之外，其他口袋里空空如也。

这也难怪了，就在尸体东南十几米开外的小路边，有一个黑色皮夹，皮夹里只剩下两枚硬币、几张银行卡和一张姓名为倪明的身份证。再往前几米处还有一部银色的手机，手机左下角有一处明显磕碰的痕迹，手机处于关机状态，按下开机键也打不开，看来是没电了。

根据现场的迹象，东城区公安分局警方迅速做出判断，这很可能是一起抢劫杀人案。

死者身份已明确，就是身份证上这个叫倪明的人，28岁，邻省的外地人，但一时查不到他在本地的暂住信息，也查不到他在旅馆的住宿信息。

他要到何处去？又为何命丧于此？东城区公安分局迅速成立了专案组，同时上报市局。

叶剑锋被一阵急促的电话铃声惊醒，睡眼蒙眬，他看了眼时间，心想：这个点儿来电话准没好事。没错，他猜对了！洗漱完，早饭都还没来得及吃，接他的现场勘查车就已经到楼下了。原本叶剑锋还想吐槽几句，但一上车，杜自健就递来一盒热腾腾的生煎和一杯豆浆，将他呼之欲出的埋怨挡了回去。

一盒生煎、一杯豆浆全部下肚，正好赶到现场。

此时正是上班高峰期，过往的人们总是忍不住好奇心，停下来观望一下，其实他们什么也看不见，中心现场在公园的最里面，早已被封锁。叶剑锋他们跟着派出所的民警，从公园南面的大马路上拐进西北方向一条石板路进入现场，还没靠近尸体，就看见几个人围在路边。

其中一个人是东城分局刑科室主任肖玉良，他手里拿着一部刚从路边找到的银色手机，正小心翼翼地用镊子取出手机SIM卡，身旁几个人默默地看着，大气都不敢喘。很快，卡被取了出来，肖玉良把手机重新放进物证袋，然后把卡递给身旁一个平头善目、宽眉阔面的人手里，这人大家都认识，他是东城分局刑侦副局长吴宇航。

吴宇航拿过卡，立即插进另一部手机里，然后拨通了自己的手机，手机上立即显示了一串号码。他把手机递给身旁一个白净清秀的帅小伙，说："号码不是本地的，你记一下，马上派人去查！"

帅小伙记下号码后，说："吴局，刚才警务区老张说还是查不到这个叫倪明的人的住宿信息，不过查到了几年前他在老家那边有致人重伤的前科，估计是刚被放出来。"

"哦？那你赶紧和当地警方联系一下，顺便叫他们帮忙和死者亲属取得联系！"

"好！"

简单做好工作部署，吴宇航这才和市局刑科所的同志们一一问好。叶剑锋和杜自健在听完案情介绍和了解现场情况后，才开始进入中心现场。

叶剑锋还没靠近尸体，就看到东城分局的法医小杜正在捣鼓着电子尸温仪，便问道："小杜，你这是测好了，还是没测呢？"

"不好意思，叶所，这……这尸温仪估计上次下雨进水了，电路……好像坏了！"小杜像一个等着挨批的学生站在那里，说话都不利索。

东城分局是三年前江川市警务改革新增设的一个分局，刑事技术力量薄弱，法医也是两个新人，更加势单力薄，平时的法医鉴定工作很多是在市局的指导下才展开的，也真是难为他们了。

叶剑锋并没有过多指责他，只是告诫了一句："下次注意了，要把自己的装备检查好。"然后叫陆林国去把自己带的尸温仪拿了过来。

测一次尸温至少要一个小时，足够叶剑锋把中心现场和尸体情况好好勘查一遍了。现场没有想象中复杂，痕迹、物证似乎也并不多，除了一具尸体，也就血迹、凉鞋、香烟、皮夹、手机这些东西，尸体的损伤也并不多。

"我怎么看着和上次洪武县那个杀人案很像啊？"陆林国看着看着，突然想起了刘新国被杀的那个案子。

"陆兄，什么很像啊？"小杜问。

"上个月，洪武县一个老头出了车祸回家后被一个女的用石头砸死了。"

"你是怀疑这人之前出过车祸？"小杜有些不解。

"不是这个意思。那老头回家后和人发生争执时不小心摔倒在地，倒地后，那个女的就乘机拿了一块石头打击他的头部，最终致死。"

"哦，你的意思是，他是在这里倒地后被人打死的，是吧？"小杜听明白了。

"对，我估摸着死者是被案犯追到这里的。"陆林国说，"你看，除了头部有血，周围都没有滴落血迹，说明他就是在这里被害的。还有，他头部创口和口鼻部流出来的血迹也没滴落到身上，说明他是倒地后受到打击的。头部有两处条形创口，证明至少有两次以上打击。"

两人年龄相仿，同一年"出道"，同一批参加新警培训，聊得甚欢。叶剑锋没掺和他俩的谈话，但作为一个"道行"颇深的法医，他还是怕他们年轻气盛，口无遮拦，便提醒道："两位很有想法，不过还是不要妄下结论。"

陆林国见师父没有反驳，看来自己分析得还是很有道理的，他不禁问道："师父，你觉得死者可能在这里摔倒过吗？"

"不是可能，是肯定！一是他的右手掌腕关节处有擦伤，这是典型的摔倒时形成的支撑性损伤；二是他的左足跟后面有一处擦痕，外加凉鞋脱落，地面上的划痕，足以证明他摔倒过。"

两人立即聚拢过来，看到了叶剑锋所说的损伤痕迹，会心一笑，看来案情有些明朗了，一定是有人尾随或追击死者到此，死者倒地受到打击，然后案犯打死死者后劫走了他随身的财物。接下来的工作，也就是按部就班进行解剖，查找案犯。

现场，技术工作不紧不慢、不急不躁地有序进行着。

侦查上，虽然已经知道死者身份，但调查取证并不顺利。调取死者手机在本地的通话记录和轨迹，得等到 8 点半上班以后，还要依法办理一系列手续才有结果。最急躁的还是视频监控调查组，现场外围倒是有三个监控点，但公园是完全开放型的，除了西北侧一条河道岔口，其他各个方位都与外边的路相通，有没有可利用的价值先不说，首先必须得划定出大概的案发时间段。

果不其然，支队长崔耀军一到现场，就让叶剑锋尽快把死亡时间估算出来，给个参考。

过了十来分钟，叶剑锋看了看尸温仪，说："死亡时间不长，最多不超过 6 个小时，我估计就在凌晨 3~5 点左右。"

"能更精准些吗？"崔耀军问。

领导的要求总是这么高，明知道死亡时间只能推测个大概，还提出这么苛刻的要求。

"我倒觉得应该是 3 点左右的可能性大。"旁边传来的声音一鸣惊人。

崔耀军扭头看了一眼肖玉良，有些惊讶："哦？这么肯定？"

"肯定倒是不敢，但看死者身旁打火机的位置，估计当时是拿在手里的，而旁边又没有烟头，这四周也没有路灯，所以我怀疑当时天比较黑，他可能要用打火机照明，既然叶所长推断在 3~5 点左右，那就极可能在 3 点左右，5 点天已经开始亮了。"

"精辟啊，肖主任！"叶剑锋给了肖玉良一个大大的赞。

"嗯！有道理。"崔耀军也表示认可，但又生疑问："问题是他怎么跑到这里来了？如果被人追打的话，他也不该跑到这黑灯瞎火的地方来吧，更不可能拿个打火机照明了。"

陆林国指了指几米开外的公厕说："有没有可能是来这里上厕所？"

崔耀军觉得这个年轻人很有想法，但并不认同："看死者的穿着和随身物品，应该就住在附近，就算是出租房，也会有厕所的，没必要跑到这个黑灯瞎火的地方。"

死者这个时间出现在这里肯定是不寻常的，一时间也弄不清楚，但有一点崔耀军倒是说对了。

就在尸体刚被抬上殡葬车时，一个年龄约四十来岁的辅警气喘吁吁地跑了过来，气还没喘匀，就说："各位领导，死者的住处找到了，就在东北面农民新村那边。"

"那麻烦师傅赶紧带我们去看看。"崔耀军说。

等殡葬车把尸体运走后，叶剑锋三步并作两步也跟了上去，老师傅一边走一边介绍："听房东说，这个人是两个星期前才租的房子，所以还没来得及登记办理暂住证。"

"就他一个人住吗？"

"那倒不清楚，我们还没细问。"老师傅健步如飞，很快就到了农民新村西面一栋楼层的二单元楼道口，他指着楼梯口一个体态微胖、穿着洋气的中年女人说，"这就是房东。"

房东脸色有些不悦，话也没说，就径直将大家带到二楼，也没有进去，只是站在门口指了指北面第二个门说："他就住在里面一间。"

房东说完，嘴里还咕咕叨叨的，准备往屋子里走。

"老板娘，你先别进，我们要看现场。"肖玉良马上阻止她。

为了防止现场被破坏，崔耀军把房东带到一边问话："他什么时候租的房子？"

房东拿出一张皱巴巴的租房协议说："协议在这儿。"

协议上写得很清楚，是 7 月 6 日租的，也就是两个星期前的星期五，距离今天案发整整两个星期。约定了三个月租期，租金一共 900 元。

"他是一个人租的？"

"是的。"

"你这出租房一共住了几个人？"

"除了北面那间，还有南面两间，第一间住的是个小伙子，第二间是大客房，住了两个女孩，他们三个人都是树人小学的老师，现在放暑假，应该都回家了。"

老板娘所说的南面两间的房门紧锁，北面第一间是卫生间，这正印证了之前崔耀军所猜测的，租房里有厕所，他不是去上厕所的。紧挨着卫生间的就是倪明的房间，但门并没有锁，而是虚掩着，门锁没有任何被破坏的痕迹。

叶剑锋紧跟在肖玉良身后，推开虚掩的房门，只见 30 平方米的房间里有一张床、一张电脑桌、一个衣柜，电器只有空调和电视，除了床上一个枕头和毯子比较凌乱外，其他摆设倒也整洁。

叶剑锋又到卫生间、客厅、阳台四下转了转，没有发现异常，和一般正常的居所并无二致。

几个痕迹员让大家退出了屋外。

陆林国斗胆提醒叶剑锋："师父，我们也可以开工了吧？早弄完早收工啊！"

"这么心急，难道晚上佳人有约？"叶剑锋奇怪今天陆林国怎么这么猴急。

"呵呵，年轻人嘛，你懂的！"

"晚上哪里吃，求带！"

"没问题啊，师父，等会儿解剖您主刀，晚上请您吃大餐！"

"居然给我挖坑。"叶剑锋看了看时间，确实该出发了，躺在解剖室的那位还在静静地等着他们，便说，"闪人！"

"好嘞！"陆林国提起勘查箱，紧跟在师父后面。

解剖台上，140 多斤的尸体，对于叶剑锋他们三个法医来说，应付起来还是轻松自如的。一如既往，叶剑锋谈不上主刀，但致命的重点部位，他必须要亲自上阵的。

从尸表检验到解剖结束，从提取检材到照相固定，总共花了不过四个小时，对于一起命案来说这已经算是比较快的了，但这时间也是大家饿着肚子省下来的。等到收工时，已经是下午 1 点多了，饥饿让大家无力吐槽。

面对一桌可口的家常菜，没有一个客气的，一时间也没人说话了，只有碗筷声和几张嘴的吧唧声。

饭吃了一半，叶剑锋突然接到一个电话。

陆林国看到师父眉头紧锁地问了一句"尸体找到了吗"，心里咯噔一下，等到师父挂断电话，他急忙问："师父，不会又出什么事了吧？"

"你个倒霉蛋，今晚的大餐估计要泡汤了！那边又有新情况，赶紧吃，吃完马上回现场。"

听师父这么一说，陆林国大倒胃口，他现在最在意的不是发生了什么事，而是如何安抚好刚交往不到一个月的女友。

不久前，因案情突然变得复杂而棘手，为此，专案组几个主要负责人召开了紧急碰头会。

东城分局四楼会议室，大家刚落座，刑侦大队长胡春芽便介绍道："是这样，我们通过倪明的手机轨迹和通话记录，查到最近两个多星期，倪明和一个叫严玲的女人有过几次通话，最后一次通话是在昨天下午 4 点，而严玲的手机在昨晚 9 点半关机，信号就是在倪明租房附近中断的，到现在也没开机，人也一直没找到。"

胡春芽继续说："这个严玲和倪明是高中同学，以前谈过恋爱，几年前在老家，倪明就是因为严玲才失手将一个人打成重伤，被判了刑，今年四月份刚刚被放出来。严玲是三年前来到江川市的，现在开了一家外贸服装店，就在同德路外贸商城里。"

"严玲的社会关系怎么样？"吴宇航问。

"还在查，这个女人不简单，和好几个老板都有过交往，最近和一个叫卢松林的关系最密切，据严玲的一个小姐妹说，有时候俩人还住在一起。"

"卢松林？是万豪娱乐会所那个卢松林吗？"吴宇航突然对这个名字敏感起来。

"对！"

"怎么，这个人名头挺响？"崔耀军问。

吴宇航介绍道："这个卢松林以前是靠赌博起家的，开过赌场，放过高利贷，被我们处理过，现在发达了，开了一家娱乐会所。这几年他也一直是我们重点关注的人物，倒没再犯什么事，但的确和一些女人的关系不清不楚，离婚也好几年了。"

见崔耀军没再问，胡春芽就接着说："我们已经电话联系上了卢松林，他这几天一直在上海，提到他和严玲的关系时，卢松林含含糊糊，没有多说，一直问我们严玲是不是出了什么事，我们只是说她失联了。"

"这个人底子不干净，和严玲的关系又不清不楚的，要好好查查。"崔耀军对卢松林这样的人必然会格外关注。

"这个我们还在深入，还要细查。"胡春芽继续汇报，"监控这一块工作，也有些眉目了。参考技术上给出的案发时间，现场周围三个监控点都没有发现死者和严玲的踪迹，但在 6 点半接到报警前，有两个人从东南边公路上进入过公园，第一个人是在 5 点 40 分左右，看上去像个年轻人，另一个人就是那个发现尸体并报警的老大爷，在 6 点 18 分。目前就第一个人的身份还没弄清楚，不过根据体貌特征，已经找出了七个相似人员，现在正在辨认排查。"

崔耀军正要开口说话时，放在桌上的手机突然响起，一看是杜自健的来电，他连忙拿起来接听。

"好！好！你们要尽量扩大搜索范围，我们马上过来！"崔耀军匆匆挂断了电话，对身边的吴宇航说："现场那边有重大发现，去看看。"

"那马上走！"吴宇航心一沉，立即合上工作簿，宣布会议暂且开到这里，大家各自散去。

杜自健是从一个火灾现场刚刚赶到这里的，因为东城这边案情突变，他只好把火灾的事放在一边。到了现场以后，他几乎把勘查范围扩大到整个公园，最后带着肖玉良他们在公厕西北面的树林里发现了可疑的踩踏痕，还在离河岸 3 米的杂草里发现了一只左脚女式高跟凉鞋，没有污迹、八成新，丢下的时间显然不长，这一切让大家不由自主联想到失联的严玲。

7 月三伏天，下午 3 点，人畜草木在太阳的炙烤下，像要熟透了一般。公园现场那片血泊已经变得焦黑干裂，叶剑锋再次来到这里，只站了一两分钟，脖子和胳膊就已经被阳光刺得生疼。

陆林国和小杜躲在旁边的树荫下，听着树上知了的欢唱声。

"跑得倒快，知了都在笑话你俩！"

"在笑话你吧，师父！杜所他们都在那边树林里，我们先去那边吧。"陆林国指着厕所后面的树林说。

"走走走！"叶剑锋的确忍受不了这毒辣的太阳。

走进这片树林，踩着软趴趴的杂草，没了火辣辣的灼热，但更像是大大的桑拿房。每个人的衣服都湿透了，每个人的脸颊、脖子都泛着一层淡淡的盐渍，但没人在意这些，他们最在意的是脚下的一草一木。

树林里摆放着十几处写着阿拉伯数字的白色标牌，零零散散一直摆放到河道沿岸，每一处标牌代表着一处可疑的痕迹，这其中就有那只女式高跟凉鞋，一只很精致的淡蓝色高跟鞋，这牌子叶剑锋认得，因为他老婆就有一双这个牌子的鞋，那可是去年花了他500多元大钞买的。

灰姑娘落下了一只水晶鞋，却找到了王子，而这只鞋的主人，恐怕已凶多吉少。

四五个人聚集在一棵大树下，叶剑锋走过去一看，树根周围原本堆放的大石头少了几块。从留下的印迹上可以看出，缺少的石头至少有碗口那么大，最起码少了四五块，印迹上的土还没完全干裂，显然被拿走的时间不长。

"我看不会超过一天，可能就在昨晚或今天凌晨。"杜自健蹲在那里比画着。

崔耀军回头看了一下刚刚靠近身后的叶剑锋，突然问："剑锋，你看死者会是被这石头砸死的吗？"

叶剑锋仔细看了看一些石块的印迹，然后又看了看其他没有被动过的石块，摇摇头说："不像石块，应该是带有长轴或边缘类的物体造成的。"

站在一旁的吴宇航心里一惊，说："这里不止少一块，而是好几块，而且都是比较大的，应该另有用途。"

"不会是为了沉尸吧？"叶剑锋嘴快，说出了大家最不希望发生的事情。

此言一出，现场居然有两三秒的沉默。

杜自健站起身来，轻轻拍了拍双手上的泥土，说："玉良，你和水上派出所联系一下，弄几条船来。"

"叫他们买捆绳子，差不多手指粗细的。"叶剑锋特意叮嘱道。

看这架势，好似是认定了严玲真的被沉尸河中了，陆林国不免心中生疑，他轻声问叶剑锋："师父，你真觉得那个女的被抛到河里了？"

叶剑锋点点头。

"这么肯定？"

"你想想看，这女的昨晚就在附近失联，正好在这里发现了可疑的痕迹，一只女式凉鞋，不远处死的又是她的前男友，哪有那么多巧合？还有一点，不知道你注意了没，这树林里没有女式高跟鞋踩踏的痕迹，这就说明这里没有穿着高跟鞋的女子走过，却有一只高跟凉鞋。"

"即使被抛到河里，恐怕早就被水冲走了吧？"

"应该不会太远，估计就在附近。"叶剑锋靠近岸边，抬起手，指向河面，划了一道弧线说，"如果裹着几个大石块抛到这里，一时半会儿是不会被冲跑的，这里水流缓慢，况且近岸还有很多水草、芦苇。"

"那就看能不能找到了，找到了还不好弄上来。"小杜心里直犯嘀咕。

"高人在民间！"

叶剑锋说的高人其实就是两个架着机帆船的老伯大妈，他们正驾着船，跟着水上派出所汽艇，朝目的地驶来。

一片乌云遮住了火辣的太阳，阴沉下来的老天让人感觉舒爽不少，借着等船的空当，叶剑锋又来到倪明死亡的现场。他俯下身子，用手摸了摸如热锅一样灼烫的地面砖，这还不够，甚至直接趴在了地上，直到手掌、膝盖烫得受不了了，他才一骨碌爬了起来，然后躲到树荫下，思索良久。

树林那边突然传来"突突突"的马达声，看来要等的船已经到了。

一条破旧的警用汽艇船带着一条破旧的机帆船，向岸边靠了过来。船上有一男一女，戴着草帽，看上去都有些上了年纪，裸露的面部、颈部黝黑发亮，他们是一对常跑船的夫妻。

身穿碎花薄纱长袖长裤的大妈坐在船尾掌着船舵，而另一位肌肉健硕的老伯手拿着一根又长又粗的竹竿，粗头那端绑着鹰爪一样的大铁钩，就这一杆铁钩，不知道打捞过多少冤死的人。

一靠近河岸，老伯就站在船头朝岸上大喊："领导，是在这附近吗？"

"对，就在这一带，估计不会离得太远。"杜自健用手划拉出一个大概的范围。

"领导，如果找到了，要再加点钱哦，这么热的天，就我们一条船愿意来，也不会有其他人来做这种事了，触霉头啊。"对于老伯来说，这也是一单生意，讨价还价还是有必要的。

"大爷，您这是行善积德啊，是好事，您放心吧，等下要是找到了，再给您加 500 块，再多我也没办法了，大家都辛苦，我们可不是为了自己啊。"肖玉良怕有变，赶紧稳住他们。

的确，这么热的天，能找来一条愿意帮忙的船和人，已经实属不易了，多给点辛苦费也是应该的，杜自健也不禁叮嘱道："两位辛苦，注意安全啊！"

那鹰爪一样的铁钩，看上去就这么胡乱地在河底捣来捣去，能捞到尸体吗？尸体会不会被铁钩抓坏？叶剑锋还是有些疑虑的。

所谓术业有专攻，小小的铁钩看似再简单不过了，但在这位老伯手里作用可不容小觑，事实再次证明群众的智慧是无限的。

也就半个钟头的时间，老伯的铁钩就在离岸五六米的地方牢牢地钩住了一个庞然大物，凭着河水的强大浮力，老汉勉强将东西钩上水面，一个被床单包裹、捆着几圈细铁丝的物体跃入眼帘。

"太沉了！"老伯感觉力气已经耗尽。

"大爷，你把船靠过来，剩下的活儿我们来弄！"叶剑锋怕老伯身体吃不消，赶紧招呼人准备帮忙。

巨大的包裹物在铁钩的拖拽下，借着河水的浮力，随船缓缓移到岸边。

如何把这个庞然大物从水里捞到1米多高的岸上，又让大伙犯难了，但对经验丰富的法医来说还不算难题。

"师傅，把你们船上的绳子扔过来。"叶剑锋对开警用汽艇的协警说。

一捆手指粗细的绿色尼龙绳被扔到岸上，叶剑锋接过绳子，用工具箱里的强力剪截取了两段4米长的绳子，然后每段各做了一个大大的活套。叶剑锋站在岸边，用竹竿将两根尼龙绳活套压到水面下，分别套住包裹物的躯干和腿部位置，岸边其他的人分成两组抓住两根尼龙绳头，"1、2、3"，一声令下，大家拼尽全力，绳套被抽紧，一鼓作气就将这100多斤的包裹物拉了上来。

包裹物由六道铁丝紧紧捆着，但包裹物内充满的河水"哗啦"一下冲开了两端，一头一尾，不用扯开包裹物，就已经看到了长长的黑发，穿在右脚上的蓝色高跟凉鞋也半露在外。叶剑锋撩开有些松散的布单，一张浮肿发青的女性面容暴露在光天化日之下，一阵阵腐臭味也扑鼻而来，靠得越近，味道越浓。

"认得出来是那个失踪的严玲吗？"叶剑锋问身旁的人。

吴宇航捂着鼻子，靠近瞅了两眼说："光看面部不好说，但之前发现的鞋子，我已经让她几个小姐妹辨认了，说是严玲的。等严玲家人来了再辨认下。"

"严玲家里人什么时候到？"叶剑锋问。

"估计要到晚上八九点！"

"八九点？这哪来得急啊，这具尸体必须马上解剖。"

吴宇航说："你们解剖前多拍些照片发给我就行了，我先让他们看看照片。其他的你们不用管，专心解剖，家属的工作我们来做。"

不仅是严玲的亲友，下午倪明的亲友也要到了，吴宇航早就安排好两组人，专门负责接待两名死者的亲友。

局长这样一说，叶剑锋就无后顾之忧了。

肖玉良刚适应这一阵阵的尸臭，便蹲了下来，问道："这外面裹的是不是被套？"

"是被套。"叶剑锋说。

"那可能是倪明房间里的，他房间床上的毯子被好像没有被套，但铁丝是从哪里来的呢？"

叶剑锋把撩开的被套又进行了复原，缓缓站起来说："铁丝很细，只有2毫米粗，里面的石头就是这里的，我估计这铁丝也是出租房里的。"

包裹物虽然没有被完全打开，但眼前的一切都说明，严玲很可能是死在了倪明的房间里，然后又被抛尸至此，但倪明又怎么会死在这里？两人都是被害者吗？难道又是为了扯不清的男女关系吗？

崔耀军正颜厉色指示道："大家也别在这里耗着了，尸体赶紧拉走，马上检验，自健和玉良继续勘查现场。"

说完，他便转身拨通了余世春的电话。

吴宇航也一直在琢磨这事，他对肖玉良说："倪明的房间你们还要再仔细看看，尤其是看看有没有其他人员进入的迹象，有没有死者的其他物品遗留，还有这种铁丝，也找找看，有没有可能是房间里的。"

肖玉良说："这铁丝虽然在水里浸泡过一段时间了，但我看这上面的锈不像是刚形成的，应该是旧铁丝，也要找房东问问出租房里有没有这样的铁丝。"

吴宇航突然问叶剑锋："刚才看没看到死者的挎包？"

女人出门，包包是少不了的。

"看了，没有！"叶剑锋摇摇头说，"这样好了，等会儿尸检我们再看看尸体身上有没有其他物品。"

肖玉良指了指河道说："说不定也被扔在了河里或附近，还得想办法再打捞一下。"

杜自健说："很有可能，但包里没有负重，可能不会完全沉下去，下游河面也派人找找。"

这注定又是一场硬仗！

再一次坐在去殡仪馆的车里，他们一个个如泄了气的皮球，话都懒得说一句。

"这活儿真不是人干的。"陆林国一想到晚上的约会泡汤了不算，接下来还要解剖一具高腐尸体，便牢骚满腹。

"谁要你当初选法医，认命吧。"叶剑锋无趣地补了一刀。

"唉……一失足成千古恨，回头已是百年。"陆林国长吁短叹道。

叶剑锋懒得再搭话了，现在刚好到下午 4 点多，这个点儿不早不晚的，他正在纠结是吃完饭再解剖，还是解剖完再吃饭。要先吃吧，还太早，而且中午吃得晚，到现在还没消化；要不吃吧，尸检还不知道几点结束，估计至少得四五个小时，这样热的天，到时候还不得饿趴下了。

叶剑锋原本想征求一下大家的意见，但突然一个来电让他当即决定先找个地方吃点东西。

电话是魏东升打来的，他说自己和余世春还有半个多小时才能到，让叶剑锋他们等等再解剖。既然如此，那还不如先吃点东西垫垫肚子，这段时间还可以让尸体在解剖室里散散味。

车子重新调转了方向，朝着最近的一条小吃街驶去。

解剖室里的抽风机正在轰鸣，空调也已经打开，少了些尸臭味，多了些清凉。刚填完肚子，人也感觉舒坦多了。

解剖台上这具女尸，没有想象中腐败得那么厉害，准确地说，还不算高度腐败，至少表皮还没有脱落，眼睛没有外凸，嘴唇没有外翻，只是轻微的腐败，轻微的肿胀，仍然保留着生前匀称的身材和娇媚的姿容。

一切准备就绪，正当几个人还在感慨为何"自古红颜多薄命"时，魏东升风尘仆仆地推门而入，解剖室里立即安静了下来。见祖师爷级的前辈到了，陆林国和小杜不自觉地闪到一边，叶剑锋则紧跟一旁，介绍了一些基本情况。

"没发现什么随身物品和财物吗？"魏东升问。

"没有，死者穿的是套裙，估计东西都在包里，但包目前没找到。"

魏东升将尸体上上下下看了一通，说："你们赶紧动手吧。"

与倪明的尸体不同，面前这具女尸，腐败程度较为严重，还多了一层捆绑包裹物。死因也完全不同，这具女尸体表几乎没有明显的损伤，但双眼睑结膜有多量针尖样的出血点，这已经提示死因极可能是机械性窒息，只是并没有在她的颈部发现明显的掐痕或勒痕。

"有没有可能是淹死的？生前溺水不也是机械性窒息的一种吗？"小杜说。

"那除非入水前她已经处于昏迷状态了。"陆林国说。

他俩的话虽有些道理，但叶剑锋并不认同，他说："不会，如果只是昏迷，没必要大费周章地捆绑包裹再沉尸，直接扔下去岂不干净利落，而且还会起到伪装溺死的效果。"

说这话时，他已经在死者口唇部位发现了问题。

擦净死者口腔里淡淡的血水后，叶剑锋发现死者唇系带有轻微的破损，周围伴有小片状血肿。

"师父，这里有问题。"叶剑锋指给魏东升看。

魏东升扶了扶眼镜，凑近看了看，沉思了一会儿，突然问道："之前你说倪明房间里的床上有一个枕头，有没有仔细检查过？"

"我们没来得及看，你问问杜所他们。"

叶剑锋明白师父的意思，他怀疑死者是被人用枕头之类的软物体捂压口鼻腔导致窒息而死亡，这也解释了为何死者有窒息征象，却在口鼻外、颈部没有发现明显的体表损伤。

当然，这也只是初步的分析，一切还要等深入解剖，剖析后才能得到证实。这事就交给叶剑锋和两个小法医了，魏东升需要给自己足够的时间与空间，做些必要而又急迫的事。

电话里，魏东升问了杜自健一些现场的情况后，特意交代他，马上派人过来将女死者的 DNA 检材取走，连同倪明房间里的枕头一起送到 DNA 室，看看枕头上能不能检出女死者的 DNA。

正带着助手在DNA室加班加点的徐主任，也接到了魏东升的电话。

要在一个男人的枕头上，检验另一个或有或无、微乎其微的女人的DNA，比登天还难。徐主任这个级别的专家也不敢打包票，他只能在电话里对魏东升说："我尽量试试吧！"

魏东升在隔壁休息室一直打着电话，与专案组互动，几个电话打了足足有半个多小时，他已经基本掌握了现有的一些有价值的信息。

等魏东升回到解剖室，死者的胸腹腔已经打开，头发已经剃除，见到叶剑锋正在分离左腋下胸廓的肌肉，就问道："这里有问题吗？"

"对，这里深层肌肉有出血，按压有骨擦感。"

叶剑锋继续剥离出血的肌肉和筋膜，不一会儿，两根肋骨的骨折线便清晰可见。

叶剑锋自上向下一根根摸下来："是第六、第七两根肋骨骨折，看上去是外向性骨折。"

"这里的皮肤有损伤吗？"魏东升问。

"没。"叶剑锋将翻转的皮肤复原，给魏东升看了看。

"那胸部有没有？"

"没有明显出血，但乳房下的肌层颜色有些深，似乎有些瘀血。"

魏东升看了一眼说："那说明这里的骨折不是直接外力造成的，而是间接受力。"

"对，我怀疑死者是在胸部被跪压的情况下被人掐颈和捂压口鼻窒息而死。"叶剑锋指了指被剖开的颈部和胸腔说，"颈部深层肌肉和咽喉有出血，心肺表面有多量出血点，但胸腔积液很少，水性肺气肿也不明显，基本上可以判断是机械性窒息而死。"

魏东升仔细瞅了瞅，点点头说："嗯，应该是机械性窒息。不过硅藻还是要做的。你们取材的时候小心，尽量不要污染脏器。"

这一点魏东升不说，叶剑锋也是知道的，但两个小法医不一定会注意，这里有必要再强调一遍。提取检材也是有操作标准的，这是得出科学检验结果的前提。

在叶剑锋的指导下，陆林国和小杜小心翼翼地操作着，这又是一次难得的实战操练。

大部分脏器取出后，魏东升看了看胃内仅剩的一些食物残渣后，就匆匆赶回了专案组，留下叶剑锋他们做最后的收尾工作。

叶剑锋也脱下了手套，一边拿着笔记录着尸检情况，一边紧盯着陆林国和小杜的每一次操作，时不时地叮嘱几句。

因为死者各个脏器都没有损伤，所以检查脏器也很快，基本上就是检查一下外部表面、内部切面，然后拍照固定，最后提取、保存就可以了。

现在只剩下最后一个器官。

常言说"五脏六腑"，其实那是指男人，女人应该是"六脏六腑"，这多出的第六脏便是子宫，一个孕育生命的摇篮。死者的子宫及附件，是最后被取出来的器官，外观并无异常，大小也基本正常。陆林国自顾自地将宫腔切开，看到子宫里没有节育器之类的异物后就准备把它放进福尔马林液里。

"等等！"叶剑锋及时制止了他，"你再看看清楚！"

突如其来的呵斥，让陆林国有些不知所措，他瞪大了双眼，小杜也放下手里的活儿凑了过来。

两人只看到宫腔里黏糊糊的东西。

"子宫黏膜不都这样吗？没看出来啥啊。"陆林国还是没看出名堂。

叶剑锋举起笔敲了敲他的脑袋，指着子宫里一个指甲盖般大小，像绒毛一样的东西说："看到没，看到没，这个应该是个小胚胎。"

"这就是胚胎啊？第一次见。"小杜觉得很神奇。

陆林国摇摇头："没见过，第一次见。"

没想到临近结束居然有重大发现，叶剑锋也觉得有些意外。他让陆林国把整个子宫装进了一个干净的物证盒，只等人过来连同其他检材一起送到市局 DNA 室，如果顺利的话，很快就会知道是谁种下了这个可怜的种子。

原本一片死寂的殡仪馆渐渐被一阵阵哭喊声打破。

一位民警急匆匆跑来推开解剖室的门说："死者家属到了，麻烦各位快点！"

"马上，最多 10 分钟就好。"为了争取时间，叶剑锋拿起针线加紧将尸体缝合好。

巧的是，倪明的家属也刚刚到达殡仪馆。随同而来的有两辆警车，还有一辆满载 30 个人的巡特警大巴车，巡特警已经将这两拨死者亲友隔离起来，但仍管不住双方互骂、争吵，他们都在埋怨对方害死了自己的亲人。

面对几乎快要失控的场面，随同民警也忙得焦头烂额。叶剑锋只在电话里向在场民警交代了一些善后事宜，然后便带着大家从侧门悄悄上了回专案组的车。

天幕像被墨染了一般漆黑，茫茫天穹下万家灯火映照着大地，现场仍有灯光在晃悠。魏东升离开解剖室后，就一头扎进了案发现场，得知叶剑锋尸检已经结束后，他才回到了专案组会议室。

大家散坐开来。小杜和陆林国坐在拐角处忙不迭地制作尸检幻灯片；叶剑锋和魏东升围坐在笔记本电脑旁，讨论两名死者的尸检情况；杜自健和肖玉良一边梳理现场照片，一边调试着投影仪。

余世春并不在会议室，他和崔耀军、吴宇航正在合成作战室查看视频和技侦工作进展，胡春芽正在一旁汇报。

"经过家属辨认，确认死者就是严玲。我们查到，昨天下午6点到晚上9点，严玲一共有过四次通话：其中有一次是和小姐妹；两次是和倪明，一次是6点10分接听，一次是6点40分打出；最后一次通话在8点半，是一个叫郑晓天的人打来的。最后关机是9点10分。根据技侦还有监控追踪发现，昨天晚上9~10点多，这个郑晓天一直在案发现场附近，开着一辆车牌号为江E77988的黑色大众，今天早上6~7点他又在这里出现过。根据数据研判，两具尸体的案发现场以及倪明的房间都在他的活动范围内。"

"这个郑晓天是什么人？"余世春问。

"郑晓天，32岁，四川人，一直跟着卢松林，以前也是因为赌博、打架被处理过几次，这几年主要在卢松林的娱乐会所做事，很少在外抛头露面，比较低调。"

"他人现在在哪里？"

"还在江川，为了不打草惊蛇，已经派人盯上了。"

"那就盯紧了，还有那个卢松林，尽快带回来问话，先不说这两人有没有嫌疑，至少目前这都是和死者有关联的人。"说到这里，余世春突然想起来另一件事，"对了，之前你们说早上5点40分有个人进过公园，这个人查到没有？"

"具体的人还没确定，但已经有一个对象了，正在排查确认。"

看得出，侦查上都已安排妥当，余世春也没啥好说的。他看了下时间已经快到晚上9点，便问崔耀军："法医都到了没有？"

崔耀军说："已经到了，都在四楼会议室。"

"那走吧。"

来到了四楼，余世春看到一个个都很投入工作，不得不打断他们："大家都辛苦了，法医把尸检情况介绍一下吧。"

投影仪上，两具尸体，将近两百多张照片，一张接着一张被清晰地投射在幕布上。叶剑锋将这些还没完全理顺的照片做了重点介绍，只这些也费了不少口舌，嗓子都冒烟了。

叶剑锋停下来，端起一杯尚有余温的茶，咕咚咕咚喝了两口，继续说："我们初步分析，女死者是在头颈部有衬垫的情况下被人掐颈、捂压口鼻导致窒息死亡的，然后现场包裹捆绑，移尸到树林后，放进石块，最后沉尸，整个过程下来，一个人是可以完成的。关于死亡时间，死者胃内食物已经开始消化，但没完全排空，还有少量的食物残渣，估计是距离最后一餐四五个小时后死亡。"

提到胃内容物，胡春芽插了一句："严玲是昨天下午5点多和她一个小姐妹一起吃的麻辣烫。"

麻辣烫？叶剑锋想起来死者胃里那些杂七杂八的食物残渣，的确像是麻辣烫的食材。

"死者胃里的残渣的确像麻辣烫类的食物，那这样看来，死者大概在昨天晚上9~10点左右被害。"

"这样看来，和倪明的死亡时间相差很多啊！"

"是的，经过尸检，我们也进一步推断，倪明的死亡时间是在后半夜3~4点。"叶剑锋把重点转移到另一具尸体上，"倪明的致命伤在头部，死因就是颅脑损伤，符合钝性外力作用，但不像钝器打击形成。"

这句话有人心领神会，有人不甚了解。

"怎么说？"余世春有些不解。

"我们怀疑不是打击致死，很可能是摔跌导致死亡。"

"摔死的？说说理由！"

余世春知道叶剑锋绝对不会信口开河，对此观点他并没有过多质疑，但却很好奇。他点上一支烟，侧身斜靠着椅背，双眼注视着投影仪幕布，准备聆听这位魏东升的关门弟子的高见。

叶剑锋没有时间组织语言，就简单地说了几条理由。

"刚才大家也看到了，死者头部一侧有两条伤口，对应的颅骨粉碎性骨折，看上去的确像是两次打击形成。但我仔细看过现场地面，是由青石砖铺垫的，有些边缘凹凸不平，发生碰撞时，完全可以形成头部的创口。颅骨骨碎片没有错位重叠，也没有移位塌陷，符合一次性形成；左侧颅脑还有对冲性脑挫伤；体表伤都是一些磕碰形成的擦挫伤，尤其是手腕上的擦伤，是摔倒后本能支撑地面形成的。"

"把刚才的现场照片再放一下看看。"余世春说。

肖玉良走到电脑旁，很快调出了现场照片，顺便补充了几点："现场地面青石砖边缘的确有些凸出，高度 0.5～1 厘米不等，每块砖边缘宽度 3.5 厘米，砖与砖缝隙间距大概在 0.4～0.5 厘米。"

"对，我刚才忘了说。"叶剑锋说，"死者头部两处创口平行，间距 4 厘米，与现场砖边缘的间距也比较吻合。"

吴宇航一直在琢磨这事，大致也听明白了，即使他希望结局就是这样，但仍心存疑虑。

"那我想问一下叶所。"吴宇航说，"我也觉得摔倒是没什么问题，但就这么摔一下，头部会造成这么严重的损伤吗？还有，他又是如何摔倒的？会不会是在和别人的扭打过程中或是被人推了一下而摔倒的呢？"

余世春也说："这个问题一定要搞清楚，别说我们自己了，家属这一关肯定过不去。"

叶剑锋说："摔跌算是一种特殊的坠落，倪明尸长有 174 厘米，相当于头部距离地面的高度，如果摔得不巧，正好是头部着地，完全可以造成这么严重的损伤。至于如何摔倒，无非两种情况，一是自己不小心发生意外，二是在他人外力作用下。但目前来说，根据现场痕迹，还没有发现是他人造成的依据。"

余世春又说："没有发现，并不表示一定没有。有一点是明确的，死者的手机、钱包肯定被人动过，虽然不能排除顺手牵羊的可能性，但至少说明还是有人到过现场的。"

叶剑锋对此也无言以对，余世春说的，事关死者死亡的性质问题，这不是他一个法医就能解决的，还要结合现场、侦查的情况。

余世春当然也知道这一点，他又问杜自健："你们在现场有没有新发现？"

杜自健说："现场地面只有两条不明显的擦划痕，根据刚才法医的介绍，的确符合摔倒形成，一处是左脚拖鞋擦痕，一处是手腕擦痕。还有一点，现场地面砖石缝隙间有些杂草，几乎没有明显的踩踏痕。试想，如果有人在这里扭打争斗，或多或少都会留下痕迹。"

杜自健说话的同时，肖玉良也迅速调出了现场照片，一张张细目照与他说的每一句话配合得天衣无缝。

吴宇航点点头，说："那就剩一点了，就是如何排除他人推搡造成的？"

"这一点，吴局长大可不必担心，我认为可以排除！"刚刚还斜靠一旁和崔耀军低声耳语的魏东升，突然挺了挺腰板，一手撑在桌上，一手比画着说，"死者明显是后仰摔倒，右侧头部着地，如果有人推搡，应该是站在前侧或偏向一侧，绝对不是从背后突然袭击。无论死者是从哪一个方向被推搡，那么死者必定会有反应时间和本能的反抗，这种情况下不可能轻易把一个身高 174 厘米的年轻人一次性推倒，即使最后摔倒，那现场也会出现一些痕迹，双脚的拖鞋也会全部脱落，不会只有一只。"

老专家金口一开，让人信服，大家的情绪也随之高涨起来。

一双拖鞋，让崔耀军顿生一问，他说："从目前来看，倪明是严玲死亡案的最大嫌疑人，如果是他杀人抛尸，那么出现在这里就不奇怪了。但问题是，黑灯瞎火的，又要扛着一具尸体，他为什么要穿双拖鞋，我看他的房间里也不只一双鞋。"

魏东升说："这只有一种可能，来不及换鞋。"

"尸体都已经包裹捆绑好了，怎么可能会来不及换鞋？"吴宇航说。

崔耀军说："这种事也说不清，有些人在作案后，尤其杀人后，心理会极度恐慌，行为上也是非正常的，他房间的门不就没锁吗？"

说完，他突然问道："对了，你们现场不是说发现了两种比较新的鞋印吗？"

"对，有两种，一大一小，一深一浅，可惜纹路不清晰，不过我拿死者的拖鞋比对了一下，与小些的印记还是比较吻合的，大的鞋印我们还在研究。"肖玉良说。

两种鞋印，说明不止一人，这让整个案情又陷入更深的迷雾中。会议室像炸了锅一样，讨论声此起彼伏，但一时也找不出合理的解释。

余世春最后说："这些问题，等其他情况调查完了再研究吧，但一定要快，这块硬骨头不好啃，得铆足了劲儿才能啃得动！我看，今天先到这儿吧，没事的，早点回去休息！"

其实一点都不早了，等叶剑锋回到家洗完澡，已经是凌晨 12 点半了。为了不打扰老婆儿子，他一个人静静地躺在客卧的床上，关上灯，闭上眼，却一时难以入眠，现场尸体的画面在他脑中怎么也挥之不去，没办法，他只好带着它们一起入睡了。

叶剑锋不知道何时睡着的，这一觉睡得昏天黑地，原定的闹铃都没能叫醒他，但一个电话惊得他差点栽到地上。

师父魏东升昨晚洗澡时突发脑出血，已经被送到医院抢救，仍在昏迷当中。

这个消息是老婆方芳早上到单位后才得知的，她第一时间告诉了叶剑锋。

叶剑锋来不及洗漱就冲到楼下，开车直奔市中心医院。

神经外科 ICU 病房外的休息室里，叶剑锋只见师娘坐在椅子上泪水盈眶，几个亲友陪在她身旁，市局几个主要领导也已经赶来慰问。

市局马局长说："嫂子，您放心！我们已经叫省武警总医院最好的脑外科专家来了，老魏肯定会没事的，您自己也要注意身体，有什么困难尽管提。"

"谢谢领导关心。"

叶剑锋心神不宁地走到师娘身边，不知道该说些什么，也只能安慰一句："师娘别太伤心，师父肯定会没事的！"

"我没事，小叶。"

师娘的声音颤颤巍巍，让叶剑锋不忍心再让师娘多说一句话了。他找到脑外科主任，详细询问了师父的病情，虽然医生已经下了病危通知书，但从了解到的情况看，叶剑锋相信师父一定会转危为安。师父只是太累了，想好好睡上一觉，总会醒的。

除了医生，所有人都束手无策，即使帮不上忙，叶剑锋也想一直待在这里，陪着师娘，等待师父醒来，但他还有更重要的事要去做，此时也只能义无反顾地离去。

因为这一突发的状况，今天的碰头会推迟到下午 1 点开始。叶剑锋原本要和师父一起来的，但现在只有他一个人走进会议室，坐在昨天那把椅子上，他心里空落落的。

直到会议开始，叶剑锋的情绪才渐渐平复，他明白自己来这里是做什么的，来不得半点含糊。

从案发到现在，胡春芽只睡了 4 个小时，半个小时前刚从床上爬起来，吃了一碗泡面，就赶到这里，一坐下来他就开始汇报。

"已经查到了昨天早上捡到倪明钱包和手机的人，这个人叫童赟，19 岁，也是外地人，他租的房子和倪明的在同一个社区。他前天晚上一直在附近一家网吧里上网，玩了一个通宵，直到早上 5 点多才下网回家。据童赟说，他回家经过公园的时候，就发现了躺在地上的倪明。一开始他吓了一跳，没敢靠近仔细看，就看到了脚旁边有一部手机，他就顺手拿走了，但钱包不是在死者身旁捡的，而是在东面大概几十米的地方捡到的，差不多就是我们发现钱包附近的地方。据他说，钱包里只有 500 多元钱，他把钱拿走后就扔掉了手机和钱包，后来回到家吓得一天没敢出门。"

叶剑锋不免产生了疑问："他说钱包不是在尸体附近捡的，那钱包怎么会跑到那么远的位置，这家伙会不会撒谎了？会不会是在死者兜里拿的？"

"我想应该不会，他没必要撒谎说在很远的地方捡的，直接说在尸体旁边捡到的不是更合理？他何必撒一个不合常理的谎言呢？"

叶剑锋点点头："也是，之前我们检查死者裤兜，没发现有明显外翻的迹象。"

崔耀军也说："目前看来，他和倪明的死并没有关系，不过这事儿还要细查，尤其是痕迹物证方面的工作不能放松。"

胡春芽接着说："经过对卢松林和郑晓天的询问，了解到一个新情况，卢松林说严玲最近对他比较冷淡，他最近也忙，的确没有和严玲有过联系，不过他怀疑严玲和郑晓天关系不一般。郑晓天自己也承认喜欢严玲，但并没有说他俩有关系。郑晓天知道那天严玲去找前男友了，晚上打她电话关机，怕她出事，就去倪明住的地方附近找她，但因为并不知道倪明具体住在哪里，没找到就回去了。后来他又打听到了倪明住的地方，早上 6 点多就去找到了倪明的住处，他说当时房门的确没锁，但等了好半天不见人就走了，再后来他就听说倪明和严玲都死了，怕和自己扯上关系就躲了起来。"

余世春说："这三个人不简单啊！卢松林肯定没有作案时间，郑晓天倒是有嫌疑，他和严玲到底什么关系要搞清楚。"

叶剑锋说："这个简单，尸检时我们发现严玲刚刚怀孕，拿胚胎和他们的血液做个 DNA 比对就清楚了。"

"哦，这个能做得出来吗？快不快？"

"行的，得尽快把他们的血样送过去。徐主任昨天也是搞了一个通宵，这会儿估计刚睡醒。"

崔耀军说："他已经在单位了，刚给我打过电话，说倪明房间床上的枕头上检出了严玲的 DNA。"

"那就证明严玲的确是在倪明的住处被人用枕头捂压过！"

这与当初师父的推断不谋而合，叶剑锋没有惊喜，只有忧伤。

"现在的问题是，郑晓天也到过出租房，究竟能不能排除他的嫌疑？技术上那几个鞋印比对出来没有？"余世春突然问。

肖玉良打开幻灯片说："经过比对，倪明房间里除了发现了倪明自己的几双鞋印，还有严玲和郑晓天的，首先可以排除其他人员。昨天树林里发现的另外一组较大的足迹，根据大小我们可以排除郑晓天的鞋子，郑晓天穿的鞋是 40 码，而树林里那几处足迹应该是 42 码的鞋，这倒与倪明的鞋码一致，而且他房间里有一双帆布平底鞋的鞋印与此比较吻合。"

投影仪幕布上跳出了一双白边帆布休闲鞋，肖玉良将图片细目放大后，接着说："就是这双！我们后来仔细看过，这双鞋比较旧，鞋底花纹也不清晰，在白色的鞋帮上还发现了一些绿兮兮的擦痕，应该都是一些青草的痕迹，所以我们怀疑树林里另外一组较大的鞋印就是这双鞋的。"

余世春说："那就是说，可以确定倪明是杀人抛尸唯一的嫌疑人，而且到过现场两次？"

"对！还有一个情况，我们在树林周围的泥土地上发现了一些拖鞋的足迹，看上去有些凌乱，像是走来走去。"

"走来走去？"看着投影仪上的足迹，吴宇航一拍脑门说，"倪明第二次返回现场，是不是要找什么东西？"

"是不是找钱包？"崔耀军一拍脑门说，"那个叫童赟的人说钱包离尸体很远，而且当时里面还有证件和钱，八成是倪明第一次抛尸的时候落下的，回到房间后发现钱包不见了，一时心急就又返回现场，因为急所以穿着拖鞋就跑出去了。"

"那个打火机，就是拿来照明用的。"叶剑锋很赞同这一推论。

"看来这两个案子基本已经明了，但倪明的杀人动机是啥呢？现在是死无对证了。"小杜在一旁小声嘀咕。

"这还不简单，情杀！"叶剑锋煞有介事地说，"这个案子一不像谋财，二不像谋性，那只有谋人了！倪明还爱着严玲，要求和她复合，但被严玲拒绝，甚至可能还知道严玲怀了别人的孩子，倪明想想为了这个女人毁了自己的青春，结果却落得一场空，一怒之下痛下杀手。挺狗血的爱情悲剧！"

"大法师，你不写小说真屈才！"吴宇航诙谐一笑。

案件看似已经云开雾散，但余世春心里没有一丝轻松，反倒有些忧虑，他义正词严地说："动机固然重要，这个案子定为情杀也是有道理的，但有几个问题必须要搞清楚。严玲的随身财物得尽快查找，技术上，现场还要多看几遍；提取的生物检材，必须尽快做好，尤其是 DNA 鉴定；法医尸检报告也得尽快，尤其是严玲的硅藻病理检验，要多和专家沟通，尽量在一个月以内弄好。侦查上，针对两名死者和关系人的调查工作一定要做实、做细。大家都是'老江湖'了，其他话其实也不用我多说，这两个案子，最后我们面对的不是法官法院，而是家属和大众，甚至还有新闻媒体，需要我们真正做到板上钉钉，才能经得起一切质疑和考验！这样的结局，作为死者家属肯定很难接受，而且是两大家子人，处理不好极可能引起更大的社会事件或社会舆论，必须把一切工作预案做在前头。"

余世春从更高的层面，从大局上给出了中肯的指示，大家都知道后续工作容不得半点马虎。

会议一结束，后续工作便紧锣密鼓地展开起来。

回去的路上，叶剑锋顺道去了一趟医院，从省武警医院专家口中得知，师父已经有苏醒的迹象，而且可能这几天就会有好转。这让他喜出望外，一直揪紧的心舒缓多了。

叶剑锋带着一分祈祷，带着一分牵挂，回到了办公室，躺在临床检验床上，关上灯，紧密双眼，让超负荷的脑子暂时休息一下，缓解一下紧张的脑神经。

"我的妈啊！吓我一跳！"耳边突然传来一声惊叫。

叶剑锋也一下被惊醒了，睁眼一瞧，日光灯下映着陆林国高大的身影。

"怎么这么早就回来了？不陪女朋友了？"

"还早啊？都10点多了，刚看完电影，已经送她回家了。"

陆林国说完便默默地坐到办公桌前，打开电脑，继续整理尸检资料，看着这位年轻人一本正经地坐在这里，叶剑锋的确对他有些刮目相看了。很多年以前，他也是这样和师父熬过一个又一个夜晚，破获一个又一个大案，留下的只有美好，绝无痛苦。

如今，是叶剑锋带着新人在这里挑灯夜战。虽然他已年过四十，但激情不减当年，师徒二人很愉快地战斗到凌晨两点才收工。

三天三夜的工作，多少人的心血，并没有换来死者家属的理解，而是更多的质疑和对抗。倪明的死亡被定性为意外，而严玲的死亡又因为一场意外而收场，两家人通通把矛头指向了公安部门。

而当后来严玲子宫内还没成型的胎儿被证实是郑晓天的之后，郑晓天也成了众矢之的，被吓得东躲西藏，不见了踪影。

卢松林也被严玲家属盯上了，不得不留下来"擦屁股"。也许是良心发现，也许是想拿钱消灾，他拿出了10万元给死者善后。

两起死亡案最终演变成江川市当下的头等维稳大事和舆论大战，更是成了大众消遣的话题。为此，江川市专门成立了工作组，上报省厅专家组对两起案子进行复核。

叶剑锋也被推到了风口浪尖，连续几天他都在陪同专家组进行现场和尸检的复勘、汇报工作。

看到叶剑锋整天忙得焦头烂额、疲惫不堪，陆林国有些愤愤不平，他很不理解："我总以为死因查清楚，案子了结了，就不关我们法医的事了，这怎么还接二连三地没完了啊！"

叶剑锋倒很坦然，他说："现在法医不好做啊，你得面对各种质疑和压力。你想想看，毕竟人家失去了亲人，而且这两家人可能都得不到赔偿，站在他们的立场是可以理解的，除了一些无理的要求我们不能满足，其他我们能做的一样都不能少，毕竟人命关天啊！再说，这事又不是只靠我们法医就能解决的，还有工作组那么多人在前面顶着呢，别想太多，我们把自己该做的做好就问心无愧了。"

"反正，这和我当初报考法医时，想象的不一样！"

"呵呵，这和我当初想象的也不一样啊，以后你就会明白了。"

好在最后省厅专家组肯定了两起案件中江川市公安的工作，这才让叶剑锋真正放下了心里的包袱。

半个月后，在严玲沉尸下游几千米的一处浅滩上找到了已经被浸泡很久的挎包，里面财物无一丢失，钱包里还有 3000 元人民币。

两个多月以后，两起案子的终结报告被正式封存，死者家属也慢慢接受了这一残酷的现实。

又是一个周末，叶剑锋带着妻儿来到了市中心医院，他是来陪师娘一起接师父出院的。师父虽然没有痊愈，但已经能拄拐下地、自行进食了。

叶剑锋相信好人一生平安，也相信师父会一天比一天好，但他还是一阵阵心酸，并感到一阵阵的紧迫感。从此，江川市法医这面大旗将真正落在他的肩上了，一场新的考验即将到来！

05 剖腹碎尸案：丝光绿蝇指引凶案现场

这是一个全民疯狂吃小龙虾的季节。

徐妈妈家马路对面的鱼尾漾水清鱼肥，碧波荡漾，水岸芦苇丛生，周围树林茂密。徐妈妈隔三岔五都会到这里下几个网篓，每次起篓，总会有鲜活的小龙虾，运气好时还会有几条粗滑色黄的鳝鱼。

今天又该起篓了。

早上 7 点不到，徐妈妈便叫上老伴王大伯拎着桶，穿过马路和一片樟树林，来到前天早上下网篓的岸边。

前天她一共下了三个大网篓，头两个网篓收获满满。徐妈妈心里美滋滋的，她已经盘算好了，这两篓龙虾卖给小饭店可以小赚一笔，第三篓嘛，可以给老伴和儿子做下酒菜。

可她走到第三个网篓的地方，仔细一瞅，发现网篓被压坏了。

"拐宁弄哎？宗桑！"徐妈妈气得用方言破口大骂了一句。

意思是："这是谁干的？畜生！"

老王看到也很生气，但他性情温和，倒没骂什么。

徐妈妈一个劲儿地想把网篓拉上来，但感觉很沉很沉，老王搭了把手才勉强拖动一点，但还是拉不上来。两人搞不懂这网篓里跑进来啥了，怎么这么沉？网篓口小，不会有大鱼的，估计是挂住什么东西了吧？

徐妈妈让老伴顺着岸边溜到水里一探究竟。

老王水性好、力气大，漾岸边水域也不深，他下水后不大一会儿就摸到一个很大的东西，借着浮力，他把东西使劲儿往水面提了提。

"好像是个箱子啊？"徐妈妈眼神还挺好。

"是箱子，大行李箱！"

老王把箱子挪开后，徐妈妈才把被压变形的网篓拉了上来，比起前两个网篓，这个里面的鱼虾明显很少。徐妈妈嘴里还是骂骂咧咧的。

老王爬上岸，缓口气，歇息了一会儿后，突然感觉脊背凉飕飕的。

"不对劲啊！我刚才在水里好像看到箱子边有些血水，箱子还有点臭。"

看着老头有些惊恐的眼神，再听他这么一说，徐妈妈想想也觉得不对劲。箱子看上去完好无损，半新不旧的，不应该扔在这里啊？想到这里，她吓得一哆嗦，把网篓一扔……

7点35分，江川市平江县110接到了报警，鱼尾漾里发现了一个可疑的行李箱。

平江县公安局刑侦大队与西漾派出所民警几乎同时到达。

"先把树林周边封锁起来！"副局长宋志国到达现场后下了第一道命令。

老王带着大伙儿从树林南面小路进入发现箱子的位置，指着水面说："就这里，还在水下，不过这里很浅，我把箱子挪了过来。原本是在这边，压坏了我们家的网篓！"

老王惊恐未了。

"谢谢！你先跟我们民警去做个笔录吧。"宋志国安抚了一下老王后，又对身旁一个头发花白的民警说，"金所，你赶紧找几个人下去把东西捞上来。"

金所长想，这个点儿一时半会儿还真找不到合适的人，所里值班的民警和协警都已经派出去了。他毫不犹豫地对身旁两个年轻力壮的协警说："小胡，你和我下去！小马，你去把警车后备厢里那捆绳子拿来。"

"老金你行不行？不行别勉强！"宋志国心疼眼前这位自告奋勇上了岁数的老所长。

"没事，宋局。我难道还比那个老王头儿差吗！"金所长无所谓地摆摆手。

"那就辛苦你们了，一定要小心！安全第一！"宋志国再三叮嘱他。

上午 8 点 15 分，江川市公安局指挥中心下达指令，平江县发现一个装有尸块的行李箱，由余世春副局长率刑侦、技侦、刑科所人员立即赶赴现场。

从江川市局上高速，向东往上海方向开 20 分钟，下高速进入 318 国道，再往西南方向开 10 分钟，最后转入叫"平漾线"的三级公路，又往南开了 15 分钟，才到了现场。

捞上岸的箱子已经被法医周权根打开。

这是一个蓝色的拉杆箱，虽然湿漉漉的，外面黏附着不少淤泥，但看得出还很新。

箱子里除了尸块，还有几块红砖。被扎得紧紧的塑料袋被红砖磨破了，导致河水与血水混合在一起，整个箱子变得血红腥臭，塑料袋内层空隙里有很多灰白的蛆虫蠕动着。

"怎么样？"余世春还没靠近就问道。

周权根说："余局，只是初步看了下，有一块男性的躯干。"

叶剑锋将箱子里里外外看了看，突然问："箱子原本是密封好的吗？"

"打开前都是密封好的，也没有破损和缺口。"周权根说，"不过有个把手的一端已经断了。"

"是不是打捞的时候弄的？"

"不是，捞的时候就已经断了。"

叶剑锋蹲下来仔细瞅了瞅说："嗯，断端夹缝里还有很多淤泥，应该是抛前断的。先这样吧，拉到解剖室再弄。"

周权根说："殡葬车已经叫好了，来了就拉走。"

叶剑锋四下望了望说："走，去附近看看。"

在平江县工作了十多年，叶剑锋对于案发现场周围的环境布局是熟知的，他主要是想看看周围是否有可疑的痕迹，是否能发现案犯运尸、抛尸的路径。

当然，不止叶剑锋和周权根两人在搜寻现场，杜自健和陈卫国也带着其他技术员一直在周围转悠。

可惜，直到殡葬车把箱子运走，他们也没发现一处有用的痕迹。显然，那个恐怖的箱子成了众人关注的焦点，解剖室里发生的一切可能都会牵一发而动全身。

这绝对不是一次常规的尸检，叶剑锋必须亲自操刀。

端端正正摆在解剖台上的箱子，犹如刚出土的文物一样，技术员拿着相机对准它的每个部位，噼里啪啦不停地按着快门。

市县两级局领导也破天荒地赶到解剖室一探究竟，他们想最快掌握第一手有价值的资料。

"阿国！拿一包纱布过来，大的那种。"

要纱布干吗？陆林国心生疑问，却不敢多问。他拆开纱布包，把纱布递给师父。

叶剑锋把纱布铺在解剖台上，对陆林国和小曹说："来，你俩搭把手，把箱子里的血水倒到纱布上。"

三人一起将箱子慢慢倾斜，将血水缓缓倒出来。

一股恶臭扑面而来，旁边的人很自觉地后退了几步，等全部倒完后，又靠拢过来。原本白净的纱布已经变得污浊不堪，除了有些蛆虫在上面蠕动，倒也没发现什么有用的东西。

"箱子不是密闭的吗？里面怎么有这么多蛆。"余世春问。

叶剑锋说："这说明，死者被肢解后装进箱子之前引来了苍蝇，在尸体上产下了卵，后来变成了蛆。"

很多人都以为余局长这句话问得多余，但叶剑锋并不这样认为，他反倒觉得问得好，这还真不是拍局长的马屁。

"权根，快把这几个'小宝贝'先装起来。"叶剑锋指了一下那些蛆虫说。

周权根翻开解剖室壁橱，找来好几个大号塑料杯，捉了几条放进去，然后蒙上纱布放在一边。

"你们这是要拿回去当宠物啊？"余世春好奇地问。

"您说对了，余局。"叶剑锋没时间做过多解释，接着又对陆林国和小曹说，"你俩把箱子搬到磅秤上称一下。"

两人刚把箱子抬起来，陆林国便说："哎呀，挺沉啊！一个人还真不一定弄得动。"

磅秤上显示 34 千克，的确不轻，如果现场没有发现拖痕，那说明有可能是两个人一起抛的。不，不一定，一个力气大的人肩扛、手搬也是有可能的。这种想法不只闪现在一个人的脑子里，大家都会这么想。

"可以了，搬上来。"

箱子重新被放好，叶剑锋又把砖块、包裹物一一从里面拿了出来。现在的解剖台上规整地摆着六块砖头、一大包尸块，还有一个大大的空箱子。

六块砖头大小规格一样，都是标准的黏土砖，再普通不过了。箱子很大，高 75 厘米、宽 45 厘米、厚 26 厘米，看上去就是一个一般的拉杆箱而已；最为引起大家注意的是隔层网兜里有一张质量保证卡，上面写着箱子的品牌、厂名等关键信息。

杜自健默不作声，赶紧拿起手机把这些全部拍了下来，发到刚刚建立的"8·8平江分尸专案"警务工作群里，并附言说明：这是装尸块的箱子和里面的砖头。

宋志国紧跟在后面也发送了一条信息：益达派些人立即和厂家取得联系，先看看这种型号的箱子都发往了哪些地方。

利用手机社交加密软件建立一个专案群，这是崔耀军想出来的。把参与案件的专案组成员全部拉进来，采用实名制，可以将一些最有价值、最直观的信息和线索第一时间传达给每一个人，还可以向每一个人下达指令，反之，有些零碎的信息也可以第一时间汇总到专案组指挥室。利用一切可利用的手段，把现代技术与传统手段紧密结合起来，为案件的侦破服务，这就是一种科学的方法。

箱子、砖头不过是些"配角"，真正的"主角"才刚刚登场。

一时间，解剖室里没一个人说话，大家屏住呼吸，两眼死死盯着那包尸块。

按照程序测量完包裹物的大小、重量后，叶剑锋从袋底将塑料袋一层层剪开，一共两层，这样是为了保留袋口的原始状态。

仅剩的血水从袋底哗哗地流出来，成堆的蛆虫如重获自由般欢舞，叶剑锋捉了几只最大的放在器皿里，弄死后测量了它们的长度，最长的只有 0.2 厘米。这是一个很简单的数据，不用笔头写下来，就立即刻进脑海里。

记下这个数据，就不用再管它们了。

塑料袋内层早已沾满了尸块的油脂，如同裹上了一层润滑剂，只需要轻轻用力就可将塑料袋抽离出来，尸块便完全滑到解剖台上。又是一阵阵刺鼻的恶臭，但此时没有一个人后退，也许是已经习惯了这种味道，不再抵触，但更大的原因是，他们看到了一个不可思议的景象，死者躯干虽然完整，男性生殖器也完好，但整个肚子被人剖开了，类似于法医的解剖手法，但只被人从腹部正中由上至下剖开了整个腹腔，没有打开胸腔。

当然，法医看得出解剖手法生疏，并不干净利落，切口断面还有反反复复的切割痕。

叶剑锋扒开腹腔看了又看，惊呼："整个胃、小肠、大肠都缺失了！"

"其他器官在吗？"余世春问。

"其他的倒还齐全，不过连带部分肝脏和脾脏也被切掉了。"

"咦？这是怎么个意思？"崔耀军一只手捏着下巴，很是不解。

周权根脑子转得飞快，突然想到了一个案例，说："我估计是案犯可能知道，人死后肠腔腐败会产生大量气体，尸体在水里容易浮起来，为了不让尸体浮起来，所以就把肠子全部拿出来了。"

"你这想法不错。"余世春觉得有道理。

"很有可能，我也见过这样的案例报道，但那个不是分尸。"崔耀军也认同这一说法。

"这案子我听说过，是男友杀死女友后抛尸。"

叶剑锋不置可否，他总觉得案犯目的不仅于此，或者说可能另有目的，但他现在也的确说不上来。

叶剑锋继续埋头干活。

被肢解下来的躯干有五处断口，用专业的话来描述，就是头颈部自环状软骨下被离断，右上肢自肩峰下 5 厘米处被离断，左上肢自肩峰下 6 厘米处被离断，右下肢自髂前上棘下 11 厘米处被离断，左下肢自髂前上棘下 12 厘米处被离断。

这五处离断面自然是重中之重，得仔细看个清楚，想个明白。

看什么？得瞧瞧离断面的形态特征，从皮肤、肌肉、血管、神经，到骨骼，在离断时遗留下来的特征。

想什么？得根据这些特征想想是什么工具、用什么方式、在什么情况下造成的。

法医在专心致志地研究尸块，其他人也都没闲着，在一旁聚精会神地研究起塑料袋来。

一共两个塑料袋，被分开摊在台布上，两个塑料袋的袋口分别被一条黑色的鞋带捆绑着。毋庸置疑，这就说明案犯将死者躯干肢解下来后，先装进一个塑料袋内，用一条鞋带扎紧，然后又装进另一个袋中，再用一条鞋带扎紧。

经过测量，两个塑料袋的大小、规格一模一样，都是 90 厘米 × 60 厘米的加厚平口塑料包装袋。塑料包装袋上面没有任何标识，但可以肯定一般人家都不会用到这么大的塑料袋。

"这应该是一种收纳袋，一般都用来装纺织物，比如棉絮、被子之类的，而且我估计厚度在 14 丝。"杜自健一看便知，真是内行看门道，原因很简单，他老丈人家就是卖布匹、丝绵被的。

"这说明，案犯应该能轻易弄到这些袋子，可能会一下子弄很多，说不定死者其他尸块也是用这种袋子包装的。"崔耀军说。

"袋子上没有印花，没有标签，也没有透气孔，可能不是来自正规或大型的纺织厂，不能排除案犯是直接从市场买来的。"杜自健接着说。

"我们平江就有几十家棉纺厂之类的作坊，国道那边有一个棉纺布匹交易市场，还有几家塑料袋批发小店，可以先去这些地方问问。"宋志国略做介绍。

余世春的神情依旧凝重，他一手托着下巴说："肯定要查，问题是就怕是远处抛来的，得扩大到邻省邻市。"

远抛近埋，是案犯分尸抛尸的一般规律，虽然不是绝对的，但在案件初期侦查阶段，调查工作都是按照一般规律或传统方式开展的，尤其是鱼尾漾发现的这包尸块，现场虽隐蔽，但不是一个最理想的抛尸地点，案犯对这里可能并不熟悉。最重要的一点是，运尸抛尸必然有交通工具，而现场周边交通便利，车辆大致来自四个方向，东为上海，西为安徽，南为省城，北为苏州、无锡。

专案组个个都是在刑侦线上摸爬滚打了十几年，甚至几十年的老猎手，不乏像余世春、崔耀军、陈卫国、杜自健这样的刑侦专家，这可不是浪得虚名。

他们其实早已分析出最大的可能性，是来自上海、苏州方向，也就是从东到北那一带。理由很简单，一是箱子里装了很多砖块，就是为了增重沉尸，说明案犯早有准备；二是西南有山脉，是抛尸埋尸最理想的地方，远比带着这么沉的箱子要便捷、隐秘很多。以此还可以进一步推断，案犯可能对平江附近地域真的不熟，现场往西南方向十几千米就是连绵的青龙山脉了，如果开车，最多十几分钟就到了，但他却选择了路边树林旁的一个大水漾。

无论怎样，侦查工作必须以现场为中心向四周辐射。不过，坚持在解剖室里待到现在，大家最为急迫的是要从这具无名尸块上得到最有价值的信息。

转眼，叶剑锋已经将死者胸廓皮肤肌肉分离好，然后从胸锁关节下刀，分离关节后沿第一肋软骨至第十肋软骨切开胸廓。接着，他又从第二肋软骨上切下来一片薄薄的软骨，把手术刀递给周权根后，就自顾自研究起这片薄薄的软骨来。通过"闫氏肋软骨法"推断死者的年龄，这是叶剑锋最近才掌握的一门技术，今天也是一次实战验证的机会。

对于这块离体的躯干来说，解剖到这一步，可以说大部分尸检工作已经结束了，法医是时候得说点什么了。

"怎么样了，剑锋，有什么高见吗？总不能让我们几个白等吧！"崔耀军有些心急了。

叶剑锋毫不迟疑地说："这名男子，年龄大概在 24 ~ 26 岁之间，身高我只能给个大概，应该是 165 ~ 170 厘米，死亡时间 2 ~ 3 天。还有就是分尸工具，最有可能是菜刀，不排除还有小刀。现在就是死亡原因还不能确定，不过我觉得机械性窒息不大可能。"

几个小时的工作，不过就得出几句话的结论，干净利落，目前他也只能说这么多，不敢说得非常精准，但也八九不离十。

领导们破天荒地在解剖室里待了这么长时间，总算得到了一些预期的结果，该是坐镇指挥的时候了。等他们全部离开后，解剖室的气氛顿时缓和不少，小曹和陆林国似乎憋坏了，叽里呱啦开始聊起来。

"你俩别废话了，把砖头和箱子打包收好！还有其他物证清点一下，记住，分开包装。"叶剑锋提醒两位，还有很多活儿要做。

尸检已经接近尾声了，没有肠胃，周权根提取好仅剩的十几毫升心血液后，很快就把心、肝、肾、肺等器官全部取了出来，除了一些死后分尸造成的损伤，可以确定这些器官生前没有破损，心肺表面没有机械性窒息产生的出血点。

"师父，你估计死者的死因是啥？"陆林国问。

"你看呢？"叶剑锋反问他。

"排除机械性窒息，我估计就三种可能，一是颅脑损伤，二是其他大血管损伤造成失血性休克，三是中毒。"

"失血性休克可以排除。"

"为什么？"

"你注意到死者腰臀部的尸斑了吗？暗红色，还很明显，不是大失血后的尸斑，组织器官也没有发现苍白、贫血貌。"

陆林国的确没有过多关注到这一最不应该忽视的尸表现象，他重新翻看了尸块的腰臀部，的确看到了一些暗紫色的尸斑，这其中还能隐隐约约看到当时裤腰皮带压迫的空白区。

"咦，这尸斑像是形成很久了啊！而且是在分尸前就形成了！"周权根看出点门道了。

"对，这已经是浸润期尸斑了，即使被大卸八块也不会消退，说明死者可能是在死亡 24 小时以上才被分尸的。"

"那就奇怪了，为什么要过这么久才分尸？"

"这的确不合常理，肯定是有什么事妨碍了案犯，或者突发了某种状况，让他不能第一时间处理尸体。你想，24 小时就是一天一夜的时间。"

叶剑锋一时也不得其解。

"叶所，你看耻骨联合现在就煮吗？"小曹拿着刚锯下来的耻骨联合走过来问。

叶剑锋抬头看了一下墙上的挂钟说："都 11 点了啊，那还是拿回去弄吧。"

耻骨联合也是推断年龄最可靠、最传统的手段，能和肋软骨结合在一起，对死者年龄进行更加精准的推断，这也是今天尸检提取的最后一份检材。

耻骨联合取了下来，周权根和陆林国紧跟着就开始缝合切口。缝合好后，他俩合力把尸块翻了个身，几刀下去，背部的皮肤肌肉被逐层分离。

叶剑锋走过来看了看，皮下、肌层没有任何损伤，戴上手套触摸了一下背部的骨骼，确认没有骨折后，心才安定下来。

尸检工作结束，出了殡仪馆，几个法医便分道扬镳。叶剑锋带着陆林国返回现场，周权根和小曹负责处理物证检材并送检。

案发后，陈卫国带着周国安和其他技术员一直在现场搜索、勘查，唯一的发现，就是找到了案犯抛尸的进入口。

从现场痕迹上看，案犯驾车先是从平漾公路转入樟树林北面一条直通鱼尾漾的土路，然后沿着鱼尾漾岸边往南走了 50 多米，在他们自认为隐秘、安全的地方把行李箱抛入水中。

虽然地面踩踏鞋印不清晰，但经过分析甄别，确定这是两种不同的足迹，一路上也并没有发现箱子明显的拖痕。由此，陈卫国他们分析抛尸的至少有两人。

吃完午饭，大队人马又聚集到了现场，就地开起了现场案情分析会。

"我们调查过了，这两天除了下鱼篓的老夫妻，没其他人来过这里，而且那对老夫妻下鱼篓是从树林南边小路过来的，平时一般也不会有人来这边。"宋志国正在介绍新的进展。

崔耀军说："是两名案犯抛尸，这个应该没什么问题，这么沉的箱子，这样窄的河岸，两个人正合适，当然也不能排除有第三个人，而且必定有运输工具，尤其是轿车，要重点排查。"

"放心，崔支，平漾公路南北各有一个高清卡口监控，已经在拷贝视频了。"

"有监控是好事，但现在有两个问题最好搞清楚。"余世春突然说，"一是案犯究竟是不是从北边高速过来的？二是案犯抛尸的具体时间。如果这两点能确定下来，那么视频监控，甚至技侦的排查范围就会缩小很多。"

"余局，这个问题我们考虑过。"宋志国说，"从北往南过来应该不会错，之前我们就从周边的地理地貌分析案犯可能来自苏沪地区，现在从现场情况来看应该也是从北往南，这样抛尸点正好在路右边，就是西边，如果从南往北，会经过路东边的那片树林，而且那边还有一条运河岔口，更偏僻，可以把箱子抛到那里，没必要舍近求远，舍简就繁，绕到这里。"

余世春颔首赞许，说："等会儿和法医联系下，把推断出来的死者身份特征，还有箱子、塑料、砖头，做一个内部协查通告，发给邻省邻市的兄弟单位，再联系一下当地警方，看看有没有发现其他的尸块，一定要注意保密，暂时不要发悬赏通告。"

说法医，法医到，一吃完午饭，叶剑锋就带着陆林国来到了现场。

"怎么样，剑锋，有什么新发现吗？"崔耀军见面就问。

叶剑锋早已打好了腹稿，直接捡重点的汇报："死亡原因有两种可能性，一是颅脑损伤，二是中毒，提取的肝脏和心血液已经送检了。至于死亡时间，大胆点说死者极可能是在三天前死的，就是 8 月 5 日死亡的，而且死者不是在死后被立即分尸，大概被搁置了一天后才被肢解，然后抛尸。"

法医这么一说，大家不约而同想到了另一个问题，就是抛尸的具体时间，这个问题对视频监控和技侦研判非常关键，运气好的话，说不定会直接快速侦破此案。

"你说的这个死亡时间有多大把握？"余世春并不是质疑，而是想确认一下。

"根据蛆长、尸斑、腐败程度综合推断的，基本上没问题，但是晚上还是白天死亡的，这可能说不准。"

崔耀军往前推算了几天，说："照你这么说，那很有可能是在 8 月 6 日，也就是前天抛尸的，可能是在晚上，白天应该不会，一是怕暴露，二是如果在白天，案犯应该会发现水里的网篓，肯定不会抛到这里。"

宋志国也表示同意，他的解释是："如果说死者死后没有立即被分尸倒是有可能的，但一般分完尸后就会立即抛掉，分尸的目的就是为了便于抛尸隐藏。有一点也是可以肯定的，抛尸的时间不是 6 日晚上就是 7 日晚上，现场网篓是老王老婆在 6 日早上下的，而 6 日白天樟树林里还有人除草。照这么看，6 日晚上抛尸的可能性最大。"

余世春当机立断："那就从 6 日晚上的视频监控查起，技术上还得多下工夫，尤其是你们法医，尽快拿出一份翔实的分析意见。"

"好的，余局，不过要等毒化结果出来。"

余世春又对杜自健说："理化和 DNA 室的同志要辛苦下了，得加班加点弄好。"

"放心吧，余局，刑科所啥时候拖过后腿，他们已经在等着了。"这话刚说完，杜自健的电话就响了，打完电话后他又说，"检材物证已经送到了，DNA 室徐主任已经把捆绑袋口的绳子解开了，是一条长 90 厘米的黑色纯棉鞋带，我让他马上把照片发到群里。"

很快，几张清晰的图片传到群里，徐主任最后还配发了一段文字："看上去像是运动鞋的鞋带，两个袋口扎得很紧，捆绑方式一样，都是先缠绕了五六圈后又打了三个死结，绳子已解开，准备做 DNA 检测。"

"收到，辛苦！"杜自健简单回复了几个字，然后点开传上来的图片，原图查看。

此刻大家都成了"低头族"，无一例外地盯着自己的手机。

"这鞋带应该是一双，估计是就地取材，直接从鞋子上取下来的，说不定就是死者的。"崔耀军看完后说。

"那就看我们徐大师的本事了，说不定还能检出案犯的 DNA。"叶剑锋说。

"这不太可能吧，都被水浸泡过了，还能检出 DNA 啊。"陆林国觉得师父这次有点异想天开了。

"那不一定，外面袋口是被浸湿了，但里面袋口基本没有，所以说希望还是很大的。"

"那就借你叶大法师的吉言了！"崔耀军也是有所期待的。

从现场回来后，叶剑锋带着陆林国直奔平江县刑事科学技术室。周权根正在四楼组织处理室，剥离刚刚煮好的耻骨联合，握在手里还热乎乎的。

耻骨联合被一分为二，叶剑锋把右边一半递给陆林国："这个你来弄，好好跟周大法师学学。"

"折煞小弟了，在您面前，我这不是关公面前耍大刀嘛！"周权根笑笑说。

"两位都是大师，就别再谦让了。"陆林国说。

剔骨头也是一门技术，一项既需要用心、细心、耐心，又很枯燥的活儿，陆林国自然比不上周权根娴熟，但一叶刀片拿在手里也不含糊。这里只有他们三个人，听着师父和周权根在一旁闲聊调侃，陆林国手里的活儿干起来也顺心顺手。

十几分钟后，联合面上凹凸不平的沟沟脊脊已经显露出来了，最后再把沟脊上的软骨筋膜剔除干净，一个耻骨联合面结构才完全暴露。

剩下的事情就简单了，将耻骨联合上每个结构特征综合起来，就可以计算出大致的年龄，大约是 23～25 岁。结合之前肋软骨特征，最终将死者的年龄范围圈定在 24～25 岁。

到目前为止，叶剑锋觉得法医方面难以再有更大的突破，当然，这并不是说法医工作可以画上句号了。恰恰相反，这些尸块肯定还有未解开的秘密，但需要更多的信息和线索来引导，现在只有等待，犹如在茫茫大海中等待一盏航标灯。

而侦查上，一分一秒都不可能等待。

外围调查分成了三个组，各组组长通过电话向专案组领导一一做了汇报。

侦查一组报告："我们查过了，裹尸的这种塑料袋的确是用于包装被褥、布匹一些纺织类物品的，很多生产厂家都在安徽，但每年都会往全国各地市场、厂家不定量、不定期地发货，没什么特别之处，一时也找不到有价值的线索。平江县境内几家市场和棉纺厂也排查过了，目前没发现有人员失踪的情况。"

侦查二组报告："箱子的厂家联系上了，他们说这种型号的箱子是去年6月份开始生产的，主要发往上海、江苏、南江省几个大型的超市、商场，网上也有销售。我们刚拿到他们发来的销售报表，初步看了一下，我们周边几个城市总共有 60 多家超市有供货，主要还是集中在上海、苏州地区的一些超市，估计有 40 多家，不过每次供货量都不是太大。"

侦查三组报告："近几天平江乃至江川地区没有符合死者特征的失踪人员，周边几个省市，尤其是上海、苏州、无锡地区目前未发现不明尸块，但有几个与协查通告上死者特征相似的失踪人员，还在进一步梳理核实。"

专案组几个主要负责人，针对现在的情况进行了会商讨论，他们更加确信，案犯来自上海和苏州方向的可能性很大，决定立即分派两组人马分别赶赴两地。一组以物为线索，对有这类塑料袋的市场、工厂，对销售这类行李箱的商场、超市进行摸排；另一组以人为线索，对近期的失踪人员进行摸排。对于他们来说没有任何捷径可走，只能以现代网络信息技术结合传统手段进行调查。

监控视频也一样，只能一辆一辆车看过去，每一帧都不敢眨眼。晚上过往车辆并不少，车速也不慢，再加上光线不是很好，影像也有些模糊，想想都累，更别说在其中找出一辆可疑车辆了，这和大海捞针没什么区别。

痕迹上，杜自健和陈卫国再一次打起了那个行李箱的主意。

箱子、塑料袋已经被小曹又从市局带了回来，放在了三楼痕迹室里，上面仍散发着淡淡的尸臭味，真的是"阴魂不散"。是啊，死者身首异处，叫他如何安息？

叶剑锋正好从四楼下来，饶有兴致地参与进来，当然他只是一个"打酱油"的。

陈卫国弯腰躬背，拿着一个放大镜，将箱子内层瞅了个遍，而且是好几遍，看完后，他站到一边，将口罩退到下巴颏，然后说："箱子内部只有红砖接触的一些擦痕印迹，但没有破损，从擦痕的深浅来看，说明两点，一是运输的时间并不长，估计四五个小时，二是这一路上基本没有大的颠簸。"

这话也只有研究了 30 多年痕迹的专家才敢说出来，不得不服！话已经说出口了，就看如何来正确解析。

杜自健说："四五个小时，包括选址、抛尸的时间，案发地应该并不是太远，估计也就一两百千米，和我们原先估计的方向范围还是比较吻合的，而且这一路上并没有山路，一马平川。还有那些砖头，都是没有用过的新砖，说明案发地附近有工地，或者说有砖瓦厂。"

"'十二五'期间，在上海和其他大中小城市已经开始限制使用或禁用实心黏土砖了。这种主要用于建筑物外墙和内墙的黏土砖，我们周边省市地区已经很少有厂家生产了，而且这几块砖我看过，应该是 A 级优等品。"

"A 级优等品？"杜自健沉思了一会儿说，"如果是 A 等级优等品的砖，估计一般乡下不会用，一般用于城市商业店面装修。"

"对，说明案发地可能在城市区域。"陈卫国似乎很笃定。

两人的话对叶剑锋也有了启发，他说："两位大佬说的极有可能！我们之前分析案犯驾车到这么远抛尸，一是考虑到案发地周围的环境可能不便于埋尸抛尸，二是说明一时找不到其他合适的沉重物，只能就近找到了砖块。"

话已经说到这份儿上，杜自健觉得不管怎么样，必须把这些意见反馈给专案组，可供侦查上参考一下，但也只是个参考而已，能对案件侦破起多大作用，谁也说不好，但至少能缩小一些范围，虽然这还远远不够。

一天一夜过去了，案件毫无头绪。

这么短的时间内想破案，是不可能的，大家都明白，但案件一直毫无进展，专案组还是有些心急的。余世春一个劲儿地在问DNA结果出来没有，杜自健告诉他DNA室已经通宵在做了，这个急不来，得一步一步来。

不仅如此，理化室崔主任也在加班加点筛查毒物，这倒是叶剑锋首要关心的事。

案发后第三天中午，毒化室的检验结果出来了，死者体内检出阿片类药物成分，直白点说，就是检出了海洛因毒品成分，而且浓度不低，远超过了致死量，这也大大超出了专案组的意料。

看来这是一个吸毒者，而且是吸毒过量致死，死因已经不成问题了。但恰恰就是这个死因，引发了另一个问题，大多数吸毒者致死，并不是因为吸毒过量，而是因为长期吸毒导致脏器病变引起呼吸、循环衰竭而死亡，即使吸毒过量，含量也不会有这么高。

死者双肺有显著的淤血和水肿，肺泡里充满了水肿液，重量达到了2500克，原来这是典型的"海洛因性肺水肿"，急性中毒所致，叶剑锋平生第一次见到了实物。这说明死者生前一次性摄入了至少几千毫克的量，吸毒者不可能一下吸入或注射这么多量，这具尸体绝不简单。叶剑锋又陷入新的谜团中。

此刻，专案组会议室里也炸开了锅。

"此人如果有吸毒史，那很可能被处理过，赶紧在指纹库、DNA数据库里比对看看！"这是崔耀军第一时间想到的事情。

余世春则立即把这一个新情况上报给了马局长，马局长指示，不仅要尽快破案，而且要深挖下去，并指派禁毒支队全力配合。

下午两点，正靠在会议室沙发上打盹的崔耀军突然接到 DNA 室徐主任的电话。

"崔支，结果出来了，两条鞋带上只检出了死者的 DNA，没有检出其他人的。目前库里没有发现死者的数据。"

"按道理应该会有捆绑人的吧？上次碧园小区那个案子不是检出来了吗？你再做几遍试试看，不行就拿到省厅吴主任那里。"

"这次可能一是量少，二是时间长了，水里湿度太大，降解掉了。不过我会再多剪几段，你放心吧！"徐主任听出崔耀军的语气有些不满，他只能简单做个解释。

崔耀军也清楚徐主任说得没错，并不是借口，虽说袋子没有被水完全浸湿，但袋子上的雾水的确很多。正因为如此，连一枚像样的指纹都没找到。

"说不定捆绑尸袋的鞋带就是死者自己的，如果说死者是吸毒过量致死，说明可能不是被杀，杀人哪会舍得用这么值钱的东西，但他死后的的确确又被分尸了。我在想，这背后恐怕牵涉到一个贩毒集团也不一定。"作为刑侦副局长，余世春必须要深思远虑。

"现在制贩冰毒的远多于海洛因，这个案子的确不简单。"宋志国预感这可能会是一个惊天大案。

专案组会议室里讨论地热火朝天，叶剑锋还在办公室里苦思冥想。

打开他心结的却是另外一个人，禁毒支队副支队长邹虎，人称"虎支"。下午刚上班，邹虎接到这个案子后，立即跑到法医室，询问叶剑锋现场和尸体情况。

"这人会不会是因为体内藏毒，意外致死的？"听完所有介绍后，邹虎首先就想到了最大的可能性。

"对啊！"叶剑锋狠狠地拍了一下脑门，不能自已，几乎扯着嗓门说，"你看我这脑子，我早就该想到啊，还是虎支厉害啊！我估计就是这个原因，他才会被开肠破肚，然后分尸的。"

"你这叫当局者迷！哈哈。"虎支觉得自己都佩服自己，让法医专家为难半天的事，他一句话就解决了。

"你才是这方面的专家啊。"叶剑锋会心一笑，拿起手机，把邹虎拉进了专案群，并配发了一段文字。

"我和虎支刚研究过了，死者很可能是一个体内藏毒的毒贩子，因为毒品外包装破裂，导致毒品泄露到肠胃，急性中毒死亡。死后被人破开肚子，拿掉肠胃，可能就是想取出剩余的毒品，最后案犯为了抛尸藏尸，将尸体进行了肢解。感谢虎支鼎力支援！"

此话一发，下面出现了一堆点赞的大拇指，竟然没一个人质疑这种推断。其实专案组在讨论过程中，也想到过体内藏毒的可能，现在看来这种可能性已经被坐实了，这是唯一的可能性。

杜自健说："这样看来，死者不一定是个吸毒者，而是个贩毒者，也许他没有前科，那么在 DNA 数据库里很可能找不到死者的信息。不过有些地方库还没有联网，必须把数据发给每个省、每个市的 DNA 室比对一下。"

"这事你负责一下，不行就亲自去各个地区跑一趟。"余世春说。

"放心，余局，我已经交代好了，徐主任已经把数据发到省厅和周边省份了，尤其是上海、苏州。"

宋志国也补充道："还要考虑到死者的死亡地点不一定是他的居住地或暂住地，我看得发到全国库，最好请省厅、公安部向全国发协查通告，这样才可能引起其他各地警方的高度重视和协助。"

余世春点点头："我看可以考虑，上报前，你们尽快把所有信息整理汇总一下，再弄一份更翔实的协查通告。其他兄弟单位，有必要的话，耀军和志国你俩要亲自带队去一趟。"

大家突然感到前所未有的压力。

自己的城市、自己的辖区可能隐藏着一个分尸抛尸的贩毒集团，收到协查的各地警方不敢有任何懈怠，鼎力配合江川警方的调查工作。在公安部和省厅的督导下，各地警方真正做到了大协同。大家的目标很明确，首先就是要查找尸源，确定死者的身份，身份确定了，离幕后黑手也就不远了。

作为一个法医，一个刑事技术人员，就应该给专案组提供更多的技术支撑，更多的线索信息，这如同战场后方的情报工作，提供的情报越准越多，前方的胜利越大，代价越小。那么，还能做到精益求精吗？

在第四天的碰头会上，余世春上来就问："技术上有什么新情况？说说看。"

领导的意思再明白不过了，要拿出些干货硬货，但一时间，竟没人搭腔。

余世春看了一眼杜自健，干脆问他："包装袋上的指纹还能提取出来吗？"

杜自健说："包装袋上的雾水太重，加上有些蛆虫爬过，我们一直在想办法弄，的确找到一些残缺不清的纹线，但破坏太严重，没有任何价值。现在我们要用一些非常规的方法，看能否提取到有价值的线索，但这真的需要时间。我和陈老已经想到了几种方法，正在抓紧验证，等到成熟可靠时，我们会立即采用。这两个物证太宝贵了，不敢乱动，必须要一次成功。"

话已经说到这个份儿上，余世春也不好再说什么，他把目光转移到叶剑锋身上，问："法医呢？"

叶剑锋知道，已经说过的不必废话了，但这明显在点将，他又不得不说。

"法医上呢，死亡时间要更准确点，只能等昆虫研究所的结果了，但这的确要时间。"这句话等于没说，余世春面露不悦，但叶剑锋接下来的话，又让他眉头稍有舒展。

"不过，我有两点不成熟的意见供参考一下，第一，我又仔细分析了一下工具问题，从分尸的方式来看，有切割和砍击，肢解尸体的断面特点符合菜刀类锐器，但开肠破肚的工具我分析更符合小刀类，而且这两种刀都非常锋利，所以我怀疑是新买的工具。"

"为什么是新买的？一般家庭厨房都有这些刀具。"余世春问。

"对，一般家庭是都有，但问题就在于，这极可能是一个以体内藏毒来运输、贩卖毒品的集团，那么最后为了拿到毒品，必然要选择一个极其隐秘的地方排毒。这种地方不会是一般的家庭，这种地方先不说是不是长期有人居住，我看这种人不会长期开伙做饭吧？应该不会有锋利的餐具刀。当然，前提是死者就是在这种隐秘的地方等待排毒的时候发生意外死亡的。"

不止一个人点头表示赞同，但余世春还是穷追不舍地问："你们之前不就分析死者不是在死亡后被立即分尸的吗？那就是说，死亡地点与分尸地点有可能不在一个地方。"

叶剑锋说："余局，你的怀疑也没错，对这个问题我也一直有些困惑，后来我和虎支也讨论过，细细想来，觉得应该还是在同一个地方。首先，我们觉得很可能不止有一个体内藏毒者，当然，有多少我不知道。为了规避风险，每个携毒者可能是在不同时间搭载不同的交通工具赶到排毒的地方，那么每个人到达地点时肯定有时间差。如果本案死者不是最后一个到达排毒地，但恰恰又死在排毒地，为了不让其他人知道，案犯只好先把尸体隐藏起来，等到拿到其他人的毒品后，再回过头来处理尸体。在处理尸体时，又舍不得丢掉死者体内的毒品，只好开肠破肚取出剩余的毒品，再分尸抛尸。"

邹虎也说："我们对此分析过，按照藏毒、运毒、贩毒的一般规律来说，应该是这样。"

叶剑锋"咕咚咕咚"吞下两口浓香的绿茶，接着说："之前判断抛尸至少应该有两个人，这不光佐证了这是一个集团性的犯罪，也佐证了上述判断，另外还说明了一种情况，这些人的行动肯定很诡异、隐秘，排查时，对那些有异常的居住地或租住地尤其要注意。"

何为异常？搞侦查的，一听就明白了。

平江县合成作战室里，有一群拥有钢筋铁骨般的人，几天几夜都稳扎在这里。案发周围的视频监控，整整占满了 260 G 容量的硬盘，相当于 200 部电影，他们就这样盯着电脑一遍又一遍地对过往车辆进行筛查。

8 个人两班倒，保证 24 小时不间断，就这样坚持了 5 天。案发第六天，一辆银色小轿车引起了他们的注意。

"章队，你快来看看，这辆车有问题。"协警李少华喜出望外道。

"哦？"正在吃泡面的章安浜立马放下泡面盒，起身，快步走来。

很多人跟着也围过来，李少华指着视频画面说："这是案发地北面高清卡点，这辆车是 8 月 6 日 22 点 04 分经过卡点，开往南面案发地方向，车速比较慢，过了 35 分钟又转回到这里。车上应该有两个人，一个驾驶员，还有一个坐后排，驾驶员戴着鸭舌帽，压得很低，两个人的脸都看不清。"

章安浜手指"嗒嗒嗒"地敲着键盘，眼睛盯着显示器，暂停、播放、慢放、快退……看了两三遍后，他猛地拍了一下李少华的肩膀，说："跑不了了，我看就是他们！好样的，少华！不过还不能高兴得太早，得继续追踪这辆车的源头。"

李少华当过兵，两年前被招录进公安，因为学历问题，成了一名协辅警。协辅警是"辅助"警力，不同于在编的正式民警，没有执法权，只起到辅助作用，待遇低、任务重。即便这样，李少华退伍后，还是毅然决然地加入千千万万的协辅警队伍中。

少华父母苦口婆心地劝他："儿子，进你叔叔的厂里也比做个协警强啊！"

少华说："我就想做个警察，虽然目前还只是个协警，但我已经在自考了，拿到文凭后，我就可以凭本事考进公安，做一名真正的警察了！"

李少华就这么拧，这股子劲儿，让他比别人更加执着、更加努力、更加上心。领导看中了他身上那种当兵的特质，把他分到了合成作战室，协助视频侦查工作。

章安浜退到一旁，看了下手表，现在是凌晨3点10分。

早上9点，第九次碰头会上，领导们已经早早坐下，迫不及待地听着视频工作汇报。

章安浜耷拉着疲劳的眼皮说："现在可以确定，这辆可疑的车辆是从上海、江苏方向过来的，但没有走高速，而且是套牌，反侦察意识较强。因为前面的很多路段没有高清监控，而且部分路段的监控也坏了，所以目前从案发地反追踪，一时还无法确定该车辆开过来的具体路线。"

这并不是一个大家想要的结果，不过崔耀军却说："这反倒增加了这辆车的嫌疑，大胆点说，极可能就是这辆车！"

叶剑锋似乎比崔耀军更加笃信这一点，他说："昆虫研究所那边有结果了，从尸块上提取的蛆虫经过孵化，确定是丝光绿蝇，从孵化结果，并结合案发地的环境以及周边地域当时的平均气温看，该无名男子应该是在8月5日下午死亡，6日晚上被抛尸。"

"不用多说了，继续加大追踪力度！"对于侦查上的工作，余世春不想再多说了；对于技术上，他对叶剑锋说，"我听说男性还有一种叫什么

Y–DNA 的东西，可以排查出男性家族人员什么的，这个案件的死者身份看看能不能从这方面寻找突破口？"

"对，Y–DNA 是一个家族男性遗传基因，只能男性传给男性，说直白点就是一个家族里的男性 Y–DNA 是相同的，但目前我省包括其他外省都没有建库。还有最重要的一点，做这种 DNA 的试剂盒也不一样，我们市还没有这个水平，要做只能拿到省里做，最后能不能比对出那真的要看运气了。"

"不试试怎么知道呢？"余世春就撂下一句话，转而问杜自健，"包装物指纹提取得怎么样了？"

"提取出来两枚，正在库里比对，而且很多都要人工比对，目前还没什么进展。"这些，杜自健原本想等有结果再说的。

余世春说："你带一个技术员今天就去申苏那边，在他们那边的指纹库里看。还有，法医马上把死者检材送到省里做个 Y–DNA，总队那边我来联系，请他们尽快出结果，出了结果派人去周边省市有 Y 库的地方比对。"

这句话是对杜自健和叶剑锋两个人说的，叶剑锋本想解释一下 Y–DNA 比对不是他想象的那么简单，但看到余世春如此坚决，他也就应了一声："好的。"

一两天破不了的案件，可能会在三四天就侦破，一两周破不了的案件可能会在三四周就侦破，而一个月还没侦破的案件，可能就会拖很久了，甚至变成悬案了。

案发已一个多星期了，宋益达带着一帮兄弟在上海、苏州也待了整整一周，辗转多地，经过排查，始发地被进一步缩小到离平江不远的几个县区。他预测案发的居所早已人去楼空，案犯不会傻到还在原地等着警察找上门的，对于宋益达来说这并不是一件坏事，反倒成了警方排查走访的一个重要线索。

但在茫茫人海中把他们要找出来，又谈何容易？

结果没想到这天中午，一顿饭的工夫，转机瞬时出现。杜自健带来的两枚指纹，其中一枚比中了一个有前科的人员。

这人叫王星，因为一年前赌博被苏州警方处理过。宋益达在苏州警方的配合下，很快就在姑城区一个菜场找到了此人。

不过警方没有立即惊动王星，在对他进行布控的同时，针对他的社会关系和活动轨迹也快速展开调查。

王星一直和老婆在菜场对面做包装袋零售批发生意，警方初步调查了他的活动轨迹，没有发现什么异常情况，家里、店里、麻将室，他每天基本过着三点一线的生活。当晚 9 点，王星在自己所住小区的棋牌室里被警方带走。

为了不打草惊蛇，警方是以赌博的名义将他和几个"麻友"一起带走的，他心里还直嘀咕："真倒霉，打个麻将也会被抓！"

坐在派出所询问室里，他还一个劲儿地和警察解释："我们打得很小，输赢不过两三百，不至于又被拘留吧？"

"我是公安局刑侦大队的。"当地公安局刑侦大队丁队长指着宋益达说，"这位是外省来的警察，实话告诉你，我们才不会管你打麻将的事，叫你来有别的事。"

宋益达调出手机里几张包裹尸块的塑料袋说："你看看，你店里有没有这几款塑料袋？"

王星仔细看了看，问："我店里的塑料袋品种很多啊，这种有多大？"

"90 厘米 × 60 厘米，加厚的那种。"

"有，怎么了？"王星一脸不解，也不知道是真的不知道，还是装出来的。

其实宋益达相信他可能真的是无辜的，之前大量的调查结果表明，此案不一定和王星有关，他也许就是把塑料袋卖给了案犯而已。

"有个杀人案，我们在现场发现了几条这样的塑料袋。"

王星一听脸色煞白，直呼："领导别吓我，我可没杀人啊！再说了，卖塑料袋的地方多了！也不一定是我店里的啊！"

"袋子肯定是你店里的，这个不会错！如果你是清白的，那我们会帮你洗清嫌疑，不过你必须好好配合我们！"

"那肯定啊！"王星这才缓过神来，他问宋益达，"请问你们是哪里的公安？"

"我们是南江的。"

"南江？我都有半年没去过南江了，怎么可能去杀人啊！"

王星说的是实话，案发前后，也就是一个星期前，王星的轨迹已经被警方掌握，那几天他的确没有外出过。

"你仔细想想看，8 月 5~6 日这两天有没有人在你店里买过这种大的塑料袋？"

"5~6 日？"王星嘴里一边嘟囔，一边拼命回忆。

约过了两三分钟，他突然说："好像是有的，在我这里买这种大袋子的人不是每天都有，所以多少有点印象，不过我实在想不起来是哪一天了。要不你们问问我老婆，她比较细心，而且我们也有记账。"

知道老公从麻将桌上被警察带走后，王星的老婆心急如焚地赶到了派出所，刚好与打算去找她的警察碰个正着。

弄清事情的原委后，王星老婆没二话，经过一番苦思冥想，她还真想起来了。

"我记得大概是一个星期前，具体日子真没记住，差不多就是五六日的样子，早上八九点，一个个头不是很高的小伙子来买了一小捆这种大的袋子。"

"那几天就他一个人买过这种袋子？"

"对，就他一个，现在零买这么大袋子的人也不是很多。"

"这人你认不认识？或者说以前有没有见过？"

王星老婆摇摇头："没有，没什么印象。"

"那你再仔细想想，这人大概的体貌特征，比如身高、胖瘦、年龄、发型、皮肤、口音之类的。"

她又仔细想了想，说："人有点瘦，身高和我老公差不多，我估计也就一米七多一点，皮肤偏黑，头发不长不短，好像有点黄，口音肯定是外地的，但是哪里的我不清楚。"

宋益达快速记下了这些特征，说："麻烦你再想想，还有没有一些特殊的地方？比如文身之类的。"

"哦，对了！"王星老婆嗓门突然提高了八度说，"他胸口有个文身，不过只能看到一点点，文的是什么我不知道。"

"他当时穿的什么衣服，有印象吗？"宋益达又追问了一句。

"黑色短袖，其他我没注意。领导，我老公可以回去了吧？"

坐在一旁的派出所教导员说："放心吧，事情搞清楚了，不会为难你老公的。"

这时，宋益达接完一个电话后又问："我再问你，那个人当时过来有没有开车？"

"没看到开车，反正到我店里是走过来的。"

宋益达和坐在一旁的教导员嘀咕了几句，便起身离去。

余世春带着专案组主要负责人连夜赶到了。

虽然这里是姑城的管辖区，但此案的抛尸地、发现地在江川市平江县，立案地也是平江，那么侦办此案的主要任务自然归属江川市局，这也是督办此案的最高上级——公安部的指示。

姑城区公安局四楼会议室里已经是济济一堂，两地公安在紧张、激烈、融洽的气氛中展开联合作战，排查工作争分夺秒，疑犯的区域在一步步被缩小。

叶剑锋也跟着专案组来到了姑城，作为一个法医，一个搞刑事技术的，在没找到疑犯落脚点或者说分尸场所前，他就好比一盘棋局中的闲子，又好比一场比赛中的替补。闲子也好，替补也罢，终究会有用武之地。

这一刻来得比预想中要快！

第二天早上，刚吃完早餐，叶剑锋便跟着专案组来到一片半旧不新的住宅区。

"现场就在里面 26 号楼的六楼。"警务区李警长一边带路一边说。

"这个小区估计建了有十几年了吧？"叶剑锋问。

"不止了，应该有 20 年了，是个老小区，现在住的大部分是一些老年人和外地人，有些租出去了，有些卖掉了。"

"这个小区地理位置不错啊，卖掉岂不亏了，以后拆迁肯定有得赚。"

"对，位置算好的啦。东面不远就是最大的农贸市场，南面就是家私广场，最西面是长途汽车站，北面是运河景观，听说过几年就要拆了。"

不知不觉就来到一栋靠近西边运河大桥附近的一栋楼下，老李说："到了，就在这个单元的六楼。"

六七双脚"噔噔噔"地跟着老李到了六楼，宋益达在这里恭候多时了。

"怎么样，益达，能确定是这里吗？"还没走到门口，余世春就问道。

宋益达向门口墙角退了几步，让出一点空间给大家，然后说："不敢确定，但这里非常可疑。这房子是三个月前租出去的，交了半年的房租，据隔壁邻居反映，平时没看到有人住，但隔三岔五总是有些人进进出出，尤其是晚上，吵倒是不吵，就是神神秘秘的。刚才我进去简单看了一下，的确不像有人长期居住过。"

"谁租的？"

"一个叫王大勇的，是房东的远房侄子，已经被带到派出所了，不过据他交代，他是帮一个叫'强爷'的人租的，这人给了他一万块钱，付完房租，他自己拿了四千，但他不知道强爷的真实姓名。他已经有半个月没和强爷联系了，强爷给了他一个号码，我们查了，已经关机一个多星期了，就在8月6日晚上关机的，但信号不在平江。"

"房东有什么问题吗？"

"房东倒没什么问题，前几年老伴儿去世后就搬去和儿子一起住了。"李警长说。

这时，一位人高马大、虎背熊腰的中年男人黑着脸说："你这个警长有些失职啊，你的辖区有这么个可疑的窝点居然没掌握，平时怎么管理的？！"

当着这么多人的面质问下属，着实让人下不了台，宋益达赶紧解围："黄局，这不能怪李警长，我们能这么快找到这里，他可是功不可没啊。"

李警长的确功不可没。在宋益达给他提供的各种线索中，他首先想到了自己的辖区，就是在卖塑料袋那家店附近，曾经有一处刚刚装修好的火锅店，火锅店内墙隔间用了大量的红砖，这家店的后厨门口还堆了不少砖块，而这家店面所在的小区就成了他排查的重点。经过一夜的排查，他才锁定了这个可疑的窝点。通宵加班先不说，在大半夜进行排查工作，没有良好的群众基础是不可能进行下去的，而李警长做到了。单就这一点，就让人敬佩。

黄局这才面露悦色说："看来，我还得给我们李警长请功啊。"

一句话化解了所有的尴尬。

屋子里，除了丢弃的很多盒饭残渣、酒瓶水杯，并没有过多的生活用品，从房间里的家具摆设以及厨房里的锅碗瓢盆可以看出，这里不像有人常住，但有人活动的迹象。

只有一个独立的卫生间，卫生间里除了一个浴缸、洗漱台、马桶之外，还有三个使用过的高脚便盆，这显然很不正常，有卫生间，还弄这么多便盆干吗？

想必这就是用来排毒的"坐便器"了。

毫无疑问，这里当然是勘查的重点，因为这里还是一个理想的分尸场所。

叶剑锋看了两眼，心里就基本上有数了。因为这间脏兮兮的屋子里，到处都有厚厚的灰尘、废弃的物品，唯独这个卫生间清理得格外干净。单单将这么个破卫生间弄得这么干净，极为反常，其目的不言而喻。

蹲在狭小燥热的空间里，闻着反胃的味道，叶剑锋修长的身躯实在活动不开，更别说在这犄角旮旯、沟沟缝缝里找到分离的人体组织了。折腾了 20 来分钟，他就感到腿麻了脖子也酸了。

"这样不行，阿国，你赶紧去附近超市买几块台布。"他对陆林国说。

等到陆林国满头大汗回来时，叶剑锋已经在下水道卡口处、墙角的瓷砖缝里发现了一些疑似的人体组织和斑迹。

"师父，给！"

叶剑锋一回头，看见陆林国站在身后，嘴里叼着根冰棍，一手拿着台布，一手拿着毛巾。接过台布，他正想说："在现场吃棒冰，像什么样子！"

陆林国又递过一条毛巾说："师父要不要擦擦汗？"

这徒弟真够意思，叶剑锋接过毛巾擦了擦满额的汗珠，又扔给了陆林国，说："到外面去吃，吃完了来干活。"

陆林国很自觉地跑到门外扔掉了还没吃完的棒冰，然后站在卫生间门口等待师父的指示。

叶剑锋半趴在铺好的台布上，斜着脑袋，伸长了脖子，查看马桶下面每一个角落和地缝，所有可疑之处他都贴上了标签和比例尺。

觉得差不多了，他才慢慢从地上站起来，缓了缓昏昏沉沉快缺氧的脑袋，对陆林国说："可疑之处我都做了标记，等照相之后，逐一提取。怎么提不用我教你了吧？注意别污染检材。"

"放心吧，师父！"

说话间，陆林国已经戴好了手套、口罩。

跨出了让人窒息的卫生间，叶剑锋立即摘下了口罩，深吸一口气，乳胶手套里的汗水已经浸白了双手。

"怎么样，剑锋？"余世春走过来问。

"基本可以确定这里就是案发地，卫生间里有分尸留下的痕迹，还有这个。"叶剑锋拿起一片类似蚕茧样的碎片说，"你看这些碎薄膜像不像包裹毒品的东西？"

余世春拿过来仔细瞅了瞅物证袋里指甲盖大小的碎片说："应该是，体内藏毒都是这玩意儿，一粒大概 3~5 克，有些人能吞下五六十粒。"

"五六十粒？那也有几百克了！"叶剑锋简直不敢相信，"这要是在体内破了，不死才怪！"

"这应该是高纯度的海洛因，一旦破裂很容易致死。"

"所以这个倒霉蛋为了钱把自己的命给搭进去了。"

杜自健这时从卧室里走出来说："大法师，你之前说得对，这人死后没有被立即分尸，而是藏在卧室的衣柜里。"

"确定吗？"余世春问。

"确定，衣柜里有明显的痕迹。"

"现在可以肯定，这里是一个利用人体藏毒的贩毒团伙。"

随着案件的明朗化，余世春感觉越来越棘手，压力倍增。

毒贩可不同于一般的案犯，不仅危害极大，反侦察能力也极强，行踪极其诡秘，这必定是一场旷日持久的较量。

案情升级！公安部正式将此案命名为"77号毒品目标案"，由公安部禁毒局与刑侦局联合指挥协调，直接由公安部领导负责。

台风即将在南江省沿海登陆，这是中华人民共和国成立以来的最强台风，根据实时监测的台风路径来看，台风登陆后会往西北方向转移，正好经过南江、上海、江苏等地，一场暴风骤雨即将来临。

三天三夜的台风肆掠大地，但并没有挡住侦查的脚步。

雨过天晴，一个意外之喜突然传来，死者的Y-DNA比对上了一个唐氏家族的男性，找到这个人的族谱，再按图索骥，很快找到了一个叫唐仁的云南籍失踪者。

根据调查，唐仁一直跟着一个叫黄小川的老乡走南闯北，黄小川比唐仁大6岁，今年30岁，而黄小川一直在帮自己的一个堂哥黄小强做事。没人知道这对黄氏兄弟究竟在做什么生意，他们很少露面，但这些年的确赚了不少钱，在村里盖起了大房子，在县城也买了房子。

曾经帮那个"强爷"租房子的王大勇在众多人员的照片中一眼就辨认出黄小强就是"强爷"，虽然他们已经销声匿迹，但警方对那辆运尸车视频进行了研判，分析他们极可能已经逃亡到了云贵川一带。

余世春受命与省厅负责人赶往云贵川，与当地警方一道继续追踪，一场涉及多省的缉毒大战已经打响！

而叶剑锋无暇关注这些了，此时他已经身处另一起命案的现场。

06　桥底埋尸案：胃里的鸭脚包牵出真凶

8月23日，开发区一座运河大桥的引桥下填土堆里发现了一具女尸，尸体已经高度腐败，显然被埋多日了，但尸体并不是被台风带来的雨水冲刷出来的。

"尸体是今天下午两点多，被几个修沟渠的师傅挖土时发现的。"最先赶到现场的开发区分局北闸派出所韩所长说，"前几天台风太猛，把周围的植物和设施搞得乱七八糟，这几天一直有人在修建。"

"看来还得感谢台风，让她重见天日！"踩着泥泞的水坑，叶剑锋感慨道。

"但也破坏了现场，啥都没有了。"开发区分局刑科室赵主任很无奈。

"啥都没了，你们现场倒省了不少事，我们法医可惨了！"叶剑锋说。

"那也不见得，至少桥下埋尸的地方，土还是比较干燥的。"韩所长指了指桥下已经被掀翻开的土说，"不过，还真得看运气了。"

"那几个挖土的师傅呢？"杜自健跨过沟渠问。

韩所长指着十几米开外、停在路边的警车说："在我们车里，我去叫他们来。"

不一会儿，两名四五十岁的工人师傅深一脚浅一脚地跟着韩所长走了过来，他们的短袖、长裤早已被汗水、泥水浸湿，深筒雨靴底粘黏着一层厚厚的淤泥。

"请问是哪位最先发现的？"

"我。"其中一位个头稍矮、有些瘦黑的师傅指向桥底西侧靠近路基一处斜坡的位置说，"我当时就在那里挖土，大概挖了 1 米多深的时候，就发现一双女式凉鞋，开始没看清，后来我又把上面的土刨掉后，才发现有双人的脚。老李也过来看了一下。"

师傅越说越紧张，再次回想起来，头皮一阵发麻，心脏怦怦直跳。

"是，是！"另一个高个头的师傅说，"我听见老王叫了一声，就跑过去看了一下，吓死人了！没敢再看，后来我就报警了。"

"那里的土什么时候开始挖的？"

"就今天早上才开始挖的。"矮个子师傅说。

"那你们知道那个填土堆什么时候有的吗？"

"大概有两三年了，也是搞绿化时挖的土，堆积起来的。"高个子师傅说。

"那平时这里会有人经常来吗？我主要指的是桥下。"

"除了我们这些搞绿化的有时候会去乘乘凉以外，谁没事儿会跑到这个鬼地方啊。"高个子师傅说。

"这次你们在桥下挖土，都到过哪些地方？"

"主要就是发现死人的地方，那里的土没什么石头，好挖，其他地方倒没挖过。"

"谢谢两位。"

"那我们走了，领导。"两位师傅不愿意再多待在这个鬼地方了。

韩所长给两位师傅各递了一支烟表示感谢，顺便给他们压压惊。

"小心'地雷'啊！"杜自健已经带队开始往里走，边走边提醒跟在后面的人。

所谓的"地雷"就是散在四周的几坨干巴巴的粪便。

这种现场的确没有什么有价值的痕迹可寻，除了那具还没挖出的尸体。

所有人都围在被挖开的土坑旁，坑里露出一半沾满泥土的脚后跟和高跟凉鞋，还有裸露的脚踝，不难看出这是一具女尸。尸体头北脚南被埋在土下大概1米深的地方，边上有很多新鲜的铲挖痕，显然这是那个矮个儿师傅挖的。

这具女尸是何人？为何被弃尸在此？何时被埋？何人埋的？一连串的疑问接踵而来。

这里是韩所长的辖区，他虽然平时不经常来这里，但对案发现场周边的环境也是了如指掌的。他介绍说："现场的大桥叫兴安大桥，连接江川市与省城快速公路，前年才通的车，桥下的河道是京杭大运河支流。埋尸的地方就在西塅引桥下的填土堆，也是前年修建绿化带时留下来的，平时不会有人来。大桥与河道两岸除了绿化景观，主要是农田，远处有几处苗圃林，最近的一条小路是西岸桥南侧的一条南北向的石子路，往北通到农田和小河堤，往南就直接与城区道路相通了，中间有几处岔路口，有一处通往隔壁丽波市昌明区。"

这么一说，身处现场的人基本就有了更加直观的了解，赵主任说："所以我们首先考虑，死者的尸体可能是从南面城区运过来的，这是最便捷的一条路；第二种可能，就是从桥上的快速公路过来，从远处斜坡弄下来，再埋到桥下；当然，还有第三种可能，就是从水路过来，不过这种可能性我觉得可以排除，一是把尸体弄上岸极不方便，二是也没必要，直接扔河里不是更省事儿。"

赵主任分析得头头是道，但由此引出了另一个问题。

叶剑锋说："是啊，我看这荒郊野外的到处是河，抛进河里不是更省事？何必大费周折地挖个坑埋在这里呢？"

"可能案犯对这里不熟吧。"陆林国说。

"这和熟不熟没多大关系，不难看出这里有条大河。"叶剑锋说，"不过，无论怎么样，案犯肯定是有备而来，有车、有挖掘工具。"

杜自健则有独到的见解："一般挖埋抛尸呢，都会选在晚上，看这里的环境和地形地貌，我看案犯对此地还是比较熟悉的，正因为如此，反而不选择抛进运河。"

"是啊！"韩所长点点头说，"相对来说，埋在这里的确是很隐秘的，要不是这场台风，重新翻修绿化，恐怕不知道要埋多久。"

"冥冥之中，自有天意。此案不破，天理不容啊！"叶剑锋再一次感叹。

如何破？义愤填膺地喊几句是没用的，面对这堆厚厚的黄土，叶剑锋犯难了。

此时，开发区分局张法医带着人，拿着铁锹、铁铲、毛刷、扫把、竹筛走过来。

"叶所，家伙什儿都弄来了，您发句话，我们就开动了。"见到叶剑锋，张法医也没过多的客套话。

"开挖！"叶剑锋当机立断。

准备挖土起尸了，陆林国觉得该是他发挥力量的时候了，便第一个抄起一把铁锹，却又不敢乱动。果然，叶剑锋急忙制止他："这可不是开荒耕地啊，我先来，你先看着，我弄不动了你再接手。"

叶剑锋实则也是提醒自己和大家，这不仅是个力气活儿，更是个精细活儿，精细到就和考古掘墓挖文物差不多，虽然他不懂考古，但没吃过猪肉，还没见过猪跑吗？

要挖出这具尸体，不伤及毫发，没有多少技巧，就是要有耐力、耐心，一点一点把泥土挖走、铲走，甚至要扫走、抠走。

说说容易，等真正动起手来，才知道这活儿真不好干。

雨后天气更加燥热，动作一大就会汗如雨下，大家相互交替着，一层一层把泥土清理干净。

一具散发阵阵恶臭、腐败肿胀的尸体暴露在光天化日之下。这是一个专为她而挖掘的墓穴，尸体侧身俯卧在深深的泥坑中，一侧脸朝天，另一侧脸因腐败和压迫而面目全非。

一身淡蓝色丝质绣花套裙和一双镶满彩色水钻的高跟凉鞋，还有散乱披肩的酒红色长发，即使因泥土和腐败物而暗淡，但依稀能猜出，死者生前一定是个身段好、样子美的曼妙女子。不仅如此，双手双脚上漂亮的美甲，尤其是双手指甲修长，说明了她是一个时尚、讲究、不经常干活的人。

尸体很轻松就被翻过身，更浓烈的恶臭迅速弥漫开，底下的尸身和下面的泥土裹挟着腐败污黑的尸水，大家都不由自主地退了几步。

"这土一定很肥。"陆林国总会冒出一些不着边际的话。

"那这些土就交给你了。"

"别，师父。"陆林国还以为叶剑锋说笑呢。

"真的！你以为我让你带回去啊，我是让你等下把下面的土清理下，看看有没有东西。"叶剑锋边说边爬出土坑，对拿着相机和摄像机的两个技术员说："你俩跑那么远干吗，快来拍照摄像！"

两位小年轻硬着头皮走了过来，围着坑沿，一通拍摄。

"叶法医，死者身上有什么物品及证件吗？"韩所长凑过来问。

叶剑锋脱下沾满污秽的手套说："左手中指戴着一枚指环，左手腕上有串手链，其他啥也没有，包也没有。你们所最近有报失踪的吗？"

"没有，我估计是周边或其他地方弄过来的。"

杜自健在附近转了一圈走过来说："韩所长，我们要扩大外围搜索范围，得麻烦你加派些人手负责看护一下，另外还得麻烦你想办法在现场架几盏照明灯，估计要忙到晚上了。"

叶剑锋又一次跳进土坑，双腿横跨着尸体，一手撑着坑壁，一手扒拉坑底污黑潮湿的泥土。汗水浸着恶臭已经侵蚀了他每一个毛孔，嗅觉神经不再对抗这一股子令人作呕的异味，渐渐耐受了这一切。

"阿国，你有没有发现什么异常？"

师父突然问了这么一句没头没脑的话，让人感到莫名其妙。"异常？她的随身物品和包都不见了，算异常吗？"陆林国想不出还有什么异常。

"好像没有蛆虫。"在一旁拍照的技术员小程倒是有所察觉，可能是旁观者清吧，但他并不肯定。

"那不奇怪，埋得这么深，哪里来的蛆啊？"陆林国不以为然。

叶剑锋没有反驳什么，只是提醒了他一句："仔细想想，上一个案子中的行李箱是密闭的，不是照样生蛆吗？"

"也是哦。"陆林国似乎悟出点道道来。

夏天，夜色来得很慢。见一时没有发现，趁着天没黑，叶剑锋决定尽快把尸体抬出来，运到解剖室。

尸体被放进黑色的裹尸袋里。侦查走访、现场勘查、尸体检验等一切工作，随着夜色的临近全面铺开。

又是一具无名尸体，还是一具女尸。没有蝇蛆，难以准确推断死亡时间，却让尸体得以完整保存。虽然天色渐暗，但解剖室里灯光如昼，混杂着泥土的尸表清晰可见。

"这是什么？"张法医看到死者衣着上不仅有泥土，还有其他东西。

叶剑锋轻轻掸了掸死者头发、裙子上的一些泥土，又拿来毛刷、镊子把这些很不寻常的东西收集起来，然后裹在纱布里，冲洗干净，再摊开，有几个黄豆大小的小田螺，更多的是一些芝麻大小的黑色或是墨绿色的东西。

叶剑锋拿镊子拨了拨说："你们看看，这些东西像不像浮萍？"

"我看就是，"张法医几乎肯定地说，"只不过变色了，有些还腐烂了。"

"这些泥土都是河边的，土里夹杂着这些河道里的东西也不奇怪吧？"陆林国一时还没意识到这些东西的价值所在。

叶剑锋又把尸体衣服的其他部位，尤其是内衬里面翻开看了看，倒吸一口凉气："不是泥土里的，衣服里面也有，这些都是水里的东西。"

"难道死者是溺水死亡，死后又被埋尸？"张法医也是大吃一惊。

叶剑锋脱下手套，说："不排除这种可能。你们继续，我打个电话。"

之前在现场，叶剑锋只是粗略查看了河岸，现在他需要知道更详细的情况。

杜自健带着痕迹技术员还在现场，叶剑锋刚刚汇报的情况虽然让他感到意外，但也在情理之中。现场附近的确有一处低矮、坡缓的河岸，就在桥南侧农田边的河堤下，距离埋尸地不过就十几米。这里是个小凹口，芦苇丛生，大量的浮萍随波起伏聚集在这里，如果死者是从附近水里被弄上来的，那这里是最可能的地方，也许这里之前有痕迹，但一场暴风雨，似乎抹去了一切。难道真的是从水路运尸？又或是溺死后埋尸？为何这样大费周章地抛尸埋尸？一连串的问题让杜自健也是头大。

解剖室这边，也是一样。

死者除了颈部皮肤有些细微的半月形的擦划痕外，体表没有明显外伤，骨骼也没有触及明显骨折，看来机械性损伤导致死亡暂时不用考虑了，那么预判她的死亡原因主要有：机械性窒息、生前溺水、中毒或者猝死。后三种死因不会呈现在体表上，如果是掐颈、捂口鼻，没伤不奇怪，因为死者头颈部皮肤的腐败，让一些捂口鼻、掐颈而留下的伤痕同样难以呈现。

叶剑锋只能寄希望于手中的柳叶刀了。

晚上 10 点，从贩毒抛尸案专案组赶回来的崔耀军从现场又辗转来到会议室。

刚下解剖台的叶剑锋一推开会议室的大门，就感到紧张沉闷的气氛。崔耀军正和开发区刑侦副局长姚波在商讨案件，杜自健和赵主任正在翻看整理现场照片，韩所长则在一旁抽着香烟。

叶剑锋不动声色地坐到韩所长身边问："韩所，咋样，有进展吗？"

韩所长摇摇头，递给叶剑锋一根烟，突然起身说："辛苦了，先坐会儿，我去泡杯茶。"

"不用客气，我自己来就行了。"叶剑锋刚要从椅子上站起来，就被崔耀军叫住，"剑锋，把尸体情况介绍下。"

"我还来不及整理，先简单汇报一下吧。"叶剑锋稍微调整了一下坐姿，"死者女性，尸长约 161 厘米，年龄 30～35 岁左右，长发，染深红色；身穿淡蓝色套裙和彩色水钻高跟凉靴，内穿粉色文胸和粉色内裤，衣着穿戴的位置正常，也没有破损；手指、脚趾做过美甲，左手中指戴着枚指环，左手腕上有串手链；死亡时间大约在一个星期左右，而根据肠内容物推断是末次餐后 7 个小时左右，因为大部分食物已经消化了，只发现了残留的香菇、玉米、豆瓣、红辣椒籽；除颈部皮肤有几处半月形的擦划痕外，没有发现明显的损伤，DNA、毒化已经提取送检，病理、硅藻只能等明天再送了。另外，我们在死者体表发现了一些小螺蛳、浮萍之类的东西，怀疑死者被埋之前是在水里。"

"在水里？"崔耀军有些不解。

"对！而且我怀疑，在水里应该有一段时间，不然体表不会吸附这些小螺蛳，多长时间我不好说，起码不会短于几个小时吧。"叶剑锋干脆挑明了说。

"那是生前溺水还是死后入水？"

崔耀军问的问题涉及死亡原因，叶剑锋做了重点解释："尸体腐败厉害，要明确具体死因肯定要等化验结果，不过首先可以排除损伤致死，虽然中毒不能排除，但我们还是怀疑掐颈导致机械性窒息死亡的可能性最大，一是死者心、肺表面有出血点；二是没发现明显的溺水征象，比如胸腔积液、胃内溺液，气管腔里也没发现水里的藻类、浮萍；三是死者颈部肌肉、骨骼虽然没有明显看到损伤，但皮肤上几处半月形擦痕符合掐颈时指甲造成的损伤。"

杜自健随即在电脑里调出现场和尸检的几张照片说："死者尸体上发现的螺蛳、浮萍，埋尸的土坑里也有，现场附近河岸边的一处水域里就有很多。另外，这里的芦苇水面以下的部分有不少折断痕，可以排除是台风造成的，符合重物长时间压迫形成的痕迹，比如死者尸体。还有，这个位置离埋尸点不远，而且坡度小，虽然下过大雨，但隐隐约约能看到堤岸上的拖擦痕。"

"这样看来，死者很可能是死后先被抛进河道，而后再被埋尸，他是极力想毁尸灭迹。"经过法医、痕迹科的解释，崔耀军打消了疑虑。

听到这里，姚波也表明了自己的观点，他说："照各位专家的介绍分析，这说明案犯是熟悉此地的，很可能就住在附近。第一次抛尸，应该说是第一次藏尸，很可能是案犯准备不充分，临时起意，所以才有了后来的埋尸。而这中间间隔是有时间的，案犯有条件、有时间准备，之后又重返现场，挖坑埋尸。"

"我觉得最多间隔一天，从时间上来说，最理想的是头一天夜里杀人藏尸，第二天夜里埋尸。而且杀人、运尸都是在车里，很密闭的车里。"叶剑锋几乎很笃定地说。

看着叶剑锋坚定的眼神，崔耀军就问了一句："理由？"

"一是死者已经高度腐败，但没发现蝇蛆，这个天气只要尸体暴露不到一个小时，甚至十几分钟，就会引来苍蝇产卵，所以说从死者被杀到运尸，再到第一次抛尸、第二次埋尸，都没有机会吸引到苍蝇产卵，外加晚上苍蝇活动减少，就更加不会有了。至于为什么说在水里不超过一天，这是因为正值酷暑，尸体在水里超过两天基本上就要因腐败上浮，这样又会吸引到苍蝇，所以我判断最多就一天的时间，尸体一直是沉在水里的。"

陆林国忍不住插了一句："对对对，今天尸体拉到殡仪馆后，我们发现死者口唇周围已经有一坨白色的蝇卵了。"

"自健，能估计出案发当时的水位吗？"崔耀军问。

杜自健是个聪明人，他明白支队长为何有此一问。

"抛尸位置毕竟在岸边，水不深，发现的时候有 150 厘米，估计当时也就 1 米左右。这里虽然有些坡度，但一个人搬运还是很吃力的，尤其是移到桥下再掩埋，两个人肯定更加容易些。"杜自健调出现场照片，接着说，"不过从深层坑壁铲挖痕上看，应该是同一规格或同一类型的铁铲，是宽度在 22 厘米左右的尖铲，每一铲挖下去的深度和角度都很接近，力度也差不多。埋尸的坑我们测量了一下，长约 180 厘米，宽约 80 厘米，深度大概有 120 厘米，那里的土虽然不是铁板一块，但因常年积压，也是很硬的，一下能挖出这么一个规规矩矩的深坑，还真要点本事呐，一般人估计做不到。不管怎么说，从手法上分析，这个人应该有土工作业的经验，体力强。"

叶剑锋说："反正我们几个是不行的，今天下午我们就挖了老半天。"

姚波用手机搜索出了几张铁铲的图片，递给杜自健问："像不像这种？"

杜自健接过手机看了看说："对，差不多就是这种，还是比较锋利的。"

"如果是新的，得重点查查所有卖铁铲铁锹的店，这家伙说不定为了埋尸临时买了一把。"

几张图片就这么传了一圈。

崔耀军在硕大的黑皮记录簿上写下"一人以上，铁铲，善于土工作业，居住在本地附近，作案动机"几个关键词，然后说："现在看起来这起案件不是谋人就是谋财，死者和案犯可能有一定程度的关联和熟识度，否则不会大费周章地抛尸埋尸。案犯可能就住在周边，也许不是本地人，但应该有长期居所，对这一片区域还是有些熟悉的。现在关键是死者身份，估计不是本地的，否则这么多天，应该早就有人报失踪了。姚局，你们根据法医提供的情况，赶紧做个详细的协查通告，发给周边兄弟单位。"

韩所长突然提议："微信上要不要也推送一下？"

姚波想了会儿，看了眼崔耀军说："微信上我看还是暂时缓缓吧，这个毕竟是面向社会、面向大众的，崔支你看呢？"

崔耀军点点头："先不急着公开，不过你们要时刻关注网上舆论。"

"对了，死者的DNA明天能出来吧？"姚波问。

"解剖完，张法医就把检材送过去了，已经连夜开始做了。不过提取的是肋软骨，所以没那么快。"叶剑锋说。

再过6个小时，天就亮了，有人在静静沉睡，有人注定无眠。

原本计划第二天上午10点，专案组成员准备集中开个碰头会的，但一条重要线索改变了这一计划。这名女尸的特征与丽波市昌明区警方反馈的一名失踪女子的特征高度吻合，虽然还没有最终确定，但专案组不会放过任何一条线索，崔耀军让姚波立即带上一组人马先赶往昌明区。

昌明区与江川市开发区接壤，距离最多不超过一个小时的路程。

吃过午饭，两地警方在昌明区公安局会议室相向而坐，等到姚波把江川开发区这边的情况介绍完后，昌明区冯局长也做了介绍："首先对姚局以及各位同行的到来表示欢迎，我把我们这边的情况简单介绍一下。你们协查通告上所描述的特征，很符合我们正在找的一个涉案人，这个人叫高燕玲，女，34 岁，是我们昌明区花岗镇人，一直单身未婚，在城区开了一家烟酒店。我们上个星期抄了几家地下赌场，查到这个高燕玲可能涉嫌多起赌场非法放贷，但一直没有找到。后来看到协查通告，家属也辨认过衣着、首饰，高度怀疑就是高燕玲。这个高燕玲的父母早就离异了，母亲跟着大女儿住在苏州，父亲已经再婚了，她和家里人不住在一起，也很少来往，没事也不怎么联系，所以她失联这几天，家里人也没太在意。我们查到高燕玲有两部手机，最后关机都是在七天前，也就是 17 日晚上 10 点多，而我们抓赌收网恰恰就在 17 日晚上 9 点多。这之后，她的微信、QQ 都没有与外界联系，她的亲戚、朋友，都说不知道她去哪里了，就像人间蒸发了一样，所以大家一度还以为这个高燕玲是听到什么风声跑掉了。"

"那高燕玲的手机信号最后消失的位置在哪儿？"姚波问。

"在她自己的住所附近，我们昌明区一个新开发的小区里。因为一直没找到她，所以前几天我们对她的住所进行了搜查，主要是针对涉赌的问题进行了取证，现在已经封锁了。"

姚波原本想问有没有发现异常，但转念一想，这样问不妥，一是毕竟还没完全确定死者就是高燕玲；二是这样问可能会让对方认为是在质疑他们的工作能力。所以他没有追问下去，而是说："我们这个案件，根据法医推断，死者死亡时间是在一个星期左右，17 日倒也在这个范围内，而且是在末次餐后 7 个小时左右。"

说到末次进餐，也提醒了冯局，他翻了下厚厚的笔记簿，说："我们调查到 17 日高燕玲是在自己的烟酒店里吃的晚饭，大概在下午 5 点半，一直在屋里待到晚上 8 点多，开车回到了自己的住所。这段时间内，她的其中一部手机有过三次通话记录，我们查过了，三次都是联系烟酒生意的电话，然后到了 9 点 31 分关机，再也没了音讯。小区监控显示，8 点 50 分她从大门出来，走到马路对面，应该是上了一辆黑色的轿车。我们正在追踪这辆车。"

冯局刚说完，内勤将视频画面投射到会议室的幕布上。虽然是晚上，但小区大门的监控拍得一清二楚，高燕玲正是穿着那件淡蓝色的连衣裙，手里拎着大大的 LV 包，鼓鼓囊囊的，很急切地走到马路对面，上了一辆黑色的轿车，可惜距离太远，光线暗，监控也无能为力。

冯局接着介绍："我们也查过周边监控，车应该是开往东南方向的，那边有座桥还在修，过了桥就是一条小路，这条路上没有监控。再往南开十几里就到你们江川开发区了，那边路口有个监控，但不是高清的，而且有一半还被树枝挡住了，所以还是无法锁定这辆车。"

听到这里，姚波心里基本上有谱了，虽然在他看来死者就是这个高燕玲了，但按规矩只有等到 DNA 检验结果，也就是说得从法律和科学上确定死者就是高燕玲，江川市警方才好与丽波市警方联合展开下一步的调查工作。

好在冯局提到关键点上了，姚波就来了一个顺水推舟，他当即拍板，江川市开发区警方会全力追查那辆黑色轿车。

案发第三天，也就是高燕玲失踪第九天，DNA 终于有结果了，死者与高燕玲的父母确定有血缘关系，她就是高燕玲。

案件上报两地共同的上级——南江省公安厅，省厅指示两地警方立即成立联合专案组侦办此案，由江川市警方主办。

两地警方再一次坐到一起，不过这次多了些市局刑侦上、技术上的大佬们。

姚波说："经过我们两市警方的调查，查到与高燕玲同时失踪的还有一个叫田伟的人。高燕玲当天晚上 8 点多从小区出来后就是上了田伟的车，田伟名下有辆黑色二手别克车，从周边的几个监控视频上看，这辆车最后消失的位置就在我们江川开发区境内，之后就石沉大海。根据大数据分析，高燕玲失踪当晚到第二天凌晨，这个田伟也一直在现场附近活动，直到凌晨 3 点 23 分，之后就杳无音讯了，包括那辆车，都无迹可寻。我们也查了田伟的电话，也没有可疑的通话记录。"

"他们这帮人贼得很，警觉性很高，平时没事不会打电话，有事也是用微信或 QQ 。"冯局长说道，"这个田伟 29 岁，单身，高中毕业后跟着自己的舅舅出来跑工程车，后来在我们下面一个派出所里做过驾驶员，吃不了苦，又嫌待遇低，做了一年多就辞职了。前些年他又弄了一辆二手车，有时候拉拉客，有时候帮人讨债、收账，偶尔也混迹于赌场，放放高利贷，和高燕玲有一定的来往。总之，这个人没有稳定的收入，属于吃光、用光、玩光的主儿。经查实，高燕玲当天晚上 8 点 50 分出门是为了给几个赌场送现金放贷，大概有 20 多万。9 点多，我们抄了两家赌场后，一个叫周小天的马上通过微信告诉她，赌场被端了，不要过来，赶紧跑。"

"周小天是干什么的，有嫌疑吗？"崔耀军问。

"没有。抓赌的时候，他跑到二楼从窗户上跳下来，躲到草丛里，当晚就被抓住了。"不重要的人，冯局不想多啰唆了。

"你说的那个田伟之前开过工程车，那他肯定在工地干过，有过土工作业经验吗？"崔耀军把重点转向田伟。

"这个我们特意到苏北问过他舅舅徐发祥，他说田伟只开过几年工程车，没在工地上干过粗活，他就是吃不了苦才不干的。"冯局长知道崔耀军为何有此一问，因为之前对案犯的刻画中提到过，案犯可能是一个善于土工作业的人，所以他们在调查时也会特别关注到这个情况。

照这么说，田伟不符合挖坑埋尸的条件，那么案犯可能另有其人了。那么，田伟到底是受害者，还是杀人者？崔耀军突然有种不祥之感。

有这种感觉的当然不止他一个人，冯局长说得更直接："这个田伟与高燕玲当天晚上同时失踪，如果不是逃掉了，那恐怕也是凶多吉少。田伟是死是活，先不说，但要让一辆车就这么人间蒸发了，可不简单，现在看来最后是在你们开发区消失的，我想肯定不能排除车子被沉入了河道里。"

显然，案子查到现在，反倒越查越乱，让人感觉从一个坑里跳进了另一个坑里，关键还不知道坑有多深。

"冯局长说得不无道理。"崔耀军做出判断，"关于车辆，如果在我们江川辖区，一定会把它挖出来！此案关联的现场，像高燕玲、田伟的住处，我觉得两地的技术人员有必要再仔细勘查一下，可以以我们为主。还有前期的调查走访工作，有必要重新梳理一遍，尤其是高燕玲、田伟的社会关系网，不能漏掉一人。"

这场案情分析会更像一场战斗部署动员大会，其实破命案、抓案犯就是一场战斗，一场敌暗我明的战斗，一场打击罪恶守护安宁的战斗，而这场新的战斗正等待这些斗士们再一次冲锋陷阵。

叶剑锋的战场既不在案发现场，也不在解剖室，他在实验室、法医病理教研室之间辗转，和几位权威的法医病理学专家一起探讨高燕玲的死因问题。

几位专家从组织病理学的角度反复论证，给出了更加确切的意见，在排除机械性损伤、疾病、中毒、生前溺水后，确定高燕玲是被人掐颈捂口鼻导致的机械性窒息死亡。

专家给出的意见，不仅是专业上的支持，更是心理上的支撑，叶剑锋觉得自己心里的这块石头总算是落地了。但没想到，一块更大的石头在等着他，大到让一条船都抛了锚。

台风已过去多日，浊浪洪流也慢慢退去，河道里的船只又多了起来。

8月29日中午，一条停在运河岸边的运砂船正准备起航，却无法起锚，船老大知道，铁锚肯定勾住了一个很沉的大家伙。借着水的浮力和船的马力，一个大铁疙瘩在水里时隐时现，他总算是看清了，这是一辆黑色的轿车啊！

意外，要么伴随着惊喜，要么伴随着惊吓。整个车体被完整打捞出水，面前的场景着实让船老大吓了一跳。车内驾驶室的位置还坐着一个腐败发臭的死人，他的胸腹被安全带牢牢固定着，发胀的脑袋如球囊一样耷拉在破损的车窗外。挡风玻璃因为水压的冲击而裂开，车子后备厢里除了一把生满水锈渍的铁锹外，没有其他有价值的物品。

警方踏破铁鞋寻觅无果，却被一个铁锚轻易寻得，车和人居然同时被找到，怎不让人惊喜？

因为尸体的发现地仍在江川开发区辖区，这里又一次变成了主战场。

"死者是那个田伟吗？"崔耀军一到现场就问。

叶剑锋拿着刚从死者身上搜下来，已经装进物证袋的东西说："虽然面貌无法辨认了，但身上的皮夹、证件、手机一样不少，身份证就是田伟的，脖子上还有一串金链子。"

"身上的伤明显吗？"

"初看不明显，只发现前额、膝盖处有破损，估计是撞的。"

崔耀军尽量屏住呼吸，围着刚打捞上岸、布满水渍、时不时还散发出恶臭的车辆查看了一番，然后说："弄好了，尽快把尸体拉走，看这架势，等会儿围观的群众会越来越多，别被人偷拍传到网上去了。"

的确，有几个极其好奇的群众总想偷偷越过警戒线，跑过来一探究竟。

崔耀军伫立在一旁，远远望去，问姚波："再往北不远就是昌明区了吧？"

姚波指着北边几百米外的一座单拱桥说："过了那座桥以北五六里，就是昌明辖区。"

崔耀军将四周仔仔细细地环顾一遍后说："我看这一片最近的路就是前面那座桥了，车可能是从桥那边坠河的吧？"

"是的，杜所长他们已经发现了可疑痕迹，应该就是从桥边坠河的，这片水域是从北往南流，加上前些日子台风涨水，车就被卷到这边了。"

姚局长说的这座桥，长一百多米，宽二十几米。杜自健和赵主任在桥头东南面公路斜坡下和桥墩旁垒石河堤上，发现了很明显的撞击和刮擦痕，虽然经过了风吹雨打，但石头上的缺损和金属、油漆以及机油刮擦痕是不会被雨水冲刷掉的。

可以断定，黑色轿车就是从这里坠入河中的，可惜，时间久远，路面上已经看不出其他痕迹了。

崔耀军来到桥下，杜自健指着那些可疑的痕迹说："这里，这里，还有这里，都是车辆坠河时留下的碰撞刮擦痕。现场没有发现其他明显的撞击痕、车辆碎片和明显刹车痕，目前看来不能排除是起单方事故。"

赵主任说："就怕是人为造成的。"

"先都不用急着下结论，一切等尸检结果出来。如果车从东面来的，无非就是两个方向，一个是南面开发区，一个是北面昌明区。姚局，你马上安排人沿路进行调查走访，还有，马上和昌明那边通个气。"

"已经叫了两波人。"姚波说，"昌明那边已经打好招呼了，等这边完事了，我亲自去一趟。"

经过两个多小时的折腾，尸体才从车里弄出来被拉到了解剖室。叶剑锋带着陆林国、张法医又一次进入解剖室。

与高燕玲的尸体不同，田伟的胸腔内有明显的淡红色液体，面部皮肤有擦挫痕，左手拇指皮肤有些破损，颈椎肌肉有出血，颈椎韧带有撕裂，甚至第五、第六节颈椎都有骨裂。胃内的食物因为腐败气体的高压被挤进咽喉、口腔里，除此之外，肉眼再难发现异常。

田伟的损伤并不多，但尸检耗费的时间远超过了高燕玲，主要耗费在颈部损伤上。

专案组比任何时候都急迫地想要从尸体上得到些有用的信息。解剖还没结束，崔耀军那边已经来了好几个电话问东问西。面对领导的步步紧逼，叶剑锋一直保持着高度紧张，这种紧张度可以激活更多的脑细胞，他必须以最快的速度解读出有价值的信息。

陆林国已经剪开了田伟的胃，一股浓烈的酒精味窜出来，让他忍不住跑到门口干呕了两下。换了几口气，他才从尸体的胃里面取了一些食物残渣，放在滤网里过滤后，摊在一块雪白的台板上。这些食物没有明显消化，最多是田伟在生前一两个小时才吃下的，但长时间的腐败让这些嚼碎的食物有些发酵，外形变得更加模糊不清。

"师父，帮忙看看，这些都是啥？有些像是辣椒、黄豆、花生米，还有鸭脚或鸡脚之类的东西。"陆林国实在辨认不出其他东西，只好求助自己的师父。

叶剑锋走过来，将台板上一些团在一块的残渣一点点分开，找来一个高倍放大镜看了又看，然后指着一些卷曲的、一些长条的，还有一些黑乎乎的东西说："这些应该是鸭脚和鸭肠，但这些……"

叶剑锋欲言又止，脑子里突然闪出一个鲜为人知的小吃，他再次把这些食物残渣又看了一遍，几乎肯定地说："鸭脚包。"

"哦？你这么一说还真是哦，鸭脚包炖黄豆。"陆林国茅塞顿开。

"鸭脚包是什么东西？"张法医一脸茫然。

"张兄可能不知道，鸭脚包是安徽宣城的小吃，鸭脚中间裹着鸭心，外面缠着鸭肠。我们以前在安徽芜湖读大学时经常吃的，可以蒸，可以煮，香气四溢，肉美而鲜，骨酥而脆。"

"听起来是很好的下酒菜啊。"

陆林国指向叶剑锋说："呐，大厨在这里，改日让我师父请你吃啊。"

"那就这么说定了，酒我来提供。"

陆林国和张法医，这两个吃货，聊起吃的倒来劲了。

"现在聊这个，你俩也不恶心啊！赶紧把活儿先干好！"叶剑锋指着已经分解好的尸体颈部说，"看看颈部损伤是如何形成的？"

陆林国本想说难道不是在车子里撞的吗？但他知道肯定不会这么简单。正在他犹豫不决时，张法医支支吾吾说道："颈部皮肤、皮下没有损伤，但第五、第六节颈椎的椎体前有骨裂，韧带有撕裂，我觉得很像是挥鞭样损伤。"

"挥鞭样损伤啊？我还没真正见过呢，我以为只有车内乘客才容易造成这种损伤，原来驾驶员也会啊。"

陆林国这才恍然大悟，脑子里极力回忆起挥鞭样损伤的定义：在车体猛然加速或减速时，人的颈部前后过伸或过屈，形成类似于"鞭子"那样挥摆而造成的损伤。

"按道理，驾驶员会有本能的自我保护和防御反应，而且这辆车里还有安全气囊保护，应该难以造成挥鞭样损伤啊，难道不是？"张法医对自己之前的判断有些动摇。

"肯定是挥鞭样损伤，问题恰恰就出在这里。"

叶剑锋没有继续说下去，他觉得还没有足够的理由支撑自己的推断，必须重新在现场、在尸体，以及在车内找到依据，必须马上找到！

此刻，他发现自己忽略了一个不起眼的细节，那就是田伟前额部的损伤。这处只是很浅表的破损，表皮已经腐败脱落，原本真皮层上极不显眼的伤痕因为长时间放置在解剖室，氧化、干燥后，变得稍微清晰了些，有三条平行排列的细微擦痕忽隐忽现，切开皮肤，相应处皮下软组织还有浅层血肿。

叶剑锋脱下手套，急忙拿手机拍下，用微信原图发送给了杜自健，并发送了一段文字："杜所，麻烦拍几张轿车中控台后排空调出风口的照片发给我，顺便看看和我发的图片损伤吻合吗？"

　　杜自健和几位领导正在车棚下检查车辆，收到信息后，仔细对比了一下，他立即拍了照片发给了叶剑锋，也附了一段文字："我认为这伤痕很像后排座空调出风口造成的，不过前排空调出风口也是类似的装置。"

　　"前排不是有安全气囊吗，应该不会是前排。"

　　杜自健发出了三个"赞"的表情，不过他觉得微信里有些东西说不清，还是给叶剑锋打了一个电话。

　　"剑锋，你的意思是说，死者头部的伤是在后排磕碰的，而不是在驾驶室里造成的了？"

　　"对！而且我怀疑死者颈部的伤可能是在神志不清的时候形成的。"说到这儿，叶剑锋突然想起现场中的一些疑问，"白天在现场我看得急，刚想起来了，桥边公路牙子上是不是也有很明显的擦蹭痕？"

　　"对，很明显，应该是汽车底盘擦的，而且汽车底盘都刮花了。"

　　"那说明，这辆车坠河时的速度不快啊，你想想，车速快的话，突然冲进河里，车底盘不会与公路边沿有严重擦蹭的。"

　　"我们也是怀疑车速不快，也没有刹车痕，感觉像是慢慢溜下去的。"

　　得到现场的印证，叶剑锋这才一吐为快："怕是有人推下去的。"

　　"推下去？你说的还真有可能！"

　　杜自健并不感到吃惊，但在一旁的崔耀军很敏锐地听出来了大概意思，急忙问："是不是剑锋？"

　　"是。"

　　"把电话给我！"崔耀军接过杜自健的手机，走到一旁说，"大法师，赶紧说说什么情况？"

"崔支，我还准备打电话给你呢。"叶剑锋说，"是这样，死因现在还不能确定，但初步判断还是有生前溺水迹象的，最终还要等检验结果。死亡时间在最后一餐后两小时左右，而且死者可能喝过酒，吃的有黄豆、鸭脚包、辣椒、粉丝，应该是安徽皖南地区的菜。"

"你们把提取的检材尽快送理化室，我让崔主任马上就做。"

"都已经安排好了，阿国马上就把毒化和 DNA 检材送过去。"

"还有，听你刚才电话里的意思，这不是意外？"

"嗯，我分析死者原本是在后排座椅上，在神志不清、全身肌肉松弛的情况下，可能因为车子急刹或突然加速，磕碰到额头，造成了颈椎损伤，最后被人移到驾驶室，系上安全带，连人带车推到了河里。"

"你刚才说有溺水迹象，是不是说可能在坠河前他还没死？"

"是的，我估计他当时神志不清，外加颈椎损伤，已经处于昏迷状态了，最后是落水溺死的。"

"那有没有在这之前发生过车祸？"

"这倒不能排除，但如果之前撞得不厉害，现在就很难鉴别了，可以让杜所再看看车辆痕迹。"

"好！那先这样。"

虽然法医还只是初步检验，但结果已经超出了崔耀军的预料。如果事实真如叶剑锋分析的那样，那就说明田伟的死亡的确不是意外，而是被人谋害，谋害他的和谋害高燕玲的可能是同一个人或同一伙人。当然，还有另外一种可能，案犯与田伟合谋杀死了高燕玲，然后又将田伟灭口。但这似乎又不太合理，既然是有预谋的杀人，为何后来才被埋尸呢？而且还是在第二天冒着风险折返现场。

崔耀军一时也琢磨不透，不过他很快便厘清了思路，把姚波叫了过来："你马上找人问问看，案发现场附近有没有安徽人开的饭馆？"

"好！"姚波立即拿起手机打给了韩所长，韩所长接到电话，又打给了片区的一位民警老马。

老马想都没想说："有一个，就在黄家兜村村部百家超市对面，一个安徽泾县人开的小饭馆，好像姓陆，那一片打工的安徽人多，不过，这几天好像关门了。"

这么巧？老马的话一字不差地被传到专案组，姚波与崔耀军交换意见后，决定让老马带人先去摸个底儿。

对于这一片区的家家户户、工厂、外来人员，老马心里门儿清。他借着巡查走访的名义，旁敲侧击，很快就打听到，四天前，饭店陆老板的母亲因车祸去世，他们回家办丧事去了，至少要过了头七才能回来。

这样算算至少还要等三天，到那时候黄花菜不是凉了，而是烂了！

泾县离江川不算太远，最多3个小时的路程，专案组当即决定还是派民警老马带队连夜出发去一趟老陆家里。

侦察兵出生的老马，21年前从部队转业后选择公安，年过半百仍保持着当年的坚韧。他二话没说，回家拿了几件换洗衣服，便立刻连夜赶往泾县。

事情没搞清楚前，还不能过早和店老板联系，老马在泾县住下后，第二天一大早就赶往当地派出所说明缘由，由当地警方出面把老陆夫妇请到了派出所。

在派出所，这两口子见到老马后非常惊讶，他们以为店里出了什么事，被盗了，还是被烧了？顿时紧张起来。

老马递给老陆一支烟，说："不好意思，打扰两位了，你俩别担心，我这次来是问你们一些事情。"

"哦，什么事？还害得你们大老远跑一趟。"听老马这么一说，老陆轻松了很多。

"是这样。"老马从包里掏出几张田伟的照片，摊在老陆夫妇面前说，"麻烦两位想想看，大概在两个星期前，就是这个月 17 日左右，这个人有没有来店里吃过饭？"

老陆夫妻俩拿起照片一张张看起来。

"两位别急，慢慢看，仔细想想，应该是在晚上吃的，可能很晚，吃了鸭脚包、黄豆、番茄、辣椒之类的菜，还喝过不少酒。"

老马在早上才接到专案组的消息，理化室已经确定了田伟生前喝了不少酒，浓度还不低，这是一个重要的信息。

这是理化室崔主任连夜加班加点，在筛除腐败产生的乙醇、正丙醇后，最终认定的结果。

"你说的这些的确像我们店里的菜，但这个人我一点印象也没有。可惜我们店里的监控只能保存一个星期，不然你们可以查监控的。"老陆掏空脑袋也想不起来十几天前的人和事了，每天来饭店吃饭的人还是不少的。

"你有印象吗？"老陆扭头问老婆，他觉得老婆一向是个细心的人，也许会想起来。

"老板娘，麻烦你好好想想看。"

老马多少还是了解眼前这位中年妇女的，没有她的精明强干，这些年小饭店不会经营得这样风生水起。

老板娘想了半天，摇摇头说："没见过，来我们这里吃饭的基本都是熟人，尤其是晚上，都是住在附近的，这个人我的确没印象。"

"那天有没有在你店里叫外卖或打包的？"老马不愧是侦察兵出生，思维转换很快。

"咦！这个倒真有，但不是 17 日，应该是 18 日！"这次老板娘几乎想都没想，就脱口而出。

"哦，谁？这个你怎么记得这么清？"老马颇感意外。

"记得清，就是二军子过生日那天。大概在晚上 10 点多，店里没几个人，一个叫木头的人过来叫了几个菜，打包带走的。不过具体什么菜我真记不清了，好像有鸭脚包炖黄豆这样的菜吧，要是回去看看当天的点菜单就知道了。不过应该没叫酒，在我店里打包的人没有叫过酒的。"

老板娘果然是慧心妙舌，一大段话说下来不带打磕巴的，给出的信息还让老马捋了好一会儿。

老马在本子上一二三条记清楚后，问："这个叫木头的人的大名你知道吗？他多大？哪里人？住哪里？做什么的？还得麻烦你们说详细点儿。"

"不知道他的大名，他来过店里几次，我只知道他叫木头，听说是河南人，大概 30 来岁吧，好像在那个王老板暖居木业厂里上班。"老板娘说。

"暖居木业厂？"

"对，你可以问那个王老板。"

"我再问一下，他当时开车了吗？"

"这倒真没注意。"

这时老陆提醒了一句："我们店隔壁棋牌室和对面超市门口都有监控，你们回去可以查查。"

"这个会查的，你放心。"老马这句话其实是敷衍，之前警方已经查过了，都是说最多只能保存一个星期的影像。

老马又递了一根烟给老陆，说："有个事儿和你们商量一下，我们有个案子比较急，你们夫妻俩这几天又不能回去，要是方便的话，能不能把店里的钥匙交给我带回去，我们查查那几天的菜单。"

"没问题，店里也没什么值钱的东西，交给你马警官有啥不放心的！"老陆倒是很爽快。

老板娘还有些犹豫不决，老马又强调了几句："你们放心，钥匙由我保管，我会叫其他人照应一下你们店里情况，也就这几天，等你们回去就给你们。"

看到老婆没应声，老马用手肘轻轻捣了一下老婆说："马警官是老熟人了，也帮过我们不少忙，有啥不放心的！"

"我哪有不放心啊，别瞎说！"老板娘白了老陆一眼，然后掏出一串钥匙，取下两把递给老马说："马警官，这个是卷闸门的，这把是木门挂锁的。单子就在吧台上，用夹子夹住的，有一沓，你们自己找找吧，上面应该都有日期。"

"谢谢！谢谢！"老马连声道谢。

见老马起身要走，老陆连忙拦着他说："马警官，去我们那里吃了饭再走吧，你看你好不容易来我们这里一趟。"

"谢谢啦！这次确实有急事，下次来再说吧，尤其是你们这里的锅仔，的确很好吃啊！"

饭肯定要吃的，老马决定等中午路过宣城时，顺便看看一个老战友再吃也不迟，当前他得把调查结果赶紧报告给专案组。

专案组针对老马汇报的情况，立即进行了分析部署，不管这个叫"木头"的人和案件有没有关联，首先要查明他的底细，再次查明他与田伟是否有关系，还要搞清案发时、案发后的情况。

这些对警方来说都是再简单不过的事情。

王老板的暖居木业厂最近生意不景气，厂里没什么活儿，又赶上周末，只有零散几个工人在收拾厂房外堆积如山的边角料。

冷清的厂房突然来了几个警察，这让王老板神色紧张。他在想，难道是他昨天晚上嫖娼的事被发现了？

"王老板！今天来问你个人，你们厂里有个外号叫木头的人吗？"

"木头？哦，有有有，他大名叫江木林，不过今天不在。你们找他有事儿？"原来不是自己的事儿，王老板暗暗松了一口气，顿时笑容满面。

187

"没啥大事儿，就是向你了解一下他的情况。"侦查员小顾说。

"哦，那行。"王老板一边沏着茶一边说，"这人具体情况我也不太了解，你们要问哪方面的？"

"把你知道的都和我们说说吧。"小顾拿出纸笔。

王老板沏好两杯茶，坐下来说："他是河南人，大概 31 岁，三年前才进的厂，之前在工地上干活时把脚砸伤了，养了一段时间后工地上的活儿也不好干了，后来一个朋友就把他介绍到我的厂子里做手工活。他人有些孤僻，不爱说话，但干活儿很卖力，就一直留到现在。"

"以前在工地上？那你知不知道他在工地上做哪些活儿？"小顾心里一惊。

"这倒不清楚，要不我问问我朋友？"

王老板说完，拿起桌上的手机立马给那个朋友打了一个电话。一分钟后，挂断电话，王老板说："我朋友也不是很清楚，他也是受人之托，他说那个人以前开工程车的，现在好像不开了，在苏北开了家足浴店，我叫他马上把那个人的名字和电话号码发过来。"

刚说完，王老板就收到一条信息，他把手机递给小顾说："就是他，可能他知道木头以前的情况。"

王老板的手机微信页面上是一张"徐发祥"的通讯录截图。

田伟的舅舅不也是叫徐发祥吗？小顾又是一惊，不动声色地记下名字、号码，然后给旁边的小程使了一个眼色，小程默不作声，马上通过手机把信息传递到专案组。

小顾则继续问："江木林住在哪儿？这几天上班了吗？"

"好像住在幼儿园后面那个水井村，昨天还过来上班来着，今天休息。"

"这个月 17、18 日上班了没？"

王老板看了看桌上的台历，说："那几天有一批货要发，应该都上班了，没听说谁请假。"

"江木林在这边打工，一个月多少钱？"

"那要看情况了，生意好，活儿多量大，一个月能拿到四五千，不好时也就两三千吧。"

这时，小宋手机上传来消息，证实王老板朋友说的徐发祥就是田伟的舅舅。小顾瞟了一眼，心里一阵兴奋，但他还是故作镇定地问道："你知道江木林这边有哪些亲戚朋友吗？"

王老板摇摇头："没听说过他有什么亲戚，不过他和我们厂里几个河南老乡的关系不错，租住的地方大概也在一个村。"

"有他们的电话吗？"

王老板找到一个本子，递给小顾说："厂里人的信息基本都在这儿，上面有号码。"

小顾拿出手机，把本子上所有人的信息拍成照片，起身说："麻烦王老板了，今天这事儿你不要外传，有什么情况我们再联系。"

王老板也起身迎合道："放心、放心，有什么需要我的尽管说。"

小顾和小宋都是肩挂一杠二星的二级警司，转到刑侦上工作不过两三年，算是毛头小伙子，搞刑侦算不上老道，但对刑侦的那份热爱和专心足以让他们成为新一代的得力干将。他们一致认为王老板提供的情况至关重要，涉及人员关系有些复杂，必须从长计议，拿出一个万无一失的调查方案。

两人一出厂房，便立即上报专案组，专案组直接回复他们，不必回来，立即对江木林进行布控；等待支援。

对江木林采取布控的命令是崔耀军亲自下达的，虽然还没有过硬的证据，但作为一个指挥员，他必须做到未雨绸缪。

30 日晚，老马回到开发区，拿到了 18 日晚上江木林点的那张菜单，上面点的菜基本上与田伟吃下肚里的一样。而他喝下的酒，经调查极可能是他当天晚上在饭店对面超市买的一瓶白酒，那是小超市最好的白酒，要 188 元一瓶。江木林自己是不可能买这么好的酒的，而且他也不是好酒的人。

江木林以前一直跟着徐发祥搞土方工程，吃苦耐劳，粗活累活都干，是把好手，人也不坏，还曾经救过徐发祥的命，但就是好赌，不仅欠了一屁股赌债，还把老婆给赌跑了。五年前，他老婆留下一个 2 岁、一个 4 岁的娃娃一去不复返。

可笑的是，田伟也跟着江木林学会了赌博。徐发祥又气又恨，但因为有过命之交，他还是拉了江木林一把，帮他还了赌债。江木林为了两个孩子，彻底与赌割裂，继续跟着徐发祥埋头苦干，直到一次在做工时受伤，也是徐发祥帮他找了一个新活。而他最后一次跟着徐发祥做的工程，就是埋尸现场的那座兴安大桥。

江木林的两个孩子一直在老家由哥嫂帮忙带着，每个月底他们都会催着江木林赶紧打钱回去，钱少了他们就会发牢骚。江木林也是有苦难言，只能好话说尽，哥嫂家也不容易，自家还有两个孩子呢。

8 月 19 日，江木林通过邮政储蓄一次性给老家的哥嫂汇了 5 万！哥嫂吓得都不敢相信，他说这是几年前工伤赔的钱，哥嫂还是半信半疑、半惊半喜地收下了。

事不宜迟，专案组命令小顾和小宋立即传唤江木林，同时对其住处进行搜查。

现在可以确定，田伟是在 18 日夜里死的，那高燕玲被害到底是 17 日，还是 18 日？大家议论纷纷。

可能夜以继日的调查把大家的脑子都搞僵了，叶剑锋觉得没什么好争的，他提醒大家："查清楚高燕玲 17 日那天晚上吃了什么就知道了，她那天不是在店里吃的吗？而她最后一餐吃的食物的残渣还在小肠里，有香菇、辣椒籽、玉米、豆瓣酱。"

"真是骑驴找驴——昏了头！我看这里上次还记着，一忙就给忘了。"姚波会心一笑，翻看着记录本说，"她那天是 17 点 50 分在店里叫的外卖，有香菇青菜、麻婆豆腐、玉米骨头煲、剁椒鱼头、米饭，这样看来就是 17 日夜里。按你之前的推算，那她的死亡时间可能在 18 日凌晨 1 点左右。"

"对，高燕玲大概在 18 日凌晨死亡，田伟大概在 18 日夜里死亡。一个在 18 日夜里，一个在 18 日凌晨，没问题。"

叶剑锋明确肯定了一前一后两个时间点，一个时间轴。高燕玲、田伟、江木林，一个被抛尸埋尸，一个被伪装坠江，两死一生，真相似乎就在眼前，但这个江木林死活也不开口。

除了说高燕玲和田伟不是他杀的以外，任何和案件有关的、无关的事情他一律不说，他真的把自己当作了一块木头。

案犯不开口，就是零口供，只能靠一环又一环的证据紧紧扣成无懈可击的证据链定罪量刑，但这可不是一朝一夕的事。而江木林作为犯罪嫌疑人，又不能超期羁押他。公安机关不得不指定居所对他采取监视居住措施。但监视居住不得超过六个月。

"这个家伙真是冥顽不化！必须要拿下，别真的搞个零口供，让人笑掉大牙！"姚波愤愤地说。

"还得攻心！"崔耀军说，"从他这几年的表现看，他还是很看重亲情的，尤其是对两个孩子，可以从这方面入手。"

"是啊，攻心为上，攻城为下。"姚波也冷静下来说，"我看他肯定放心不下两个孩子，尤其是寄给孩子的抚养费，他是怕一交代，什么都没了。还有一点，他估计不相信我们公安，怕我们把所有责任强推到他身上。"

"目前看是这样。"崔耀军想了想说，"我们也不必操之过急，毕竟有六个月的期限，首先还是要吃透整个案件，吃透他这个人。我觉得主要从三个方面入手：一是要组织技术、侦查重建整个现场和案发经过，进一步固定证据；二是派几个合适的人监视居住，从生理、心理生活各方面对江木林进行关怀、感化；三是派一组人去江木林老家，摸清他的底，找出他的命门，与他的亲友积极沟通，最好为我所用，打好亲情牌！"

姚波听得仔细，想得也仔细，支队长算是给出了大致的方案，具体实施细则他还得好好琢磨琢磨。思考再三后，他说："我总感觉这个江木林并不是整个案件的核心人物，他有可能是被牵连进来的，最关键的人还是这个田伟，但已经死无对证了，所以技术上还得靠你们市局来支撑。"

崔耀军点点头，说："你的感觉不无道理啊，但现在唯一能说话的嫌疑人只有江木林了，所以现场和作案过程必须做详尽分析，技术上你可以直接找自健和剑锋。"

刑事技术工作一直以来都是为了给破案提供线索和方向，给诉讼审判提供证据。在以前，侦查破案是最能体现刑事技术价值的地方，而现在科学技术发展日新月异，破案手段层出不穷。在侦查破案方面，刑事技术的价值的确被削弱了，但这不是倒退，而是进步，法治社会的进步。以审判为中心的司法制度改革，让刑事技术更侧重于案件的诉讼审判方面。通俗点说，一切都靠证据说话，"高大上"点说，这就是法庭科学。

法医当然是刑事科学技术的重要组成部分，叶剑锋从来都认为查明任何一起死亡案件或事件，法医、现场、侦查密不可分，环环相扣，证据之间能相互印证，经得起推敲和检验。所以，不管案件有没有破，嫌疑人有没有交代，叶剑锋都会依托自己的专业进行现场重建、案件分析，这已然成为一种习惯。

老马早年就是在河南当兵的，对江木林采取监视居住后，由他专门负责照看工作再合适不过了。前期的接触，老马并没有提到案件上的事，主要负责江木林的一日三餐，时不时地还嘘寒问暖，聊聊家常，所以50多岁的老马在江木林眼里没有一点威胁。最触动江木林的是，老马特意为他做了两道河南特色小吃——凉粉和烩面，而且味道还很正宗。江木林开始主动找老马聊上几句，虽然与案件无关，至少说明他对老马产生了信赖感。

而赶赴江木林老家的工作组的工作可就没那么顺利了。

他们只能依靠当地的政府、公安、村委甚至是学校，软磨硬泡对家属开展思想工作，足足待了一个多星期才让江林木的哥哥嫂子、孩子录了一些触动人心的视频。

江木林不是一个罪大恶极、铁石心肠的人，但想要一招拿下也是不现实的，专案组只能用愚公移山的精神，一点一点地撬开他的嘴。

从第一次开口交代，一共进行了五次讯问，最终才形成了一份看似完整的口供。

江木林说，8月18日凌晨3点多，天还没亮，田伟突然找上门，当时田伟什么也没说，就说是躲债，先在他这里睡一会儿。早上7点多他就去上班了，一直到晚上9点多才下班。田伟说自己太饿了，给了他500块钱，让他去买点好菜好酒。酒过三巡，田伟和江木林说，昨天晚上他开车撞死一个女的，尸体就扔在兴安大桥旁边的河道边，他越想越害怕，想让江木林帮他一起把尸体埋了，就埋在桥下，反正那里也不会有人知道。

江木林当然没答应，还劝他自首，还想把这件事告诉他舅舅，但田伟一把鼻涕一把泪地求他帮忙，让他犹豫不决，最后他决定帮忙隐藏罪证的原因是钱。田伟当场给了他五万块钱，是从一个女士大皮包里拿出来的，并且说："你就帮我把尸体埋了就行，人又不是你弄死的，怕什么，而且也不会有人知道！"

酒壮怂人胆，有钱鬼推磨。

很少喝酒的江木林一口干下半杯白酒，在村里王大头的租房外找来一把铁锹，带上一个手电，跟着有些醉意的田伟走了大概十几分钟，在树林旁找到了已经停了一天的"肇事车辆"。田伟开车绕到了兴安大桥那里，停到隐蔽处后下车来到沉尸处。借着极其微弱的月光、手电光，连拖带拽，两人把尸体从水里弄上岸，抬到桥下。

据江木林所说，原本商量好的，两个人轮流挖坑的，但挖了一半，田伟好像酒劲发作了，一点力气也没了，瘫在一边，他只好一个人把坑挖好，把那女的推进坑里埋了。

埋好之后，他发现田伟昏昏沉沉的，路都走不动了，于是把他扶进车后排座椅上。看到田伟软绵绵地瘫坐在那里，他只好用半生不熟的驾驶技术把这辆车开走。他原本想兜个半圈，把车从小路开到租房附近。但俗话说，走夜路怕遇鬼，何况江木林心里真的有鬼。他战战兢兢开到一半，出了两次小事故，一次开到路边土坑里，好不容易弄出来，第二次又撞到路边一棵树上。

这棵树离坠江的地方大概有 50 多米，江木林说，他就是在这里发现田伟倒在了后排座椅的脚垫上，头上流了不少血，整个人软趴趴的，怎么叫他都没反应。以为田伟死了，他更加害怕了。但他马上又镇静下来了，决定一不做二不休，干脆把车开到前面的小桥边，把田伟弄到驾驶座上，系好安全带，随车一起推入河中。回到出租房后，他看到田伟带来的包里有那个女死者的皮夹、手机等物品，还有十多万现金，他既害怕又兴奋，就把它们埋在了村后河边的一棵大槐树下。

江木林不仅撇清了与高燕玲死亡的关系，似乎也在为田伟的死开脱，但有些事情确实已经死无对证了，这反倒让整个案子陷入了进退两难之地。当然，帮人埋尸掩盖罪行、田伟之死，他都脱不了干系，案子该如何办下去，需要检察院提前介入。

江木林的话可信吗？这是环绕在所有人心头的疑问。

杜自健把后期勘查情况向检察院的钱科长做了进一步汇报："挖坑的铁锹我们已经找到，王大头也核实过，的确是他家常用的那把，规格和我们当初推断的也比较吻合。还有就是江木林提到自己撞过的树，我们也勘查过，树上的确有撞击痕，虽然时间已经有点长了，但和车体保险杠的痕迹高度吻合。现在回过头想想，车体保险杠上的痕迹也许不是坠江时造成的，撞树的可能性更大。高燕玲的包和财物我们也在江木林说的树下找到了，里面的确有 18 万元现金，还有不少借款欠条。"

"能确定高燕玲的死与他无关吗？"钱科长问。

"这个可以排除，"姚局长说，"一是当天夜里他没有作案时间，二是根据技术研判，当天晚上他没到过现场。"

"我想补充两点参考意见。"叶剑锋说，"高燕玲是被掐颈导致窒息死亡的，颈部有几处指甲造成的损伤，说明掐颈的人的指甲留有一定长度。田伟的指甲稍微有些长，而江木林长期干粗活，不会留有长指甲，前阵子人身检查我也看过，他手上的指甲基本不冒尖。还有一点我之前忽略了，田伟左手拇指皮肤的破损更符合咬合形成的伤痕，极可能是他捂住高燕玲口鼻部时被咬的。"

"那高燕玲肯定不是像江木林说的那样是被车撞死的了？"

"我想，这也许是当时田伟对江木林撒的慌吧，可以肯定高燕玲不是死于车祸，是被掐死的！"

"那田伟的死因到底是什么？"钱科长继续追问。

"现在可以确定，他是在车内受伤昏迷后，随车一起坠河后溺水死亡的。无论江木林是不是故意，知不知晓，照他所交代的，的确是他造成了田伟的死亡，这点我想没有问题。"

钱科长将叶剑锋说的一一记下，想了一会儿，又问道："照江木林所说，当晚田伟大概就喝了半斤白酒，我注意到你们调查他平时的酒量，半斤不至于醉得不省人事，毒化有没有化验出他吃过什么药？"

叶剑锋说："没检出安眠镇静类或其他药物，但姚局他们已经查实了，田伟在 17 日上午去医院挂过头孢类点滴，我想这就是他喝酒后不省人事的原因，但头孢类药物在体内代谢后很难检验出来。"

"对！田伟那几天有些支气管炎，16、17 日上午挂过盐水。"姚波跟着解释了一下。

钱科长和身边的同事交流了一下意见，最后才拍板说："可以报捕！"

"师父，就这样结案了吗？"回到单位，陆林国似乎心有不甘。

"你还想咋的？至少从现有调查和证据看，这就是真相！"叶剑锋坐在椅子上优哉地剪着指甲，"无非就是随着田伟的死有很多细节被带进了坟墓，最合理的解释就是，田伟见财起意或者因分赃不均而杀死了她。"

"烧脑！刺激！"陆林国突然莫名其妙兴奋起来，从抽屉里掏出一包烟扔给了师父。

叶剑锋一脸诧异："好烟啊，阿国，几个意思，贿赂我啊？"

"看您最近辛苦了，孝敬您老的！"陆林国竟有些羞答答地傻笑道，"这是我女朋友昨天喝喜酒的烟，反正我又不抽，浪费。"

"这多不好意思啊！多谢！多谢！"叶剑锋也嬉皮笑脸起来，嬉笑间，烟已经被他拆开了。

07　阴律杀人案：藏在八角锤下的线索

"你好，是孙天萍护士吧，我们是绿林县公安局刑侦大队的。"

绿林县人民医院医生办公室，上午 9 点，一位戴着眼镜、穿着天使白护士服的年轻女子刚一坐下，绿林县公安局刑侦大队长邱建群和民警小李便向她亮出警官证。

"我是，请问什么事？"孙天萍瞅了一眼两位便衣的警官证，满脸疑惑。

"昨天晚上是你和卢莹莹值班吗？"邱建群问。

"本来是我值夜班，后来卢莹莹因为有事和我换班了。"

"卢莹莹为什么和你换班？"见孙天萍迟疑了好一会儿，邱建群又问，"是不是因为宋东旺？"

"这个烂木头！"听到"宋东旺"这个名字，孙天萍感到惊讶，继而便愤愤不平。

"他昨天晚上是不是来找过卢莹莹？"邱建群知道应该就是这个原因。

"来没来我不知道，昨天晚上卢莹莹和我们石主任有台急诊手术，9 点半才下手术台，莹莹姐到科室后和我说宋东旺又打电话找她，她今天不回家了，怕宋东旺又在路上堵她或去她家里闹，就想和我换个班。我安慰了莹莹姐一会儿，10 点多就回家了。我们护士长和吴医生昨天也值夜班，他们也知道这事儿，还特意打电话叮嘱楼下门卫和保安，如果宋东旺来了不要让他进科室，如果他再闹事就报警。"孙天萍说完，义愤填膺地又来了一句，"这种人渣你们警察真得好好管管，应该让他去坐牢。"

"话是这么说，但你也知道，有些感情上的事，即使存在道德品质问题，我们警方也不好处理。"邱建群突然变得温言细语。

"他这种人还有感情？就是个人渣！"

"听说你和卢莹莹关系不错，想必她和宋东旺的事你也知道不少吧？"

孙天萍这才完全反应过来，刑侦大队的人今天突然到访，而且一直问卢莹莹和宋东旺的事，怕是没好事，她突然紧张地问："两位警官，不会是莹莹姐出什么事了吧？"

"宋东旺死了，你不知道吗？尸体就是今天早上在你们医院西面不远的树林里被发现的。"不管孙护士知不知道，邱建群觉得没必要隐瞒她，这种事很快就会传遍整个县城。

"啊！死了？怎么死的？"孙天萍粉嫩的脸颊微微一颤，瞪大双眼，张嘴道，"你们不会怀疑莹莹姐吧？"

看着孙天萍惊魂未定的样子，邱建群解释道："谈不上怀疑，毕竟人命关天，我们肯定要调查一下情况。"

孙天萍听说宋东旺已经死了，心里自然没有一丝同情，反倒为卢莹莹感到庆幸。但这毕竟是一条人命，而且涉及莹莹姐，非同小可，她平复好心情说："他俩的事，我主要是听莹莹姐和科室里的其他同事说的。他们是六年前结的婚，以前就听说宋东旺不老实，经常在外面寻花问柳，后来莹莹姐生了一个儿子，宋东旺倒是安分了一阵子。但狗改不了吃屎，姓宋的不仅不顾家，有时还酗酒打他们母子，莹莹姐实在受不了，也是为了孩子，去年就和宋东旺离婚了。法院把孩子判给了莹莹姐，就是因为孩子的抚养权问题，宋东旺后来隔三岔五就来找她，不是闹到她家，就是闹到我们单位，为这事儿我们没少报警，这事你们派出所应该知道。上个月，宋东旺还因为酒后到我们单位滋事，打伤了保安，被拘留了一阵子，出来后没多久他就又要惹事了，昨天还想来找莹莹姐。"说着说着，孙天萍的情绪又开始激动了，但一想到宋东旺已经死了，她又叹了一口气说，"唉！真是阴魂不散，真不知道莹莹姐当初怎么看上这个人渣的。"

"你说卢莹莹和护士长还有吴医生昨天都是夜班，那他们今天都没上班吧？"

"对！夜班要上到早上 7 点多，交班后他们都回家了。宋东旺的死肯定和莹莹姐没关系，他这种人在外面不知道欠下了多少孽债，听说以前为了女人的事，还被好几个男人打过，你们可得好好查查哦。"

民警小李一边做着记录一边问："麻烦把你们护士长和吴医生的电话给我们一下。"

"哦，我们平时用的是短号，长号我要去查一下，你们等等。"孙天萍说完便起身走到一台电脑前，打开了医院的通讯录说，"我们医院工作人员的电话都在这里了。"

小李正在摘抄着名字和电话，突然一个护士推开门，愣了一下，然后对孙天萍说："天萍你有空不？楼下来了一批药和器械，主任让我们帮忙搬一下。"

"好！我马上来！"

邱建群觉得暂时也没什么好问的了，便说："谢谢孙护士了，你去忙吧，万一有什么事我们可能还要麻烦你。"

"没事。"孙天萍这才勉强挤出一丝笑容，转身离去。

从早上 7 点半宋东旺的尸体在绿林县西北郊树林里被发现，直到下午 1 点，尸检工作才全部结束。

叶剑锋第二次返回现场。

深秋的绿林山城，初冬未到，气温骤降，几天都不见阳光，一直被大雾笼罩。早上现场的能见度只有四五十米，午后刚过，能见度也只达到了一两百米，远远望去只有闪烁的警灯忽隐忽现。

杜自建正在向刚到现场的余世春介绍情况。

"死者宋东旺，35 岁，本地人，平时住在县城安云小区，应该是昨晚 11 点至 11 点半左右遇害，伤在头部。现场没有发现打斗、挣扎的迹象，从痕迹上看，死者在路边被袭击后，就一下子倒地不起了，也可能是昏迷不醒，然后直接被案犯拖拉到树林里，大概有十几米的位置，然后又多次被打击头部致死，事后案犯也没有隐藏尸体。但据目前调查，宋东旺的一个手包，还有手机不见了。"

叶剑锋在一旁补充："死者身上除了一条半真不假的黄金项链、一块手表、一包香烟，没发现其他物品。死者应该是被人用金属锤类的钝器从背后袭击，先是连续打了两下，一下打到后枕部，另一下打到后枕部靠下一点的颈部，然后被拖到树林里。案犯将死者的外套向上翻卷覆盖着其头面部，当作衬垫物，再用锤头多次打击死者头部致其死亡。虽然主要损伤集中在后枕和颞顶部，但现场溅落血迹不多。还有就是死者除了双脚双手有些拖擦痕外，身上没有发现抵抗伤。"

"只有一种工具吗？"余世春问。

"应该就一种，是直径 3 厘米左右的金属锤，类似一种八角锤。"叶剑锋特意用手比画了一下大小说，"这锤头看起来还不小，应该有一定的分量。打击的力度也不小，尤其是突袭的第一下，基本上是一招制敌吧。"

"看来案犯有一定的体格和力量，而且携带着一把铁锤，有备而来，守株待兔！"

叶剑锋点点头。

余世春心里咯噔一下，又说："不管谋人还是谋财，从手法上看，与去年的'3·31平江县杀人案'非常相似。"

"是的，很像。"叶剑锋心里早就在琢磨此事了。

余世春提到的"3·31平江县杀人案"，发生在去年3月31日，一个下着淅淅沥沥小雨的夜晚，10点半至11点左右，一个叫梁秀凤的女人，也是头部遭人突然袭击，然后被拖到附近的树林里，外衣也是被翻卷到头部，再次受到多次打击后死亡，工具是一把直径约2.5厘米的类圆形金属锤。这次死者的财物并没有太多损失，但案犯事后将死者的裤子全部脱下，死者下体裸露，似乎有羞辱之意，更有预谋性侵之嫌，此案一直悬而未决。

不可否认，这起案件与今天的"10·24绿林县杀人案"的确有很多相似之处。

先不说平江县的案子，看着眼前仍消散不去的浓雾，余世春担忧地问："监控查得怎么样了？"

"现场前后倒是有监控，但昨天晚上的雾太大，天又黑，一片模糊，只能隐隐约约看到过往的车灯亮光，基本看不到行人，尤其是路边和树林，视线还有阻挡。"县公安局刑侦副局长张仲只能实话实说。

"那也得查，哪怕只有个人影也得查！"

"余局放心，视频已经分两组人在轮番看了。"

余世春看着远处200多米县医院大楼的轮廓问："有没有查过死者为什么会出现在这里？"

"查了，宋东旺的前妻卢莹莹就在这家医院上班，脑外科护士，昨天晚上卢莹莹值夜班。10点40分，宋东旺到医院找过卢莹莹，但被门口几个保安拦下来了，吵吵嚷嚷十来分钟后就走了，这个医院门口的监控可以证实。从监控上看，他从门口往西面走，应该正好经过现场这里。"张仲说。

"他家是这个方向吗？"

"不是，他住安云小区，方向正好相反。不过，前面有个帝豪洗浴中心，就在现场西北面 200 多米，我们怀疑他是想去洗浴中心。我们也调查过，那个洗浴中心因为卖淫被查过两次，宋东旺以前没少去。"

"洗浴中心那边有没有问过，昨天晚上他有没有去过？"

"问了，监控也看了，没有去。"

"还有一种可能。"刚到现场的邱建群突然说，"他可能想去他前妻的父母家，就是卢莹莹的父母，住在西面一个小集镇上，大概离医院两三里路。"

"卢莹莹一家人也要深入调查。"

邱建群点点头。

余世春又问："手机关机是几点？"

"11 点 21 分。"张仲说。

"那就是说，他极可能从医院出来后不久就出事了。"余世春想了想又问，"他从医院出来后，有没有什么异常情况？周边是否有可疑人员？"

"没有，他最后也就在医院门口又徘徊了一下，然后就走了，当时旁边有几个三轮车夫，也都没动过。"

"能看到他当时拿着包吗？"

"能，是一个手包。"

崔耀军在附近兜了一圈，走过来说："还得扩大搜索范围，不光是周围，还有沿途路边、河道，尽量多派些人手反复搜。"

"最近赶上安保任务，不过我们已经抽调了精干人手。"张仲说。

"耀军，支队里也尽量多安排些人。"

"好！这就去安排。"

叶剑锋立即领会了领导的意思，便说："让县局法医先回去整理材料物证，马上送检，我和陆林国就留在这里。"

杜自健说："人手应该够了，就是这个鬼天气要命，现场概貌都看不清，照片更没法拍了。"

"案犯也许就是特意选择这种天气作案的，'迷雾杀手'啊！上次平江那个案子，我记得是下雨天，算是'雨夜杀手'。"陆林国突然说。

"挺有想象力，说不定就是。"叶剑锋说。

整整一个下午，除了几个专案组领导，市县两地技术人员几乎全部都泡在现场，进行地毯式搜索，但仍一无所获。

一顿饱餐之后，大家迫不及待地来到专案组会议室。

喝完茶，聊会儿天，人到齐之后，余世春拿出包里的笔记簿，便开门见山："现在开会，大家都说说吧。"

"我先说说死者宋东旺的情况。"大队长邱建群说，"宋东旺今年 35 岁，住在我们县安云小区，离异三年，有一个 4 岁的儿子，跟着前妻卢莹莹，她是我们县医院脑外科的护士。宋东旺有两个姐姐，父母一直做建材生意，家里经济条件不错，可能因为是家中独子，从小家里人就宠着他，以致他到现在也一直没个正经工作，说是和人合伙开了一个投资公司，但主要经济来源还是靠父母和两个姐姐。据调查，宋东旺这个人算不上一表人才，但长得白白净净，而且能说会道，出手也阔绰，很讨女人喜欢，拈花惹草、吃喝嫖赌的事儿没少干。"

"那就是典型的'渣男'了。"叶剑锋说。

"叶法医说得很贴切。"邱建群继续说，"宋东旺婚前、婚后都同时与好几个女人有过交往。这两年为了儿子的抚养权，他们家一直在找卢莹莹，可以说是软硬皆施。昨天晚上，宋东旺和几个朋友喝完酒后，先是去了卢莹莹的住处找她，后来又到医院闹了一通，没见到卢莹莹就离开了，之后就遇害了。"

"卢莹莹昨天晚上一直在单位？"余世春问。

"对，这个可以肯定，卢莹莹昨天上夜班，肯定没有离开单位。而且查过通话记录，她除了 10 点 05 分给她父母打过一个电话，也没有什么可疑通话。"

"她父母那里调查过了吗？还有家里其他人。"

"查了，卢莹莹的父母居住在医院西面宝水集镇，她儿子平时就放在父母那里照看。卢莹莹有个弟弟在省城工作，不在绿林县，昨天她打电话给父母，主要就是问问儿子的事，还说叫他们把门锁好，不要让宋东旺进来，如果不行就报警。另外，卢莹莹离婚后，还是有几个追求者的，但因为宋东旺经常闹腾，也都没成。现在有一个叫范金波的温州人在追求她，他是在这边做生意的，这个人曾经说过，一定会帮卢莹莹摆平宋东旺。"

"这个人查过没？"

"已经在查了，不过他这几天去广州了，案发时不在绿林县。"

"继续查，围绕死者的一切关系人以及关系网查。"余世春知道短短一天时间能把死者的社会背景、社会关系调查清楚已经不错了，想这么快查出嫌疑人绝非易事，这事也急不来。而且宋东旺是否死于仇杀、情杀，还没有定论，目前看起来更像抢劫杀人。他接着问，"监控方面有没有进展？"

张仲说："目前还没发现可疑的情况。只能想办法调查过往车辆了，或通过过往车辆查找看看，现在很多车都有行车记录仪，可以尝试一下。不过难度很大，我们在想办法。"

大家都明白张仲说的事，难度不是很大，而是相当大，余世春也没说什么，他懂。

"技术上呢？"余世春问。

杜自健说:"之前现场情况各位也看过,我们下午又扩大范围进行了搜索勘查,没发现有价值的痕迹和物证。不过我们对中心现场进行了逐片分区,反复勘查,包括踩踏痕迹、翻卷的树叶、倒伏的草皮。虽然没找到鞋底纹路,但可以确定是一人所留,鞋子大小在 38~39 码,不会超过 40 码,我想这个人的个头应该不会太高,估计不会超过 170 厘米。还有一点是,案犯在现场几乎没有逗留,属于速战速决,快进快出,从突袭到拖拽尸体,再到打击杀人、劫财,整个过程几乎一气呵成,计划缜密、准备充分、从容不迫。从整个行为过程以及案发的时间、地点、时机来看,我更倾向于谋人,也就是说,至少他的主要目的不是为财。"

"死者有多高多重?"余世春突然问。

这个问题自然由法医来回答,叶剑锋说:"死者身高 172 厘米,重 121 斤,应该说身材中等偏瘦。"

"既然案犯集中打击的是死者头部,尤其是采用背后突然袭击的方式,能不能由此推断出这个人的大致身高?"余世春句句都问在点上。

"我也想过这个问题,刚才说了头两下打击位置在后枕部和后颈部。"叶剑锋用手摸摸自己的后脑勺说,"就是我们后脑颈部上面最突起的地方,位置比较低,而死者的身高只有 172 厘米,如果同样是站姿打击的话,案犯的身高估计不会高于 170 厘米。当然,我这也是结合杜所他们现场勘查的情况综合分析的结果,不过说实话,只根据一个人的损伤进行推论,可靠性要打折。上海发生过两次系列敲头案,我记得当时的法医专家是根据多名死伤者的损伤,综合分析出了案犯的身高。"

"小叶说的是 1997~2002 年的事了。"杜自健说。

"有些道理。"张仲点点头,突然又问,"不过你肯定这一定是站立体位打击的吗?"

"有方向性啊。"叶剑锋挥动着攥紧拳头的右手说,"根据头皮挫裂创和颅骨凹陷骨折的形态特点，能分析出是站立位挥动锤头打击，而且后颈部下面没有毛发的地方明显有一处锤头的轮廓。而其他的损伤是在死者倒地后，头部有衬垫的情况下打击形成的，损伤形态会不一样。"

崔耀军一直思来想去，他说："技术上说到的身高我看还是很有参考价值的。还有一点，最好搞清楚案犯用的是左手还是右手。"

"右手。"叶剑锋毫不犹豫地说，"刚才说到的后枕部损伤，偏右一点，符合案犯右手持锤从背后打击。另外从现场痕迹看，后来案犯是蹲在死者左边多次打击其头部，损伤部位、方向也符合右手。"

案犯惯用右手，那就没有多少参考价值了，至少不能缩小侦查范围，毕竟大多数人都习惯用右手。

"'3·31 平江县杀人案'，案犯也是右利手，当时推断其身高可能在 165厘米以上。"叶剑锋还是不经意地提了一句，是想提醒在座的领导，可否考虑两起案件有并案的可能和依据，或者可否将两起案件关联起来分析。

"'3·31 平江县杀人案'的作案手段与此案高度相似，应该好好研究一下是否可以并案。"崔耀军说。

"可以。"余世春果断地说，"不过还是要斟酌一下，这件事就由耀军你来牵头，等会儿你先和平江的宋志国通个气，让他们把上次案件的相关材料整理出来，技术上的工作由自健和剑锋负责一下。"

叶剑锋停下笔，抬头看了一眼余局长，颔首表示欣然接受。

会后，叶剑锋并没有立即和平江技术员联系，而是连夜赶回了单位，把电脑里存储的"3·31 平江县杀人案"的所有资料全部调了出来，再重新梳理、审阅一遍。

"3·31 平江县杀人案"发生时，叶剑锋在外地培训，当时主要负责检验鉴定工作的是师父魏东升。他是培训回来，案发一周后才参与进来的，虽然当时他也做了详细的了解，也参与了后期案件的分析，但毕竟没有全程参与跟进，外加已经过去了一年多的时间，很多细节他也记不清了。还好师父魏东升把所有的分析意见都写了下来，他需要的是反复回顾、反复咀嚼。

当务之急，是从技术角度，尤其是法医角度，找到足够的并案依据，这样两起案件一旦进行串并，那对案犯的刻画一定会更清晰一些。

子夜刚过，办公室玻璃窗上早已蒙上一层浓浓的水雾，整个城市一片死寂，远处偶尔传来疾驰的车辆碾压马路的声音，才让人感觉到一点生气。

叶剑锋只睡了六个来小时，第二天早早就起床了。花了十来分钟，将自己拾掇得神清气爽，向上级领导请示完，又给师娘打了一个电话，他便带着电脑，买了些水果，直奔师父魏东升家。

师父自从中风出院之后，一直在家养病，亏得师娘也是医生，经过她无微不至的照顾、调理，师父除了手脚有些不便以外，各方面基本都恢复如常，当然，这和师父强大的内心和一贯的自律也有关系。

知道徒弟这次带着案子来，魏东升的心情比以往更加舒畅，有种精神焕发的感觉，亿万个脑细胞开始兴奋起来了。

刚按完门铃，门就开了。

"师娘！"

"来，小叶快进来！"师娘今天轮休，早已在家等候了。叶剑锋刚一进门，师娘便问，"还没吃早餐吧？"

叶剑锋因为赶时间，所以只从办公室的抽屉里拿了几块饼干垫了垫肚子，倒也不怎么饿。原本他想说吃过了，但看到餐桌上有一碗油光脆脆的生煎，他笑了笑，瞬间改口："没呐！"

"那正好，刚买的生煎，知道你最爱吃。"师娘指着餐桌说。

"最美我师娘！"叶剑锋突然嬉皮笑脸道。

"小叶，你先吃点，吃完再说。"卧室里突然传出师父的声音。

"好呐，师父！您先歇着。"叶剑锋走到房门口回应了一句。

碗里不多不少正好十只生煎，叶剑锋明白这就是师娘特意为他买的，因为师娘不喜欢吃油腻的东西，现在更不会允许师父吃。所以叶剑锋在看到桌上有生煎后，马上改口，他不想辜负师父师娘一片心意。他们一直不把自己当外人，不仅如此，桌上保温杯里还有热气腾腾的豆浆。

叶剑锋和师娘一边聊着家常一边吃着"爱心生煎"，不知不觉就一扫而光。

"小叶，快说说你那个案子吧。"身后突然传来师父的声音。

叶剑锋一扭头，看到师父穿着绒面睡衣，正拄着拐杖缓步从房间走出来。他急忙站起来跨步上前扶着师父说："师父，真服了您了！性子还这么急啊，您吃完饭再说吧，又不差这点时间。"

"你师父最近身体好多了，就躁动不安了。"师娘端着一碗粥从厨房走出来。

"都快半年了，脑子都生锈了。"魏东升被搀扶着坐下后说，"咱边吃边聊。"

当时中风造成了魏东升左侧肢体偏瘫，现在已经恢复到了四级，虽然行动不便，但右侧肢体很正常，所以吃喝拉撒一个人还能应付。更庆幸的是脑子没留下后遗症，否则叶剑锋也不敢过来谈什么案子了。

为了让师父安安稳稳吃顿早餐，叶剑锋去繁就简地给魏东升介绍了宋东旺被杀案的一些关键情况。

十来分钟，魏东升就将一大碗粥吃得干干净净，接过叶剑锋递给他的餐巾纸抹了抹嘴，说："进屋说吧。"

师娘走过来收拾碗筷，叶剑锋则扶着师父进了卧室。

魏东升在电脑桌前端坐下来，叶剑锋这才拿出笔记本电脑摆在桌上，打开所有现场和尸检照片，详细地介绍了现场和尸检情况。

听完叶剑锋的介绍后，魏东升也没说话，他自己操控着鼠标又将所有照片翻来覆去看了好几遍。叶剑锋很久没和师父一起研究过案子了，再一次看到师父专注的样子，激动之情油然而生。

"说说你的看法。"

又听到师父一贯的口吻，熟悉的话风，叶剑锋说："我觉得可以和'3·31平江县杀人案'并案的几个理由，一是死因都是颅脑损伤；二是工具都是金属锤类；三是符合一个人作案；四是选择恶劣天气和黑夜，蹲点守候；五是有预谋，有准备，背后突然袭击，然后拖进隐秘的地方，再次实施攻击行为；六是打击头部时，都用死者上衣做衬垫。"

师父点点头，没作声，叶剑锋继续说："还有就是，从两名死者的头部损伤位置、特征以及身高来分析，案犯都符合身高不超过170厘米、右利手、有一定体力、善于使用锤头的特征。另外，'3·31平江县杀人案'中的作案工具是直径2.5厘米的圆锤，这点没有问题，但这一次是不是直径3厘米的八角锤，我有些吃不准。师父，您老把把关。"

"并案没有问题。"魏东升轻描淡写地来了这么一句，也没说什么理由，而是继续翻看着几张头部的损伤照片。

叶剑锋出去给师父和自己续了一杯水，然后又坐在一旁，除了回答师父偶尔问到的一些问题，他也没怎么说话。

过了十来分钟，魏东升说："你说得没错，第二次是八角锤，型号明显比第一次的圆锤要大，而且很可能是一把新的锤子。"

"新锤旧锤也能看得出来？"师父的话总是让人意想不到。

"知道新锤和旧锤有何不同吗？"

叶剑锋犹豫了一会儿，说："旧锤的边缘应该比新锤更粗糙、更圆钝一些，锤面应该更光滑，棱边更突出一些吧。"

"不错。还有一点，新锤的锤面有机械打磨过的痕迹。"魏东升指了指宋东旺后枕部的损伤照片说，"你看这一处后颈皮肤的损伤，边缘轮廓清晰，还伴有细微的棱角，这都符合一把新锤打击而造成的伤口特点。"

"哦！"叶剑锋似乎受到了极大的启发，他拿出纸笔，将原本脑中不确定的工具特点清晰地画在纸上。并不复杂，就两个简单的线圈，外圈是个八角形，紧贴外圈的内圈是圆形，几笔画完后，他拿给魏东升，"师父，你看，这种比较吻合吧？"

"应该没问题。"魏东升点点头。

叶剑锋把自己画出来的草图拍了一张照片，然后传到崔耀军的手机上，并附上一段文字：政委的意思是可以并案，而且我们分析打死宋东旺的是一把新的八角锤，大概的锤面如图所示。

崔耀军立即回复了两个字：收到。

八角锤一般用于工业工程，尤其是砸墙开石最合适不过了，普通家庭很少用到。这把新的八角锤极可能就是案犯特意买来作为杀人工具的，崔耀军当然会把重点的工作放在"买"上。没有任何犹豫，他当即决定，以物找人，根据法医推断出的工具特点立即对绿林县，甚至江川市所有五金市场店铺进行走访调查。

既然考虑是同一个人作案，同一类工具，同一种手段，魏东升必然会把两起案件综合起来考虑。他摘下眼镜，闭目仰靠在椅背上。

"师父，有啥不舒服吗？"叶剑锋担心地问道。

魏东升摆摆手说："没事。关于你刚才提到的案犯的身高问题，从两次打击部位和死者的身高来看，我估计案犯应该在 165～168 厘米之间。"

师父的话像是给叶剑锋吃了一颗定心丸。

"我们基本上也是按照这个身高进行刻画的，所以我们估计这个人个头不高，长得比较结实，臂力大，习惯用锤。直径 3 厘米的八角锤重量可不小啊，尤其是连续挥动打击，没有一定的臂力还真不行。"叶剑锋说。

"这么说也没错，但也不尽然，你要知道，八角锤有连体金属柄和木柄，如果是金属手柄，重量至少在两斤以上，如果是木柄，重量要轻不少。还有，根据前后损伤程度，你有没有发现案犯的力量还是有限的。"

叶剑锋想了想说："您是说在死者被固定体位的情况下，最后几下打击力度比前面轻，说明案犯最后力气减弱了，是这意思吧？"

魏东升点点头，但没说话。

"咦，师父您觉得平江那个案子，用的是新锤还是旧锤啊？"叶剑锋突然问。

"那个没有分析新旧的条件，不像这次，很巧也很幸运，在后颈部裸露的皮肤上发现了一点特征。"

叶剑锋不得不佩服师父，真是艺高人胆大！看来师父在家待着，不仅没荒废，反倒功力大增，像是在闭关修炼。

魏东升想了想，又说道："不过，也不能排除那是把新锤子，至少肯定不是长期不用、锈迹斑斑的或是有污迹的锤子，因为当时衬垫头部的衣物上没有锤头打击接触时沾染的锈迹和污迹。"

"上次案犯用的只是一把普通的圆锤，而这一次的八角锤更有特点，真希望崔支他们能找到同规格、同类型的锤子。"

说到这里，师娘已经买菜回来了，叶剑锋看了下时间，竟然已经 10 点多了，不知不觉和师父聊了快两个小时了。

"小叶，没啥急事的话，中午在这里吃饭吧。"师娘拿了一盒新鲜的草莓走进来。

"不了，师娘，等忙完了，有空我和方芳带儿子一起过来。"

"随你便，我也不和你客气了。不过，没事常过来坐坐，不然你师父要憋坏了。"

叶剑锋哈哈一笑说："那肯定啊，师父的十八般武艺还没传授完呢。"起身后，他又对师父说，"师父，您好好歇着吧。我要赶回专案组了，有空我再来。"

魏东升点了点头，和徒弟没有过多的客套话，临了就说了一句："你要提醒一下他们，不能只盯着实体店，也要关注网购店的情况，现在网店卖什么的都有，这个你们年轻人比我懂。"

崔耀军并没有把希望完全寄托在对实体店的调查上，一是只要案犯稍微有点反侦查意识，很可能就不会在本地区店里买锤子，二是买锤子的时间如果过去很久了，也很难追查。所以他肯定不会把目光只盯着实体店的。

不过有个关键问题要等专案组领导拍板，就是与"3·31平江县杀人案"并案的问题。虽然大多数人都支持并案，但也有不同的声音，个别极其谨慎的人提出，这两起案件是否是个巧合，毕竟拿锤子杀人并不是什么新鲜事儿，在杀人案里把锤子作为致伤物的案例比比皆是。

最后，一锤定音的还是大领导余世春，他不认为这是巧合，尤其是最后拿衣服做衬垫打击死者，不会如此巧合。

叶剑锋早就在电话里表明了自己的观点，但领导还是把他召回专案组开会，他知道肯定不仅仅是讨论并案的问题。

在拍板并案之后，余世春紧接着说："既然决定并案，那接下来应该重新讨论一下两起案件的性质问题了。在我看来，只有把案件性质搞明白了，才能找出它们内在的联系，我们就是要利用这种内在联系找到突破口。"

余世春话刚落音，崔耀军立即起身走到会议室西面一块办公白板旁边，拿起一支笔，在白板中间先写下"案犯"二字，圈上，然后在左下方和右下方分别写上"平江3·31梁秀凤""绿林10·24宋东旺"几个字，圈上，再将三处圈圈用线条两两相连，呈一个三角形，最后在每一条线旁边画上一个大大的"？"号。

放下笔，崔耀军说："刚才余局说的内在联系，核心在人，指两名死者之间是否有某种共同的联系，换句话说就是有什么共同点，这种共同的联系让两名死者与案犯又发生了紧密的联系。大家注意，这里说的联系，不仅限于社会关系、人际关系，也可能是性格、特征、品质、物质等各方面。"

听完崔耀军图文并茂的介绍，叶剑锋总算是明白两位领导的意思了，案犯选择的目标可能不是随机的，两名死者因为与案犯有某种联系而导致他们成为目标。那杀人动机可能就不是为财、为色这么简单了，这必然涉及案件性质问题。

作为一场战役的总指挥，必须要站在全局的角度思考问题，从战略上做出决策，破案也是如此，领导考虑得要更复杂、更长远。

叶剑锋身在其中，此时此刻他知道自己该做什么、该说什么了，便直言不讳："我个人认为，两起案件有谋人的性质在里面。先说绿林的，如果案犯只是为了劫财，那么他完全没必要在死者毫无抵抗能力，甚至是毫无意识的情况下，再一次打击死者将他置于死地。同样的道理，'3·31平江县杀人案'案件中的死者相对来说是一名弱女子，采取同样的暴力方式，在同样的情况下，也没必要将其置于死地，而且这个案子中，死者除了外衣被脱外，也没有发现被性侵的迹象，财物丢失也不多。"

叶法医虽然没有明说这两起案件是因爱恨情仇引起的故意杀人，但大家已经明白他的意思了，不过质疑声还是有的。

"可能是杀人灭口也不一定啊。"邱建群说，"没有什么抵抗能力这一点我相信，但不一定没有意识，如果案犯将死者拖进树林后，死者在迷迷糊糊中醒过来，看到了案犯或听出了声音，就很可能被灭口。还有一点就是平江的案件，虽然没有性侵迹象，但不排除是未遂或者是猥亵，性侵案中的死者并不是一定会受到奸淫，对吧？再者，'3·31平江县杀人案'中死者的财物应该是有损失的，只是她的钱包里当时有多少现金一直也不清楚，发现的时候毕竟钱包已经不见了，所以我倾向两起案件谋财是主要犯罪动机，杀人是为了灭口。"

"是这样的，邱大。"叶剑锋说，"我们反复研究过死者的损伤情况，可以断定背后偷袭都是打击后枕部，可以用四个字形容：准、狠、稳、重。后脑正好是脑干也就是生命中枢的位置，这里受到重创，即使不死，人也会立即处于昏迷状态，短时间内是不会复苏的，就是说案犯从偷袭到拖动尸体，再到最后再次打击死者，这么短时间内，死者会毫无意识，我认为不存在苏醒的可能，案犯完全可以从容劫财。另外，平江那名女死者当时穿着靴子和连体裤袜，若案犯要实施性侵，没必要把她的两只靴子和整条裤子完全脱下，脱一只腿就行了，这样既省力又省时，何必浪费时间，增加自己被发现的危险呢？所以我认为有谋人的性质在里面，还是建议侦查上再次调查、梳理两名死者的关系人和背景。"

"邱大说的也有一定的道理，不过我个人和剑锋的意思差不多。"杜自健说，"将两起案件合并起来分析，我也是倾向关系人作案的可能。从现场角度看，两名死者的确没有伤后活动或抵抗行为，另外'3·31 平江县杀人案'，的确没发现有性侵或猥亵的痕迹，脱衣行为极可能有羞辱之意。"

听完几位的发言，崔耀军说："大家说的都是有些道理的，这可能也是现在两个最主要的观点了。接下来的工作的确得再从两名死者的背景和关系人入手，这次要扩大范围、深挖到底。如果在他们的关系网中找到一个交叉点，或者说共同的关系人，我看破案就十有八九了。"

余世春扭头对崔耀军说："你等下给平江的宋志国打个电话，让他和宋益达晚上来一趟绿林。"接着他又对张仲说："张局，你到时候和宋志国再好好商量一下，大家也别有什么顾虑，撸起袖子干就是了。万一方向不对我们也好及时调整，现在关键是你们两单位一定要拧成一股绳。"

"放心吧，余局，案子不拿下，我就不回家！"张仲算是立下了军令状。

宋志国和宋益达晚饭前就赶到了绿林县，和专案组的同志们简单吃了点便饭后，就立即召开了碰头会。他俩足足花了一个小时详细介绍了"3·31 平江县杀人案"的侦查情况。

在场的有些人是第一次真正了解整个案件的来龙去脉。

"3·31 平江县杀人案"，死者梁秀凤，时年 30 岁，天生丽质，风姿绰约，生前曾在平江县青龙宾馆做过客服部经理。

青龙宾馆是平江县政府的一家以接待与经营为一体的四星级旅游宾馆。梁秀凤是青龙宾馆原总经理周庆平老婆姚翠英的学生，而姚翠英是平江高中的老师。梁秀凤当年因为成绩一般，家境不是很好，高中毕业就早早走向社会，姚翠英通过她老公这层关系把她介绍到青龙宾馆。可谁曾想，梁秀凤以怨报德，居然成了周庆平的地下情人，不仅如此，梁秀凤后来变本加厉，不仅又攀附上级别更高的高官，而且还想要取代周庆平的位置。三年前东窗事发，周庆平丢官罢职，锒铛入狱，姚翠英气得心脏病突发，一口气没缓过来，撒手人寰，留下了一个儿子。这孩子大学毕业后远走他乡，再也没有回来过。

梁秀凤被判了一年多，出狱后又在一家夜总会做了公关经理，日子过得很滋润，不齿的过往似乎对她并没有影响。

今年的 3 月 31 日晚上，细雨绵绵，梁秀凤在回家的路上遇袭被害，准确的死亡时间应该是在晚上 10 点至 10 点 30 分之间。因为，10 点 12 分的时候有人给梁秀凤打来电话，但响了两声就被挂断了，再后来直接关机。由此可以推断，这通电话应该是被案犯挂断的，在这前后梁秀凤应该已经遇害，这与法医推断的时间也不谋而合。

虽然当初专案组对案子的性质有些争议，但侦查工作一直在进行，尤其是对梁秀凤的关系人，案发现场周边人员以及有过侵财劫色的违法人员、有前科人员，都进行了反复调查，甚至对这些年邻省邻市类似的案件也进行过协查、比对，但都一直无果。

"听完平江的案子，我想是不是打消了之前的一些疑虑？"余世春说，"有些人可能是第一次完完整整地知道这个案子的前因后果，我不是第一次，但今天我又一次听到，觉得又有新的收获，最起码我的思路又开阔了许多。同时，对于当初我们的侦查方向和范围，现在看来我要持否定态度。我之前提到的关联性，很明显，这两名被害人的情感生活、道德品行都有一定的共通性，想想看，这是不是他们被害的原因？"

"其实现在的工作重心已经很明确了。"崔耀军接过余世春的话说，"就是在两起案件中找到一个善于使用锤头，身高大概在 165 至 168 厘米，体力较强的人，这个人和两名死者存在一定的关系或关联，而且极可能长期居住在江川市，对平江、绿林两地较为熟悉，不排除以前或现在在两地长期居住。"

到此，会议的基调算定下来了，大家原本以为可以着手干活了，余世春又提出了更高的要求，他说："各位看看，还能不能把嫌疑对象刻画得更形象、更具体一点？比如年龄段、性别、职业特点等方面。"

"那我再简单说两句吧。"张仲说，"我觉得案犯是一个体格强壮的成年男性，具体年龄段不好说，但基本上属于中青年吧，不一定有犯罪前科，估计平时就是那种寡言沉闷，看起来老实巴交的人，但心思缜密、手段残忍、性格扭曲，至于职业，我看很可能做些与体力有关的工作。"

邱建群也说道："结合之前分析出的身高，我看这人八成长得比较敦实强壮，我不敢说这人是不是善于用锤子，但臂力一定不差，可能是做一些与臂力有关的体力活。总的来说，如果这人是从事体力劳动的，那么生活层次可能不会太高，虽然我赞成有谋人的性质在里面，但我还坚持也有谋财害命的可能。"

沉默许久的宋志国突然说："我倒觉得这人的职业不一定就是做体力活

的，但有一定的臂力和腕力，最重要的一点是，他挥舞锤头打击时的落锤点很准，这个'准'体现在两个方面，一是他知道后脑是生命中枢的位置，二是一击即中，不管是不是善于用锤，但肯定善于使用击打类工具，当然，铁锤是更适合他的打击工具。还有一点，是不是一定局限于男性呢？也许是一种直觉吧，我们对'3·31平江县杀人案'几乎穷尽了所有办法，这么长时间还是没有突破，我总觉得哪里不对，至少我觉得前期工作肯定有问题。"

张仲说的并不新鲜，邱建群的话有些跑偏，宋志国的话倒是给人一些启迪。

叶剑锋忍不住也谈了几点："这人的臂力、腕力较强是肯定的，体格不敢说强壮，但体力肯定不差，至于是男是女，常规上来说，男性更合理一些。当然，我明白宋局长的意思，怕就怕这是一个非常规的、反常的案件，因此女性作案这一点我认为也不能排除，不过现阶段肯定以常规推理男性为首选，女性也要关注一下，尤其是与刻画的情况较接近的。"

"为何不能排除女性？"余世春问。

叶剑锋原本只是想支持一下宋志国，没想到大领导一下抓住了核心问题。

叶剑锋不得不做出解释，他从电脑里调出以前的照片，站起来走到投影幕布旁，说："这也是我重新翻看'3·31平江县杀人案'时一直在思考的一个问题，其实案发后我师父也曾经提到过，就是死者连体裤袜被脱下的方式。案犯脱下死者的长筒靴后再脱连裤袜，裤袜是紧身有弹性的，案犯显然知道这一点，他（她）不是很粗暴地强行将裤袜拉扯脱下，而是从腰部开始慢慢翻卷着将裤袜褪到脚踝再一起脱下。"

说话间，他还特意简单比画演示了一下。

邱建群说道："这不能说明什么吧？这只能说明案犯有一定的生活经验或习惯。"

"是不能说明一定就是女性，也许有些男人就会这么脱，就像有些男人可以很熟练地解开女人的文胸一样。但要知道，这是在杀人后，在一个乌漆麻黑的雨夜，还是野外，案犯会本能地用最熟练的手法去脱一个死人的衣服，可以想象他（她）应该慌而不乱，从容迅速，是不是有些女性的特点？还有一点，刚才忘了说了，死者的靴子拉链上面有个暗扣，不经常穿女士长靴的人还真不一定知道，所以不能排除是女性。"叶剑锋说完又补充了一句，"当然，女性肯定没有男人的体格和体力，但不能排除个别女性有强劲的臂力和腕力，不需要太大，只要大到能一锤砸晕一个人就可以了。"

"是的，当初这个案子研判的时候，我的确也想到过女性的可能性。"宋志国简单点了一下，没有再继续说下去，因为女性作案的可能性后来被大多数人否定掉了。

邱建群若有所思，也没再说话了。

余世春和崔耀军嘀咕了几句，然后说："不能排除就是有可能，刚才叶法医说的有一定的道理。简单一句话，宁可白查，不可错放！当然，在前期大量调查工作的基础上，还是要重点深挖与死者以及当事人关系隐秘的人。不知道你们怎么想，我是坚信案犯就藏在他们中间。"

余世春停顿了一下，看了一眼手表又说："再耽误大家一点时间，接下来重点讨论一下侦查部署和方案。"

说是耽误一点时间，结果一说又说了一个多小时，直到凌晨 1 点多才散会。

不过叶剑锋并没有参加接下来的会议，因为明天上午有一个损伤程度需要他来重新鉴定。他留下陆林国，向他交代了一些事情后便提前赶回了江川市。

一个损伤鉴定，为何让叶剑锋如此重视？关键问题其实并不在损伤程度。根据之前送过来的资料看，伤者，也就是被鉴定人，他的颅骨粉碎性骨折，原县局定的轻伤一级没有问题，问题在于打人者不承认骨折是她打的，说是伤者不小心自己摔的。

原本是损伤性质有争议的案子，并不在损伤程度重新鉴定的范围内，但因为事情的起因涉及城管执法过程，打人一方是一个做牛肉丸的摊主，用她自己的话说她就是个弱女子，而受伤的一方是城管。事情发生后，城管损伤程度被鉴定为轻伤，所以摊主可能涉及故意伤害要被刑拘，以致网上舆论开始大肆炒作，谣言四起，大致意思是官官相护，要求彻查真相，还老百姓公道等。

这个案子发生在开发区，于公于私都得要上级公安，也就是江川市局复核调查才可能服众。损伤鉴定这一部分工作，叶剑锋当然责无旁贷。

相对于损伤程度，叶剑锋更加关注的是案情本身。

开发区菜市场有一片门面是牛肉市场，案件中的摊主董琴英主要是卖手打牛肉丸的。手打牛肉丸是双手执锤刀对牛肉反复捶打，直到将牛肉捶打成泥，再熟练地将牛肉挤成肉丸。这在潮汕地区已有百年历史，江川地区的人也好这一口，尤其是很多火锅店对此需求量很大。

捶打牛肉的锤刀其实不是刀，而是重两斤多的方形金属棍棒，董琴英与城管发生争执时就是用手中的锤刀打了对方一下。因为当时人多杂乱，董琴英承认她的确用锤刀打过城管，但没打到，城管躲闪的时候滑了一下，伤应该是头部磕到地上造成的。而城管说董琴英用锤刀打到了他的前额部，他本能躲闪时的确摔倒了，但没摔到头。

当时出警的是绿林县莲蓬镇派出所民警小王，按照《南江省故意伤害案件前期处置规定》，在将伤者送上120急救车后，在随车医生的协助下将最原始的伤口拍照固定下来，这是分析致伤物和致伤方式的关键，当然，还得结合影像检查资料、病历、现场情况、调查情况、致伤工具等，这些都是必不可少的证据。叶剑锋最终给出的分析意见是，伤口符合锤刀击打形成。

这个案子让叶剑锋看到——女人有时也很强悍！

叶剑锋昨晚留给陆林国的任务是，让他今天跟着绿林警方一起去五金市场找找是否有类似八角锤的作案工具，如果有的话买几把回来，好好研究研究。

一个上午，陆林国跟着专案小组跑了七家五金店，买了三把相类似的八角锤，他通过微信把图片发给了师父。叶剑锋看到后，决定吃完午饭就立即返回绿林县专案组。

"只有这三种吗？"叶剑锋看着摆在桌上的锤子问。

"就这三种，有几家还没有卖这种小号的，基本上都是大号的，开石砸墙的那种大号的。"陆林国说。

叶剑锋逐一拿起锤子，先是在手中掂量了一下分量，然后抡了几下，再看了看锤面特征，最后又用尺子量了量大小。

"这几把锤子的大小重量基本上都合适，估计重两斤左右，但锤面特征不太吻合。"叶剑锋说。

"是啊，根据之前你画的锤面轮廓，我也感觉不像。"陆林国点点头接着说，"不过，下午我们还要去。师父你要是没事，和我们一块儿去转转吧。"

"好，吃完饭就去。"没想到师父一口就答应下来了。

可惜跑了一个下午，并没有实质性的收获，倒是问出几个买锤子的人，都是搞装修或是工地上的，虽然还没有对他们进行一一甄别，但估计没戏。

跑了一天，有一点基本确定，在绿林县城区内没有这种内圆外八角的金属锤在售卖。

根据致伤物，一时难以寻得有价值的线索。

平江县警方对"3·31平江县杀人案"死者的关系人展开了滚筒式摸排，

所谓"滚筒式"，就是宋志国重新制定方案时说的，要反复摸排，像洗衣机的滚筒一样，不留死角。宋志国下达的第一个指示就是，让宋益达亲自带队前往广州找到姚翠英和周庆平的儿子周鑫，而他决定亲自去趟监狱会会周庆平。

经过服刑改造的周庆平现在更多的是悔，再一次见到宋志国，他比半年前平和坦然了很多。这一次他特意告诉宋志国，自己的妻子姚翠英生前资助过十几个贫困生，有男有女，基本上应该都已经毕业工作了，年龄在 20～30岁。姚翠英气绝人世，最恨他的除了自己的儿子，可能就是这些受姚翠英资助的人了。周庆平说，他没和这些人接触过，就是以前在家里见过，并不熟，甚至连名字都不知道，现在唯一知道这些人情况的可能就是自己儿子了，也许他们还有来往。

直觉告诉宋志国，这极可能是一条重要线索，所以他迫不及待地把这一情况反馈给了刚到广州白云机场的宋益达。

在当地警方、社区的协助下，宋益达几经周折才找到周鑫。

逝亲之伤，切肤之痛！无法承受的变故，让周鑫变得孤立而又坚强。他整日疯狂地工作，也难以填补已经残缺的心。夜深时，他会躺在床上，手捧一本相册，那里定格着母亲生前的影像。

看到千里之外家乡的警方，周鑫心里五味杂陈。

宋益达与周鑫不是第一次打交道了，他知道这一次的谈话不会很顺畅，所以来之前他特意去平江县的公墓祭拜了周鑫的母亲，这不仅仅是为了感动周鑫，也是表达他对这位善良的母亲、伟大的老师由衷的敬意。

周鑫也的确被感动了，更多的还是感激，他不管宋益达出于什么目的，至少他觉得宋益达是个有情有义、值得信赖的人。

宋益达没有直截了当地谈到案子，而是从周鑫母亲生前做过的很多善事义举说起，一直说到周鑫近期的生活工作情况。宋益达看到了周鑫母亲的相册后，如获至宝，这是他之前没有想到的。

更让人意想不到的是，相册里隐藏着一条重大线索！

在众多与周鑫母亲姚翠英的合影者中，宋益达罗列了十几名关系人，有男有女，大多是姚翠英资助过的学生，基本上都已经毕业多年，很多人都散布在全国各地。周鑫告诉宋益达，这其中有几人可能还在江川，不过他只认识两个人，一男一女。

宋益达将照片翻拍后通过警务通将调查的情况紧急传到江川，专案组也是如获至宝，立即着手对每一个人进行查实甄别。

同样是刑侦大队长，绿林县公安局的邱建群其实一直在和宋益达暗自较着劲，但人员排查、工具调查一直就没有实质性的进展，这让他日不思食，夜不能寐。身为刑侦副局长的张仲也很低落，知道平江县那边传来了新的线索，他立即将邱建群召回。

邱建群疲惫不堪地来到专案组会议室，一进门他就唠叨起来："张局，我那边已经到关键时候了，现在让我赶回来，不踏实啊！"

张仲扔给邱建群一支烟说："有什么不踏实的？你还信不过自己的兄弟吗？我已经把网监的人全部派过来了，只要作案工具是通过网购得来的，肯定跑不了！再说这事儿也是急不来的。"

邱建群也没再多说什么了，挨着张仲坐下来，将烟放到一旁。

"平江那边查到一批新的关系人。"张仲将手里一沓照片和几张 A4 纸推到邱建群面前说，"这是翻拍的照片和一些人员的信息，不是很全，都是可能与两起案件有关的人，你负责调查一下哪些人近期在我们绿林活动过。"

邱建群拿到的照片是经过筛选的，一共 11 张，有两人合影的，有多人合影的，每张照片上都有同一个优雅的中年女人。

"这个就是平江那个去世的老师？"邱建群指着这个中年女人问。

"对，就是'3·31 平江县杀人案'被害人梁秀凤的老情人周庆平的原配姚翠英。据姚翠英的儿子周鑫说，和她合影的大多是受过她资助的学生。"

亏得之前邱建群对"3·31平江县杀人案"仔细研究过，否则张仲介绍的人物关系，得让他一时犯晕。

"好人啊，老天真不长眼，这么好的老师却落得这个结局！"

邱建群一边看着资料，一边感叹，说着说着，一双眼睛突然定格在第八张照片上。照片上，一个挽着姚翠英笑眯眯的年轻女子让他觉得似曾相识。

"这人好眼熟啊，好像在哪儿见过。"邱建群喃喃自语。

"怎么，你认识？"张仲连忙拿过照片说，"据平江那边反馈说，这女的叫孙天萍，平江人，后来读了一个什么护理专业，可能在绿林这边的医院里工作，让我们这边也查一查。"

"孙天萍？！"

邱建群心里咯噔一下，急忙打开记录本，一页一页翻看之前的记录。当翻到一个星期前，也就是10月24日的记录后，他这才恍然大悟。

"不用找了，张局。"他指着记录本说，"她就是宋东旺的前妻卢莹莹的同事。一个星期前，就是案发当天，我还给她做过询问笔录，就在绿林人民医院脑外科。"

张仲瞪大着双眼，马上缓过神来，说："那就是说，这个孙天萍和'3·31平江县杀人案'死者的情夫周庆平的老婆姚翠英关系密切，又和绿林案中死者的前妻卢莹莹也有关系，都能关联上了！"

"是啊，她受过姚翠英的资助，关系不用说了，而且据我之前的调查，她和卢莹莹的关系也不一般。她在绿林租的房子就在医院对面，记得我之前给她做笔录时，她还一口一个莹莹姐的叫。"

两人四目相对，此时已经心照不宣了。

"难道真是女人干的？如果真是她，那真的是颠覆我的三观了！"邱建群突然想到孙天萍那天临别时对他的最后一笑，感到脊背一阵发凉。

"这样好了。"张仲思索许久说，"先查清楚，这事你来负责，先从孙天萍身边的人人手，主要是她的亲友、同事和同学，我马上和支队汇报一下这个情况，平江那边也要去一趟。现在的问题是，还没有任何证据，所以不能打草惊蛇，得制定个稳妥的方案。"

"是啊，肯定得先从外围查起。"邱建群想了想说，"我看还是先从平江查起，至少要把她以前的底细摸清楚吧？医院这边，看情况再定吧，咋样，张局？"

"可以。"张仲点点头，"但要注意策略，其他的事我来安排，有什么情况直接和我说。"

当这个消息传到支队，再传到叶剑锋的耳朵里时，就剩下一句话："已经有对象了。"

有对象了？这可是长久以来最振奋人心的话了！但让叶剑锋没有想到的是，当他再次返回到专案组时，还有另一个惊喜在等着他。

一市两县，三地专案组负责人又一次坐到一起，今天比以往的气氛轻松许多。还没有正式开会，大家都三三两两散乱地坐着，有的在聊着案件，有的在看笔录，有的低头看手机。叶剑锋就坐在宋志国和张仲旁，听到他们的谈话，他才知道嫌疑人是一个叫孙天萍的女护士。这让他格外吃惊，一个小护士怎会有如此歹心，有如此力量犯下此案？这的确不合常理，除非她不是一般的女子。叶剑锋这会儿也不可能做出判断，就看侦查上是否能给出有价值的参考了。

这时，门外楼梯上一阵急促的脚步声越来越近。

"怎么样？"来人刚一进门，崔耀军就问。

叶剑锋扭头一看，是邱建群，原来大家就是在等他。

"名字和号码对不上。"邱建群阴沉着脸走过来，坐下，拿出记录本，翻

224

开，接着说，"电话号码拥有者不叫崔珏，叫赵国勇，而且这个人在半个月前就已经因为车祸去世了，就死在绿林县人民医院急救室。据他家里人说，当时抢救的时候发现他的手机碎了，他们就将其随手放在一边了，谁也没在意，到第二天才想起来，回去找已经没了，一个破碎的手机，他们也没工夫再找了，当时的急救医生也证实了这件事。所以，我怀疑有人拿走了手机，冒用里面的电话卡，在网上购买了锤子，崔珏这个名字应该也是假的，我们市叫崔珏的人就三个，都已经排除嫌疑了。收件地址也不对，虽然写的是锦城嘉苑 33 号楼，但根本没有这个人。"

"网购账号和快递公司查了没？"崔耀军急切地问道。

"查了，账号也是用手机注册的，我们问过当时负责这单的快递员，他已经回忆不起来了，但从快递公司提供的底单上看，签的是崔珏的名字。快递员说一般快件都放在小区或单位传达室门卫那里，也有些是临时约定地点或找上门来取的，取件的时候也不会看身份证，一般核对一下手机号，签个字就可以了。"

邱建群从公文包里拿出几张 A4 纸，递给对面的崔耀军，又说："我已经扫描了几份。"

崔耀军接过来，看完传给了旁边的张仲后，问道："那这部手机的轨迹和活动情况查了没有？"

"查了，就在 5 月 19 日上网买工具和收快递的当天开过机，每次开机就十多分钟，后来就没用过了。两次使用位置一次在环球电影院附近，一次在快递公司附近。"

叶剑锋总算是听明白了，杀人的那把锤子极可能就是冒用电话卡、冒用收件地址的这个神出鬼没的人网购而来，既然是这样，他不免心生疑问。

"邱大，我想问问，当时抢救赵国勇的时候，那个叫孙天萍的护士在不在场？"

"在的。"

叶剑锋点了下头，没再说话，崔耀军倒是说："有些同志还不知道具体情况，你们把这几天的调查详细说说。"

显然，崔耀军说的调查就是针对孙天萍的。

"我先来说说。"平江县公安局刑侦大队长宋益达首先做了汇报，"孙天萍12岁那年，家里发生了重大变故。在座的各位领导可能听说过，12年前我们平江有一起丈夫为了情人、为了骗保，利用煤气杀妻伪装意外中毒案，这起案件当年还被评为全省的十大经典案例。丈夫被判了死刑，留下的孩子就是孙天萍。孙天萍后来一直跟着自己的外婆外公生活，她的外公外婆当年在菜场靠做牛肉丸谋生，家庭条件也是一般，后来她是靠着姚翠英的资助上了大学，才找到了现在的工作。我想这个变故对她的伤害是无法估量的，尤其是她当年那么小，这件事对她的心理产生的负面影响也是极深的。这种情感的严重缺失，家庭的严重破碎，会让她的人格产生缺陷，心理变得扭曲，所以不能排除对于伤害她亲友的人，比如伤害过姚翠英、卢莹莹的人，她会产生极端的想法，采取极端的手段来报复。"

宋益达对于孙天萍心理上的分析没有任何问题，但叶剑锋真正的关注点在他提到的牛肉丸上，他赶紧问道："宋大，你刚才说她外公外婆是卖牛肉丸的，是手打牛肉丸吗？"

"对，以手打为主。"

叶剑锋说："那孙天萍很有可能也会做手打牛肉丸了？前几天我验了一个伤，就是一个常做手打牛肉丸的女人用锤刀打的，力度还不小。如果孙天萍经常帮外公外婆做手打牛肉丸，那她的体力和臂力肯定不小，用锤子进行暴力杀人就能解释得通了。"

"大法师觉得解释得通就好。"宋益达勉强笑了笑说，"还有，从轨迹上看，'3·31平江县杀人案'案发当日，孙天萍的确去过案发现场附近。现在看，她的嫌疑最大，不过还没有过硬的证据，我建议尽快对她的住处、单位进行搜查。"

"我们也查到孙天萍和卢莹莹家关系很近。"邱建群也说，"卢莹莹母女对孙天萍很好，她现在住的租房就是卢莹莹家的老房子，就在医院斜对面200多米，那个帝豪洗浴中心旁边的悦虹小区里。宋东旺被杀当晚，小区南门监控显示，有个戴帽子的人分别在10点45分、11点25分进出过小区，因为光线暗、有大雾，经过技术处理后也只能根据身型轮廓分析出符合女性的身影，身高在165～170厘米之间。很明显，从时间段、地段以及着装上看，这个人行迹都十分可疑，当然，我们的确还不能证明这个人就是孙天萍。"

"当晚同时间段进出小区或过路的人和车辆查得怎么样了？"崔耀军突然问。

"还没消息。"

"大家基本上听明白了吧，孙天萍是目前最有嫌疑的人。"崔耀军敲了一下桌子说，"但现在别说直接证据了，连间接证据几乎都没有，所以下一步工作就是围绕孙天萍展开，除了住处、单位的搜查，外围调查、痕迹也要跟上，还要马上制定预审方案。"

说着说着，崔耀军的脸越绷越紧，他义正词严地说："一旦动了她，就必须一招制敌，否则后患无穷。另外要24小时严密监控，我是怕一旦有风吹草动，她会外逃或再次作案。这要是在我们眼皮子底下再出事，我们都回家好了！"

崔耀军的话真是灵验，他刚一说完，张仲就接到一个电话。

"什么？不见了！"只见张仲拿着手机呵斥道："搞什么搞！你赶紧把情况摸清楚，派人去查，立刻！马上！随时向我汇报！"

所有人都瞪眼看着他。

"怎么回事？"崔耀军急迫地问。

"孙天萍不见了！"张仲把手机往桌子上一扔说，"她昨天晚上给卢莹莹发了一条信息，说家里人有事，今天帮她请个假。结果之后她的手机就一直关机，到现在也联系不上。"

崔耀军来不及多问一句，直接下令："那还等什么，赶紧布控，对她的住处、单位进行搜查。志国，你赶紧回平江，那边由你负责。我不怕她跑，关键要知道她去了哪里，什么目的。要快！"

孙天萍此时早已坐上了去宁州的高铁。

宁州地处南江省东南方，距离绿林县有 400 多千米，等到警方查实已经是晚上 9 点了。

宁州并没有孙天萍的亲友，也没有查到此前她和宁州的人通过话。从监控上看，她是简装出行，并不像出远门，但事实上她已经到了宁州。

"不管她此行的目的是什么，赶紧让宁州的兄弟把她控制起来！"崔耀军心急如焚。

宁州警方一接到省厅、江川市发来的紧急协查，就火速派专人负责此事，从车站一路查起。他们想在江川警方赶到之前就抓到孙天萍，因为就在接到协查通报一个小时后，宁州警方又接到紧急通报，孙天萍来宁州极有可能再次作案，对象正是她父亲以前的情人，一个害她家破人亡的女人，叫罗茜茜。

"她是怎么知道罗茜茜在宁州的？已经这么多年了，看来她一直在找罗茜茜！"崔耀军如坐针毡。

"是派出所的一名协警，据说是孙天萍的追求者，他在公安网上查到罗茜茜的下落然后告诉她的。"张仲说。

"简直无法无天！"崔耀军大声斥责，"这事必须严肃处理！"

"已经被关禁闭了。"

"不出事还好，要是出了事就不得了！张局，你们这队伍要好好整整！"

自己队伍里出了问题，张仲既愤怒又羞愧，更让他担心的当然还是罗茜茜的安危，他攥着手机，在会议室里来回踱步。

戒了几年的烟，又被他拿起，刚将烟放进嘴里，邱建群突然来电话了。

"张局，人抓到了！抓到了！"

"没人受伤吧？"

"没，没！"邱建群突然扯着嗓子说，"幸亏宁州的兄弟出手快，就在罗茜茜小区附近找到她的，随身搜到一把八角锤，还有一顶棒球帽。"

"好，抓紧突审！顺便向宁州的同志问好！"

这的确值得欢呼雀跃，但对整个案子来说，这不过是万里长征第一步，没有人会被这一时的胜利冲昏头脑。

不出所料，突审毫无收获，孙天萍被连夜带回江川。

又经过多次交锋，孙天萍就是不开口，反反复复说得最多的一句话就是："有证据，你们就抓我好了，判我死刑，枪毙我！"她料想警方不会有什么有价值的证据，她还想等着出去后做没做完的事。

第二天，吃完午饭，正在留置室打盹的孙天萍又一次被叫到讯问室。

眼前站着一个义气凛然的男人，她从没见过，对视一眼就让人生畏。

"我是市局刑侦支队长。该叫你崔珏还是孙天萍？阴律司判官！"

崔耀军直勾勾地看着孙天萍，拿出两张纸，一张是快递底单，一张是笔迹鉴定报告，摆在她眼前，冷冷地说道："崔珏，好名字！执一手勾魂笔，让恶者归阴，不过你拿的是榔头，是因私泄愤，草菅人命！"

孙天萍瞥了一眼崔耀军，愤慨道："都是该死之人！该杀之人！"

崔耀军觉得此时此地和孙天萍讨论公序良俗问题就是浪费口舌，他转身拿过一叠汇款单和几封信，又一次摆在孙天萍面前，说："你肯定觉得罗茜茜也该死，因为她是第三者插足，因为她让你家破人亡，因为她让你从小失去父母。其实，当年她并不知道你父亲有老婆孩子，直到你家里出事后，我们警方上门调查她才知道。她一度十分懊悔自责，甚至想过自杀。不管你信不信，我还要告诉你，她每年都会通过姚翠英老师对你进行资助，这些复印件是她和姚翠英老师当年往来的书信，还有些汇款凭据，你自己看看吧。"

孙天萍绝不会轻易相信的，但她还是慢慢从约束椅下伸出戴着手铐的双手，颤颤巍巍地捏着摊在椅板上的一叠单据的纸角，轻轻翻看着。整个讯问室一片沉寂，孙天萍除了沉默，还是沉默，但内心在一点一点地崩溃。

08　轿车烧尸案：石榴裙下的风流债

腊月二十四，江川市迎来了年前的第一场雪。

洋洋洒洒的雪花，落在大街小巷，落在田野山头。一夜过去，放眼世界，满是银装素裹，大地如同盖上了一层厚厚的丝绒棉被。远离喧嚣的山野很享受这上天的礼物，伏在丝绒被下不肯醒来。

腊月二十五，晚上 11 点。

"嘣！"一声刺耳沉闷的巨响撕碎了洪武县井泉镇古井村的宁静。

"老马！你听到响声了吗？"巨响之后，被惊醒的周大娘推了推被窝里的老伴。

"这么响，聋子都听得见。"老马打开了床头灯。

"有点不对劲！声音好像是从废采石场那边传来的。"周大娘已经缓过神来。

"是不对劲，肯定不是开石，也不像放爆竹。"老马心里一沉。

"不会是什么东西炸了吧？"

周大娘随口一说，老马已经惊坐在床上了。他起身下床，随手拿起床头边椅子上的棉大衣披在身上，棉裤也没顾得上穿，便走出屋外，朝自家晒场西南边望去，只看了一眼，他就跑回屋嚷道："不好了，采石场那边着火了，估计什么东西炸了！"

"采石场都废弃好几年了，怎么会炸？"周大娘不敢相信。

"你在家待着，我去叫人！"

老马用了比平时快十倍的速度，穿好了棉裤，戴好了棉帽，拿起手机和一个塑料桶，冲出门外。

城市里道路上的雪早已经被清铲干净，只有草坪、灌木、河岸、屋顶，那些人们不曾到过的地方，积雪仍旧洁白晶莹。流光溢彩之下，城市的夜变得浪漫而又魔幻。

深夜 11 半点，叶剑锋正躺在床上听相声，陆林国还在和同学打游戏，杜自健则已经打起了呼噜，崔耀军正在单位值班。

11 点 40 分，江川市公安局联勤指挥中心下达了一个指令，让他们迅速集结，火速赶往洪武县井泉镇古井村废采石场现场。

没有一个人的心里是平静的！

从繁华的都市奔向旷寂的山野，路有些远，夜有点黑，天寒地冻，车开得很慢。

"确定是爆炸吗？"叶剑锋一坐上勘查车就问杜自健。

"不一定，车是在一个废弃多年的采石场边被发现的。附近村民听见两声爆炸，之后发现了这辆燃烧的车，但感觉不像是汽车爆炸。"

"死了几个？"

"一个。"

"身份明确不？"

"还在问，不过有车牌，应该很好查。"

"不会是采石场的炸药爆了吧？"陆林国打着哈欠问。

"应该不会。"杜自健说，"他们县局的人早就到现场了，初步调查和勘查后发现，没有爆炸痕迹，再说这个采石场早就废弃了，不可能有炸药的。"

叶剑锋估计现场那边的人已经忙成一锅粥了，很多情况还不清楚，问也白问，不如先在车上眯上一会儿，谁知道接下来又是多长时间的不眠不休呢？

车窗上的雾水已经聚集成了小水滴，顺着玻璃慢慢滑下。离城市越来越远，除了车灯照射的范围，车外的一切都是黑色的。从江川市到洪武县现场，40分钟的路程，足足花了一个半小时。

井泉镇实则属于洪武县城区，地处西北方向的山麓地带，而古井村又紧临着井泉镇，距镇中心直线距离不过就两千米，距离县城也只有五六千米。坐在车里的人完全不知道方向，驾驶员也要靠导航才不会走错路。从井泉镇拐向西北面慢慢驶过一段很长的缓坡，拐几个弯，就看到了一辆警车停在路边，闪着耀眼的警灯。

警车的大灯照着前方几米远的一个路口，路口拉上了一条警戒带，坐在警车副驾驶上的一个协警打开车门，迅速跑到路口，解开警戒带，挥手示意勘查车开过去。

勘查车开到路口再左转，进入一条有些颠簸的土路，开过一段下坡路，四五分钟后，就看到一辆消防车和几辆警车。在第二条警戒带内是一片比较开阔平坦的地带，当中临时竖起了两盏氙气大灯，炽白的光柱聚焦在一辆轿车残骸上。

焦煳味、烟熏味、烧烤味夹杂在一起，走得越近，越发刺鼻，最明显的还是尸体的焦煳味，这种味道会穿透衣服纤维，沁入毛孔。

"我今天晚饭就是吃的烤肉！"陆林国做出一副呕吐的样子。

洪武县局的法医程建斌调侃道："那你吃饱了没？没吃饱要不再来点？"

"你这么变态，我到现在还没消化呢！"

叶剑锋瞟了一眼陆林国："行不行啊你，不行先到一边吐掉！"

"那倒不至于，不过的确有些反胃。"

叶剑锋没再搭话，他踩着地上已经快结成冰的水渍，绕着车辆大致看了看。

这是一辆白色SUV，所有车窗玻璃，包括全景天窗的玻璃都已经破碎缺失，只有后面的挡风玻璃还有些残留，车子的内饰基本上烧光殆尽。纵观整个车体，只有钢制的框架显而易见，除了两个后轮胎还很完整，前面的轮胎都已经烧毁，软趴趴地包裹着轮毂。

很明显，车头引擎、驾驶室、副驾驶位置烧得最严重，车头上的白色油漆早已经在高温灼烧下变成灰白或灰黑色，引擎盖也有些变形，而尾部车门外壳相对来说，并没有太过明显的变化，车牌也很醒目。

原本在现场分散的人，随市局支队和刑科所领导的到来，又重新聚拢到车旁。

"身份明确了吗？"崔耀军走来就问。

洪武县刑侦副局长沈岳明指着驾驶室里已经炭化的尸体说："人肯定无法辨认了，车里的物品也烧得差不多了，但根据车牌查到了车主叫吴天法，男，45岁，住在江川吴越区。已经和他老婆联系上了，据说他最近和几个朋友在洪武这边搞工程，昨天晚上在这边吃的饭。目前来看，死者基本确定就是吴天法了。"

"他家里人来了吗？"

"应该在路上了。"

坐在驾驶室里的尸体，全身已呈炭黑色，面目全非，四肢扭曲，皮开肉裂，头颅几乎成了一个黑炭样的骷髅，狰狞瘆人。

看到这样的尸体，叶剑锋第一个想到的就是要明确身份，他觉得有必要多说一句："沈局，确定身份还得靠 DNA，得叫人尽快采集这个吴天法父母的血样，或者他老婆和孩子的血样。"

"放心，叶法师。"沈岳明说，"采血肯定没这么快，估计要等明天了，不过我听说他去年因嫖娼被抓过，DNA 库里应该有他的血样，到时候还得麻烦你们所里抓紧比对了。"

"食色，性也。看来这家伙好这口，恐怕今天晚上到这里就不是干好事儿的。"叶剑锋看了看表，已经过了夜里 12 点了，又说，"哦，不对，应该是昨天晚上。"

崔耀军继续问："昨天晚上死者都和谁在一起，情况清楚吗？"

"已经联系到吴天法的一个朋友，叫赵俊超，刚到所里做笔录。他说昨天晚上是他请客吃饭的，大概有七八个人，都是生意人，吴天法也在。吃到了 7 点半，后来又去唱歌了，但唱到一半，估计 10 点不到，吴天法就先走了。后来的事他也不清楚了，他说自己喝多了，断片了。"

"唱歌的时候叫了小姐陪酒没有？"

"叫了，但具体叫了几个他也记不清了，这家伙到现在酒还没完全醒。我们已经叫人去调酒店和 KTV 的监控了。"

"吃饭和唱歌是在一个地方吗？"

"一个地方，虹星大酒店。"

"那重点要查吴天法离开酒店后的活动轨迹。他去过哪里？接触过什么人？如何到这里的？最好还要搞清楚，他为什么到这里？"

沈岳明点点头，突然又有些为难："从井泉镇过来，这一路上都在修路搞绿化，没有监控，关键的这一段反倒不好查。"

"没就没了，不能什么都靠监控嘛，不然要我们这些侦查员干什么，难道没监控就破不了案了？"崔耀军看上去不太在意，其实心里也急。

"那倒是，就是多走些弯路罢了。"

杜自健在车辆周围转了几圈后，走过来说："现在看，应该不是爆炸引起的火，车辆和周围没有爆破引起的变形和破碎痕，油箱也没爆裂，应该是车辆起火引起的轮胎爆炸。"

"我们也觉得不像是爆炸，有你杜专家的这句话我们就安心了。"沈岳明略微舒展了眉头，"第一个发现的村民，就是靠近上面路口的一家。大概是晚上 11 点左右，他先是听到一声爆炸声，出门就已经看到了火光，还有几个人说是两声，声音还挺大。现在看，应该就是轮胎爆炸的声音。"

"那边几个东西估计是当时灭火用的吧？"叶剑锋指了指远处地上的塑料桶和塑料盆。

"是的。"沈岳明说，"最先到现场灭火的一共有六个村民，都拿着桶和盆，就近装着雪灭火，虽然没灭掉，但大大减小了火势。11 点 10 分，消防赶来才把火全部熄灭。也幸亏有这些群众，及时控制住了火势，否则如果油箱爆燃，可能会引燃上面的林木。"

"今天消防谁带班？"崔耀军一直没见到消防负责人，有些奇怪。

"是肖大队长，他带旭华去拿无人机了。"

"乖乖，还要无人机啊？"陆林国小声嘀咕道。

"当然，"叶剑锋说："这种火灾现场，无人机可以高空拍摄整个概貌。"

言语间，一辆警车远远停下，一位身穿橄榄绿的中尉军官款款走来，旁边是拎着一个黑色厚实大箱子的县局刑科室主任丁旭华。

"肖大队长，你可是来给我们救火的啊！"崔耀军伸手相迎。

"啊呀，崔支！别这么说，都是分内的事儿。"肖大队长快步上前。

这位肖大队长，叶剑锋也不陌生，第一次认识他是在两年前的一起烧死三人的案子上，那时他刚调过来，还是个少尉。当时救火时，他不顾自身安危，一个人从火场救下来两个人，不仅如此，后来在勘验现场、分析案情的时候，他也是非常细心、非常专业，可以说是有勇有谋。

"崔支，情况想必已经了解了吧？"肖大队长问。

"岳明已经介绍了，不知道肖大队长怎么看？"

"肯定是车子起火，但起火原因还不清楚，具体起火点也不确定，不过我觉得起火点不是在引擎部位就是在前排驾驶室位置。等现场这边处理好，车子拖走后，最好再拆卸开看看。"

肖大队长说的不是什么独到的见解，但他的话进一步确定了勘查的思路。

"肖大队，你好。"叶剑锋主动打了个招呼。

"你好，你是叶法医吧？"肖队长认出他了。

"是的，肖大队好记性。"答应完，叶剑锋便问道，"我想问一下，尸体的姿势变动大吗？"

肖队长说："没有太大变动，基本上就是现在这样，当时肯定坐在驾驶室位置。"

"谢谢。"

叶剑锋没再追问，正如肖队长所说的，可以确定死者当时正坐在驾驶座上，只是因为高温的作用，造成了肢体屈曲，使双手呈典型的"拳击"样姿势，因为整个座椅的毁损，整具尸体也有些坍塌。

寒冬子夜，夜色如墨，寒风凛冽，很多人都有些招架不住了，非技术人员要么已经撤离，要么就钻进了车里。叶剑锋后悔没戴个帽子，寒气肆虐地拍打着脑袋，耳朵冻得生疼。

唯一感觉有些温度的地方，就是这辆被烧毁的汽车，余温尚存。

杜自健将勘查车车顶的探照灯打开，与南北两侧氙气大灯同时照射，现场中心在三处强光的照射下如同白昼，不过也只局限于现场几十平方米的范围。

"这下光线够用了。"丁旭华边说边打开了箱子。

"这大半夜的，这玩意拍得清吗？"陆林国好奇地问。

"开玩笑，这可是消防专用的侦察无人机，几千万像素，等会儿让你开开眼！"

说着，丁旭华很快就将无人机组装好，放置在平坦的地方，慢慢操控遥控器。只见机体上四个小小的旋翼"嗡嗡嗡"飞转起来，稳稳地飞到车顶上方十几米的位置，一会儿盘旋着，一会儿悬停着。

拍摄的影像清晰地显示在操控屏上，效果几乎和数码相机没什么两样，更有数码相机无法替代的功能，高空俯瞰整个现场概貌，但镜头下呈现出的不是美丽的风景，而是一幅惨烈的场景，是整个车体燃烧后的迹象、残痕。

30 多分钟续航时间，无人机只飞了十几分钟便缓缓降落，风向不定，丁旭华怕万一失控，摔坏了可就罪过了。

采用无人机辅助，效果一目了然，不同程度的烧毁痕迹显而易见，火肯定是从车前开始，然后向四周扩散。

很显然，痕迹首先要解决起火原因和找到具体起火点，法医首先要解决死因问题。

目前还无法对尸体进行详细检验，叶剑锋最在意死者的姿势。

"你们觉得这具尸体的姿势有什么问题不？"叶剑锋看似是问身边的陆林国和程建斌，实则也是在问自己。

"有什么问题啊？师父，你是怀疑死后移尸吗？"陆林国问。

"死不死后，现在还看不出来吧？死因都还不清楚。"程建斌说，"不过也没看出这个姿势有什么异常啊？"

叶剑锋沉思了许久，却说："等下再说吧，殡葬车怎么还没来？"

"已经叫了，我再催催吧。"程建斌说完便拿起手机。

丁旭华这时走了过来，拿着强光手电，在驾驶室一阵搜索。

"找啥呢，丁主任？"叶剑锋问。

"车钥匙。"

"哦！"叶剑锋也拿着手电帮他一起找。

因为尸体还在，只能借着手电的光搜寻，很有局限，所以一时也没找到。

"钥匙不一定在车上吧，就算原先插在车上的，现在肯定也掉下来了，等尸体拉走再找吧。"

"钥匙当时应该插在车上，呈开启状态。"丁旭华说。

"这么肯定？"

"排气管后面的雪都开始融化了，车子当时肯定处于启动状态。"

大家走到后面看了看，排气管下面的积雪的确融化了，融化的雪水呈污黑色，又重新凝结成冰。

"看来当时车子一直是发动着的。那有没有可能是发动机意外起火啊？"叶剑锋问。

"不清楚啊，肯定不能排除。"

"按道理，这么冷的天，都得零下了，发动机不应该起火啊。"程建斌说。

"我也觉得不大可能。"陆林国摇摇头说。

"一切皆有可能，等把车子拆卸后看看才知道。"杜自健说，"旭华，等天亮了，你们要联系一个靠谱的技师，帮忙看看，有些车辆上的技术问题可能还要送去做鉴定。"

凌晨 1 点半，殡葬车才缓缓到来，开车的老师傅嘴里嘟嘟囔囔的，很不高兴。天寒地冻，深更半夜，谁愿意从被窝里被叫到这么个鬼地方呢？还要拉着一具黑炭样的尸体。

都是熟人了，叶剑锋递给老师傅一根烟，安慰了几句，很快就将尸体抬进了车里，然后带着陆林国、程建斌，还有摄像的技术员，坐上了警车，紧跟在殡葬车后面。

一坐进暖和的车里，人便有些昏昏欲睡，可一想到接下来的解剖工作，便一下子兴致全无。此时需要一鼓作气！

幸好，20多分钟就到了殡仪馆。解剖室灯火通明，一尘不染，空调也很给力，在这样好的条件下做解剖，人的心情也会好些。叶剑锋想起自己刚参加工作那会儿，解剖室还只是一个简易的活动板房，夏天热死，冬天冻死。

那时候寒冬腊月里做解剖，边上得放上一盆热水，每隔十几分钟就得用热水泡一泡手，否则双手哆哆嗦嗦，根本拿不住刀。如今，真是羡慕这些年轻法医赶上了好时代。

不过条件再好，也是和死人打交道的地方。

放在解剖台上的尸体，保持着原有的样子，高温高热导致了尸体各个关节屈曲固定，这不同于尸僵，很难将尸体恢复到平整的姿势。

死亡时的姿势决定了每个部位被燃烧的程度不一样。死者臀部的衣着仍有残留，这是因为屁股紧紧坐在座位上，所以衣服未燃尽，残片与皮肤紧贴在一起，很容易就从尸体上剥了下来。看似厚厚的一层，细分开有内裤、秋裤、外裤、坐垫，至少四层，剥去衣物，下面还有巴掌大小的完整皮肤。

"看来在发生火灾的时候，这个人已经失去行为能力了啊。"程建斌说。

"貌似连挣扎都没有，屁股都没挪动过，也许当时已经吸入不少一氧化碳了。"陆林国脑袋瓜转得也很快。

"怕是没那么简单。想想看，车子没有明显撞击，又是如何起的火？这种天气，自燃怕是不太可能。而起火时死者为何毫无自救、逃生反应？毕竟车辆起火，是有个过程的。"叶剑锋心生一连串的疑问。

"要么死后焚尸，要么死者当时处于昏迷或昏睡状态。"程建斌说。

"死后焚尸不太像。"叶剑锋紧盯着尸体臀部残留的皮肤说，"这一块皮肤边缘有一圈鲜红的充血带，这说明死者当时还是有生命迹象的。"

"不是说死者之前喝过酒吗？有没有可能酒喝多了，昏睡过去了？"陆林国说。

"这种可能性是有，"叶剑锋说，"问题是喝了这么多酒的他为何要跑到这个黑灯瞎火的地方？而且还昏睡过去了，蹊跷不？"

"说不定为了偷腥找刺激。"陆林国说。

"可能真是这样。"程建斌说。

"一切皆有可能啊，不管咋说，这件事肯定不简单，大家都看仔细点。"

与其说是事情不简单，倒不如说是尸体不简单。

尸体的皮肤和肌肉已经焦化，硬如皮革，个别薄弱的部位，皮肤因为迅速脱水、收缩而干裂，这是典型的死后烧伤。除此之外并没有发现很明显的刺伤、砍伤、打击伤、撞击伤等开放性的伤口，当然，如果之前有过擦伤、挫伤是肯定难以发现了，重点还是在内部。

陆林国这一次一马当先，拿起柳叶刀准备解剖，但他发现一刀下去，刀刃只在焦黑的皮肤上留下了一道浅浅的划痕。

"你这刀刃角度不对。"叶剑锋提醒他，"先拿刀尖插进去一点，不要太深，然后再慢慢切开，刀刃与皮肤夹角有个 60 度就差不多了。"

陆林国重新试了试，的确比先前好很多，但要把整个颈部、胸腹全部剖开，还是比较费力的。

相对于颈胸腹，头皮更加难弄，即使是程建斌这个有些经验的法医，也是费了九牛二虎之力才把焦炭样的头皮剥离。

头皮有些残缺不全了，只能从皮下、骨骼、颅内去判断死者生前有没有损伤、出血。残留头皮覆盖的地方，颅骨还没有烧焦，这些地方没有骨折，但在顶部焦碳化的地方发现了一处向外凸起的骨折。

"叶所长，你来看，好像有骨折。"程建斌不禁紧张起来。

叶剑锋仔细瞅了瞅，倒并不意外，只是说："先拍照，拍清楚点，开完颅再说。"

陆林国也停下手里的活儿跑了过来。

一时间，三个法医，三双眼睛都聚焦到了这一块。

将颅骨锯开，里面就是包裹脑组织的硬脑膜，硬脑膜倒没有明显的破裂，但在顶部骨折的地方，也就是颅骨与硬脑膜之间，发现了一块咖啡色的血肿，血肿紧贴硬脑膜外面，不同于新鲜的血肿那么致密且富有弹性，而是比较松软酥脆，很容易就和硬脑膜分离开。

"会不会是硬膜外热血肿？"陆林国问了一句。

"可能是。"程建斌一时吃不准。

叶剑锋则说："把硬脑膜剪开，看看脑组织。"

等到剪开硬脑膜，取出大小脑，切开脑组织，清干净颅底，叶剑锋这才说："基本上可以确定是热血肿，不像外伤造成的。"

硬脑膜外热血肿，是相对于外伤性硬膜外血肿而言的。相同的是，两者都是因为颅骨内面血管破裂而造成的出血，大部分都有骨折；不同的是，一个是火灾中受到高温高热造成的，一个是遭受外伤形成的。

陆林国首先说出来是热血肿，但自己还是有些疑惑，他问："如果是受伤后形成的血肿，再经过高温的作用是不是也会这样呢？"

"是啊，这种如何区分呢？"程建斌有些不解。

"问得好！这还真是个难题。"叶剑锋说，"一般来说，从血肿的部位、颜色、质地、结构、骨折形态，还有碳氧血红蛋白含量等各个方面来对比，两者还是有区别的，这个教材上都说得很清楚了。就我们眼前的情况来看，血肿部位的骨折不是外伤造成的。"

叶剑锋拿起已经被锯下来的头盖骨，继续说："你们看啊，血肿对应处颅骨的局部骨折是向外凸出的，如果是打击、碰撞，骨折最起码不会向外凸，甚至应该呈凹陷性，再看颅骨内板，骨折反而不明显。这就说明这处骨折的力量来自内部，颅内的血肿膨胀挤压，外加大火造成骨骼有机物缺失，骨骼变得又脆又硬，热胀冷缩，骨骼很容易发生骨折。"

叶剑锋不仅仅是给他们上了一堂生动的专业课，言语间还解开了一个重要的疑团。

陆林国瞪大了眼睛："真是长知识了！"

叶剑锋又多啰唆了一句："实践出真知。你们回去再把书好好看看，以后再遇到就了然于胸了。"

程建斌在一旁频频点头："看来头部外伤基本上可以排除了。"

"头部应该没问题，关键看其他部位了，还有检材的提取，也必须规范，最后很多地方还要靠化验结果来验证。"

这时，叶剑锋看到陆林国正拿起剪刀准备剪心脏，他立即呵斥道："呐呐呐！刚说完，又不长脑子！心血抽了吗？"

"我怕心血也烤干了，抽不出来，所以想先剪开看看。"

"强词夺理，怕是忘了吧！"叶剑锋一眼就看穿了这个徒弟，"你先抽一下不就知道了，实在抽不出来，再弄开也不迟，这个血样不仅要做常规毒物，还要做一氧化碳含量、酒精浓度的检验。"

"知道了，师父。"

陆林国的态度还是诚恳的。他立即拿来注射器，正准备扎进去，又被师父制止了："等等，心脏表面看了吗？有没有出血点？"

"还没，准备切下来再看。"

"和你说过不止一次了吧，器官在没取之前，原位也要看看！"

连续的不规范操作，让陆林国感到耳根发烫，他也不敢再多嘴了，赶紧用实际行动弥补。

程建斌已经腾出手，主动过来协助陆林国，心血很快被抽离出来，并没有因为高温火烤而流失，20 毫升的试管里装满了鲜红的血。

心、肝、脾、肾、肺等器官不仅没有破裂，也没有机械性窒息形成的出血点，颈部深层肌肉、骨骼更没有掐颈、勒颈而造成的损伤。

"叶所，你看可以排出机械性损伤和机械性窒息死亡不？"程建斌问。

"可以，不过应该严谨点说，是未发现机械性窒息的依据。"

"师父，你来看，死者胃里好像没啥东西。"陆林国已经剪开了胃。

的确，在撑开的胃里，除了少量浑浊的液体，几乎看不到明显的食物。

叶剑锋稍稍靠近，摘下口罩，闻了闻说："酒味还挺浓，先称重取材，等等再看。"

称完重，陆林国拿来两支 50 毫升的试管，一支装满了胃内容物，一支塞进了剪下来的小部分胃组织。

取完材，叶剑锋拿来一个白色的托盘和纱布递给陆林国。

接过托盘和纱布，陆林国立即将剩余不多的胃内容物全部倒在了摊开的纱布上，液体很快渗完，过滤出一些好似蔬菜、肉、花生米一类的食物残渣。

叶剑锋让程建斌马上打个电话，问问吴天法晚饭几点开始吃的？几点结束的？大概喝了多少酒？有没有吃夜宵，喝酒？

过了几分钟，电话反馈，吴天法大概是晚上 6 点吃的饭，一直吃到 8 点，然后去了 KTV，10 点多离开的，喝了多少啤酒不知道，但吃饭的时候估计喝了六七两 52 度的白酒。

程建斌说："看来也吃了不少，喝了不少啊，算他最迟 11 点死的，胃里不可能就这么点儿东西，估计是吐了。"

"应该是吐了。"叶剑锋说。

"死者会不会不是吴天法？"陆林国"脑洞"又大开了。

徒弟这个时候突然提出这种莫名其妙的质疑，叶剑锋却没说什么，这反倒提醒了他，得让专案组问问吴天法的家属，吴天法生前身上有什么可以识别的特征没有。

其实在没有科学的论断前，吴天法的家属还是抱着最后一丝幻想的，希望死者不是吴天法。

专案组很快给了答复，吴天法左小腿前年骨折，做过内固定手术。于是叶剑锋亲自操刀，证实了这具尸体左小腿的腓骨上的确有一块小钢板。

叶剑锋顾及的事情可能太多，做的这件事只是一个流程外的小插曲，不过这给专案组进一步坚定了调查方向，却给家属带来了绝望。

同时，程建斌已经切开了气管，气管腔里有一条黑色的线条，黏稠稠的，管壁上有出血，甚至还夹杂着一些水泡。

"叶所，你看，这就是热作用呼吸道综合征吧？"程建斌想得到叶大法师的认可。

"是。"叶剑锋说，"这条黑色的线条，应该是吸入的烟灰或者炭沫混合着气管里的黏液形成的，出血、水泡就是吸入灼热的空气造成的。"

陆林国也凑了过来，看得很认真，嘴里还嘀咕道："又长见识了。"

"更严重的还会形成白色的假膜，以后你们肯定会见到的。"叶剑锋说。

一夜的解剖，终于有了些收获，现在可以断定，死者是被烧死的。

解剖室这边死一样的寂静，派出所那边却忙成了一锅粥。

整个夜里，派出所办公楼几乎灯火通明，映射在冬夜里的光晕显得那么夺目，即便东方欲晓，也不比晨晖逊色。一早出门的人知道，这一夜的安宁是有人在默默坚守。

吴天法的案子还没有眉目，早上 7 点 10 分，又报来一个警情，还是在古井村，一座桥下的河床里发现了一具女尸，而且就在前一个现场向西七八百米处。

正躺在沙发上打盹的沈岳明听到消息，脑袋"嗡"地一下快要炸了，不过他瞬间就冷静了下来，并立马打电话给正在负责处置警情的派出所所长王定国。

"什么情况？死者身份查清了吗？"

"查清了，死者叫夏颖，今年32岁，是古井村茶清沟人，父母在茶清沟那边开了一家小客栈，她自己和老公住在我们县城。她老公叫洪炜，是绿林县人。经过初步调查，昨天晚上，夏颖和她老公在自己父母家吃饭、打麻将，一直到10点多钟，他俩把孩子留在客栈，然后就一起开车回家了，车是洪炜开的。"王定国一口气说了一大段，发现电话那头好像没反应，赶紧问了一声，"喂，沈局，你在听吗？"

"我在听，你说就是了。"

王定国继续说："据洪炜说，车开到半道时，他和老婆在车上吵起来了，他老婆还动了手，抓了一把方向盘让他停车。当时大概是快到矿区的位置，车不小心蹭到了马路边上，洪炜就赶紧停了车。夏颖气呼呼地下车就走了，说是回她父母家，也就是小客栈那边。洪炜说，他当时也在气头上，就没管她，把车开回了家，然后去了KTV找朋友喝酒去了，喝到1点多，他就回去睡觉了。一直睡到早上6点多，他老丈人给他打电话说孩子发烧，这时他才知道夏颖昨天没回老丈人家。后来他们在桥下找到了夏颖，人已经死了。"

"现场那边还有谁去了？"

"所里有我和一个民警、两个协警，技术上丁主任已经到了，带着一个技术员和法医，暂时就我们几个。我刚到现场，就看见夏颖的家里人要把她的尸体拉回家，劝也劝不住，挡也挡不住，他们家人太多，我们实在没办法。"

"这个女的和吴天法有关系吗？"

"肯定没有。"

"你就负责把家属工作做通，尸体必须要看，可能还要解剖。"

"放心吧，沈局，我和村干部已经去她家了。"

"要尽快！其他的事我来安排。"

王定国是一个老所长，群众工作做得好，群众基础打得也扎实，沈岳明相信这事儿他肯定搞得定。

叶剑锋这边，解剖工作彻底结束了，他带着大家正在路边摊上吃着香喷喷的生煎，喝着热腾腾的豆浆。原本大家想，吃完早餐，回去做个汇报可以暂时歇息一下了，谁知道，一个电话打来，一切都化为了泡影。

"又来一个！"程建斌接到丁旭华的电话，整个人都要蔫了。

"什么情况？"叶剑锋一听，就知道又出事了，顿时也没了胃口。

"古井村那边又死了一个，是个女的。"

"具体情况知道吗？"

"具体情况没说，就说古井村一个女的昨天晚上就失踪了，早上尸体在桥下被发现的，离第一个现场不远。"

"就是采石场西面那座铁桥？"叶剑锋有个大致印象。

"对，就是那里。"

"你们其他的法医去了吗？问问看尸体是个什么情况？"

"李成胥去了，他说尸体已经被家属拉回家了，她家人的情绪很激动，一时半会儿估计还看不了。"

"那你和丁主任说，叫所里赶紧派人盯着，千万别再动尸体了，尤其是衣服，没脱的话，千万别脱。"

给死者换衣服、擦身子是当地的风俗，谁也不会反对，但对于非正常死亡的尸体，没检验之前是万万不能动的。可惜很多死者家属因为一时过度悲痛，往往忽略了这一点，如果这个时候没有人去劝解，会造成不必要的阻碍，更会失去极具价值的原始痕迹和证据。

"好！"程建斌立即拿起了电话，打完电话后说，"已经交代好了，派出所所长亲自在做工作。"

叶剑锋吞下最后一个生煎，说："这样好了，等下你先去现场那边和丁主任碰头，我和陆林国先去一趟专案组汇报尸检情况。"

几个人饱餐后，一上车，没过几分钟就睡着了，虽然只有短短的二十几分钟，却感觉睡了很长时间。

杜自健刚从现场撤回来，在食堂吃完早饭，就来到了专案组会议室，崔耀军和沈岳明早已经泡好了热茶等着他。

崔耀军将茶杯推到杜自健面前问："怎么样？"

"谢了，谢了！"杜自健接过茶杯放到一边，然后说，"之前发现的那一处可疑的轮胎印，是一辆小型轿车，具体品牌、型号让几个汽车技师在帮忙查。根据轮胎印的轨迹分析，这辆车应该没有到过中心现场，是从东边，也就是井泉镇方向过来拐上了采石场那条路，接着往里面开了三四百米，停了一段时间，估计五六分钟吧，没熄火，然后又调头出去了，往井泉镇方向驶去了。"

"能不能根据轮胎印，看出这辆车在吴天法的车之前进的还是之后进的？"

杜自健摇了摇头："不行，很难判断了，现场破坏很大，能分辨的其实就几处印痕，都是孤立的，但可以肯定是在下雪之后进来的。"

"那就是说，这辆车和案件有没有关系还不一定了？"

"不好说，还是有很大嫌疑的。"

崔耀军越听神色越凝重，又问道："有没有其他有价值的东西？"

"目前我觉得有两点，第一个当然就是车子本身，车现在已经拉到了县公安局的车棚里，三个技师也全部到位了，初步看，还是发动机起火的可能性最大；第二个就是现场汽车排气管的问题。"

"杜所，你是怀疑排气管被人动过手脚？"沈岳明问。

这是杜自健第一次正式提到排气管的问题，当然会让大家耳目一新。

"不是，不是。"杜自健解释道，"清理现场后，我们发现排气管后面的雪已经完全融化了，地面完全裸露，范围大概 1.5 米 × 0.5 米，经过甄别，可以排除是救火时造成的，也不是车辆燃烧造成的，因为火没有烧到后面，所以肯定是排气管长时间排气造成的。"

排气管排出的烟有一定的温度，时间长了会将管口后面的积雪融化，这一点并不奇怪，正在大家疑惑之际，杜自健紧接着说："排出的气把雪融化了不奇怪，但现场雪的厚度大概有六七厘米，融化的范围还这么大，且呈喷射状，那就不仅仅是时间长的问题了。我想来想去，似乎只有一种可能——就是在长时间空踩油门的时候才会发生。"

听到这儿，很多人都明白了，崔耀军也明白了，但他不禁疑惑："这就是说，车子停在那里，油门一直是踩着的，这样会造成汽车自燃吗？"

沈岳明对车略懂一些，他说："理论上说，空踩油门，会导致发动机过热，时间长了，可能会导致发动机起火。不过我没见过，新闻上倒是有过此类报道，说夏天有人喝醉了酒在车里开空调睡觉，不小心踩到油门，时间长了，导致车辆自燃。夏天气温高，可以理解，但此时可是寒冬腊月。"

大家说得正起劲儿，叶剑锋带着陆林国突然推门而入。

"两位，辛苦，辛苦！先坐一下，喝杯热茶。"沈岳明没有一点局长的架子，说着说着便站起来准备泡茶。

叶剑锋急忙拦住："啊呀！沈局，你坐，我们自己来好了！"说完朝陆林国使了一个眼色。

"沈局，我来我来！"陆林国边说边迈开了大长腿，两三步便走到旁边茶水桌前。

没等领导开口问，叶剑锋坐下便说："我说一下尸检情况吧，时间紧，我初步拟了几点。第一，死者应该是被烧死的，没有明显外伤；第二，车辆起火的时候死者没有任何逃生迹象，可能处于昏睡或昏迷状态，所以，我分析死者可能饮酒过量，但也不能排除吃了什么药物，最终结果还要等毒化检验；第三，就是死者胃里的东西不多，我怀疑死者之前吐过，吃的东西都吐得差不多了；第四，关于死亡时间，在 22～23 点吧，可能更接近 23 点，就是最先发现起火的时候，我觉得这个参考侦查上的结果可能更精确一些。"

"烧死的，能确定吗？"崔耀军追问了一句。

"确定，而且可能是在昏睡或昏迷状态下。"

"那这种状态下，一个人会不小心踩到油门吗？"

叶剑锋一时不明就里，犹豫之际，杜自健在一旁补充道："是这样，我们从现场痕迹上分析，死者生前可能在未熄火的车里不小心踩到油门，也就是空踩油门，时间一长引起发动机起火。"

这是杜自健分析的一种可能的起火原因，叶剑锋对此闻所未闻，但就是否能踩到油门这个问题，他给了一点意见："这个真不好说，这要看死者当时的意识障碍情况，如果真的是深度昏迷状态，四肢松软，怕是很难自己踩到。当然，如果在浅昏迷或昏睡过程中，脚突然不小心踩到，也是有可能的。"

当大家还在一筹莫展时，陆林国突然说："我之前听我同学说过，他们那里几年前有一个案子，就是雪地里有一辆小轿车自燃，死了一个驾驶员，最后还请了公安部专家来会诊，结论就是驾驶员醉酒后，半路上把车停在路边睡觉，不小心踩到油门造成了发动机起火自燃。"

陆林国的话立即引起了大家强烈的关注和兴趣。

杜自健尤为兴奋地说道："这是个好案例，而且极具参考价值和说服力。

小陆，你赶紧找你那个同学，想办法搞到详细的资料。"

"但我听说这个案子很敏感，不知道他们乐不乐意给啊。"陆林国一时有些为难了。

"啊呀！就要一些现场和技术方面的资料嘛，其他关于案情、当事人的信息资料我们一概不要就是了，都是公安内部的，应该问题不大。"

叶剑锋也说道："估计会给的，既然公安部会诊过，真不行，也可以通过省厅去弄过来。"

"双管齐下，好！"

正说着，一个瘦瘦高高的年轻人突然走进来，等他坐下来，叶剑锋才注意到蓬头下那张帅气而又疲倦的脸，这是刚提拔上来的派出所刑侦副所长唐彬彬。

唐彬彬和在座的打完招呼，就翻开一本硕大的笔记本，开始汇报："目前，我们找到了四个昨天和吴天法一起吃饭的人和三个陪酒的小姐，包括饭店、街面、路上的监控。基本上查到，吴天法是在晚上 9 点 40 分离开的 KTV，同时跟他一起走的就是陪她喝酒的小姐，叫吴梦洁，23 岁，外地人，来这边已经有三个多月了，巧的是她租的房子就在井泉镇到古井村那个路口。"

叶剑锋原本想插一句，这太巧了，肯定有猫腻，但可能太困了，嘴皮子也懒得动了，便继续听唐彬彬说。

"他们两个人出来后一起上了车，车子就开往井泉镇方向。我们在井泉镇一家招商银行门口的监控里，发现了车子最后经过的时间是 10 点 05 分，方向往西，而西边离银行 400 多米就是去古井村案发现场的路口，但在这之后就没监控了，那里的道路都在改造扩建。"

"路口西南边不是有一条老 318 国道吗？前面没监控吗？"沈岳明问。

"有，在和绿林县的交界处，离这边大概七八千米，还没来得及查。"唐彬彬说，"据吴梦洁说，昨天晚上歌唱到一半的时候，吴天法对她讲，晚上只顾喝酒了，没吃什么东西，有点饿，就叫吴梦洁陪他一起去吃夜宵，并叫吴梦洁帮他开车。吴梦洁说自己还没有驾照，吴天法就说不用她开了，反正下雪天也没交警查酒驾。吴天法说如果她愿意一起去就再加 200 块钱小费，所以吴梦洁就跟着去了。结果到了井泉镇的时候，吴天法就吐了，吴梦洁就在附近的一个超市里买了一瓶饮料给他喝，这时候吴天法接到一个电话，好像是他老婆打来的，电话里吵了几句后吴天法就说不去吃夜宵了，就把吴梦洁送到了出租房附近，还是多给了她 200 块小费。之后吴梦洁就回去睡觉了，一直到今天上午我们找到她。"

"吃夜宵为什么要去井泉镇？而且吴梦洁正好就住在那里。"崔耀军问。

"这个问过了，吴梦洁说是她提议去井泉镇吃夜宵的，她觉得离她住的地方近，比较安全。而且有些情况已经查实了，比如说去超市买水，中间吴天法老婆打电话过来争吵，等等。吴梦洁也的确住在那里，但他们在车里做了什么、说了什么，还有后来车怎么又开到了古井村，这些都还无法查实。"

"她和吴天法之前认识不认识？"

"不算认识，吴梦洁说就之前在 KTV 见过他一两次，但没陪过他。"

"那她知道吴天法死了吗？"

"这个还真不清楚，我们没说，也没问，不过她倒是一直在问，找她过来到底为什么事。我觉得现在还不能点破。"

崔耀军继续问："吴梦洁平时除了在 KTV 上班还做些什么？平常来往的人查了吗？"

"应该没有其他工作了，她是三个月前才到 KTV 上班的，认识的人估计不多，具体平时交往的人我们还在查。"

"这个要尽快，我看她不可能举目无亲地一个人跑到这里吧？她是唯一一个可能与死者最后接触的人，嫌疑最大。还有，吴天法平时的生活习惯、作风怎么样？"

"暴发户的作风呗，吃喝玩乐，主要还是男男女女那些破事儿，除了之前赌博被查处过，倒也没查到其他违法的事。他一个朋友说他喜欢找些刺激，尤其是喝了酒后，酒令智昏，酒后乱性。"

"你那个组现在有几个人？"沈岳明突然问。

"现在就剩四个了，其中有两个还要负责看视频。"唐彬彬说着有点委屈。

"我已经抽调了六个人过来，给你三个，马上就到，你去和他们碰这个头。当前的调查核心一是围绕吴天法，二是围绕吴梦洁，关键是昨天晚上两个人的行动轨迹，接触的人，电话、通信往来等信息，还要挖出其他相关联的人员！"沈岳明的话落地有声。

"好！那我先去了。"唐彬彬收起笔记本，转身而去。

唐彬彬一走，杜自健也开始收拾东西，准备再去一趟现场。这和叶剑锋的想法不谋而合，不过叶剑锋主要是想去早上发现女死者的现场。

太阳懒洋洋地探出了脸，漫山遍野，冰雪剔透。叶剑锋这一次坐在车上，一路上的景象尽收眼底，从井泉镇拐进古井村开始，道路旁都是扩建工程的乱石土坑。他们一路经过采石场，到一架临时搭建的钢桥，再到桥那头，一直延伸到视线之外，远处一边白茫茫。

警戒带将原本就不宽的钢桥和马路一分为二，好在临近春节，修路的工程已经停工，过往车辆也不多，就是脚下的路不好走。

想必这就是女死者死亡的现场了。

钢桥紧邻已被拆解的旧石桥北侧而建，够两辆工程车通过，横架在一条20米宽的山涧河沟上。寒冬时节，水流枯浅，站在桥上倒是能隐隐约约听到潺潺流水。岸边一块路牌上写着"茶清沟"。

茶清沟，的确名副其实。冬季无雨，只有沟底一线流水，两边已经覆盖了厚厚的积雪。桥东头靠北一侧，从桥面到河堤，从河堤再到河床，之前死者亲友走过的地方，早已被踩踏得面目全非，几乎没有一处雪是干净的。现场遭到严重破坏，这也不能去责怪谁了。

丁旭华带着两个年轻技术员正在下面，叶剑锋一时找不到便捷的通道下去，便站在桥头喊了一声："丁主任！"

丁旭华抬头嚷道："叶所，东边河堤前面有个台阶，你们可以从那里下来。"

叶剑锋慢腾腾地走到下面，顺道还拍了几张远处的雪景。看个现场，还可以欣赏一下雪景，挺好。

河床的积雪覆盖着大大小小的石头，走在上面磕磕绊绊，十分不便。

好不容易来到中心现场，叶剑锋便问："尸体原始位置在哪儿？"

"就在你前面三四米，雪最少最乱的地方。"丁旭华指了指，"据说，当时头朝东南，脚向西北，仰卧姿势。"

这一大块地方，积雪早已在抬尸体的时候就擦蹭得差不多了，露出一些光滑的鹅卵石。

叶剑锋注意到这里与周围空间的关系，粗略丈量，原来尸体的位置在钢桥北侧靠东，第五根栏杆下，垂直高度大概六七米，距钢桥水平距离不过四五米，距东头河堤估计有六七米。

显然，现场有高坠的条件，如果不是抛尸的话，那基本上就是高坠了。当然这些都只是猜想，尸体还没检验，说什么都是废话。

"丁主任，上面看了吗？有可疑的痕迹没？"叶剑锋指着桥上问。

"初步看了下，但是乱七八糟的，一时很难发现什么有用的东西。"

丁旭华的回答让叶剑锋更加急迫想要知道尸体的情况。

就在这个节骨眼上，李成胥突然出现在桥上，朝桥下喊道："叶所，我们马上去解剖了，您要不要来指导一下？"

真是明知故问，叶剑锋正等着这事儿呢。

"等我一下，马上来！"

上午 10 点，夏颖的尸体终于被拉到了解剖室。

这具尸体真是来之不易，好像法医乞求来的一样，其实哪一个法医都不希望多看一具尸体，因为这意味着又有一个生命消逝。尤其是现在，刚刚连夜解剖了一具，还没喘口气，又来一具，但也没有什么好说的，必须坚持到底！

解剖室里，李成胥拎着一袋衣服，走进来说："叶老师，你一直没休息吧？等会儿你去歇一下吧。"

"哈！好啊，你主刀。"

话虽如此，叶剑锋哪能睡得着，一看到李成胥手里拎的衣服，他就忍不住想看看了。

"这是死者的外套吧？先拿出来看看。"

"是的，一只袖子被死者家属剪开了，幸亏我们去得及时，其他衣服没动过。"李成胥把衣服拿出来摊在一块塑料薄膜上。这是一件深蓝色的羽绒大衣，带毛领连体帽，左侧衣袖和肩部已经被剪开了，稍微动作大点儿，露出的羽绒就会飘散出来。

羽绒大衣背部已经被融化的雪水浸湿，黏附着很多羽绒毛，还有很多泥污迹，除了衣帽内层和毛领上有些血迹以外，再无其他血迹。好在衣服的右侧衣袖没有被剪开，所以一眼就发现了右侧腋窝处缝纫线被撕裂，能造成这里开线，证明死者受到的外力还是不小的。除此之外，她的裤腿、长筒皮靴，都有明显的泥污迹，这些都像是在河床接触黏附上的。

看到衣服，叶剑锋心里已经有些数了，等他摸了摸死者的头皮，看了看面部，掰了掰颈部，便更进一步肯定了他之前的预判。

"死者很可能是高坠，鼻腔有出血，颈椎断裂，可能有闭合性颅脑损伤。看完就准备脱衣服吧。"

原本一位柔美婀娜的女人，变成了柳叶刀下一具冰冷僵硬的尸体。女死者生前很爱美，一头乌黑长发，精致的项链手环，漂亮的美甲，内衣上竟还散发着淡淡的香水味。

美丽与死亡在这间解剖室里如此格格不入。

夏颖整个体表皮肤竟无一处破损，但右侧肩关节肿胀脱位，左腿也有些肿胀，还有些轻微的挫伤。

看完尸表，叶剑锋也拿起了刀，但他不是开胸开头，而是刺啦几下，切开了夏颖的左腿。

这一幕发生得突然，所有人都不得其解地看着叶剑锋，陆林国似乎一下反应过来，问道："师父，两条腿都要剖吗？"

"对，另一条就交给你们了，主要就是看看下肢肌层和膝关节的损伤情况。"叶剑锋抬起头问大家，"都解剖过膝关节吗？"

"没。"所有人都异口同声。

"没事，知道解剖结构就行，万变不离其宗。"

陆林国紧紧握着刀柄，但没急着下手。他看着叶剑锋从皮肤到脂肪，从肌腱到韧带，一刀一刀，很快就切入膝关节深层，大刀阔斧，干净利落。尤其是在最后分离关节的那一下，他见叶剑锋铆足了劲儿，慢慢掰开关节腔，通过掰开的缝隙，叶剑锋瞅了瞅，然后割断了里面的交叉韧带，衬垫在小腿关节面上的两片软骨盘暴露在眼前，像两弯半月，光滑润泽。

"这就是半月板吗？"程建斌问。

"对，就像我这样，你们都可以试试。"

在场的其他三个法医，刀法比起叶剑锋自然稍逊一些，外加第一次解剖膝关节，上手自然慢些，时间耗费得也多一些。三个法医破天荒地轮番试刀，最终呈现出来的效果还算令人满意。

两只膝关节，一左一右，完全暴露在眼前，正当大家疑惑为何要大费周章地解剖这里时，叶剑锋倒先发问了："大家看出什么异常了吗？"

程建斌说："两个半月板明显不一样，左侧的呈暗红色，右侧的没什么变化，看上去左侧的半月板有损伤出血，对吧，叶所？"

叶剑锋点点头。

"还有左侧小腿和腘窝深层肌肉也有出血，右大腿肌肉也有。"李成胥说。

陆林国没有轻易表态，他是了解师父的，这里肯定另有文章，但他一直想不明白，想来想去，他还是大胆问道："可这些能说明什么问题呢？死者既然从六七米的地方摔下来，腿上有伤不是很正常吗？"

"问得好。"

叶剑锋说了三个字，却没有真正回答这个问题，吊足了大家的胃口。只见他继续撬开了两个关节的半月板，半月板下面就是关节面，左小腿膝关节面也有暗红色的出血改变。

叶剑锋把刀放在旁边托盘上，舒缓了一口气："好了，拍完照就可以缝合了。"

此刻，他更像一个刚做完一台非常成功的手术的医生。

"叶所，上肢还需要解剖吗？"程建斌问。

"先弄背部吧，感兴趣的话你们等下可以试试。"

"师父，别搞得神秘兮兮的啊，你还没回答我呢。"陆林国还在纠结刚才的问题。

"我怀疑她被车撞过。"叶剑锋说。

"撞的？摔难道摔不出来吗？"

不仅仅是陆林国，其他两个法医也很诧异。

"这个回头再说吧，你们继续，别忘了解剖背部和脊柱。"

叶剑锋没有做过多的解释，是因为他也只是怀疑，还需要再好好想想。

下午 1 点，市局副局长余世春才抽空赶来，查看两起案件的现场，这是一贯的套路和程序，先看现场，再听汇报，或者边看现场，边听汇报。

局长前脚刚走，叶剑锋从解剖室又赶到了现场。他这一次的主要目的是复堪夏颖的死亡现场，当然也可以顺带了解一下吴天法的死亡现场。

同样的现场，每一次来都会有不一样的感受，说直觉也好，说灵感也罢，叶剑锋越发感觉这两个现场有着某种关联，但切入点在哪里呢？

一个死亡案件的发生，离不开时间、空间、人和物。

两起案件中的死者没有关系，八竿子打不着，这一点不必考虑了。空间、时间是毋庸置疑的，如此接近，甚至是紧密相连，那需要好好考虑的，就剩下物了。

什么物？叶剑锋唯一想到的就是车。

吴天法被烧死在车里，那夏颖究竟是不是被车撞到桥下的呢？如果是，又是被什么车撞的呢？是夏颖老公的车吗？还是吴天法的车？

大胆假设，小心求证，理清思路，是探索真相一贯遵循的方法。

叶剑锋是在半路下的车，他沿着夏颖生前最后走过的那段路，步行到了现场，一路走来更有感触。夏颖是在月黑风高夜，踏着冰雪走在这条坎坷的路上，如果她不是一时赌气，不至于命丧于此。

丁旭华早已站在距桥头四五米的位置等候多时了，这是之前他们在电话里约好的，所以一见面，他便指着路边一字排列的乱石块说："这边的工程前天刚停工，石块上有不少擦痕、划痕，有些肯定是搞工程的时候弄的，但这一片黑乎乎的，应该是轮胎的新鲜擦痕。"

叶剑锋蹲下来，看到石块侧面的确有一处新鲜的擦痕。

丁旭华又指着前面相邻的另一块石头说："还有前面这块石头，缺了一个角，看断痕也很新鲜，而且两块石头有明显的移位。"

一处擦痕，一处缺损痕，一前一后，相隔二三十厘米而已，位置也不高，离地面最多十几厘米，移位的痕迹也很显眼。

"这明显就是轮胎撞的嘛。"陆林国倒是笃定地说，"但就是不知道这和夏颖的死有没有关系，这车来车往的，路上又坑坑洼洼的，碰碰撞撞在所难免啊。"

"是啊。"程建斌也说，"但这么新鲜，估计不是昨天就是今天弄的，的确很可疑！"

丁旭华说："今天应该不会，昨天晚上发现尸体，现场基本上就被封锁了。"

见叶剑锋一直没说话，丁旭华以为他有什么不同的想法，便问："大法师，你看呢？能敲定是车祸吗？"

"车祸？"叶剑锋被这个问题惊到了，"顶多能判断可能是车撞的，但是不是车祸，不敢说，万一是故意撞的呢？"

"呵呵。"丁旭华怪笑道，"怪我表达欠妥，你的意思是说，也有可能是人祸，比如她老公？"

"至少目前不能排除吧，不知道侦查那边咋样了？"

"她老公说丢下夏颖后就直接开车回县城了，问题是他的车的确在路上撞过，所以很难鉴别他有没有再回头撞过他老婆，他自己肯定是不会承认的。余局长刚来过，说下午 3 点开会，等下再问问。"

"还有其他可疑的痕迹吗？"

丁旭华摇摇头。

"就没有可疑的轮胎印、刹车痕啥的？"

"你看这地面，已经被压得、踩得像铁板一块了，还没化冻，又硬又滑，哪能看出痕迹啊？"

裹着泥浆的雪地，硬邦邦的，叶剑锋也没什么好说的。不过他还是不死心，小心翼翼地低着头走到桥的另一头，又走回来，最后又站到了东北面的桥头上，凝视着桥下，问："尸体距桥和河堤的水平距离分别是多少？"

丁旭华想都没想就说道："距桥四米五，距河堤七米三，桥高七米二，河堤高六米五，还有桥栏杆高一米二。"

叶剑锋就问了两个数值，丁旭华一口气说了一串，在场所有人不得不佩服他这个记忆力，简直可以上《最强大脑》了。

叶剑锋怕自己没有丁旭华脑子好使，就拿出手机记下了所有数字，顺便拿手机把现场各个角度的方位、概貌和一些痕迹拍了下来。手机已经成为随时随地可以使用的最便捷的工具了，利用手机上的计算器，结合现场测量的一些数据，叶剑锋很快就得出夏颖坠落时理论上的初始速度，速度可能达到10米/秒，这让他更坚信夏颖就是被撞下去的。

原定在下午 3 点的案情分析会，推迟到 3 点半，人才全部到齐，众人围桌落座，余世春并没有因为会议被推迟而不悦，反而温情地看着大家说："同志们辛苦了！我看大家一个个脸色都不好，有些人眼睛都布满了血丝，都是搞刑侦的，一下子发生了两起案子，我们也只有挺住，也只能挺住！时间紧迫，大家都已经忙得焦头烂额了，接下来就主要谈谈最新的、有价值的东西吧，之前的情况我也已经了解了，就不必再说了。"

"那我先说一下采石场的案子吧。"第一个发言的，是先前一直在外面搞调查的唐彬彬，他的嗓音有些沙哑，"除了昨天晚上和吴天法出去的吴梦洁，我们刚查到另一个可疑的人，他叫胡斌，32 岁，绿林县人，在县城同德路开了一家小网吧。我们在吴梦洁的手机微信里查到，昨天晚上吴梦洁和吴天法出去的时候，在 9 点 44 分给这个叫胡斌的人发了一条微信说'老板带我吃夜宵'，胡斌回了一句'收到，自己小心'。9 点 55 分，吴梦洁在井泉镇的一个超市里又发了一个位置给胡斌，并说'快来，老板要欺负我'，胡斌当时在网吧楼下的棋牌室里，回了一句'稳住，马上到'，就立即开车赶往井泉镇。胡斌的车 10 点 11 分经过那个招商银行门口，比吴天法的车晚了七分钟。10 点 20 分，胡斌发了一条微信'我到了'，这之后，两人就没有任何联系了。我们也是刚刚查到，胡斌现在正在绿林县的一个浴室里，当地派出所已经帮忙把人盯牢了，我们这边的人正赶过去。"

"胡斌和吴梦洁什么关系？"崔耀军问。

"吴梦洁说胡斌是她的男朋友。"

"胡斌什么时候去的绿林？"

"应该昨天晚上就去了，技侦上查到他是昨晚 10 点 40 分进入绿林辖区的。井泉镇到绿林有两条路，一条是横穿井泉镇的 318 国道，另一条就是开往古井村的那条路，不过那条路要多绕一下，也不好走。现在还不知道他走的是哪条路，但国道那边有几个监控，可以排查看看。"

唐彬彬的意思是，从国道监控上看，就能知道胡斌有没有走国道，没走，那必然走的是古井村的那条道，这让叶剑锋不禁问道："胡斌当时开的什么车？"

"荣威，黑色，三厢的。"

叶剑锋记下，在旁边画了一个五角星。

沈岳明也问道："问过吴梦洁没有，她之前为什么不说实话？"

"问了，她说我们叫她过来问话，不知道什么事，有些害怕，怕把她男朋友牵扯进来。"

"切！"沈岳明冷笑一声，"她倒像贞洁烈女一般，还挺仗义。那她现在怎么又说了？"

"她说自己一个人跟吴天法去吃夜宵有点害怕，所以发了一条微信给胡斌，后来她在超市买完水给吴天法喝了之后，吴天法在车上对她动手动脚，她就更害怕了。趁吴天法和老婆通话的时候，她就急忙发了一条微信和定位给胡斌，叫胡斌快来，然后吴梦洁为了稳住吴天法，就说这里是在大街上，不方便，现在还早，要么等吃完夜宵再说，要么换个地方。后来他们的车快到吴梦洁的出租房，也就是去古井村的那个路口时，胡斌的车就赶到了。据吴梦洁说，胡斌准备下车去打吴天法，但被她劝住了，吴天法就自己开车走了。吴梦洁还说，之前没敢说实话，一是觉得不好意思，二是怕把胡斌牵扯进来说不清楚，她也没被占到便宜，所以就隐瞒了。"

"这之后呢？"

"之后，她说胡斌送她回到出租房，然后胡斌有事先走了，她就睡觉了。"

"也就是说，后来发生的事吴梦洁不知道，和她也没关系了？"

"目前看是这样，不过我觉得这女人的话不可信。她第一次就说了谎话，编得还挺像那么回事，第二次看似说得通，但也不合常理。照她这么说，胡斌明明知道自己的女朋友半夜和一个老板去吃夜宵，居然还在微信里说'自己小心'，哪有这样的男朋友。她就像是自愿去的，然后还明目张胆地给自己的男朋友发这样一条信息，这不是有病吗！"

唐彬彬分析得很有道理，没人反对这一点，坐在对面的沈岳明示意他把手里的调查材料递过来。唐彬彬把一叠材料递了过去。

沈岳明挑出一部分材料又递给了余世春和崔耀军，三个领导边看边小声讨论着。

叶剑锋坐在桌子的拐角处，目不转睛地盯着笔记本电脑里的卫星地图，两个案发现场的空间定位，一目了然。用空间换时间，两起看似毫不相干的案件，无形中被串联了起来。

"刚刚了解到一个情况。"唐彬彬接完一个电话说，"吴梦洁去年在江苏的时候，曾报警称被强奸，正好是我警校的同学主办的案件。而对方当事人称自己被吴梦洁下了套，后来查实吴梦洁并没有遭到强奸，相反，警方怀疑这个吴梦洁和胡斌合伙玩'仙人跳'，但都没有确凿的证据，也就不了了之。当时也是从 KTV 带出去的，不过，最后是在宾馆里。"

"对方是什么人？"余世春问。

"对方是一个副镇长，因为这事，官职也被免了。"

余世春意识到这是一条重要的线索，急忙说："岳明，赶紧派人去江苏那边，最好找到当事人，了解一下当时的情况，如果这两个人真的玩'仙人跳'，那这次就玩大了，玩出火，玩出人命了，必须严查彻查！"

"说不定不止一条人命！"叶剑锋语惊四座，"另一起案件的死者夏颖是被车撞到桥下的，根据案发时间段和地段看，如果胡斌驾车经过那里，可能会正好遇到夏颖，完全有可能撞到她。而且我推断，撞她的车比较符合小轿车，现场也有可疑的轮胎擦蹭痕。"

"如果能确定是车撞的，那这个案子可以交给交警主办。"沈岳明说。

主办此案的刑侦大队王队长却拉长着脸说："现在最棘手的是她老公，很难排除嫌疑，不知道他的车是故意撞的，还是真的是在吵架的时候意外撞的？"

"那就先排查其他车辆嘛，这个时间段、路段，车肯定不多，一个一个排查，比如吴天法的车，那个胡斌的车。"

在余世春看来，夏颖的死比吴天法的明朗很多，就没有多问了，而是继续问吴天法的案子。

"自健，起火原因查得怎么样？"

"可以确定发动机位置起火，原因还在论证，但还是不能排除自燃或人为。关于自燃一说，唯一的可能性就是空踩油门，我咨询过几个高级车检技师，还有小陆之前拿过来的一个真实案例，是会引起着火的。"

说完，杜自健拿出几张 A4 纸递给余世春，纸上是一大段小四号宋体文字，还附有几张汽车起火的图片。

"如果空档踩油门，发动机并不会一直处在最高转速运转，发动机空转转速达到一定值后 ECU 会断油，达到断油转速后停止喷油，停止喷油后转速下降再次恢复喷油，喷油后转速上升达到断油转速再次断油。如此循环往复，但转速基本围绕在断油转速上。如果发动机在这个转速长时间运行，发动机温度会迅速上升，涡轮增压发动机可能会更高，最有可能发生的情况就是涡轮增压器无法承受如此大的负荷而损坏，进而导致机油泄漏，机油遇到高温的增压器壳体后会瞬间自燃。"

余世春看完后问道："这个 ECU 是什么意思？"

"叫电子控制单元，也就是行车电脑。"

余世春将纸张递给旁边的崔耀军，不禁疑惑道："看上去写得很有道理，但这么冷的天，半夜里气温起码已经零下了，发动机就算是过热还会引起自燃吗？"

杜自健说："所以我们接下来准备找一辆同款的车做侦查实验。"

此刻，市局理化实验室崔主任在微信里给叶剑锋推送了一条吴天法的检验结果。叶剑锋见后暗喜，不过他没有立即告诉在座的领导，而是沉下心来对数据进行了分析，等到几位领导停止了讨论，他才告诉大家："吴天法的理化结果出来了，血液中酒精浓度每 100 毫升有 141 毫克，HbCO 浓度 21%，胃里和血里还检出了三唑仑成分，浓度是每 100 毫升有 80 纳克。"

"有三唑仑？"沈岳明颇感意外。

"是的。"

"那这八成真的就是搞'仙人跳'了！总不会是吴天法自己吃的吧？"

"喝酒后再吃这种药不是找死吗？肯定不是自己吃的。"叶剑锋说。

余世春盯着刚记下来的几个数据问："喝了酒又吃了三唑仑会导致什么后果？"

"过量会死亡，但这个人的三唑仑浓度才 80 纳克，相当于百万分之八十毫克，含量极少，肯定不会致死，但是在饮酒后吃下去和酒精有协同作用，肯定会导致昏睡，外加汽车着火时他又吸入了一氧化碳，这也是导致他没有一点逃生反应而被烧死的原因。"

回答专业的问题时叶剑锋总是胸有成竹，接着他又说了自己的一番见解。

"假设前面所说的起火原因成立，那就可能是死者生前在发动的汽车里昏睡，一只脚踩到了油门，造成了空踩油门的情况。"

"问题是，昏睡的状态下，会不小心踩到油门吗？"崔耀军一直觉得有些匪夷所思。

"的确不好解释，我在想有没有人为的可能性。"叶剑锋心里也一直在琢磨这个问题，"我说的人为不一定是故意，可能无意中有人变动了吴天法的体位，造成了脚踩到油门上的后果。"

"先把人抓了！"余世春这时当机立断，"不管怎么说，吴天法的死和吴梦洁、胡斌肯定脱不了干系！对吴梦洁加大审讯力度，尤其是刚刚提到的一些细节上的行为、动作都问问清楚，还有，针对他们两人的外围、社会关系也必须彻查深挖。"

这一场会议就像集结号，号声一响，每一个人都必须立即回到自己的战斗岗位上，成败似乎在此一举了。

法医也不可能因为尸检工作结束而停歇下来。叶剑锋也对接下来的工作做了具体安排，他让陆林国跟着李成胥和程建斌一起回县局，把两次尸检的详细情况、分析意见先整理出来，而自己则跟着杜自健和丁旭华进行后续的现场勘查工作，不把现场吃透，他总觉得不踏实。

沈岳明这一次亲自来到了审讯室。

吴梦洁发现，这一次站在他面前的不是先前那个帅气的警察了，而是一个体型中等、前额秃亮的中年大叔，他浓眉下的双眼凛凛逼人。不仅问话的人换了，连问话的房间也换了，吴梦洁感到一股寒流沁入身体。

"吴梦洁！把头抬起来！"沈岳明正言厉色，"我不管你和胡斌之前干了什么乱七八糟的勾当，这一次你们整大了，整出人命了！你知道吗？"

一听说出了人命，吴梦洁一阵战栗，一时间瞠目结舌。

"昨天晚上和你一起出去的人死了！被烧死在车里！"不管吴梦洁是否知道吴天法已经死亡，沈岳明决定直接和她摊牌。

"怎么会死？这真不关我的事啊！"吴梦洁这才缓过神来。

"关不关你的事，那要看你老不老实交代了！"沈岳明敲了敲桌子，"不关你的事，你就老老实实、主动说出来，配合我们的调查！和你有关，你也跑不掉，更要主动坦白！大道理我不和你多讲，如果和我们对抗对你肯定没好处！"

久未露面的派出所所长王定国在这个节骨眼上，特意叫了一杯热腾腾的奶茶，他把奶茶端到吴梦洁眼前的桌板上，谆谆告诫："小姑娘，你看你，这么年轻，样子又好，做啥不好，非得做这个？现在是人命关天，整个公安局都被惊动了，我们局长都亲自来找你谈话了，瞒是瞒不住的啊！"

一股温热的奶香像一股暖流融进吴梦洁的血液里，她看了一眼这位慈眉善目、两鬓斑白，和自己父亲一般年纪的老警察，眼眶竟有些湿润。

沈岳明接了一个电话后从门外走进来，一改刚才的厉色，竟又温和地说："我们不是逼你，你想清楚了再说，胡斌已经被我们抓住了。"

吴梦洁没有说话，双手握住奶茶杯，温热的奶茶也阻止不了她微微颤抖的双手，泪水渐渐模糊了她的双眼。

晚上 10 点，专案组找来一辆与烧毁车辆同款的轿车，半旧不新，使用年数就相差两年。

谁会真的提供一辆车让警方做实验？

叶剑锋带着万分的好奇心也跟到了现场，原本他就是想在旁边看看热闹，见见世面，但一看到车，他还是忍不住坐到了驾驶室，尝试着哪种姿势、情况下，脚最容易意外踩到油门踏板。

这一坐不打紧，杜自健让他干脆别下来了，让他打开车门，挂停车档，点火，踩油门。

在一切安全措施准备完毕后，叶剑锋踩下了油门，顿时一阵轰鸣。

五分钟过去了，发动机周围的金属温度达到了 500 摄氏度；十分钟过去了，发动机周围的金属温度高达 850 摄氏度，这相当于一支香烟点燃的中心温度，不仅如此，排气管后面的雪基本上开始融化了；又过了五分钟，已经闻到有焦煳味从引擎盖窜出，他们立即停止了实验。

车当然不会真的烧掉，但十几分钟的实验已经让涡轮增压器的密封环、气管垫片产生了损坏。叶剑锋真的为车主心疼，在得知车主是派出所的一位民警时，他更是对其感到佩服。

好在实验没有白做，可以肯定空踩油门可以产生自燃的条件。

与此同时，胡斌和他的车已经被带到了洪武县另一个派出所。在前期警方掌握的大量证据面前，尤其是现场附近留下的他那辆车的轮胎印痕，他已经无可辩驳了，于是一五一十地承认了自己和吴梦洁合伙玩"仙人跳"，骗取钱财的事。

从法律角度说，他们这一次不是骗，而是盗窃。

吴梦洁凭借她出众的姿色、婀娜的身段，到哪里都会引起一些男人的非分之想。如果她对一个有欲念的男人唇赠香吻、眼送秋波，对方绝对招架不住，吴天法就是这样不顾一切地上钩了。

案发当晚，吴天法本就已经酒过三巡了。在 KTV 与吴梦洁卿卿我我之后，两人一拍即合，准备趁着夜黑去野外潇洒一番。也许是被冬夜里的冷风刺激到了，有些喝多的吴天法在半路吐了，这正是吴梦洁买水下药的好机会。

吴梦洁一开始没让吴天法喝，她说水太冰了，等在怀里焐热了再给吴天法喝。等到古井村的那个采石场时，吴梦洁将怀里的水递给了吴天法。

吴天法真是如饥似渴，咕咚咕咚大咽几口后，就开始动手动脚、搂搂抱抱了。

这时的吴天法已经欲火中烧，心潮澎湃，这让喝下去的酒和药发作得更快，没过几分钟他就开始昏昏沉沉的了，很快，还没占到美人便宜的吴天法就昏睡过去了。

吴梦洁说大概过了七八分钟，胡斌发微信跟她说到了，她就拿走了吴天法手包里的 8000 多元钱往路口跑去，上了胡斌的车上，给了胡斌 3000 元，再后来自己就下车回出租房了。

从胡斌的口供看，虽然他不知道吴梦洁和吴天法两人在一起的行为过程，但最后的说法都一样，胡斌就是负责开车接应的，他的车和人没有靠近吴天法的车，最后一刻只有吴梦洁单独在吴天法的车上，直到离开。

叶剑锋在侦查实验做完之后，实在熬不住了，就回到附近宾馆睡下了。这一觉睡得昏天黑地，早上醒来，他才知道很多事已经有了突破性进展，有些是预料之中的，有些却出乎意料。

吴天法被烧死的事实基本上查清了，尤其是吴梦洁说到了一个关键的细节，吴天法在车里昏睡的时候，她不小心把吴天法的手包弄到了驾驶室的脚垫上，为了拿到包，他把吴天法的两条腿朝里面移了移。据她自己回忆，她也不知道吴天法有没有踩到油门，但她的确听到发动机"轰"的一声巨响，还吓了她一跳，于是她赶紧拿了钱就走人了。

没有证据表明胡斌接触过吴天法的车和人，但监控显示当天晚上 10 点 55 分他的车是从国道开往绿林县的，去找他真正的情人，而监控上难以发现他的车有明显的撞击痕，找到他的车时也的确没发现撞击痕。

那就是说，目前胡斌撞人的嫌疑暂时排除了。在没有找到其他车辆的情况下，夏颖的老公洪炜的嫌疑陡增，而洪炜死活都不承认撞过自己的老婆。

没想到吴天法的案子有了结果，夏颖的案子却查不下去了，叶剑锋被叫到会议室。

"叶所，能确定夏颖被撞过吗？之前体表上不是没看出撞击伤吗？"王队长不得不怀疑之前法医的推论。

"确定。是这样的，我解释一下。"叶剑锋站起来，走到一边，用手拍了拍自己的腿说，"一个人在站立位的时候，不管他是不是在走路，至少有一条腿承受着大部分的身体重量，也就是受力腿，那么腿的肌肉是紧绷着的，肌肉的力量也是很大的，这种状态下，如果腿部突然受到撞击，会导致膝关节瞬间过伸或过屈，从而造成关节面损伤。我们也是在解剖的时候，发现了夏颖左腿关节面的这种损伤，体表之所以没有明显损伤，可能一是因为衣着很厚；二是因为撞击部位主要在小腿后侧和腘窝，也就是车是从东往桥的方向开；三是从夏颖坠落的位置、方向和坠落时的初始速度分析，车速并不快，最多三四十迈吧。"

"你说的那个膝盖的伤摔不出来吗？"

"至少在这个案子上，不是摔出来的。夏颖被撞下桥后很不巧，正好是头部着地，可能有过翻滚，但下肢一般会是屈曲状的，所以她的膝关节符合车撞。"叶剑锋想了想说，"还有一点我要提醒下，因为我分析车速不快，最多把人撞出去十米左右，不会形成高抛。所以撞她的车的外观上不一定会有明显的破损痕迹，可能也只是引擎盖有些变形，修起来也很快。无论有没有，我觉得还是要好好查查附近的修理厂有没有修过可疑车辆。"

"你是不是还怀疑胡斌的车？"

"至少不能排除他之前走过那段路吧，也许他后来掉头了。之所以这么想，还有一点，虽然夏颖的老公是有嫌疑的，但假设是她老公撞的，那肯定是故意的，故意时的车速应该很快，因为想置人于死地嘛，一般会突然加速撞上去，那下肢损伤更大，坠落速度会更快。"

王队长细细想来，觉得叶剑锋说得也有道理。事不迟疑，他决定立即再去一趟绿林县，查找胡斌那辆车的所有轨迹。

侦查方向一旦找准了，有些事情就会迎刃而解，在绿林县交警的配合下，当天晚上就查到了胡斌的车的确进过修理厂。车是他在绿林的情人开去的，是在一个朋友的修理厂里，稍微修了修基本上就恢复了原貌。事实胜于雄辩，胡斌肇事逃逸的事实已经板上钉钉了，胡斌也不得不承认撞死夏颖的事实，因为撞了人，他才决定调转车头走国道连夜赶往绿林县，第二天一大早让情人开车去了修理厂。

而夏颖的老公因为洗脱了嫌疑，对警方不仅没有怨恨，而且更是感激不尽。

水落石出，但两名受害者的家人仍沉浸在痛苦的深渊中，他们也许很难走出这个凛冽的寒冬了。

这原本是两起完全可以避免的悲剧，如果吴天法不嗜酒好色，如果他不去寻找刺激，如果……他就不会丢掉性命。如果夏颖不和老公吵架，如果洪炜不把老婆丢下，如果……夏颖也不会命丧河涧。

人世间没有如果，只有因果，什么样的因就会结什么样的果。

09 荒野白骨案：一枚硬币直指十年前

在全国脱贫攻坚战进入最后三年的决胜阶段，绿林县就已经实现了全县农村贫困人口"两不愁三保障"的目标了，农民人均可支配收入增长幅度明显高于全国平均水平。为了稳固可持续发展的最大本钱和资源，政府决定打造全生态的"诗画绿林"。

2018 年 6 月初，绿林青山丘陵地一带最后的一片乱葬私坟改造正式动工了。

坟墓迁移安置工作已经进行大半个月了，有主的坟墓也全部安置完毕。但为了稳妥起见，在端午节过后，政府、村委又组织了一次大规模的清理扫尾工作。

这次清理又挖出了几个年代久远的墓葬，算不上什么有价值的古墓，但也是深得民心的事了。

本以为一切都即将完美收官，不曾想，在靠近半山腰盘山公路的不远处挖出一堆黑乎乎的骸骨。

不说这堆骸骨姓甚名谁了，明眼人一看就觉得不对劲儿。

"这骨头怎么黑乎乎的，像碳一样，怕是被毒死的吧？"70多岁的老张说。

老张想必经常看古装剧，说不定还看过法医鼻祖宋慈的《洗冤集录》，因为《验骨》一章就提到，"如服毒药骨黑，须仔细祥定"。

"张叔，咋死的咱不能瞎说。"村支书王书记不会轻易相信这些，"但的确不对，你们看看，一是这骨头乱成一堆，肯定不是在棺椁里被埋的；二是看样子也不像几十年前的吧，我们这里早就实行火化了，埋的也是骨灰盒，哪有埋尸首的。"

村主任李主任也说："附近村里先人的墓都认领了，也没有其他人了，看来也不是我们这边的。我看，先别动了，赶紧报警！"

除了报警，别无选择。

"好了，好了，老乡们，大家先散开吧！我们马上要看现场了，待会儿我们还要找大家了解详细的情况！先拜托大家了！"

辖区盘龙派出所值班领导倪所长一来就将现场保护了起来。

叶剑锋吃完午饭回到办公室，吹着空调，打开小躺椅，刚准备小憩一会儿，便接到了前往绿林县的指令。

"阿国！准备家伙，出发！"

正在一旁和同学玩游戏的陆林国，真是气不打一处来，一个电话，一个指令，又让他这一场排位赛泡汤了。

"师父，啥情况？去哪里？"

"绿林，发现一堆白骨，速度！我在车上等你。"

"白骨？那岂不是不用解剖了。"陆林国还没真正接触过白骨案件，感觉新奇刺激。

白骨化的遗骸是不用解剖，但鉴定难度更大。

现场无关人员被驱散后，绿林县技术人员才正式开工。

等叶剑锋到达现场后，一部分遗骸已经被清理出来，摆放在一旁树荫下的布垫上。骨骸按照头颅、脊柱、躯干、四肢各个解剖部位排列开，但明显不齐全，多数是一些大的骨骼，初步估算只占一个成年人全身骨骼的二分之一。

绿林县公安局高法医不知从哪里搞来一桶水，正用浸湿的毛巾清理骨骼上的泥污，已经被擦净的骨骼，在白色布垫的映衬下显得更加黑。

"这哪里是白骨，明明是黑骨！"陆林国惊呼，"不会是被烧过了吧？怎么像是碳化了一样。"

"不是碳化，像是被黑色染料浸染了一样，擦都擦不掉。"高法医戴着乳白色的手套搓了搓说。

叶剑锋也奇怪，顺势蹲了下来，拿起颅骨和几根长骨看了看，然后起身，指向前面十几米处的两个大的遮阳伞问："就是在那里发现的？"

"是的。"高法医说，"叶所，你们小心脚下，这一整片都坑坑洼洼的，前阵子下雨，土还没干透，有些危险。"

的确，放眼望去，这片向阳坡地到处都是墓穴土坑，有些已经被填平了，但土质十分松软。正值梅雨季，泥土经过了几次雨水冲刷、浸泡，不小心踩上去会陷进去，让人十分不安。

绿林县刑科室主任沈海冰正带人清理从坑里挖上来的泥土。坑里蹲着一名技术员，用铁铲一点一点地将泥土挖进小竹篮里，装满一篮，便递给坑旁的人。从他起身的高度可以目测埋尸的土坑有一米多深，但坑围不大，明显小于一般的坟穴，可能只有一半大小。

旁边放置着几块刚挖出来的骨骼，屈指可数，两根长骨、五根肋骨，外加六块椎骨。

无一例外，这几块裹着淤泥的骨骼也是黑黢黢的，但坑里或坑外的泥土明显偏黄或偏灰色。

"这个坑是怎么被发现的？"叶剑锋问。

"这还真得感谢老百姓。"高法医说，"是有个叫老张的土工发现的。据他讲，当时这一块的土层有些低洼，上面的杂草灌木比周围也稀疏矮小些，踩上去比周围也松些，就像被填平的坑。于是他找来几个人，七手八脚地试着挖了起来，没多长时间就发现了骨头。"

"除了骨头，有其他什么发现吗？"

"没，可能连骨头都不全。"

"骨头是不全。"沈海冰这时搓了搓满手的泥，站起来，一边比画一边说，"发现时土坑没有现在这么深，大概就 70 厘米，长 120 厘米，宽 60 厘米，我们自己人挖的时候又拓宽拓深了。现在看来就这些骨头，其他啥也没有，包裹物也没有。"

"照这么看，现场估计也没啥有价值的痕迹物证了吧？"

"痕迹物证恐怕没戏了，都这么长时间了，又经过风吹雨淋的。刚刚杜所长也看过，现在他又到附近巡山去了，目前除了这堆骨头，有价值的玩意儿也就是原来土坑上生长的植被了。"

沈海冰的意思大家都懂，根据有些植被的生长规律，可以大概推断出这堆骸骨埋藏的时间。因为这些花草树木都是从填埋后的泥土里重新生长出来的，而每种植物的生长规律不仅和环境有关，和时间也有关。

"那你们估计这些骸骨埋了多长时间？"叶剑锋问。

"现在还不好说，不过粗略估计有两三年了吧，而且我们怀疑这里不是原始掩埋地。"

"不用怀疑，肯定不是！"叶剑锋说，"骨骼的颜色不可能是在这里的土质中形成的。"

高法医也走了过来，说："发现的时候，骨骼看起来是杂乱地交织在一起的，就像一堆散落的火柴棍，肯定不是正常尸体的体位，应该是从其他地方移过来的。"

"是不是从其他坟地里移过来的啊？"陆林国突然问。

"不会！"沈海冰摇摇头，"正常迁移过来，不说留个坟头吧，至少骨头会被好好地包裹起来，哪怕是包块布料什么的，也不会就这么随意埋掉，感觉就像是从包裹物里倒出来的。再说，这骨头看上去估计也就十来年，我们这里在二十多年前就实行火葬了，正常死亡的话是没人敢偷偷摸摸土葬的。"

"我估摸没有十几年。"叶剑锋说，"从发现的长骨、肋骨、脊柱骨这些骨质的侵蚀程度看，我估计起码得五六年以上了，最多十年。"

又有一些零零碎碎的骨骼被找到，叶剑锋将这些骨骼重新罗列好，并做了简单的梳理。头颅骨基本齐全，但上下颌骨上的牙齿已经全部脱落，牙齿只找到了五颗；四肢长骨一根不缺，肩胛骨、骨盆也都在；肋骨少了三根，脊椎骨少了四节；剩下的那些零碎骨头基本上都是手足骨，也就只找到一半。不过，这些已经足够拼出一副人体骨架了，也足以精确地推算出尸骸的年龄、性别、身高。

对叶剑锋来说，有两个问题最为棘手，一是死亡原因，二是死亡时间。

"剑锋，看出点名堂来了吗？"一个浑厚的声音打断了叶剑锋的思绪。

说话的是刚刚从禁毒支队调任到刑侦支队任支队长的邹虎，他和杜自健跟着绿林县公安局副局长张仲在外围兜了一圈，又回到了现场。

"唉！"叶剑锋长叹一声，"您这个支队长一上任就遇到这么难啃的骨头，这不是在考验你，这是在刁难我啊！"

"还有你大法师解决不了的问题吗？"

调侃两句后，叶剑锋言归正传："从骨盆结构来看，可以肯定这是一名男性，初测年龄在 20~30 岁之间，至于再精确的年龄还有身高，还得等回去后仔细测算一下。"

"那你看，这都是同一个人的骨骼吗？"

叶剑锋还以为支队长接下来会问死亡时间或死亡原因，没想到他会问出这么专业的问题。检验白骨，首先是进行种属鉴别，再就是进行同一鉴别，鉴别不仅靠人眼也要借助实验仪器。

"怎么说呢，我是没看出来有两个人的骨骼混合在一起。您要是不放心，可以都做一下DNA，比对一下就知道了。"

要从陈年白骨中提取到可靠的DNA，可不是一朝一夕的事儿，光检验过程，起码要耗时一个多星期，需要经过处理、提取、扩增等一系列复杂的工序和程序。先进的仪器固然重要，但在整个流程中，人为的操作也是关键因素，稍有不慎，不仅前功尽弃，还浪费了仅有的检材，这需要过人的技术和专业精神。所以，DNA室徐主任要听到叶剑锋这样说，非骂死他不可，都要做DNA，且不说是不是都能提取到，这么多骨骼——比对，耗费的精力和时间可不得了。

杜自健说："DNA检材等下就要送过去，但也不是几天就能解决的事。剑锋，你这边身份识别工作得快些，不管怎么样，得尽快搞清死者的身份特征。"

"放心，我这里处理好，就先叫人把这几颗牙齿送去检验。"

一直在帮忙刨土的陆林国，手里拿着一枚脏兮兮、黑乎乎的东西走过来说："发现了一枚硬币，好像是一块钱的。"

"确定是在土坑里发现的吗？"

"确定，目前就找到这么一个东西。"

叶剑锋拿着蘸湿的毛巾使劲搓揉着硬币，渐渐地，硬币正面下缘已经依稀辨认出"2009"四个小数字，这足够让人惊喜了。

这是硬币制造年份。

"你们看看，这上面是'2009'吧？"叶剑锋让其他人也确认一下。

邹虎凑近看了看，说："是'2009'，如果这枚硬币是死者的，至少可以说明他是在 2009 年或以后死亡的。"

"虎支高见！"叶剑锋笑了笑。

但邹虎转而一想，又很不解："不过也奇怪了，死者没有衣着和其他随身物品，怎么这里单单会有一枚硬币呢？"

"我倒觉得不奇怪。"叶剑锋说，"这里不是原始埋尸地，死者原先埋在别的地方，那里极可能有淤泥。埋了这么多年，直到腐烂白骨化后，又被转运埋到了这里，之前穿的衣服因为长时间腐蚀风化，衣服纤维很容易崩解，没有衣服了也正常。而且，无论是之前埋尸，还是转移尸骸，都要有包裹物，这枚硬币原先应该也在死者身上，后来又随尸骨遗落在包裹物里，转运后又一起被埋在这里了。你说为啥单单就遗落了这枚硬币，恐怕真是老天爷开眼了！"

"这里不是没发现包裹物吗？"

"我的意思是之前抛尸埋尸时可能有个包裹物，腐烂以后，尸骸又被重新挖出来装好，然后被案犯运到这里后直接倒在土坑里埋起来了。"

邹虎又问："你说死者之前可能是被埋在淤泥里，是因为骨头的颜色吗？"

"对！这就是为什么所有的骸骨包括硬币都呈现出灰黑色，目前看，这是唯一的解释。"

杜自健也说："淤泥是一种特殊土质，颜色偏灰黑，里面含有腐殖酸和很多微生物。长时间被淤泥浸润侵蚀，骨头肯定会变色。"

"那你们估计这尸骨在淤泥里埋了多长时间？"邹虎问。

叶剑锋知道这个问题是躲不开的，便直言不讳："不好估计，但根据骨骼和牙齿的风化侵蚀程度，我估计死亡时间在六年以上，再结合硬币上的时间，也就是说大概死了 6~9 年。而第二次掩埋，可以根据这里的植被生长规律推算出大概的埋葬时间，那第一次的埋葬时间就知道了。"

"这个好办。"杜自健说，"这些植被得拿到农科院找专家看看，还有这些土，也要全部提取运回，一是等全部干透了以后还要筛一筛，二是土样也要送到毒化实验室。"

"你们不是说这里不是原始埋尸地吗？这些土做毒化还有用吗？"张仲有些不解。

"有用，做比对。"

"哦。"张仲似乎明白了，他看了看阴沉的天说，"那我马上联系交警队，弄一辆皮卡来，我怕待会儿要下雨。"

"张局，你再派个人一起去，多买些大的塑料袋或蛇皮袋，待会儿我们把这些骨头分拣好，也一起运走。"乌云压顶，叶剑锋也有些急了。

"叶所，这堆骨头拿去殡仪馆还是我们法医室？"高法医问。

"法医室，你们不是新造了一个检材处理室吗，就放在那里。我们回去还要把其他的骨头清洗干净，然后再仔细检验测量一遍。"

"看这样子，死因估计是看不出来了吧？"邹虎突然问。

支队长句句都问在重点上，这个还无法解决的问题倒也好回答。

"看不出来。"叶剑锋说，"不过，如果是中毒的话，运气好说不定能检出来。"

陆林国说："骨骼里恐怕也就铅、汞之类的金属中毒能检得出来吧？一般投毒也不会用这些玩意，要是其他毒物恐怕就难了。"

高法医扑哧一笑："这是徒弟在拆师父的台啊！"

叶剑锋不以为然："当然不只是金属类毒物，毒理书上的东西都快忘光了吧？我们理化室的崔主任在骨灰里都检出过毒鼠强，不过说这些都没用，首要的前提是得是中毒致死的才行。"

"我和虎支都是福将，说不定死者就是中毒致死的呢？"张仲倒有些阿Q

278

精神。

看来死因是没有讨论的必要了，邹虎很快切入之前的话题："如果尸体之前被埋在淤泥里，那最有可能在沟渠、池塘这种地方，而且包裹物也挺严实，那一般的河道肯定不行，否则尸骨早就被冲走或冲散了。我看这个地方隐秘而又易于掌控，有可能在案犯居住地附近。问题是，是什么让他冒着风险又将尸骸转移到这个地方？这一点非常值得关注。"

支队长所言与张仲的想法不谋而合，他也说："这说明两点，第一，案犯必然有不得已的原因，不转移，事情就会脱离他的掌控，有暴露的风险；第二，特意选这种地方，说明他对这里的环境，甚至是土质比较熟悉，他可能认为坟场里埋堆白骨也可以掩人耳目，但他万万没想到这里会被迁址，被挖掘，而且他应该没有提前得到迁坟的消息，或者说他的亲属没有被埋葬在这里。"

邹虎说："所以，这些都是重要线索，首先以此地为中心，逐渐向外围、周边进行摸底排查，一是从地理环境入手，二是从尸骨信息入手。"

支队长从一堆乱麻中迅速理出了头绪，尸骨显然是核心。叶剑锋不敢怠慢："放心，虎支，等我们回去再梳理一遍后，就给你们信息。"

傍晚，一直旋在头顶的乌云，莫名其妙地散开了。夕阳斜下，云日辉映，每一个人都仿佛置身一幅炫丽的油画中。美景固然让人流连忘返，但每个人的心头仍旧阴云密布。

无名氏，不管死于何因，却被埋尸荒野，化为白骨，如今重见天日，必定有很多冤情要诉说。

"师父，这次让我来拼骨头吧。"陆林国主动请缨。

人体大大小小约有两百多块骨骼，而眼前这堆骨骼只剩下一百六七十块了，要真正完整、准确地拼出来，着实考验一个人的能力和耐力。拼着拼着，陆林国发现即使不动一刀一剪，这活儿也不容易干，那些最为接近的骨骼，一时难以区分。

他想了又想，大胆向师父征询意见："师父，我看过，这些骨头都没骨折、没损伤，不必非得按照顺序一根一根拼下来吧？有些肋骨和椎骨太难区分了。"

叶剑锋知道徒弟不是偷懒，而是的确遇到了难题，像有些相邻的胸椎或相邻的腰椎，的确难以区分，但相邻的肋骨还是有些区别的，徒弟求助，他必须得叮叮几句："第一根到第七根肋骨一般都是由短变长，由宽变窄，第八根到第十二根又逐渐由短变长，长度、弧度还是有区别的。至于那些脊柱，你先按颈、胸、腰、骶、尾几段摆好，这总分得出来吧？尤其要注意，是否有明显不同的骨骼，这是你了解骨骼解剖结构的好机会，不太明白的地方，回去了再翻翻解剖书，估计你会记忆深刻的。"

"嘿嘿，我手机里就有解剖图谱。"

得到师父的点拨，陆林国顺利将最后几块肋骨和椎骨拼接完成。

接下来的工作都是完全程序化的，观察骨质的特征，测量骨骼的数据，三个人相互协作，最终向专案组上报了无名尸骸的参考信息。

"死者是男性，身高 170 ~ 172 厘米左右，时年 28 ~ 31 岁，死亡时间可能在 2009 ~ 2012 年，未发现骨质损伤，死因暂时不明。"

都说"人无远虑，必有近忧"，叶剑锋现在是既有远虑，也有近忧。让他忧虑的，倒不是死者的身份问题，因为他有信心用这些数据将尸源圈定在准确范围内，他相信会有失踪者与这些数据匹配上的，最终 DNA 也会比对出死者真实的身份，只不过是时间问题而已，而且还有无处不在的网络、大数据支撑，他并不担忧。

让他忧虑的，甚至焦虑的，还是死因问题。准确的死因目前是不可能知道的，但现在哪怕找出一点儿可供分析的依据都成了奢望，甚至在搬运回来的那堆泥土中，也没有找到一点儿线索。

叶剑锋只能被动等待。

法医这边似乎进入了死胡同，但现场那边传来了好消息。根据现场填埋泥土里新生的植被种类、根须，农学院专家推断，这些植被生长了两年左右。也就是说，尸骸大概是在两年前被重新掩埋的。由此推断，之前死者在淤泥里被埋了4~7年的时间，这也给侦查带了新线索。

除了查找尸源工作没有任何进展，侦查上对于两处掩埋地的调查倒有了些眉目。

大概十年前左右，也就是2008~2009年间，绿林县同德镇泥家湾村小桔园的老陈从外面领回了一个流浪汉，白天帮他赶鸡放鸭，晚上帮忙看看鸡棚鸭舍。据附近的村民和与老陈经常往来的人回忆，这个流浪汉是外地人，具体来自哪里不知道，个子中等，看上去三四十岁，虽然有些呆呆傻傻，不怎么说话，但人倒也精神，干起活来挺利索，也听话，老陈只要管他吃喝拉撒的基本生活就行，完全是个稳赚不赔的劳动力。

据老陈的姐姐说，这个人干了不到一年，就突然不见了，再也没人见过他，老陈还挺纳闷，在这里有吃有住，总比在外面流浪要好吧，为何不辞而别？不过想想这个人脑子不太好，不能以正常人的思维去理解，所以大家也没太在意这事儿。

不过，这些情况都不是老陈本人说的，老陈在三年前，也就是2015年因心脏病突发猝死家中。老陈结过婚，但无儿无女，后来也离了，他死后半年，小桔园的鸡棚鸭舍就被姐姐接手了。

时过境迁，为何多年前一个无人在意的流浪汉会进入专案组的视线？这让人感到诧异。

但事情哪有这么凑巧？事实上，这首先得益于侦查员锲而不舍、刨根问底的排查访问；其次，因为当年老陈收留流浪汉帮忙干活在当时引起了一些争议，有些人对此还是记忆犹新的；最后，流浪汉出现又失踪的区域和时间又与无名尸骨案接近。这一切当然会引起专案组的关注。

但真正了解流浪汉的人也去世了，很多情况难以查证，这条原本似是而非的线索，硬生生被掐断了。

在邹虎看来，如果死者不是流浪汉，沿着这条线索继续查下去，肯定是徒劳无功的；如果是，也会有水落石出的一天。是或不是，都要尽快有个结果，他急迫需要新的证据来支撑。江川市刑科所那几间整夜通明的灯火，就是他的希望之光。

一连几天都毫无进展，作为法医，叶剑锋也只能干着急，每天一忙完手里的活儿，他就把电脑里一张张骨骸的照片翻看一遍，偶尔也会对着空洞的骷髅发呆。他没有通灵之术，这样做纯粹是下意识的反应。

看到后来，叶剑锋也不再看了，这具尸骸已经印刻在他的脑子里了，甚至钻进了他的梦里。在梦里，它并不是狰狞的，也不是和善的，而是怨愤的。它总是如影相随，却又无法接近，让人渐渐深陷黑暗，迷失自我。远处还有一个声音在不停地呼唤："剑锋，剑锋……"

仿佛挣扎了很久，叶剑锋才勉强睁开了眼睛，支队长邹虎不知道什么时候站在了躺椅前。

"打扰你的美梦了吧？"邹虎一屁股坐在靠椅上。

叶剑锋慵懒地看了一眼挂钟，才下午 1 点多，好生奇怪："虎支，真是稀客啊，你不在专案组，咋跑来我这里来了？"

"你以为我闲着没事来看你啊，我在等崔主任。"

"有结果了？"叶剑锋麻利地从躺椅上坐起来，迅速把靠背调好。

"说检出了什么氟、砷、铅，我看都是有毒的东西嘛，据我了解。砷和铅就属于金属毒物成分，之前你们好像也提到过，金属毒物可以在骨骼中检测出来。"

看来支队长做了不少功课。

"嗯，是说过。"叶剑锋点点头，但他突然意识到自己回复得太草率，便补充道，"很多土壤中也含有不少砷和铅的化合物，不知道崔主任从土里检出些啥东西？"

"二位领导久等了。"一阵脆生生的声音突然打断了他们的闲聊，随即一位鲜眉亮眼、身上带着一股清香的女子快步走了进来。

不认识她的人不会想到，她就是为数不多的南江省公安系统的毒物专家，崔丽华主任。

没等两人开口，崔丽华便说："尸骨里检出了不少氟离子，还有铅、砷、磷、钾，浓度偏高。"

"土壤中呢？"叶剑锋急忙问。

"土壤样本中以铅和砷偏多，不过，一般土壤中都有这些。"

"那是不是说，尸骨里发现的铅、砷可能是土壤侵蚀导致的？"支队长问。

"可以这么说，还有磷和钾，也有可能是土壤里的，但现场样本里极少，我怀疑是你们之前提到过的第一次埋尸的淤泥里的，一般农耕地里的氮、磷、钾含量最多。"

崔丽华的话已经说透了，邹虎也明白她的意思，但乡下到处都是农耕地，并不能给出明确指向。转而一想，他认为这倒可以是个佐证。

"这样，我叫人再在其他地方取些土样，再做做看，如果成分含量不高或极少，至少可以排除掉尸骨被土壤成分侵蚀的可能性。"邹虎说。

"行，拿来我再做做看。"

听到这里，叶剑锋不淡定了，急忙问："华姐，氟离子有可能是强力杀鼠剂里面的成分吗？"

"不能排除。"崔丽华当然听出了叶剑锋的意思，但她无法给出确切的答案。

不过这个答案足以让叶剑锋感到欣慰了，至少在死因方面有个倾向性的意见，总比死因不明强多了。

毒物结果是理化室日夜兼程，反复试、反复检、反复审核得出来的，虽然没有给案件带来突破性的进展，但至少给了大家一点儿希望，也给调查指出了一个方向。

一连几天，叶剑锋一直在纠结和氟离子有关的毒物问题，邹虎则穷追不舍地查找一切线索，但仍然毫无进展。

眼看又一次陷入僵局之时，DNA 终于有结果了，但结果令人惊诧。

从 DNA 的结果看，尸骨来自同一人没有问题，肯定是名男性，在现有的人口库里没有比对上数据，却比对上一个陈年积案现场的嫌疑人检材。

2010 年，初秋，一个美容店的老板娘在健完身回家的途中被人杀害。

案发地在江川市开发区工业园附近，当时那片工业园刚刚建起，周边的楼盘也是争相拔立。这起案件是整个江川市十年以来悬而未决的三起命案之一，史称"2010·10·11 江川市开发区工业园故意杀人案"，简称"10·11 案"。

其实，在今年年初全省公安刑侦工作会议上，新一轮的命积案侦破工作就被列为了今年的重点任务，但由于各项繁重的工作任务，江川市命积案专案工作不能聚力，没有全面铺开，自然也没有实质性进展。

一听到"10·11 案"现场物证的 DNA 被比对上了，时任开发区分局刑侦大队长，现任局长的单子鸣拍案而起："这是我们欠下的债，是时候还了！"

这是单子鸣在开发区分局从事刑侦工作以来，唯一一个未破获的命案，也是他多年以来的心结。巧的是，当年案发时他担任刑侦大队长还不到半年，如今他又刚升任分局局长不到半年，冥冥之中自有天意。

当然，这都是戏说。将开发区"10·11 案"和绿林县的"白骨案"捆绑在一起的，是当年案发现场的一枚烟头和几根毛发的 DNA。

现在仍有个谜团亟待解开，无名尸骨是何许人也？

死无对证。由此引发出一系列问题，如果他就是"10·11案"的案犯，那开发区这个案子就算是破了，但这需要足够的证据支撑。万一不是，那就有无限可能了，弄不好，会陷入更深的泥潭中。

已经荣升为市局刑侦副局长的崔耀军一直在外地出差，一听说此事，便立即提前赶了回来。飞机刚一落地，他便打开手机，远程指挥各路精英骨干在开发区集结，他已经下定决心要一举拿下此案。

和现发案件不同，侦破陈年积案只能从当年的卷宗、记录中寻找答案，从字里行间、视听资料中探究真相，尤其是对于那些当年没参与过此案的人来说，更是如此。

叶剑锋当年还在平江县任职，这起案件他也只是听说过，现在重新启动此案，作为法医专家，他是必不可少的。整整花了两天两夜通读现场资料、尸体资料后，叶剑锋才基本掌握了"10·11案"的现场和尸检情况。

简约庄重的会议室里济济一堂，在命案逐年锐减的年头，尤其是在疑难命案很少的情况下，这样群英荟萃的场景已经不多见了。除新组建的专案人员外，当年参与"10·11案"的老侦查员也汇聚在了一起。

会前，单子鸣一见到徐主任就问，DNA有没有比对上死者的身份。这个问题一连几天被领导追问，徐主任只能不厌其烦地摇摇头，如果再追问，他会解释，数据库一是不全，二是可能真没有，如果要比对失踪人口，首先数据库里得有死者的父母或妻儿的DNA，然后才可能在国家库、各个省，甚至市里的库里进行比对，毕竟中国那么大，有那么多人口，这就好比大海捞针，一时半会儿搞不定。不等领导提要求，徐主任说了一句："放心，我已经把数据发到各个省里了，都是我们自己人，肯定会尽力帮忙的，一有结果，马上就会知道。"

叶剑锋的记录本上早已列举了四个问题：一、作案人数？二、作案动机？三、案件性质？四、无名尸骨身份？

　　会议开始前，他向开发区刑科室赵主任求证了几个问题：一是当时现场发现了三枚烟头，做出 DNA 的是不是新鲜的那一枚？二是发现的两根毛发是不是裹在死者的内裤里面，而且看起来像阴部毛发？

　　"大师好眼力！"赵主任虚捧一下，"新鲜的那枚烟头和阴部毛发都做出了 DNA，和绿林的尸骨一致，其他两枚肯定不是新鲜的，也做不出 DNA，应该和案件没有关系。"

　　"那枚烟头当时分析过吗？是什么牌子的烟？"

　　"那烟屁股没啥特征，具体牌子不知道，当时倒是查过本地市面上的一些烟，基本排除了中高档香烟。"

　　"现场监控怎么样？有啥发现吗？"

　　"没啥用，当时那里比较开阔，地段也是开放式的，路上倒是有监控，但没发现可疑人员。死者从健身房出来到案发地也有一个监控，但也没发现可疑的人，案犯应该是避开监控从外围进出的。"

　　"那监控也不是一点没用，起码说明两点，一是案犯熟悉周围环境，包括选择的时间段，明显有反侦查意识；二是案犯没有一直尾随受害者，应该是蹲点守候，伺机而动。"

　　"看起来是这样，但是案犯既然进出现场都这么小心谨慎，为何还在现场抽烟，并留下烟头呢？总感觉怪怪的。"

　　"这个确实是个问题。"叶剑锋一时感到不解。

　　"好了，同志们，开会了！"

　　随着崔耀军一声令下，叽叽喳喳的会议室顿时安静下来，好比在片场，导演一声"Action（开始）"，敬业的演员就会一秒入戏。在座的个个都是职业舞台上的好演员，一场大戏即将开幕。

286

"想必在座的很多人都知道'10·11案'，没参与过的肯定也听说过，有些可能已经看过卷宗了，今天召集大家，就算是正式启动这个积案的侦破工作。从现在开始，在座的所有人都必须把这起案件作为核心工作，不遗余力，不得懈怠。我把丑话说在前头，有功必赏，有过必惩！"

崔耀军的开场义正词严，会场气氛瞬间紧张起来，每个人的情绪也瞬间高涨起来。

"下面，我来向各位介绍一下情况。"开发区单子鸣倒是意气风发，"死者叫姚依萍，女，当时36岁，2010年10月11日晚8点50分，从开发区工业园复兴南路一个叫雅致的健身房出来回家，走到她住的小区南面东侧的一片樟树林时遇害。当天晚上，死者整个的活动区域都在这张地图上。"

单子鸣指向会议室东侧墙上65寸的高清大屏，屏幕上是一张清晰的卫星地图，不过呈现的地貌是案发当时半年前的，周围还是一片片开工不久的工地，但案发现场和路线与案发当时的情况仍完全一致。上面已经将姚依萍住处到健身房的路线以及案发现场，都标注得一清二楚。

单子鸣接着说："从姚依萍住处到健身房总共也就1000多米，所以天气好时，她一般都是步行到健身房的。根据当晚她所住小区、路口，还有健身房，这三个地方的监控显示，她是晚上7点半左右从小区南大门出来，左拐向东到复兴路和丰收路路口，再沿复兴南路一直往南走，再走六七百米就到了健身房。健身房就在复兴南路东侧，坐东朝西，案发现场的樟树林就在路口与健身房之间。姚依萍当晚健完身回家途中，路过樟树林的时候遇害，结合尸检、调查情况可以确定，案发时间是在20点55分至21点20分之间。我们查过案发前后两个小时的监控，在监控区发现的车辆、行人基本上都排除了嫌疑，也就是说，监控里没有发现可疑的人员，由此可以推测，案犯是从外围进出现场的。大家从这个图上也能看得出来，当时四周基本都是开放式的，车走不了的地方，人可以走。"

要在以前，这个时候单子鸣也许会点上一根烟，但现在办公会议时严禁吸烟，单子鸣抿了一口茶，继续说："紧挨着现场樟树林北面的是一大片荷花塘，在东面还有一大片农田，当时我们也扩大了勘查和调查范围，案犯应该是从荷花塘东面进入的现场，但足迹纹路不理想，不过可以大致看出符合一个人的足迹。现场最有价值的物证就是一枚烟头和毛发，我们针对周围工地、住宅区、商铺、写字楼进行了逐一排查，也采集了大量 DNA，但都没有收获，后期在市局指挥和其他兄弟单位的协助下，我们对全市暂住人口、旅馆也进行了排查，仍一无所获。"

"当年失踪人口这一块的工作做了没有？"崔耀军突然问。

"做了，除了已经死亡的人、儿童，其他报失踪的男性后来都找到了，没有可疑之处。"

"当年的调查材料和名单整理过没有？"

"都整理好了，在电脑里。"

崔耀军点点头，没有再问，单子鸣接着说："这个姚依萍是我省建宁市人，1998 年来到这里的，原先在厂里打过工，卖过保险。那时候，姚依萍人长得漂亮，还能说会道，自然是很多男人'围猎'的对象；她于 2001 年结婚，但没过几年就离婚了；2006 年离婚后，姚依萍开了一家美容店。据调查，她和不少男人关系暧昧，这中间就有已被处理的我市吴越区安监局局长黄克明。"

崔耀军突然打断了单子鸣的话："我记得黄克明是从开发区公安局治安大队长的位子上去的。据了解，他不止和一个人女人有染，应该是在 2016 年被处理的，之前你们是不是也调查过他，后来他被组织处理后，有没有再调查过？"

"调查过，之前他在职时还有些阻力，后来出事了，我们和纪委又调查过他，可以肯定案发当天他不在本市，通话记录也没有可疑之处，除了他和死者是情人关系，帮她买过房、开过店，没发现他与死者的死有关联。当然，要说谋害姚依萍的动机，他肯定是有的，我们也考虑过雇凶杀人，不过后来这个案子被定性为抢劫强奸杀人，也找到了物证，没有证据证明是黄克明做的，我们也不能强加于他头上。尤其是这个案子发生之后几年，平江县又发生了一起"竹林女尸案"，一起"树林女尸案"，我们当时还怀疑和这起案子是同一个案犯所为呢，但这两起案子后来都破了，也排除了这个可能性。"

说到这两起案子，叶剑锋最清楚不过了，他朝单子鸣会心地笑了笑。

"嗯，现在重启此案，又有了新的情况，和姚依萍当年有关系的人，还是要再摸一遍。"

"这是肯定的，请崔局放心，名单早就梳理好了，包括她的前夫，还有黄克明的老婆和其他两个情人，我们也没忘，就等着下一步工作，看看采取哪种方案了。我这边的情况暂时介绍到这里，下面就由技术室的同志介绍一下现场和尸体情况。"

崔耀军点点头，对开发区之前的工作表示了肯定。

现场和尸体看上去并不复杂，刑科室的赵主任和张法医之前已经汇报过很多次了，PPT做得翔实清晰，话说得行云流水。从现场痕迹和尸体损伤等迹象上，他们也基本重建了案发过程。

2010 年 10 月 11 日，九月初四，夜，上弦月迟迟没有露出来，风高夜黑，空气中弥漫着骚动的气息。案犯也许早就觊觎姚依萍的姿色了，甚至摸清了她的生活规律，选择了他认为最合适的时间和地点，在这里静静等待。一只让他日思夜想的白天鹅就要钻进他的伏击圈，紧张、兴奋，也许略带一些恐惧，他抽了一根烟缓了缓神。四下无人，等到心仪很久的美女出现时，他戴上了白纱手套，猛地窜出来，集全身之力，用臂弯从姚依萍身后紧紧勒住了她的脖子。姚依萍来不及反应，更无力反抗，也无法发出呼救声，瞬时就被拖进了树林。而后他转过身将姚依萍扑倒，整个身子重重地压在这具柔美丰腴的胴体之上，当他摘下手套胡乱地摸着这个女人时，姚依萍得以喘息，也许她大声呼救过，可能那也是她唯一的一次呼救。很快，她的脖子被一双魔爪死死地掐住，最多四五分钟，也许只有两三分钟，一个让好色之徒魂牵梦绕的女人，就这样命丧黄泉了。

姚依萍彻底不动弹了，但她的身体还是温热的，诱人的体香，迷人的身躯，让歹徒不管不顾，更加肆无忌惮地享受着抚摸的快感。他解开了姚依萍的文胸，脱下姚依萍的内裤，他也脱下裤子，但是不知何故，他并没有对姚依萍实施性侵。也许是附近的什么东西惊吓到了他，也许是他过于紧张，以至于无法继续奸淫之事。最后他扯断了死者的项链、撸走了她的戒指，还顺手拿走了她的包包，便逃之夭夭。

第二天一大早，7 点不到，天已大亮，一个在附近运渣土的司机躲进树林方便时发现了姚依萍的尸体。

汇报全部结束，崔耀军说："我们先假定这个案子的嫌疑人就是那具无名尸骨，大家现在回头想想，为何当初一点线索都没有呢？为何嫌疑人被埋尸荒野呢？当初我们就这么简单地将这起案件定性为抢劫强奸杀人有没有问题？"

在座的很多人都听出了弦外之音，会议室出奇的安静。

"当然，这里没有责备的意思，你们的工作做得还是很到位的，不过现在要调整思路，打破固有的思维。"

"那个'白骨案'的死者死亡时间最后确定了吗？"单子鸣问。

叶剑锋说："当初我们推断在 2009～2012 年之间死亡，现在看来，应该是 2010～2012 年，不过我个人倾向 2010 年可能性最大。"

"这一点我倒也同意。"单子鸣点点头，"这个人死后被埋在绿林县，说明案发前后他的活动轨迹应该就在我们江川。绿林县也就在开发区隔壁，距离上很近，我觉得当时他没有跑出我们的侦查范围，但是一直没有浮出水面，那么极可能是他在案发后不久就死亡了。我想问一下，这个人的死因是什么？"

"死因很难明确，但目前看，不排除中毒的可能。"

"那死亡性质能确定吗？"

单子鸣的意思是问是不是他杀。其实死亡原因不能明确，死亡性质也是不好明确的，死亡性质不仅仅是凭尸体检验就能确定的，必须要结合现场和侦查情况，但既然单子鸣问到了，叶剑锋便顺嘴说了一句："从尸骨上看很难定性，不过这个人至今身份不明，又被两次掩埋在淤泥里、坟地里，肯定是极不正常的。"

他说得很含蓄，也是点到为止，这个案子最有发言权的当然是支队长邹虎。

邹虎毫不犹豫地说："虽然死因、身份都还不明确，但种种迹象表明，这个人应该是死于非命，退一万步讲，也至少是个疑似命案，而且又牵连到开发区这个案件，死亡时间也如此接近，哪有如此巧合之事。当然，这其中究竟有何玄机，目前的确不好说，在我看来，当务之急是加大力度查明死者的身份，他才是最大的谜团，也是两起案件的核心。"

会议的主题就这样自然而然地转移到"白骨案"上了。

崔耀军突然问邹虎："我来之前，听绿林的张仲说有了新线索，不知道怎么样了？"

"还在核查，等这边一结束，我就赶过去。"

单子鸣无奈地笑了笑："没想到真相系在一堆无名的白骨上，可别是个连环套啊。"

崔耀军说："连环套是肯定的，而且是环环相扣，就看我们能解开哪一个扣了。"

在叶剑锋看来，这恐怕是起连环杀人案，有这个想法的不止他一个人。那具无名尸骨显然是关键的一环，他也已经竭尽所能地在查了，而开发区这个积案，他觉得肯定还有蹊跷之处，关键就在于他能不能看出点名堂了。

在整个会议上，刑事技术并没有给出新的有建设性的意见，作为全市技术一把手，杜自健觉得时机并不成熟，有必要重新捋捋，这和叶剑锋的想法不谋而合。

大会一散，赵主任便邀请他们去办公室先坐坐。

赵主任的办公室和刑科室中间只有一个玻璃隔断，面积刚达到一个县级副科的标准。除去书柜桌椅，他也不忘在办公桌旁挤进一张小巧精致的茶桌，上面放置着一套精美的茶具。

"两位先歇一下，我来泡茶。"

一进门，赵主任就忙不迭地摆弄起他的茶具，从温壶烫杯到置茶润茶，最后再到冲泡分茶，一气呵成，让兴致索然的人也看得津津有味。一泡、两泡、三泡，顿时茶香四溢，

叶剑锋虽然也像模像样地品着茶汤，但觉得很不带劲儿，倒不如身旁张法医手里捧着的一大杯浓茶喝得过瘾。不过，品茶谈案，倒是有些别出心裁。

"杜所，崔局让我们转换下思维，您看看我们技术上下一步该怎么弄？"赵主任喝了一口茶问。

"我们当初都被两个物证的 DNA 冲昏了头脑，没有反复推敲，后期有些不同的声音也没有重视。"杜自健心生遗憾。

"是啊，这事我也有责任，现在看，当时你和魏政委有些想法还是靠谱的。"

"啥想法，说来听听啊！你们也别卖关子了！"叶剑锋急忙问。

"怎么，政委没和你这位高徒提起过？"赵主任似乎不相信。

"没，不过以前他倒是让我看过这个案子的资料，都是在电脑里的，后来一忙就没提起这事儿了。"

"你师父是不是又住院了？"提到魏东升，赵主任关切地问了一句。

"是啊，肺炎，目前没有大问题。"

"那等忙完了我去看看他，我还准备给他打电话说说这个案子呢，还是算了吧，有你叶大师在也一样。"

"那可不一样，这里就我一个人没亲身参与过当年的案子。"

"当然不一样。"杜自健突然说，"有句话说得好，不识庐山真面目，只缘身在此山中，从你现在所处的角度和思维方式考虑这个案子也许更准。"

赵主任一边分着茶一边说："你师父的衣钵传给了你，所谓江山代有才人出，青出于蓝胜于蓝，叶大师有何高见，不妨说一说啊。"

茶盏里升起温热的水雾，端坐在茶盘前的赵主任看上去颇有些仙风道骨之气。

"你倒真像个大师！"叶剑锋也跟着插科打诨。

不苟言笑的张法医，在一旁也是扑哧一笑。

"剑锋，说说你的想法。"杜自健一句话又把大家拉回到正题上。

话说到这份儿上，叶剑锋也没什么顾虑了，反正关起门来就这么四个人，他便直言不讳："大家都提到思路问题，那我就先说说自己的思路吧。我的思路是，能否排除无名尸骨作案的可能性。"

此言一出，并没有引起大家的惊讶，这倒出乎叶剑锋的预料。

"为何有这个想法呢？第一，案犯既然是谋性，想奸淫或者猥亵死者的话，还戴着纱线手套干吗？第二，如果说案犯戴着手套是为了怕万一留下指纹，有备无患，那他还把抽过的烟头留在现场干吗？还是一个比较显眼的位置，他明明可以把烟头随手扔到荷塘里或在熄灭烟头的时候把它踩烂；第三，最为可疑的是毛发在死者被脱下的内裤翻卷的皱褶夹缝里被发现的，而且居然还是两根在一起，看上去像是案犯自己先脱下了内裤，再脱死者内裤的时候，带有毛囊的两根阴部毛发同时掉落在死者内裤的裆部，这合理吗？"

"不愧是政委一手带出来的徒弟，连思维都很像。"赵主任说。

"这算是逆向思维吧。"张法医突然说，"看起来是有些不合理，但是不是也能反映出案犯作案时的心理是慌乱的？不过我们当时急于把毛发送去检验了，也没好好看下毛根的特点。"

"拭目以待吧！"

虽为市局法医，叶剑锋也不会反驳下级法医的观点，他也不急于在会上表态，不是因为怕错，而是想静观其变。

专案组把重心转移到了绿林县的无名尸骨上，大局长批示不惜一切代价侦破此案。

有了更多的人力、财力支撑，每一个人都铆足了劲儿。机会肯定会眷顾有准备的人。

经过大量排查，专案组有了两个重大发现。

2015 年开春，绿林县进行了一次环境污染和山林河道整治工作。在整治过程中发现，同德镇小桔园村中的溪水沟经常会有死鱼死虾，尤其是在大雨过后，溪沟里水一涨满，就会出现这种现象。后来环保部门采样检验，居然在溪水里检验出了微量的强力杀鼠剂和毒鼠强，而在溪沟上游附近的土质中含量很高。当时公安局食药部门也介入调查了，后来排除了人为投毒，结论是可能有人将不用的老鼠药扔到了山上，经过雨水冲刷，老鼠药便流入了溪水里，据说还毒死过不少鸡鸭。后来政府圈出了一个大概被鼠药污染的范围，调用了一辆挖土车，挖了几车黄土淤泥，彻底做了清理。

又是小桔园！不就是那个流浪汉待过又失踪的地方吗？

当年的样本已经没有了，但是取样的照片还在，取样的地方也在，检验数据也都在，侦查员又重新走访了当年参加过整治调查的人，也拿到了当年的资料。

邹虎自然而然会将这事和无名尸骨联系起来，自然也会向理化室主任崔丽华求证，他顺便拉上了叶剑锋。叶剑锋得知此事，自然也不会推脱。

其实当年崔丽华也参与了那次鼠药事件的调查，但时间太久，她一时也没有将其和尸骨案联系起来。

"你看我这脑子，真是上了年纪不好使了。"崔丽华面露女人天生的羞涩。

"哪能啊，你可是我们刑侦一枝花！"邹虎说，"我们也是经过长时间调查走访才联想到的。现在的问题是，从毒物方面分析，你觉得那种地方被埋尸的可能性有多大？"

"虎支是怀疑尸骨里的杀鼠剂成分是埋尸地土里的药侵入的吧？"崔丽华果然是秀外慧中，一下就猜到了领导的心思，她赶紧解释，"我觉得不会，这具尸骨四肢长骨和其他骨骼后来我都做过抽样，基本上都有不少氟离子，当年的土里没有那么多，也不是都有。"

叶剑锋原本也有疑问，如果是土里的鼠药浸入的，那死因又难以确定了，现在听崔丽华这么一说，他心里的一块石头倒是落地了，但又产生了新的疑惑，没等他开口追问，崔丽华又说了。

"但尸体里的鼠药随着尸体腐败，会浸入泥土中，尤其是胃、肠、肝部位的泥土。假如，我只能说假如，这具尸体埋在那里，那么土里的一些强力杀鼠剂少部分可能来自尸体，但毒鼠强不是，毒鼠强原本就在土里。"

崔丽华的话让叶剑锋茅塞顿开："你看有没有这种可能性，死者先被强力杀鼠剂毒杀，然后被埋在那里，而埋尸地的泥土中又被人撒上了鼠药，其目的可能是为了防止动物把尸体刨出来，山村野外都有野猪、狍子、野狗啥的。"

"很有可能，也的确有过这样的案例，只不过那一个死者不是被毒死的。"崔丽华嫣然一笑。

"说白了，虽然不能确定，但那里完全有可能就是之前的埋尸地了，还有一个佐证，就是因为那次需要整治，所以案犯不得不将尸骨移走，这也说得通了。"敏锐的洞察力让邹虎又增添了一份信心。

"有希望了，虎支！"叶剑锋也同样觉得真相越来越近了。

邹虎没有应声，他正低头看着微信里一个刚刚发来的视频，看得他是喜上眉梢。

能让虎支开心的事，必定是案件有了重大突破。

"有结果了？"叶剑锋急忙凑过来。

"今天真是个黄道吉日啊，居然找到了那个流浪汉当年的视频资料！"

"这么神奇！"叶剑锋觉得不可思议，不过他并没有像邹虎那么开心，因为没有任何证据证明流浪汉就是那具无名尸骨，不过这的确是个希望。

微信里传过来的是一小段翻拍的视频，原视频是九年前，也就是 2009 年 5 月 1 日一对新人的结婚录像，地点是绿林县同德镇镇区街道旁的一处门面房里，流浪汉就坐在不远处的门面房死死盯着这对新人举行结婚仪式，随车的婚庆录像无意中将流浪汉拍摄进去了。

不管流浪汉是不是无名尸骨，此时，大家对如何找到的录像更感兴趣。

"还不是兄弟们辛苦换来的，不过运气也好。"邹虎说，"这对新人对流浪汉印象深刻，据他们说，结婚时，流浪汉就在他们家房子旁边，从白天坐到晚上，中间跑进来了，指着门面房里两根红蜡烛，大喊：'火！火！火！'后来他们给了他一些好吃的才把他哄出去，大家都觉得这个人精神上有问题，但后来他没吵没闹，也就没人管他了。"

一则《寻找流浪者》启事，通过万能的朋友圈传播开来。

继而又发生了一件神奇的事。

陆林国前女友的室友黄晶晶在微信朋友圈里看到了那则启事。

她觉得上面的描述和录像截图中的人都很像以前隔壁邻居的大哥哥，这位大哥哥家在很多年前发生了一场火灾，那场大火烧死了大哥哥的新婚妻子和母亲，新婚妻子当时已经有了六个月身孕，只有大哥哥和他的父亲、妹妹幸存下来。

那是 2007 年的冬天，惨案发生后，大哥哥和他的父亲、妹妹举家搬迁，她再也没有人见过他们。那幢烧毁的三层楼，闲置了六年后被拆迁了。据说，大哥哥的父亲回来过一次，为了拿拆迁款。有人说他们去了广东，有人说他们去了海南，也有人说他们去了苏沪地区。

黄晶晶通过微信把这个情况告诉了陆林国，她并不确定那个人是不是当年的大哥哥，但她觉得可以核实一下。

陆林国不在这起案件的专案组里，但整天看着师父忙前忙后，他也插不上手，有些干着急。一条线索从天而降，砸在自己的头上，他心里乐开了花，终于能为专案组做点贡献了。

他第一时间把这个信息告诉了师父，叶剑锋让他打电话跟邹支队长亲自汇报。叶剑锋是这样想的，得让徒弟露露脸，将来如果能通过这条线索侦破此案，那可是头功一件，徒弟可能就立功啦！

邹虎按捺住激动的心情，立即动用一切资源和技术力量查找流浪汉的家人。很快，就在当天下午 4 点，就有了消息。黄晶晶家隔壁的大哥哥叫袁佳烨，父亲叫袁奎强，现在人在广东。

袁奎强万万没想到自己寻找了十年的儿子竟有了消息，这么多年来儿子活不见人，死不见尸，他真是度日如年，生不如死。但此刻他死活也不愿意相信，千里之外化作白骨的人会是自己的儿子，虽然警方给出的信息和图像与他儿子的特征非常吻合。

袁奎强家里出事后，他自己挺住了，但儿子精神崩溃了，用老百姓的话说，是得了"失心疯"。袁奎强为了给儿子治病，远离了这个让他们心碎的地方，带着儿子和女儿去了广东，儿子是 2008 年在广东失踪的。

当年他也报过警，警方还采集了他的 DNA，而在那场火灾中，当地警方就已经采集了他罹难的老伴的 DNA。

袁奎强在煎熬中等来了一个残酷的事实，经过数据比对，证实了绿林县那具无名骸骨正是他的儿子袁佳烨，他难以接受儿子不明不白客死荒野，更不能接受儿子居然成了一起杀人案的犯罪嫌疑人。他是决不相信儿子会做出伤天害理之事的，为儿子洗刷冤屈，是唯一支撑袁奎强没有垮掉的支柱！

"我们不会放过一个坏人，也不会冤枉一个好人。"警方的话对于袁奎强来说是那么苍白。

但除了相信警方，他还能怎么办？

叶剑锋得知这个结果后，并没有太多惊喜，反倒有一种沉甸甸的压抑感。为何老天不给那些悲惨的人一条活路、一丝希望呢？有时候你不得不悲叹命运的残酷。

他交代绿林县的高法医，一定要把那具骸骨清理好、拼凑好、装裹好，无论如何，他不想让家属再多受一点点精神刺激了。

于法于理，叶剑锋更加怀疑姚依萍的死与袁佳烨无关，现在有同样想法的远不止他一个。

崔耀军为这事专门召开了一次刑事技术分析会，他给技术上定的基调是，必须破旧立新，对当年所有的痕迹物证重新梳理一遍，重新检验一遍，拿出一个全面系统的现场分析意见，要保证案子破得了、诉得了、判得了！

叶剑锋一毕业就进入平江县公安局刑侦大队担任法医一职，当年崔耀军就是刑侦大队长，后来他俩又先后进入了市局刑侦支队，共事多年。十几年下来，他对这位老上级的行事作风了如指掌，崔耀军这是要求技术上重新对开发区姚依萍被杀案进行现场分析，这不光是口头上说说，肯定还要形成翔实的文字材料。

不仅如此，叶剑锋估计这个分析意见崔耀军要交给自己来负责，虽然当年他没有参与过这起案件，但一进专案组他就已经做好了准备，因为崔耀军常常挂在嘴边的一句话是："命案现场肯定是以尸体为中心的，不是所有的痕迹员都懂尸体，但法医必须懂现场。"

这句话，是崔耀军从叶剑锋师父魏东升那里学来的。

但毕竟有个现场"大咖"杜自健在这里，而且他当年亲自参与了现场勘查，对于现场他最有发言权。

"还是先听听我们杜所的意见吧。"叶剑锋说。

"唉，咋说呢。"杜自健叹了一口气，说，"当年，这个案子的现场我们的确没吃透啊。"

崔耀军急忙打断他："老杜，你别把责任往自己身上揽，当年你也不是主要负责人，我知道你和魏老两个人对这个案子是有些看法的，这里有多方面的因素，不能怪哪一个人。"

杜自健勉强一笑，说："这个案子是有可疑的地方，烟头是在死者肩部的位置，从原始照片上看还隐隐约约有一点露在外面，最后在翻动尸体的时候才被发现。当时有人分析是案犯抽完烟把烟头扔在这里，在作案时无意中被压在了死者肩部下，这种分析不能说有错，但和烟头附近的树叶、杂草相比较就会发现没那么简单。如果案犯作案时烟头已经被压在了死者肩部下或就在肩部附近，试想死者被掐颈时肯定有挣扎、反抗，整个身子有移位、扭曲，烟头会被这些杂草和树叶裹挟着，从而产生移位、变形，甚至会黏附上一些泥土，但那枚烟头很干净，更像是事后被人为放上去的。同样，死者内裤里夹杂的两根毛发，也像是人为放进去的。现在知道了这两个物证直接指向那个流浪汉，而据调查，流浪汉还有些精神问题，不是说精神有问题的人就不会作案，而是之前就分析过，案犯有预谋且有反侦查意识，精神不正常的流浪汉不会有这么缜密的思维和行为。"

"所以这个现场可能是伪造的，是这个意思吧？"崔局长问。

"嗯。"杜自健点点头。

"剑锋，你的意见呢？"

杜自健都已经敞开心扉了，叶剑锋也不能含糊。

"我也是这个意思，栽赃陷害，误导警方，甚至连动机都有问题。从尸体损伤和痕迹上看，死者颈部皮下深层肌肉广泛性出血，甲状软骨骨折、舌大角外向性骨折，这说明掐颈或扼颈的力量很大，而死者颈前皮肤只有轻微的擦挫痕，却没有掐颈的指甲印痕，口鼻周围也一样。唇内黏膜下出血明显甚至有破损，外面皮肤却只有些轻微擦挫痕，况且又在口腔里发现了白纱纤维，这一切都说明案犯捂死者口鼻、掐颈时是戴着手套的。之前我就说过，如果要强奸或猥亵一个女人，戴着手套本身就多此一举，也不符合一个好色谋性的人的心理和生理特征。我知道之前有人说这是案犯怕留下痕迹，这一点看似说得通，但案犯褪去死者内衣、文胸，不就为了抚摸她而产生性刺激和快感吗？有必要戴手套吗？这时候他就不害怕留下痕迹了？所以，以杀人为目的，伪装现场，嫁祸他人，我认为是最合理的解释。"

"你们技术上两位专家意见统一，那我们心里就有底了。"崔耀军说，"如果是这样，那案犯杀人就是另有目的，他能煞费苦心地弄到那个袁佳烨抽过的烟头、阴部毛发，不仅是早有预谋，恐怕关系还不一般。"

"这人应该就在小桔园一带，同时与两名死者又有牵连，我看这次真有戏了！"杜自健充满了期待，期待能弥补之前的遗憾。

"不知道虎支查得咋样了？"叶剑锋好奇地问。

"还没消息，静候佳音吧。"崔耀军似乎信心满满。

把不可能变成可能，已经成为事实，但要把可能变成能，这一步却是难以想象的困难。

如果以时间为X轴，空间地点为Y轴，再以两名死者的社会关系为Z轴，放在三维坐标系中，这三个轴必然会有一个交点，这个交点就是那个隐秘的黑手。

隐秘的黑手必然藏在隐秘的角落里。

说道两起案子的关联人，大家不由得想起黄克明。

原江川市吴越区安监局局长黄克明，是在2008年3月份从开发区公安分局治安大队长的位子上调任到安监局的，2016年因腐败和职务犯罪落马，拔出萝卜带出泥，同时被查处的还有他的妻子、小舅子、情人和一些下属。

黄克明主要的问题就是和妻子、小舅子沆瀣一气，强揽开发区和吴越区的土方工程，贪污受贿、敲诈勒索、寻衅滋事，家风不正，大搞权色交易。用官方的话说，他就是在"十八大"以后不收手、不收敛的巨贪典型。

流浪汉曾待过的小桔园附近，有几十亩山林也是黄克明的小舅子沈伟之前强行买下的，还有发生鼠药污染的后山也在其列。所有的疑点又重新聚焦在这三个人身上，可一系列棘手的问题也接踵而至。

首要的问题是，至今未找到直接证据，如果和他们有关，想让这三个人开口可不是一件容易的事，这三个人无论是谁犯案的，肯定早就串供了，想好了一万个对策。尤其是黄克明，他可是公安出身，其小舅子沈伟又是警校毕业的，都是难对付的主儿。

唯一让专案组放心的是，以黄克明与沈伟为首的腐黑集团已经被瓦解，涉案人都在监狱里待着呢，高墙之外的事他们是全然不知的。市局将此事上报到市政法委，市政法委让监狱切断黄克明等人与外界的一切联系。

查来查去，这三个人当年案发时都有不在现场的证据，邹虎觉得雇凶杀人的可能性极大。雇凶必然会给佣金，也必然会有联系，既然这样，那不可能没有一丝蛛丝马迹，顺着这个思路查下去，是有希望的，只是年代久远，难度极大。

而崔耀军也有一个思路，法医虽不能确定袁佳烨是被毒死的，但是崔丽华之前分析过，埋尸的地方不排除用了很多鼠药驱赶动物，调查鼠药也是一个可行的方向。

重新梳理这三个人以及沈伟那个皮包公司当年的旧账和资金流，发现了有80万的资金去向一直不明。这80万是在2009年10月6日姚依萍被杀的前几天一次性在银行提取的，钱是沈伟让会计提的，说钱被他拿去澳门赌博输了。沈伟的确曾在10月9日去过澳门，10月12日返回了平江，而黄克明夫妇则一口咬定毫不知情。

那80万很可能是雇凶的佣金，佣金当然是不可能给一个疯疯癫癫的流浪汉的，而这个人必然是一个深得沈伟信任又肯为他卖命的人，至于为何要致姚依萍于死地，肯定和他们腐化的利益集团有关。

所有疑点指向另一个消失很久的人，这人正是沈伟工程队的队长贾春平。姚依萍被杀后他就离开了江川，有人说他在沈伟的资助下另起炉灶了。

沈伟黑恶团伙案发后，也牵连到了贾春平的公司，贾春平已经逃到了泰国，隐姓埋名，杳无音讯。

邹虎这头关于鼠药的事也已经查实，之前沈伟负责的一个工地上鼠患严重，后来他就让人非法购买了一些强效杀鼠剂和毒鼠强，而当年收留袁佳烨的老陈就是沈伟的舅舅，沈伟有足够的条件接触袁佳烨并毒害他，更有条件将其埋在后山沟里，再移尸到乱坟坡。后来又进一步查实，当年负责挖掘山林、清理毒患的也正是沈伟，这就更让他肆无忌惮了。这之后，沈伟在2016

年就进了监狱，所以 2018 年那里迁坟改造时，沈伟没有机会再次掩盖罪行了。

一切推理都合情合理，指向不言而喻。但如何让沈伟和贾春平开口，得从长计议。他们犯的可都是死罪，不可能轻易开口，不过狡猾的狐狸终究是斗不过好猎手的。

崔耀军让叶剑锋根据现场、尸检以及调查情况写的那份现场分析报告也是他制定的策略之一，为的是给专案组制定周密的预审方案和计划提供技术参考。

到了瓜熟蒂落之时，专案组让单子鸣亲自安排了一名可靠的特情人员进入关押沈伟的监狱，潜伏在他身边。

按照原先推演的计划，这一天，特情人员小杨借机悄悄试探沈伟："伟哥，贾春平托我告诉你，你得想办法弄点钱给他，他说他也是没办法，为了救自己的女儿他只能找你了。"

"你是谁？你怎么会到我这个号子里的？贾春平现在在哪儿？你和他什么关系？再说我都进来了，去哪里搞钱？"沈伟当然不会轻易相信这个刚被关进来的人。

"我是谁，怎么进来的，你就别管了，你当时雇佣平哥杀了一个女人，我可都知道，你得想办法托人弄点钱，50 万。"

"你小子胡说什么？！老子都这样了，讹老子对你有什么好处？！"小杨的话让沈伟脸色煞白。

"伟哥，不是我讹你，你和平哥干的那点脏事可都被他留底了，他说他也是没办法，毕竟是杀头的罪，不到万不得已他是不会出卖你的，出卖你等于同归于尽。"

"什么底？"

"这你别管，反正都是你和他密谋杀人，还有交易雇凶费用的事。他说他当时受你指使守候在那个女的回家的路上，把她拖进树林里掐死了，还伪装成抢劫强奸杀人，留下了一个烟头和几根毛发，嫁祸给别人，导致警方一直破不了案，不用我再说了吧？"

听到这儿，沈伟全身汗毛直立，颤颤巍巍，感觉末日将近，他忍不住问道："除了这个女的，他有没有说其他的事？"

小杨明白，他肯定是问杀死流浪汉并将其抛尸荒野的事。

"其他的事？"小杨装着一头雾水的样子，摇摇头说，"那倒没有。"

沈伟似乎稍微松了口气，说："那你有机会就转告他，我倾家荡产也会搞点钱给他，多少不敢保证。但如果他再逼我，也就这条命了，到时候大家都玩完。"

事情到了这一步，已经基本明朗，专案组将案情上报上级。两个星期后，在泰国警方的协助下，已经改名叫"夏重生"的贾春平在泰国落网。

邹虎按着贾春平的脑袋大声说道："贾春平！你受沈伟的指使杀害姚依萍的事情已经败露了，不管你认不认，证据都足够了。"

"当时他也是拿我家人的命威胁我，还给了我一大笔钱，我也是鬼迷心窍了。"

贾春平不仅交代了杀害姚依萍的事实，还交代了沈伟如何毒杀袁佳烨，以及他如何帮沈伟埋尸，然后嫁祸给袁佳烨的事实。杀害袁佳烨这一天是2010年10月9日。

"你怎么记得这么清楚？"邹虎问。

"因为前一天是我女儿的生日，可怜我的女儿生下来就脑瘫，要不是为了钱，我何至于走上这条路！"贾春平痛哭流涕。

"为什么要杀掉姚依萍？"

"这个我真不知道，但我知道这个女的和沈老板、黄局长都有不清不楚的关系，可能是因为这个原因吧。"

"什么沈老板、黄局长，早就不是了！"

"对，对，就是沈伟和黄克明，当时我拿了那个女人的包和首饰，除了里面的现金，其他的东西我都给了沈伟。我有部手机里有我和沈伟的通话录音，我就怕日后出事，特意录了音，等下我给你们，也算是争取宽大处理，我老婆、女儿不知道这些事，希望你们给她们一条活路。"

"我们不会殃及无辜，调查清楚了，和这些事无关的人我们肯定不会为难他们。"

看着正义凛然的邹虎，贾春平倒突然感到解脱了。

崔耀军这边得到邹虎传来的第一手审讯资料和录音，他知道决战时刻已经来临。他要来一次闪电战，用大量的证据、强大的攻势、巨大的压力，给沈伟致命一击。

当沈伟从监区被警方押解出来的时候，他闪现的第一个念头就是，自己到底还是被出卖了。

崔耀军突然将姚依萍和袁佳烨的两张照片亮在他眼前，说道："我们是江川市公安局的！看看这两位，还记得吗？这些年，你是不是时常梦到他俩？是不是经常被噩梦惊醒？天网恢恢，疏而不漏！过了这么多年了，还能找到你，就不用我多说了吧？"

沈伟只瞟了一眼，便再也不敢直视，游离不定的眼神和不自主抽搐的眼皮，已经出卖了他。在狭小的审讯室里，他被四五个人围在角落，旁边一个摄像机不停地给他特写，还有一台照相机闪光灯"咔咔咔"直响，闪得他心惊肉跳。

"这女的不是我杀的！"就在这一瞬间，他彻底崩溃了。

"女的不是，男的总是吧！女的被杀也是你背后指使的，好一个借刀杀人，移花接木啊！你以为贾春平跑到国外就没事了吗？告诉你，他已经全部交代了！"

"这个女人贪得无厌，是个烂货！跟了我又跟了我姐夫，还想取代我姐的位子，拍了一些视频威胁老子和我姐，我实在忍无可忍了！"

"苍蝇不叮无缝蛋，无蜜不招彩蝶蜂！你们蛇鼠一窝也就算了，还残害无辜，罪大恶极！"

沈伟无力辩解。

"你姐姐沈静和黄克明有没有参与杀害姚依萍和袁佳烨？"崔耀军继续穷追猛打。

"没有，真没有！这种事知道的人越少越好。"

"事后，他们知道是你做的吗？"

"他们怀疑过，也问过，不过我没告诉他们。"

"沈伟！这种事我们会彻查到底！痛痛快快把事情交代清楚，是你最后一次赎罪的机会了！"

沈伟已经不敢再与崔耀军对视了。

专案组施以高压，连夜对沈伟进行了突审，他连狡辩的机会都没有，即使有，也被预审专家反驳得无话可说。

而这头，叶剑锋和专案组来不及分享成功的战果，又一头扎进另一起紧急的案件中，黄克明其中一个情人出狱没多久，暴毙家中！

10 失窃屋女尸案：最像谋杀的非正常死亡

梅念云，33岁，江川市吴越区人，是黄克明的情人之一，涉案不深，罪行不重，她对查处黄克明也提供了不少线索，算是坦白从宽，只判了一年多。出来后，梅念云就在姐姐梅念儿开的装饰公司里帮忙，因为之前的房子被查封了，她就住在姐姐的老房子里。

7月8日，星期天，原本梅念儿叫妹妹上午9点多去一个客户家谈装修整改事宜，但到了9点半妹妹还没来，电话也关机了，她就开车去了老房子，可是门死活也敲不开，接着她又打电话给自己的老公徐文祥回家拿钥匙才把门打开。

妹妹的钥匙和包都在餐桌上，看来是在家的，难不成昨天和小姐妹又疯玩了一夜？

姐姐气冲冲跑到卧室，妹妹果然还躺在床上，穿着睡衣，盖着空调被，睡得像死猪一样。梅念儿掀开被子，拍了拍妹妹，妹妹仍毫无反应，她心里咯噔一下，急忙将散盖在妹妹脸上的头发撩开。一看妹妹脸上毫无血色，皮肤冰冷，她顿时吓得脸色煞白，大叫一声："文祥快来啊，妹妹出事了！"

紧跟其后的徐文祥两步跨到床边，直接将小姨子翻了过来，大惊失色，梅念云的右半边脸都压出枕席上的印痕了，人已经毫无声息。

"快上医院！"徐文祥来不及多想，双手抱起小姨子，拼命跑到楼下，梅念儿跟在后面哭着、喊着、踉跄着，和老公合力将梅念云塞进后排座。

梅念儿扶抱着妹妹，徐文祥驾车飞速开往最近的吴越区中医院。

急救医生一看、一摸再一听，他知道其实人已经死亡了，但还是按程序进行了急救。11 点 05 分，医生才正式宣布梅念云死亡，并且告诉梅念儿："你妹妹很可能死于失血性休克，身上有不少瘀伤，可能还有内伤，还是报警吧。"

梅念儿蹲在急救床边号啕大哭，徐文祥拿起电话拨打了110。

吴越区警方接到报警，第一时间按照《南江省非正常死亡处置规定》进行了调查、勘验工作，但随着调查的深入，他们发现不仅是死者身份有些特殊，死因也有可疑之处。吴越区警方于是将案情上报到江川市公安局。

案发后 6 个小时，正在家做饭的叶剑锋才得知吴越区有个疑似命案的消息。

电话里，叶剑锋初步了解到，死者之前涉嫌黄克明的贪腐案，刚出狱不久就死在了家里。吴越区法医刚做完解剖，发现死者全身体表有多处挫伤，而致命的原因是肝脏破裂导致大失血。死亡原因是明确的，但她身上的伤究竟怎么来的还不清楚，换句话说，究竟是他杀还是意外？不得而知。这是所有非正常死亡案中最难弄清、最让人头痛的问题，也是最容易引发家属不满、舆论炒作的问题。

"又有事了！"叶剑锋解下围裙，对老婆说，"牛肉还在锅里，炖得差不多了，佐料也放好了，等十分钟把火关掉就行了。"

“你不吃完饭再走啊？”

“没事，下午吃得晚，不饿。”

对于叶剑锋来说，少吃一餐饿不死，就当减肥了，但警情不能耽搁。

为了赶时间，叶剑锋等不及单位的车来接了，立即开上自己的私家车，半道还捎上了陆林国，直接赶往殡仪馆。

要不是为了等上级法医过来，吴越区法医可能已经将剖开的尸体缝合好，收工吃饭了，不过叶剑锋没让他们等很久。

“什么情况？”叶剑锋还没靠近解剖台就问。

“死者头面部、肩背部、腰部、肢体有多处散在的挫伤；左侧胸骨旁第六根、第七根肋骨骨折，不过骨折估计是医生抢救的时候造成的。主要就是肝脏破裂，腹腔积血有 1600 毫升，其他的组织脏器没有明显损伤。”

吴越区宋法医先做了简要介绍，然后分别向叶剑锋指出了每处损伤所在部位。

宋法医所指的挫伤，分布在梅念云左枕、左下颌、左肩胛、左髂、左大腿、右小腿、右腰部七个部位，有些呈不规则片状，有些呈椭圆形块状，有些大，有些小，或深或浅，有暗红色，有青紫色，个别还是暗褐色，但没有一处挫伤的表皮有剥脱，就是说，没有一处伴有擦伤。

很显然，梅念云体表损伤是轻微的，如果要按照《人体损伤程度鉴定标准》划分，也就是轻微伤，但她的肝脏就不一样了。

肝脏是人体最大的消化腺，是体内分解、代谢、消化的重要“化工厂”，它的血流量每分钟有 1500~2000 毫升，占心血液搏出量的 30%~40%。人们都以“心肝宝贝”来称呼最爱的、最亲切的人，是很贴切的。

人体肝脏的形状结构与猪肝不同，但大致颜色、质地还是很像的，棕红色、柔滑、脆嫩，这也是肝脏容易破裂的原因。

肝脏从上面看，好似一个变形的葫芦瓢，大头是肝右叶，小头是肝左叶，而肝脏大部分位于右上腹，前面还有一部分被肋骨掩盖，一小部分肝左叶在左上腹。肝脏的破裂大多数在肝右叶，尤其是当腹部遭受暴力冲击时。梅念云的肝脏正是右叶破裂出血，肯定是暴力导致的，这点毫无疑问。

肝脏外面其实紧紧包裹着一层坚韧、透明的包膜，好似腊肠外面的肠衣。乍一看，梅念云肝脏的包膜好像还算完整，透过包膜可以看到下面一大片红得发紫的凝血块，大得几乎占据了整个肝右叶，实则凝血块多得已经撑破了包膜，破裂口就在肝脏右上缘。

剥离肝包膜，清除凝血块，肝组织表面的损伤让人大吃一惊。

上面有很多坑坑洼洼不规则的小裂创，还有像大峡沟一样的撕裂创，也有像星芒一样的挫裂创，尤其是在包膜破裂的地方，破损的肝组织就像豆腐渣。

表面看上去如此严重，但几刀切下去，深层的肝组织却是完好平整的，不过摸上去有些黏黏的。

"这肝脏明显偏大，多重？"叶剑锋问。

宋法医翻开记录本说："1650 克，脾脏也很大，有 275 克。"

"准备福尔马林液，器官组织要做病理。"

"损伤、死因都这么明确了，还要做病理吗？"宋法医有些不解，"要是做病理的话，那要等一个月才有结果，我怕死者家属和领导们有意见了。"

"我怀疑死者的肝和脾有病变。"

"师父是说她的肝、脾都很大，是病理性改变吗？"陆林国也一直在琢磨这件事，"有没有可能是外伤造成的呢？肝脏破裂造成淤血性肿大，而脾脏因为大失血造成代偿性肿大。"

"不会，淤血性肝肿大一般是右心衰竭导致肝静脉回流受阻造成的，死者的脾虽然也明显偏大，但切面都有黏稠感，应该是病理性的。"

"跟着叶大师又长见识了。"宋法医比画出一个"六"的手形。

"也对哦，体表损伤这么轻微，肝脏损伤这么严重，的确有问题。"陆林国也有些开窍了。

"那你说说，这个肝脏是哪种类型的损伤？"叶剑锋顺便问了一句。

"好像是包膜下破裂吧？"陆林国大脑里的海马体瞬间被激活，"哦，不对！应该是真性破裂。"

"肝实质和包膜都破了，肯定是真性破裂，但我怎么感觉像是包膜下破裂转变而来的呢？"宋法医已经看出点门道了，接着他又特意解析了一番，"首先是肝脏表面多处破裂出血，导致血液在包膜下弥散聚积，形成血肿，最后越积越多又导致包膜破裂，引起大失血。"

"听到没，好好跟宋法医学学！"叶剑锋想借机敲打敲打这个徒弟。

"不愧是宋慈的'后人'，厉害！"陆林国一脸嬉笑。

"您二位打住，真是被你们打败了。"师徒俩说得宋法医耳根都红了。

叶剑锋感觉自己一句话就要把话题带偏了，立马回到正题："知道这意味着什么吗？"

"意味着可能是迟发性出血，从受伤到死亡有一定的过程。"陆林国这次倒不含糊。

叶剑锋点点头，继续问："胃肠内容物看了吗？估计餐后多长时间死亡的？"

宋法医说："胃和肠管里只有少量液体，我听说死者昨天晚上喝了酒，胃里东西都吐光了，怕是难以推算准确时间。"

"没有食物就看颜色，照片调出来我看看。"

宋法医叫人在相机里将之前剖开的胃内容物和肠腔的照片找了出来。

叶剑锋在脏兮兮的手套外面又套了一双干净的PE手套，接过相机，盯着2.7寸的显示屏看了半天，突然问："她最后一餐几点吃的？"

"晚上6点，吃到8点半，看得出消化了多长时间吗？"

"估计9个多小时，也就是今天早上六七点钟左右。"

宋法医也简单推算了一下说："我看差不多，早上10点钟左右，死者姐姐、姐夫送她去医院的时候，他们说人是软绵绵的，也就是尸僵还没形成。后来我们12点到医院的时候，发现死者已经有轻度的尸僵了，排除人为因素，我看也符合这个时间范围。"

"尸温没测吧？"

"没法测，家属情绪当时很激动，而且又不在原始现场和环境里，就没测。"

因为有客观因素，叶剑锋也没多说什么，但临时做出了一个决定。

"待会儿把死者背部、四肢的皮肤切开看看，再把有挫伤的皮肤各提取一块，一起送去做病理。"

切开背部、四肢的皮肤，大家都可以理解，是为了看看这些地方有没有深层的软组织损伤，但把挫伤的皮肤拿去做病理有必要吗？

"师父，皮肤为啥做病理？这挫伤不是很明显吗？"

"一两天之内的挫伤很难从肉眼上鉴别，做个病理试试看吧，有些事儿做总比不做好。"

"我明白了，你是怀疑这些挫伤不是同一时间形成的吧？"师父的话让陆林国醍醐灌顶。

宋法医也是茅塞顿开："我之前感觉这些伤一次难以形成，有些像是摔跌、磕碰形成的，有些又像是被打出来的，现在看来不仅是多次形成，而且可能是在不同时间段形成的了。"

叶剑锋笑而不语，这仅仅是他的推测，他也没过多解释，接着问宋法医。

"死者家里你去看过没有？"

"去瞄了一眼，赶着来解剖，也没仔细看。对了，死者家属都在外面等着呢，我们一弄完，他们就要办丧事。"

第一时间解剖，当然是为了尽快搞清死亡原因，现在死因倒是搞清了，但死者是如何伤的？在哪里伤的？什么时候伤的？一个个问题接踵而来。

叶剑锋急需去现场瞅瞅，等到死者四肢、背部的皮肤、肌肉被切开，他看了看没什么问题，就离开了解剖室。

侦查上，经过大半天的调查，基本摸清了梅念云生前的情况。

梅念云之前在一个培训机构里教美术和钢琴，黄克明的女儿正是她班上的学生。因为女儿的原因，黄克明和梅念云有过几次接触，之后他便对这位肤白貌美、多才多艺的女子动了色心。有一段时间他甚至有些魂不守舍，他动用自己的一切手段，最终把梅念云揽入怀中。

身陷囹圄的日子，梅念云幡然悔悟，但她知道这是她一生的污点，永远也抹不掉。她得为自己的未来打算，第一步就是永远离开这个城市，虽然她有些不舍。

幸运的是，她最好的一个小姐妹苏文文在上海开了一家广告公司，在这个节骨眼上，苏文文向她伸出了援手。

7月7日晚上，苏文文回到江川市特意请梅念云小聚了一下，陪同的还有另外两个小姐妹和她们的男朋友，一共六个人。

那是梅念云重获自由后，最开心的一晚了，不胜酒力的她也喝了一两杯红酒。吃到晚上8点半，苏文文提议大家去KTV或酒吧嗨一下，但梅念云有些昏昏沉沉了，最后还在卫生间里吐得稀里哗啦，苏文文一看这种状况，就让自己的司机先送她回家了。

司机老陈说，他只送到了楼下，是看着梅念云家里的灯亮了以后才回宾馆的。他本想送她上楼的，但太晚了，他感觉不太方便，当时梅念云除了有些昏昏沉沉，走路、讲话也还好，没什么其他异常情况，他就走了，走的时候他还给苏文文打了一个电话。

晚上 9 点 05 分，苏文文还发了一条微信给梅念云，梅念云告诉她自己稍微好些了，准备洗澡睡觉。

苏文文也叮嘱她泡杯茶，醒醒酒，早点休息。

谁曾想，这是梅念云生前最后的对话。现在苏文文非常自责，尤其在事情没搞清楚前，不仅是她自己，梅念云的家人也把矛头指向了她，她只能打碎了牙往肚子里咽。

原本叶剑锋打算直奔现场，结果半道被崔耀军"截胡"，他不得不绕道先去一趟吴越区公安局。

一见到叶剑锋，崔耀军便问："情况怎么样？有没有可疑的地方？"

"可疑的地方当然有，至少损伤目前还不能解释清楚，看上去有摔跌、磕碰的可能，也不能排除他人打击的可能。死者体表有多处散在的挫伤，都是一些瘀青，但肝脏破裂得很厉害，还有两根肋骨骨折，不过肋骨骨折应该是医生做心肺复苏时按压形成的，可以排除其他外力作用。死因明确，就是肝破裂导致失血性休克死亡，目前就是死亡性质不清楚。"

"没有性侵迹象吧？"

"没有，衣着、阴部没有可疑的痕迹，指甲、口唇、耳朵、颈部、乳房等一些敏感的地方也做了擦拭，DNA 结果一出来就更加清楚了。"

"那致伤物呢？"

"具体的不好说，如果是摔跌、碰撞导致的，那么肯定是比较光滑的地面或墙面，又或是圆钝的突出物；如果是打击的，那么拳打脚踢也是有可能的。"

崔耀军显然不满意这样的回答，他又追问："那你觉得哪种可能性更大呢？"

"崔局，这真不好说，这得结合现场，现场情况我还一无所知。"

提到现场，吴越区刑侦副局长李骁做了简单的介绍："现场这边，我们去的时候门窗完好，除了床头柜上的一杯茶水打翻了，家里其他物品没发现明显异常，也没有发现打斗痕迹。但现场地面条件很差，正在做指纹、足迹比对排除。"

"茶杯怎么会打翻？她自己弄的，还是别人弄的？"

"茶杯和手机都是放在床头柜上的，你们杜所长也看过了，床头柜没有明显移位，所以我们还是怀疑那是死者受伤后自己不小心碰倒的，也许她是想拿手机求救，结果因为失血过多最后体力不支或者昏迷了，没法打电话了。"

"那就有问题了，死者的受伤时间和死亡时间是有间隔的，间隔估计起码好几个小时。我们分析她受伤至少在前半夜，但死亡差不多是在早上六七点钟，而且我还怀疑她之前不止一次受过伤。"

叶剑锋说得大家一头雾水。

"什么意思？"崔耀军问。

于是，叶剑锋娓娓道来："首先，从她受伤后出血到最后死亡有一个比较长的过程，因为她的肝脏可能有些基础病变，稍微大一点的外力就可能造成肝表面多处裂伤，但没有造成肝外面的包膜破裂。这样一来，出血就被局限在包膜下，越积越多，慢慢变成大的血肿，血肿不仅会造成肝包膜张力过高，同时也会压迫肝脏原本的破裂口。这时候出血又会变少变慢，但血还是继续出，直到最后超过包膜张力极限，导致包膜破裂，大量的血液一下喷涌而出，人很快就会休克死亡。这就好比被慢慢侵蚀的河堤，到一定程度才会突然决堤，河水一泻千里。"

"那就是说，梅念云受伤后是完全有时间和有能力打电话的。"崔耀军听懂了他的意思。

李骁说："她只有一部手机，家里也没座机，昨晚 9 点多她和苏文文发完微信以后，10点多就关机了，后来一直也没开过机，她姐姐说她出狱以后，基本上每天晚上睡觉前都会关机。不过她的手机被打翻的茶水浸湿了，现在已经开不了机了。"

李骁原本想表达的意思是，没有打电话可能是开不了机的原因，但他转而一想又不对，姑且不说茶杯是什么时候打翻的，即使手机不能打电话，她难道不能去找隔壁邻居求救吗？再想下去，他的心里越发不安，难道她当时被人控制住了？

想到这儿，他急忙问："叶法师，能看得出死者有被威逼或控制的迹象吗？"

"没有，至少尸体上看不出来。"

大家也知道李骁的意思，只是现在还没有任何证据证明梅念云死之前受到了他人的控制。

崔耀军倒没在这个问题上纠结，他想知道叶剑锋说的另一个情况，便问："剑锋，你刚才说死者可能生前不止一次受伤，是怀疑她回家之前也受过伤吗？"

"对，但也只是怀疑，主要就是依据她体表挫伤的部位和颜色，尤其是个别暗褐色的伤，我估计有一两天了，但要确定是不是，最好是从微观上看看。还有刚才说的她的肝脏可能也有病变，所以这些损伤的皮肤组织和器官都要送去做病理，不过这样的话，起码要一个月才有结果。这个得和两位领导通个气，时间太长，我就怕家属有意见。"

"这些都是必需的，该做的统统都要做，还有血样、毒化、酒精、DNA都要抓紧做，最好一步到位。"崔耀军说。

"叶法师，你放心，家属工作我们会做的。"李骁更加"给力"。

看领导们鼎力支持，叶剑锋又提出了一个建议："虽然现在还不能完全确定，但我建议最好把死者昨天晚上回家前的情况和最近一两天的情况都调查清楚，看看她有没有受过伤。"

李骁说："之前倒也问过她姐姐，她姐姐说没听说梅念云和谁有过争执，她每天基本上都在店里帮忙干活，她家里最近也没有外人来过。从目前的调查看，梅念云自己弄伤的可能性还是比较大的，要是别人弄的，我想她不会不说吧，除非就在昨天晚上，她家里真的有人去过。"

李骁刚说完，就接到一个电话，惊得他陡然站起来。

"崔局，现场还真的发现了可疑足迹！"

"赶紧去看看！"崔耀军也是大吃一惊，显然这件事变得更复杂了。

现场在吴越区华丰苑小区 1 幢 4 单元 202 室。

其实在一个多小时前，现场勘查工作就已经收尾了，结果刚刚甄别出的现场的可疑鞋印，让几个头头又聚集到了现场。

崔耀军再次来到现场，突然想起来一件事，便问李骁："阿骁，这栋楼的住户都调查清楚了吗？"

"清楚了。"李骁说，"二楼对面这家去温州做生意了，常年不在家；一楼两家都是独居老人；三楼一家是老夫妻俩，另一家是夫妻俩带一个孩子；四楼两家改成民宿了，这两天也没人住；五楼一家没人，另一家租给了一个公司做员工公寓了。昨天晚上在家的人，都说没听到 202 室有什么异常。"

刑侦副局长就是不一样，下属给他汇报的情况，他全记在脑子里了。

崔耀军也没说什么，转而问现场情况。

吴越区技术室卢主任汇报道："我们发现的鞋印应该是一双凉鞋，最清晰的鞋印是在卫生间西墙窗户外面的空调外机上发现的，鞋尖朝内，由此判断嫌疑人是从卫生间的窗户进来的，进来后应该到过两个房间，但这几个地方的鞋印都不清晰，还有些被死者亲友的鞋印叠加破坏了。我们来的时候，卫生间的窗户是锁死的，窗帘是拉着的，家里人都说没动过，估计是死者回来洗澡时关的，所以我们分析，这个人在死者回家之前就进入了屋内。"

"他是怎么从窗户进来的？没有防盗窗吗？"李骁问。

"有，但有一根不锈钢坏了，人可以钻进来。窗户外面是一楼店铺的平顶，平顶与窗户之间就是空调外机，可以通过外机爬到窗户上，而到这个平顶上，通过小区里面的树、旁边的围墙都可以，不过要有一定的攀爬能力。"

"一般小偷都有这种能力，家里人问过没？有没有丢失什么东西？"

"梅念云的姐姐说这房子之前租出去过几年，今年一直空着，就是准备给梅念云回来住的，里面没什么值钱的东西，也不会有大量的现金。死者的包和钥匙原来都放在餐桌上的，包已经拿回去检查了，里面都是些女性用品，包括一些化妆品，还有一个红色皮夹。之前有没有贵重物品就不清楚了，现在皮夹里只有六七十块钱，也不知道之前里面有多少钱，不过这年头都用手机支付，现金不多也有可能。"

"也是，我的皮夹里就五十多块钱，一个多月都没动过。"叶剑锋插了一句。

崔耀军在一旁听得眉头紧蹙，突然问道："如果进来的是小偷，那他必然会寻找财物，不管有没有，那应该会有翻动的迹象吧，你们之前就没发现？"

听得出崔耀军有明显的不悦，卢主任只好硬着头皮解释道："崔局，的确没发现明显的翻动迹象，她家里的抽屉都没上锁。这年头，小偷入室很少有翻箱倒柜的了，之前我们也一直在甄别指纹和足迹。"

"那指纹查得怎么样？"

"从卫生间玻璃上的灰尘擦拭痕迹来看，这个人应该是戴着棉纱手套的，屋子里没有可疑的指纹。"

"案犯不仅戴着手套，还可能随身带着鞋套。"杜自健突然从大门左手边的一个小房间里走出来说，"很薄的那种鞋套，他应该是从主卧旁边的卫生间的窗户进来后才穿的鞋套。从卫生间出来后，他先后进入了主卧、客卧，所以主卧里的鞋印最不明显，因为那时候他的鞋套底还是比较干净的。转来转去，最后鞋套底部也粘了不少灰尘，因为鞋套薄，凉鞋鞋底花纹凹凸显著，所以又印在了地上。尤其客卧里的印记要相对明显一些，而且客卧的门后面的墙角里也发现了类似的鞋印，但门后面什么也没有，他是不会无缘无故待在这里的，所以我怀疑有两种可能，一是他躲在这里蹲守，等死者回来；二是也有可能赶上死者突然回到家，他来不及跑，就躲在这里了。"

"你的意思是无论如何，死者回家的时候，案犯可能还在房子里。"崔耀军越听表情越凝重。

"极有可能。"

"你刚才说的这两种可能性都不能排除，尤其是第一种，如果案犯是在伺机等候死者，那他的目的可能就不是简单的谋财了。"

崔耀军说这话的意思是提醒大家，这起案子可能比大家想象的要复杂多了。

李骁也思索半天，但他想到的是另一个问题："案犯表现得这么专业，怕是个惯犯。如果这人穿着鞋套，那么他逃出去以后，肯定会脱下来，附近看过吗？"

卢主任说："楼道附近看过，其他地方没来得及看，我等下就带人去看看。"

"附近监控查得怎么样了？"崔耀军扭头又问李骁。

"附近的都已经拷好了。"李骁说，"不过单元楼下没有，小区路口倒是有的，但如果案犯是刻意从墙面绿化带穿插过去，这个就拍不到了；如果从大门口出去，门口监控应该能拍到；如果翻过小区栅栏出去的，外面就是大马路了，马路南北路口都是高清监控。我估计这几个点，其中一个应该能拍到，就是不知道他逃跑的路线。"

这倒提醒了杜自健，他赶紧叮嘱卢主任："小卢，等下小区围墙、栅栏下面的绿化带、灌木丛里也要仔细看看，如果能找到进出小区的出入口，监控范围也好锁定了。"

"明白！"

卢主任立即动身，带着两名技术员离开了房屋。他们一走，房子里腾出来不少空间，等地面全部处理好，叶剑锋才跟着几位领导进入了屋子。

进门后，叶剑锋才真正搞清楚这个房子的结构，典型的两室一厅一厨一卫。大门朝东，一进门左手南面第一间是客卧，正对客卧的是北面的厨房，再往里就是南北通透、一体式的小客厅和餐厅，最西面就是南边的主卧和邻北的卫生间。

叶剑锋跟着杜自健径直走到卫生间，卫生间与主卧是隔断的，有个移动门，朝东，正对着餐厅，很别扭的设计。房子看起来不是很大，但卫生间倒真不小，北墙是马桶浴缸，南墙是洗漱台，西墙上是一扇窗户，外面窗台下是一楼门面房的平顶层，墙上挂着一台空调外机。

窗户外倒是装了防盗窗，但年久失修，有一根钢管焊接处明显脱落缺失了，留下了一个高 55 厘米、宽 26 厘米的缺口，就是这个缺口给了歹徒可乘之机。

借着手电光，从窗户内探出去就可以看到外面空调外机上若隐若现的鞋印。

杜自健说："人就是从一楼门面房顶的平台攀爬到空调外机上，再从窗户钻进卫生间的，从攀爬痕迹和防盗窗缺口看，这个人的身材应该偏瘦，身高估计最多 170 厘米，动作挺利索的。"

"看上去倒像是个惯犯啊，翻墙入室，溜门钻窗的。"叶剑锋说，"他进死者家是巧合还是另有目的呢？"

"说巧合，太牵强了。"李骁说，"死者回来的时候，这个人还在房子里，说他与死者的死无关，我不信。"

"这个我也知道。"叶剑锋说，"但我还是在想一个问题，如果梅念云身上的伤是这个人造成的，那么伤后她为什么不立即报警，难道真的被控制住了，而且控制到她昏迷、死亡？从时间上看，那这个人在房间里起码要待到今天早上了，可能吗？"

"死亡时间是在早上，但昏迷时间呢？不一定在早上吧，也许她昨天半夜就已经休克昏迷了呢？"

李骁这么一说，叶剑锋一时还真没法反驳，这得仔细推敲，从长计议，于是他说："这的确要细细研究一下，关键还得等你们查出这个人和他离开的时间，那样问题也许就迎刃而解了。"

叶剑锋不动声色地把这个难题又交给了侦查这边，有些事从技术上不可能解释得清楚，既然意外出现了一个可疑的人，那这个人必然也是关键。

"现在的确没有打斗迹象吗？"崔耀军问。

"从现场看肯定没有。"杜自健笃定地说，"那杯茶不像是打斗时打倒的，即使打斗不激烈，或多或少也会碰到周围的物品，但现场除了那杯打翻的茶，其他任何物品都没有异常，包括放茶杯的床头柜也没有移位。另外，根据这个人的足迹看，他到过的地方也没有看到打斗、挣扎的擦蹭痕。"

"那有摔倒的痕迹吗？"叶剑锋问。

"你是怀疑死者摔过吗？"

"嗯，至少有这个可能。"

"那要看摔在哪里，怎么摔的了。"杜自健说，"就是摔估计也没碰到什么物品，除了大的衣柜看不出来，一般小物件上肯定看得出来吧？还有地面，像客厅、卫生间、阳台都是地砖，也很难看出来，房间里应该是没有摔倒的痕迹。"

都是技术行家，杜自健这么一说，叶剑锋当然明白了，就是还没有发现摔倒的依据，也没有发现打斗的依据，这其中必然有一个是真，一个是假。

"那就是说，可能有摔倒过，只是痕迹不明显，难以发现？"李骁也听明白了。

"可以这么说吧。"

"除了这个人，能不能排除第三人昨天到过现场？"

"排除还不敢说，但目前的确没有发现昨天晚上有第三人来过的痕迹。"

就这样，大家在现场你一言，我一语，叽里呱啦，推测了各种可能性，说得崔耀军都有点晕了，他当即拍板："都是可能性，那就把可能变成能或不可能，否则难以服众。当务之急是马上找到这个从窗户里潜入的人！你们技术上还要再把现场情况仔细勘查、研究一下，物证、检材的检验都要抓紧，有什么情况及时和侦查上通个气。至于侦查上，阿骁，明天我叫邹虎一起过来，一是再针对梅念云生前的社会关系、当天晚上的活动情况好好查查，看看她有没有和什么人发生过争执，或发生过什么意外情况，当天晚上她出现过的地方，有监控的地方都要查一遍；二是全力查找进入房子的嫌疑人。我看今天很晚了，大家要休息的早点休息，明天早上9点再碰一下头。"

如果一天的工作就这样迷迷糊糊结束了，叶剑锋实在心有不甘。如果就这样回去，也难以安心入睡，他决定能在现场多待一会儿就多待一会儿。

杜自健的痛风又开始发作了，深更半夜的，他已经没精力陪着叶剑锋折腾了，但卢主任他们还没撤，还有人陪着，叶剑锋倒是兴致不减。

在叶剑锋看来，卫生间才是一个最值得关注的地方，但这样的地方的确很难看出打斗、摔倒或磕碰的痕迹，事实上也的确没发现，连旁边最脆弱的塑料垃圾桶，都没有损坏或变形。房间里、客厅里更不用说了，一切如常。

没发现就一定没有吗？还是某个细微处被忽略了？叶剑锋不相信没有一点蛛丝马迹。他觉得可能是自己看得太杂，想得太多，脑袋塞得满满当当，需要梳理一下，转变思路。

床头柜上和地板上只剩下翻倒的茶水渍和茶叶，床边的粉色拖鞋是梅念云那天晚上穿的，似乎没动过，拖鞋也没有裂纹，鞋底很干净，只是还残留着湿漉漉的水印。

为何隔了一天一夜还有这么多水？叶剑锋又跑到卫生间看了看。他从勘查箱里找来一个大的塑料袋，撕开，做成一个塑料膜铺在地上，把卫生间的垃圾桶倒扣在上面，慢慢地把里面的纸全部抖搂出来，然后一点一点地翻找。一个粘贴式的挂钩引起了他的注意，一个念头刚闪过，突然被人打断了。

卢主任大汗淋漓地跑进来，手里拎着一个物证袋，袋里是一个揉成一团的蓝色鞋套。

"厉害啊，真被你找到了啊！"

"可惜就找到一只。"

"在哪里找到的？"

"就在这个单元楼西北面的铁栅栏下面，这家伙应该是从那边翻出去的，灌木丛里有踩踏痕。"

"我没记错的话，那附近还有道围墙吧？"

"是的，现在可以确定那里就是他进出小区的地方。这下好办了，那里旁边就有一条马路，南北两个路口都有监控。"

"和李局长说了吗？"

"说了，估计这一夜他们有的忙活了。对了，叶所，你怎么还在这儿啊？"

"再待会儿，不急，你们之前在卫生间有什么发现吗？"

"除了窗外、窗户上可疑的足迹、手印，没啥异常，没有擦划痕，也没有血迹。"

"没有血迹很正常，地面的水渍多吗？"

"我们来的时候不是很多，边边角角倒是有点。"

"我刚看过死者鞋底还是有些湿漉漉的，还有卫生间木凳的脚下也是，这说明卫生间的地面昨天是很潮湿的，甚至有积水，积水肯定是死者昨天在浴缸里洗澡时造成的。还有垃圾桶的卫生纸堆里有一个免打孔的粘贴式不锈钢挂钩，有点变形了，我仔细看过，这个挂钩原来粘在挂花洒的墙上，可能是挂浴巾啥的，从印记上看粘了很长时间了，显然是因为突然受到很大的力才脱落的，由此推测，最大的可能性就是，这个梅念云在浴缸里洗澡的时候可能失足摔倒过，无意中顺手拉掉了挂钩。"

卢主任听得一愣一愣的，一是因为他们没有仔细去翻找垃圾桶而发愣；二是因为叶剑锋这一番推论让他发愣。

叶剑锋看出来卢主任似乎有些难为情，他笑道："你们之前没发现很正常，我是从尸体着眼于现场，关注点和侧重点不一样，再说了你们人手有限，时间紧，不可能面面俱到。"

"偶像啊！看来叶大所长是怀疑死者有可能自己摔倒过了？"听叶剑锋这么一说，卢主任没那么尴尬了。

"完全有可能！"

从现场回来已经是夜里 12 点多了，虽然很晚，但叶剑锋反倒有些兴奋，因为超出预期的收获而兴奋，当然还有很多问题有待解决。既然现场情况摸清楚了，趁着在兴头上，他回过头又重新将尸体损伤情况捋了一遍。

将来将去，叶剑锋认为，如果没有那个非法闯入的不速之客，梅念云的死可能就是个意外。现在就盼望侦查那边早点把人抓到，看看他究竟是怎么说的。

一天一夜过去了，叶剑锋没有等到期待的消息，却等来了一个惊人的结果。

理化室崔丽华主任加班加点，在梅念云的血里、胃里、肝脏里检验出了极少量的苯巴比妥和多量的咖啡因，而血液里却没有检出乙醇。

叶剑锋有些不敢相信，他赶紧向崔主任进行了确认。

"你是第三个打电话来问的了。"崔主任说，"咖啡因一般茶里就有，我听说死者生前喝过茶，所以这个没问题；没检出酒精，只能有一种解释，她喝得不多，而且又吐了，经过几个小时后，被完全代谢分解了；苯巴比妥，就不用我多说了，这是安眠镇静类药物，含量倒是不多，大概有 76 纳克，远低于中毒量，但加上酒精作用可能就不一样了，容易让人晕厥。"

苯巴比妥的确是一种安眠镇静类药物。提起安眠药，叶剑锋有点不寒而栗。

很多年前，平江县警方接到一个非正常死亡警情，说是一个六七岁小男孩可能在家玩套绳的时候，不小心被绳套勒住了脖子，被发现后送到医院抢救无效死亡。当时家里人痛不欲生，乱成一团，没有人怀疑他的死是不是意外，后来还是急救医生按规定报的警。

叶剑锋当时接到指令后，紧赶慢赶，还是晚了一步，孩子被送到乡下老家办丧事去了。家门口的监控也显示没有外人进来，家人不想让法医再动孩子一根手指头，悲痛让他们如此不理智了。

后来好说歹说，家属也只是同意脱光孩子的衣服看看尸表。当时仅从尸表上看，难以区分是他勒还是意外，现场又被家里人破坏了，叶剑锋和警方都不敢轻易做出意外的判断。

几天后，家人终于同意解剖了，结果在小孩子胃里检验出了一种安眠药，这么小的孩子怎么会吃安眠药？难道误食吗？经过调查，排除了这种可能性。

这让孩子的死打了一个大大的问号！以此为突破口，最后警方经过层层调查，终于查出来了勒死孩子伪装成意外的黑手就是孩子的继母。

这一次，竟然也在梅念云的体内检验出了安眠药，梅念云如果在晚饭前自己吃了这种药，那她应该知道自己不能喝酒的，而喝完酒后，她更不可能自己吃安眠药了。安眠药加酒，等于杀手，除非她自己想死，这有可能吗？而且在梅念云的家里、随身物品里，都没有发现任何安眠药的踪迹。

苯巴比妥的意外出现真是让人细思极恐。

叶剑锋不得不重新审视他之前的推测和猜疑，但酒精的结果倒是让叶剑锋得到慰藉，这佐证了他对梅念云死亡时间的推断。一般来说，一个人体内的酒精浓度平均每小时 100 毫升血液里下降 10 毫克，如果喝得不多，经过几小时后就会完全代谢掉。

专案组得到这一结果，也很意外，崔耀军倒是处变不惊，及时调整了部署和方案。

查找安眠药来源又是当务之急，但问来问去，找来找去，也没查出个所以然。梅念云生前的亲朋好友，没有一个说她有吃安眠药的习惯，出事前几天，她除了牙痛胃口不好，没有任何异常情况，也没查到她去医院就诊的记录，也没查到她去诊所、药店的记录，更查不到她开过安眠镇静类的精神药物的记录。

如果排除她自己吃的药，那就只剩一种可能性——被人下药。

是谁？又是在什么时候给她下的药呢？动机是什么呢？

其实，梅念云不管在入狱前，还是出狱后，社会关系并不是很复杂。尤其是在出狱后，就接触过那么几个人，难道是身边的人给她下的药？或者真的和黄克明贪腐案有关，被人加害？

邹虎接手这起案子后，也被这安眠药搞得晕头转向，甚至查起来要比查找那名潜入梅念云家中的嫌疑人还要难。

那名嫌疑人在事发后第四天晚上就到案了，正是根据小区西面马路北侧的监控识别、追踪而找到的。

他叫何坚，的确是一名惯偷，让人大跌眼镜的是，他也是刚出狱没多长时间。据他交代，那天晚上 9 点不到，他转到死者所在的小区后，就从西南边公路旁的围墙翻到了一楼商品房楼顶的平台上，没想到第一家的窗户就是敞开的。他贼头贼脑地探视一番，大喜过望，戴上手套后，就钻进了窗户里。所谓贼精贼精的，可能就是指他了。进入屋内，他还不忘套上随身携带的鞋套，打着手电东摸西摸。没过几分钟，他就发现外面有脚步声和开门声，于是急忙躲到了小卧室的门后面，大气也不敢出，他可不愿意被人发现后再被送进牢房里。

何坚是个惯偷，他自称一直坚守着"贼不走空"的准则。趁着梅念云哗啦哗啦放水洗澡的空当，他顺手在餐桌包里的皮夹里拿了几百块钱，便溜之大吉。

根据他经过第一个监控点的时间显示，他肯定在晚上 9 点 50 分前就离开了梅念云的住处。从时间上来说，他不可能一晚上控制着梅念云。

"你有没有在人家杯子里下迷药？"

邹虎突然出现在何坚面前，想问他一个措手不及。

而何坚被问得莫名其妙，愣了好一会儿才反应过来："没啊！真没有啊，我就拿了 500 多块钱啊！"

"所以，你被发现了，被抓住了，你为了挣脱、逃跑，还打了人家，推倒了人家！是不是？"

何坚更是被问得一脸蒙，又愣了好一会儿，才说："绝对没有！你可以去问问那家人，他们这是在冤枉我啊！我一直躲着，都没见过人家面儿。"

邹虎明显是在试探他、诈他，长期搞侦查预审的人会从几句话、几个动作、几个表情中看出端倪。

化验结果证实，梅念云家中的茶杯里没有苯巴比妥成分，茶杯上残留的指纹没有别人的，连杯口 DNA 也做过了，这杯茶就是梅念云回家自己倒的，也是自己放在床头的。

专案组又抽调了一组人针对何坚进行专门调查，查来查去，他的疑点倒是越来越小，有些事看似也得到了合理解释。但苯巴比妥的问题不搞清楚，这个案子就一直存在着巨大的疑点，而关键就在于苯巴比妥的来源。

调查药物来源不是刑事技术的工作，更不是法医的工作。叶剑锋奇怪，都好几天了，连那个惯犯都找到了，这个药的来源怎么查不清呢？是方式不对还是方向不对呢？

专案组也在反思，思来想去他们还是觉得要从药物本身着手。是不是实验数据出了问题呢？

为这事儿，邹虎这天下午从专案组回来特意到刑科所跑了一趟。还是在1302办公室，叶剑锋给邹虎泡了一杯高山茶，邹虎给了他一支好烟，两人毫无拘束地探讨着。

从邹虎口中叶剑锋得知了何坚的供述，这让他又重拾了信心，虽说何坚说的不一定是真话，但至少说得通。

邹虎还告诉叶剑锋，针对苯巴比妥的调查是秘密进行的，案件性质不明，他们不敢打草惊蛇，只能旁敲侧击地问问之前与梅念云有接触的人。还有就是，对梅念云的住所和随身物品进行了详细的搜查，但也没发现这个叫苯巴比妥类的药物。邹虎觉得自己被什么东西束缚了。

叶剑锋听出来邹虎是被自己的思路束缚住了。这和他之前一样，考虑得太局限了。

"你们是不是只围绕安眠药进行了调查？"叶剑锋问。

"是啊，苯巴比妥不就是安眠镇静类的药物吗，没错吧？"

"没错，但有很多药物都含有苯巴比妥成分，比如一些解热、镇痛药。"

"你是说一些止痛药吗？"

"是的。"叶剑锋惊愕邹虎一点就通。

"就算有，止痛药里面应该也不止一种成分吧？而这次只检出了苯巴比妥和咖啡因，而咖啡因据说茶水里就有，死者生前的确也喝过茶。"

"是这样的，这两种只是常规的成分，好检测，但如果含有其他未知的非常规药物成分，又不在我们理化室的检验项目里，那便很难进行检测和筛选。"

"你是怀疑可能有其他成分？"

"我只是猜测，也没有什么依据。我之前听说死者生前牙痛，那就不能排除她吃过止痛药。我问过我老婆医院药房里的同事，像索米痛片这种药里就含有苯巴比妥、咖啡因、氨基比林、非那西丁这几种成分，当初如果不是只考虑到茶水里含有咖啡因，也许我们早就会想到了。"

"那你们再检验一下，看有没有另外两种成分不就行了。"

"检材就那么多，做一次少一次啊，我还是觉得你们先去查查她有没有可能吃过这种药比较好，理化检验最好是有的放矢。"

邹虎想想是这个理，现在是关键时候，凡事还是稳妥点好。他给李骁局长打了一个电话，把剩下的半包烟扔给了叶剑锋后便离开了。

没过多久，侦查员小费就从梅念云的姐姐梅念儿那里得知，她家里就有止痛片，是几个月前自己因为脚烫伤了买的，之前妹妹说牙痛，她就带到店里去了，但她不知道梅念云有没有吃。

"你怎么不早说呀！"小费一听，真是喜怒交加，之前白耽误了这么长时间。

"你说这话什么意思？这和我妹妹的死有关吗？再说，你们之前也没问啊，你们不是说我妹妹可能是吃过安眠药吗？我家也没有安眠药啊！"这话说的让梅念儿十分上火。

小费意识到自己的态度有问题，连连赔不是，这才让梅念儿稍稍息怒。

拿到那瓶索米痛片，小费急忙赶回专案组。

药片和之前提取的检材，没有一刻停留地被直接送到了南江省公安厅。

厅里仪器设备好，毒物、药物检测项目更齐全，专案组想做到万无一失，所以还是决定送省厅。

省厅理化实验室的孙主任是前几年从江川市刑科所遴选进入省厅的，"老东家"的案子送过来，他自然更加上心。

孙主任以最快的速度得出了科学的结论，梅念云的血液、肝脏里的确有索米痛片的四种成分，这足以说明一切。

药物来源终于搞清楚了，真是值得欢欣鼓舞，这天也是梅念云的头七。她的亲友一直在追问案情的进展，他们已经很不耐烦了。梅念云的遗体像个冰坨坨一样一直被冻在殡仪馆的冷柜里，中国人历来讲究"死者为大，入土为安"，老这么耗着，也没个说法，家属的情绪自然越来越糟糕。

事情还没有完全调查清楚，梅念云的家属就列举了十几个疑点和诉求，而且他们开始怀疑，之前梅念云涉嫌黄克明贪腐案，也是被冤枉的，她是这起案件的"炮灰"，现在出狱了就被灭口了。

矛头当然首指警方。市局一把手马局长明确批示，由市局刑侦支队牵头，不遗余力查明真相，吴越区公安局全力解决此事，所有工作要经得起法律的检验，经得起历史的检验。

人命关天，其实不用领导批示，大家都会努力去做的，批示就是要告诉大家，为了案子，不要有任何埋怨和委屈，不管你是领导还是小兵，不管你能力高还是水平低，每个人都要各司其职、全力以赴。

全力以赴也好，不遗余力也罢，还是要力所能及，讲清事实才能摆道理。叶剑锋从一开始接到这个案子，就已经考虑到日后可能要面对的种种困难，就像一个老司机踩下油门的那一刻，他就得准备应对各种状况。

就像此案，法医又是首当其冲，叶剑锋必然要直面家属，每一句话的语气，每一句话的措辞，每一句话的分寸，都要拿捏到位。但法医不是演说家，真正面对老百姓各种质疑的时候，表达能力或多或少都有欠缺，怕就怕一句话说得不到位，说得有漏洞或有瑕疵，就成了众矢之的。

果然，家属首先就提出了尸体检验鉴定书的问题，要法医给个明确答复，究竟要等多长时间？为什么梅念云的死因都明确了还非得做什么病理？为什么这么长时间了还没结果，是不是故意拖延时间？

其实不仅是家属，连专案组里都有些人也不理解，觉得是在耽误时间。

叶剑锋答复，为什么要做病理呢？因为，警方也想搞清楚，为何梅念云只有一些轻微的皮外伤却造成如此致命的后果，必须要从微观上检验。病理检验必须要按照操作流程和规范一步一步进行，这是为了得出更科学、准确的结论。梅念云还加做了损伤的皮肤肌肉的检验，至少要再等三个星期，不过他会积极和病理专家沟通，会以最快的速度出结果。

那她的损伤是怎么来的？凭什么说有可能是摔出来的？怎么可能摔得到处都是伤？她受了伤为什么不给家人打电话？为什么不去医院？肯定是被人威胁了，控制了！为什么没检出酒精？为什么第一次没检出止痛片的成分？

有些问题叶剑锋可以当场给予回答，而且是肯定的回答，但有些，叶剑锋还不能做出很合理的解释，他也只能说等病理结果出来一定会给大家一个解释的。

当然，不仅仅是针对法医，侦查上也是压力倍增，问题自然就出在那个翻墙入室的小偷身上，家属坚持认为他和梅念云的死有关系，甚至认为就是他造成的。

单从死者家属的层面去猜疑这些，想想看是可以理解的，但警方是从法律角度出发的，不仅要寻找与嫌疑人有关的证据，同时也要寻找与嫌疑人无关的证据。通俗说，就是"疑罪从无"，即使发现了有罪证据，还要看能否合理排除，证据链必须完整而又牢固。显然，梅念云的死是不是他杀，还不能定论，到目前为止，警方连细枝末节都不放过，也没找到她被人加害的证据。

家属似乎更加不满了。

"没有证据，你们就去找啊！不然要你们警察干吗？难道要我们家属自己找吗？我们哪有这个能力？哪有这个权限？哪有这个时间？难道我们日子不过了吗？"

吴越区刑侦副局长李骁亲自接待了家属："我们已经动用了最大的警力、最强的人力、最新的技术手段在调查此事，不瞒你们说，从一开始我们市局的领导和刑侦专家就参与了调查，这里面有些还是我们省里的专家。就目前来说，能搞清楚的我们已经搞清楚了，除了不能说的侦查手段，该告诉你们的也告诉你们了，该解释的也解释了。失去亲人的那种痛苦，尤其是白发人送黑发人，是让人难以承受的，但希望你们给我们时间，我们会以最快的速度给出完整的调查报告。"

基层公安处理非正常死亡案件时，不仅是责任，更是挑战，尤其对法医来说，不是关起门来搞好专业工作就可以了。

案子一直没有什么进展，而好心好意请梅念云吃饭的苏文文也是寝食难安，不仅她自己内心里过意不去，死者家属也一直在责怪她。她告诉警方，她那天真不知道梅念云之前吃了含有安眠药成分的药物，梅念云自己也没说，也许她也不知道那个止痛片里面有安眠药成分吧，但不管怎么样，她愿意承担梅念云的一切丧葬费，至于其他涉及法律上的事，该她承担的她也绝不推辞。

一个月的时间，能做多少事？警方将梅念云在监狱里的情况都已经摸了个底朝天；纪委、监察委重新审核了她之前涉嫌的贪腐案；叶剑锋带着陆林国又看了八个死亡现场，解剖了五具尸体，又破获了一起杀人案件，重新复核了六份《人体损伤程度鉴定书》。

一个月后，终于等来了梅念云的病理检验结果。

不出所料，梅念云的肝、脾肿大，肝、脾、肾等多个器官淀粉样变性，肝细胞受压萎缩，肝脏表面多处破裂伴炎性细胞浸润；皮肤挫伤有炎性细胞浸润，有些是以中性粒细胞为主，有些是以巨噬细胞为主。

崔耀军问："这个淀粉样变性是不是你之前怀疑的病变？这是个什么病？难道变成淀粉了？听都没听说过！"

这估计是所有人的疑问。

"简单点说，就是脏器组织里像淀粉样的蛋白质增多了，大量沉积在细胞外血管壁和细胞之间，说白了，就是一种病变，尤其是像肝脏这种本身就脆嫩的器官，一旦发生病变肿大，即使轻微的外力也可能导致破裂。"

"那皮肤挫伤呢？细胞浸润是什么意思？"李骁也很好奇。

"代表挫伤形成有一段时间了，至少 6 个小时以上吧，而且是不同时间段造成的，有些估计在 1~2 天左右。"

"哪些部位的伤是同一时间形成的能看出来吗？"

"左枕、左下颌、左髂、右腰部的伤是相对较新鲜的，大概在 6~12 个小时之间，左肩胛、左大腿、右小腿上的伤大概在 1~2 天左右。"

"大法师，居然被你猜中了！明天可以去买彩票了。"李骁哈哈大笑。

"也不全靠猜，哪有那么神？平时验伤见得多了，就有经验了。"

"那你们的鉴定书什么时候能写好？"崔耀军问。

"明天一准出来！"叶剑锋拍着胸脯保证。

叶剑锋亲自起草的《江公司鉴（医）字〔2018〕311号》鉴定书的鉴定意见是，梅念云在患有多器官系统样淀粉病变的基础上，符合钝性外力作用致肝脏破裂引起失血性休克而死亡，多次摔跌、磕碰可以形成。

虽然鉴定意见就一句话，但在论证时他进行了详细的分析说明。

"我们等了一个多月，就给了我们这么个鉴定结果？"梅念云的家属拿到鉴定书后愤懑不平，"什么肝脏有病变，什么轻微外力，什么多次摔跌、磕碰可以造成，你们这是糊弄鬼呢！咋不写被人打的，被人推的呢？"

"这只是尸体鉴定书，又不是整个案件的调查报告，我们是按程序来告知你们尸体检验鉴定的结论。梅念云死亡案最终还有个调查报告，如果你们对法医鉴定有异议，可以申请重新鉴定。"李骁局长耐心解释道。

"重新鉴定要怎么弄？"一位家属问道。

"按规定要请上一级公安机关鉴定，这个是我们市局做的，重新鉴定就是由我们省厅来做。"

"那尸体不都解剖了吗？器官都被你们拿走了，还怎么鉴定？"

"尸体确实不可能恢复原貌，但我们的检验有照片、录像，提取的器官、检材、物证，还有做病理的切片都保存着，一样可以重新鉴定，重新审核。"

"那要多长时间？"

"得看具体情况，先要你们提出申请，我们再重新委托，然后把所有材料提交上去，省里决定受理了以后，再组织专家进行检验、复核、论证，最后再出具重新鉴定文书，具体多长时间不是我说了算，快的话十天半个月吧。"

家属们开始窃窃私语，做还是不做，也开始产生了分歧。

"这样好了，你们再考虑考虑，商量一下，不过要尽快。"家属没人应话，李骁继续解释，"其实不瞒你们说，做这个鉴定的也是我们省里的专家之一。要不这样好了，你们要是有不明白的地方，我请示上级，可以请法医给你们进行解释；如果再有异议，你们再申请重新鉴定也不迟。"

李骁苦口婆心的疏导，让家属的情绪稳定了很多。

李骁并不是特意要让叶剑锋来解释，其实正式的鉴定书出具后，崔耀军就让李骁尽快安排专案组和死者家属见面，进行一次推心置腹的谈话、敞开心扉的答复工作，李骁不过是顺水推舟。

其实叶剑锋早有准备，他把鉴定书写好的同时，也把法医分析意见呈递给了专案组。在这份意见里，叶剑锋又专门对梅念云为什么伤后没有求救给出了一个专业上的解释。

第一，就是酒精和苯巴比妥的协同效应，造成了她神经系统反应性降低，大脑反应迟钝，麻痹了神经，大大降低了痛觉敏感度；第二，尸检、病理已经证实了，梅念云的体表损伤是不同时间段形成的，根据损伤特点，结合调查以及现场勘查分析，摔跌、磕碰完全可以形成，而且损伤本身比较轻微，故未能引起梅念云的注意；第三，这种肝破裂浅表，出血过程较长，前期可能只会引起轻度的腹痛腹胀，外加酒精和苯巴比妥的作用，她可能不会感觉到很疼痛，因而忽视了，时间一长，等到她真正感觉到难以承受的时候，已经晚了，大出血了，她已经无力挽回了，被打翻的茶水也佐证了这一点。

在叶剑锋的职业生涯中，他已经记不清自己多少次面对死者家属或伤者家属了，可以说形形色色的家属都有，拍桌子骂人的也有，甚至还有动手的。一开始，叶剑锋也会生气地怼回去，但多年的磨炼，已经造就了他处惊不变、遇事不慌、沉着冷静的性格，因为这已经成为常态化了。

中国的法治进程在大步推进，老百姓的法治观念大大增强，除了一些不合理、不合法的诉求以外，这有什么不好呢？这也是鞭策自己要保持把工作做好、做扎实的初心吧。

叶剑锋回到单位后，早已精疲力竭。陆林国赶紧给师父泡了一杯茶。

"师父，咋样了？折腾了这么长时间，有结论了没有？"

"最终结论，未发现他杀依据！"

"干吗不直接写排除他杀？"

"如果没有那个贼，或许会这么写吧，但毕竟他在不该出现的地方出现了，在不该出现的时间出现了，这是最严谨的结论。"

"那家属肯定还是有想法的，他们肯定会认为未发现并不等于没有，可能有，只是我们未发现。"

叶剑锋苦笑道："我们已经穷尽了所有手段和技术，没发现就是没发现，这是客观事实。我们是执法者，按照法律法规办事，而家属往往会根据个人意识做评判，能否理解我们也无法左右，毕竟死的是自己的亲人，他们总是不甘心的。"

"没想到一个非正常死亡，比命案还难搞。"

"不奇怪，命案是犯罪活动中恶性程度最大、危害程度最重、社会关注度最高的案件，对于大众和家属来说，将案犯绳之以法才是他们最想要的结果。而现在技术手段这么多，程序越来越规范，证据意识越来越强，破案已经不是难事了，案子破了，老百姓自然会拍手称快。但即使是命案，找到嫌疑人，最终定罪量刑还不是得看证据？否则就是证据不足，无罪释放。"

"那倒也是，也只能靠我们查明真相了，而且如果查出来的真相和死者家属想的不一样，他们可能还要指责我们。"

"所以说，查明真相这个说法其实不准确，应该是竭尽所能去无限地接近真相，我们能做到的就是仁至义尽、问心无愧。家属需要的往往是一个完美的真相，一个无缺憾的真相，但除非有监控视频记录下整个死亡过程，否则难啊！鉴定其实也是鉴人鉴心。"

陆林国长吁一口气："是难，是我们太难了！"

叶剑锋一笑置之，突然文思泉涌，他从打印机上抽出一张纸，奋笔疾书。

"柳叶刀下洗冤魂，提笔纸上鉴真情。事了剑藏拂衣去，不为功名求太平。"